新疆生产建设兵团系列广播剧

三十六部

兵團魂

上

新疆生产建设兵团广播电视台◎编

新疆文化出版社
新疆电子音像出版社

图书在版编目(CIP)数据

新疆生产建设兵团系列广播剧. 兵团魂. 上 / 新疆生产建设兵团广播电视台编. -- 乌鲁木齐 : 新疆文化出版社:新疆电子音像出版社, 2021.8

ISBN 978-7-5694-3156-8

Ⅰ. ①新… Ⅱ. ①新… Ⅲ. ①广播剧本—作品集—中国—当代 Ⅳ. ①I235.3

中国版本图书馆 CIP 数据核字(2021)第 173855 号

出版策划:沈　岩
责任编辑:王　芬
责任校对:王天奕
封面设计:党　红

新疆生产建设兵团系列广播剧　**兵团魂(上)**

编　者　新疆生产建设兵团广播电视台
出　版　新疆文化出版社　新疆电子音像出版社
地　址　乌鲁木齐市沙依巴克区克拉玛依西街 1100 号(邮编 830091)
发　行　全国新华书店
印　刷　北京华强印刷有限公司
开　本　787 mm × 1 092 mm　　1 / 16
印　张　27
字　数　550 千字
版　次　2021 年 8 月第 1 版
印　次　2021 年 9 月第 1 次印刷
书　号　ISBN 978-7-5694-3156-8
定　价　98.00 元

编 委 会

他们的名字叫兵团

从2019年3月开始，中国广播剧园地开放了一朵又一朵新花。《兵团魂》是新疆生产建设兵团献给全国人民的一份礼物，在社会上产生了广泛的影响。

生在井冈山，
长在南泥湾，
转战数万里，
屯垦在天山。

一支战功赫赫的英雄部队风雨兼程一路走来，已经过了自己的甲子之年。这支部队有一个响亮的名字：新疆生产建设兵团。

六十多年来，在一百六十多万平方千米的土地上，这支队伍挥洒着汗水与热血，创造了一个又一个奇迹，谱写了一曲又一曲华章。六十多年风雨洗礼，一批批英模人物和模范群体从这支队伍中脱颖而出。他们是共和国旗帜上的风采，是新中国大厦的一块砖石，是时代列车上默默无闻的螺丝钉，是新时期祖国展翅飞翔的一羽鸿毛。

他们中间有戍守边境线的战士，有工程院院士，有时代楷模，有民族团结典范，有优秀援疆干部，有最美支边人，有脱贫攻坚先锋，有见义勇为的典型人物，有党的十九大代表；还有人民币上的女拖拉机手原型之一、戏比天大的梅花奖得主，有优秀社区干部、民营企业家，有退而不休的全国劳动模范、魂系绿洲的优秀共产党员；也有四十七团老兵、孙龙珍女子民兵班、塔里木大学这样的模范群体。这些来自各个方面和角落的兵团人，把不可能变成了可能，把不敢想的事变成了现实，把普通变成了敬仰，把平凡变成了崇高。

新疆生产建设兵团党委宣传部精心选取了三十三位英模人物和三个模范群体，由兵团广播电视台的年轻采编人员以系列广播剧的艺术形式，来讲述他们的故事，展示他们的风采，褒奖他们的境界，讴歌他们的精神，彰显信仰之美、崇高之美，引导人们向往和追求讲道德、尊道德、守道德的美好生活。这些英模人物和典型群体的精神归根结底一句话，那就是兵团精神。

三十多年前，共和国开国上将王震在给《当代中国的农垦事业》一书写的序言中提出：什么是中国农垦创业者的精神呢？我以为，最主要的一是艰苦奋斗，一是勇于开拓。在今天，坚持和发扬这种精神，对推动我国农垦事业以至整个社会主义事业的进一步加速发展仍是非常重要的。他还强调说，艰苦奋斗，勇于开拓，经过几十年坚韧不拔的努力，创造出具有世界先进水平的劳动生产率，为国家、为人民多做贡献，这就是我这个农垦老兵对我国农垦事业的期望。正是受到王震"农垦精神"的启发，兵团提出了"兵团精神"的概念。

2014年4月，习近平总书记在兵团第六师共青团农场考察时，握着山西吕梁援疆干部马小军的手勉励他把"热爱祖国、无私奉献、艰苦创业、开拓进取"的兵团精神，同吕梁精神结合起来发扬光大，为建设新疆贡献力量。也正是在这次新疆考察活动中，习近平总书记对新时期兵团发展有了新定位新要求：安边固疆的稳定器，凝聚各族群众的大熔炉，先进生产力和先进文化的示范区。

这一切，为系列广播剧的创作明确了方向，提供了理论支撑，开掘了力量源泉。《兵团魂》是新中国成立以来第一次以广播剧的艺术形式宣传兵团英模人物和模范群体的宣传之举。这三十六部广播剧在中央广播电视总台、新疆广播电视台、兵团广播电视台先后播出后反响强烈，形成了一个让广大观众了解兵团、宣传兵团、热爱兵团、投身兵团的"空中磁场"。为了让广大听众听其声、观其形，也为了给广播剧爱好者们提供借鉴，现在将三十六部广播剧剧本和创作札记结集出版，无疑是对这一优质资源的二度开发和升级，必将对宣传兵团、塑造兵团形象、弘扬兵团精神产生巨大作用。

相信兵团一定会在未来的日子里，进一步深入生活、扎根人民，研究艺术规律，提高创作水准，精益求精，从创作高原向创作高峰奋进，创作出有温度、有深度和有高度的作品，为中国广播剧园地再添亮丽的色彩。

是为序。

胡占凡

中国文联副主席、中国电视艺术家协会主席

2020年12月于北京

目录

序　他们的名字叫兵团 …… 胡占凡 / 1

1　沙海老兵 …… 王安润 / 1

创作札记：老兵精神代代相传 …… / 18

2　巴尔鲁克山花 …… 王安润 / 21

创作札记：一枝一叶总是情 …… / 40

3　守望边境线 …… 王安润 / 43

创作札记：一个人的阵地 …… / 71

4　检察官张飚 …… 王安润 / 75

创作札记：在正义的天平上 …… / 95

5　夫妻哨所 …… 陈秉科 / 99

创作札记：无言的坚守 …… / 118

6　与羊共舞 …… 夏　俊 / 121

创作札记：真情接地气　塑造好榜样 …… / 137

7　大地情深 …… 马小迪 / 141

创作札记：为了大地的丰收 …… / 158

8　塔克拉玛干情缘 …… 王安润　肖　帅 / 161

创作札记：精准扶贫结硕果 …… / 191

9 深情守护 …… 刘　霞 / 193
创作札记：谈广播剧人物创作 …… / 207
10 风雪红梅 …… 梅　红 / 211
创作札记：用故事构架剧本 …… / 229
11 喜喜连长 …… 王安润 / 233
创作札记：真情像草原广阔 …… / 264
12 昆仑之子 …… 马小迪 / 267
创作札记：让角色在挣扎中成长 …… / 286
13 大爱无疆 …… 刘　茗 / 289
创作札记：用声音艺术感染人 …… / 305
14 边境线上援疆情 …… 王安润 / 309
创作札记：援疆路上一首歌 …… / 330
15 面对天山的呼唤 …… 王安润 / 333
创作札记：不辞长做兵团人 …… / 352
16 戏比天大 …… 段起娃　郭旭太 / 355
创作札记：演员的战场在舞台 …… / 370
17 天使情怀 …… 马小迪　王　伟 / 373
创作札记：万水千山总是情 …… / 389
18 马鞭的召唤 …… 周文扬 / 393
创作札记：奔跑在追梦路上 …… / 420

后　记　时代呼唤英雄楷模 …… / 423

沙海老兵

编剧 \ 王安润

主要人物

董四海：男，沙海老兵，19 至 88 岁，十五团机枪手。

李滨新：男，沙海老兵，21 至 91 岁，十五团战士。

盛国柱：男，沙海老兵，23 至 93 岁，十五团班长。

王毛孩：男，沙海老兵，80 岁，1943 年就参加八路军，十五团战士。

李春萍：女，17 岁，董四海之妻。十五团战士。

老伴、军官、护士、服务员、解说员等若干人。

【秋风吹动大漠的声音】

【酒洒在地上的声音】

【断断续续的哭泣声】

董四海:(88 岁)班长,中秋节又到了,董四海来看你了。当年部队行军急,没啥吃的。现在好了,啥都有,吃点吧……

李滨新:(91 岁)老伙计们,李滨新来看你们来了。天凉了,喝点酒!

盛国柱:(93 岁)兄弟们,我是你们的兄长盛国柱,我老了!你们还好吗?唉,每个人都有这一天的,到了那一天,我一定来这里陪你们!

【旁白】

这片墓地叫“三八线”。几十年来,每逢清明和中秋节,老兵们都会到这里来祭奠老战友。眼前的老兵是 70 年前那个徒步穿越死亡之海、胜利解放和田的英雄部队仅剩的最后三位。

【音乐】

【音乐渐强】

上　集

1

【李滨新的歌声】

李滨新:雄伟的井冈山,八一军旗红……

李滨新老伴:老李,你今天一连唱了十多首军歌了,该歇歇了。

李滨新:我不累,我没老!

老伴:没老?没老每天都让我把你从床上扶起来,穿上那套洗得发白的老军装,一步一挪坐到沙发上?

李滨新:唉,看来是老喽。老伴,这些天,我只要闭上眼睛,就是 1949 年我们进军和田的那些场面。

【徒步穿越沙漠的音效】

【枪炮声】

【和田人民迎接解放军的欢呼声】

李滨新:老伴,几十年过去了,怎么这些场面总在我眼前跳呀跳呀的呢?

老伴:这个我说不好。这和田呀,是你们十五团官兵用命换来的,一辈子都忘不掉。

李滨新:命换来的,老伴,你说得太好了。1949 年 12 月 5 日,我们全团一千八百多人进了沙漠,走到第 9 天,带的水全用完了,许多战友晕倒了。上级命令杀掉骆驼和战马,饮血止渴!我们就抱着马脖子哭,舍不得啊!我的班长是个老八路、战斗英雄,他担任收容任务晕倒在沙漠里,被风沙埋了。我们找到他时,只露着拿着红柳棍子的胳膊,我们就抬着他直到走出沙漠……

老伴:来,喝口水。

李滨新:在沙漠里,我们整整走了 15 天,七百多公里路啊!敌人没料到我们这么快就来了,吓的乱跑,缴枪投降。好悬,再晚一点,和田就不好说了。彭老总和习政委还给我们十五团发了嘉奖令,表扬我们团创造了史无前例的进军纪录,还向我们致敬咧!

老伴:知道,知道,老伴,这个故事听你念叨了几百遍啦,每次听呀都提气得很嘞。

李滨新:老伴,咱穿上军装的人就不能躺着!这件军装虽然洗的发白了,只要穿上它,我就特别提气。还说我老吗?

老伴:不老,咱一点都不老。

【旁白】

在老兵李滨新家,一株盛开的君子兰格外耀眼。这位曾三次负伤、四次荣立战功的耄耋老兵就是一段光荣历史。

2

【汽车、部队集合声】

【《志愿军战歌》慷慨激昂】

【画外音】

军官:李大江!

李大江:到!

军官:去抗美援朝!

李大江:是!

军官:王立新!

王立新:到!

军官:到边防军三团!

王立新:是!

军官:唐军!

唐军:到!

军官:去空军报到!

唐军:是!

军官:于山林!

于山林:到!

军官:到藏北公路指挥部报到!

于山林:是!

军官:吕大柱!

吕大柱:到!

军官:去地区报到!

吕大柱:是!

【声音渐弱,音乐起】

李滨新:(21 岁)为什么,这是为什么?人家都走了,偏偏我李滨新没人要?

盛国柱:(23 岁)李滨新,冷静点,冷静点。

李滨新:我冷静不了。朝鲜战争爆发了,我打了好几个申请,要跟彭老总到朝鲜打美国佬,可上级就是不批准。我觉得,眼下咱全中国,只有在那里才能真刀真枪跟敌人拼刺刀,只有那里才是热血男儿报效祖国的地方。

盛国柱:李滨新,你说的对,可也不全对。上级说了,咱这儿也是前线,是祖国的边境线。咱在和田把祖国的西大门守好了,就是在支援彭老总和前方的战友们打胜仗!

李滨新:话是这样说,可朝鲜去不了,空军干不了,干脆让我李滨新回家种地算了。

盛国柱:李滨新,你是个党员,要服从命令做表率呀。

李滨新:你说得容易,可这当空军去朝鲜的事就这样黄了?

盛国柱:滨新啊,自打参军咱俩就在一个班,你还不了解我盛国柱吗?我琢磨着,上级既然让咱们留在这里,一定有留在这里的道理。

李滨新：班长，今天就是说破了天，我也想不通。

盛国柱：咱们是战士，一切行动得听指挥吧。吃饭去，身体是革命的本钱，把身体搞好了咱才能继续战斗！

李滨新：班长，呜呜呜……

盛国柱：李滨新，堂堂八尺汉子，哭，好意思吗？

【旁白】

几十年后，李滨新才知道，是王震将军下达了“十五团驻和田，万不能调”的死命令。组织上要交给他们这些没有被调离的战士们一项更为艰巨的使命，那就是建设和田、保卫和田。

3

【军垦歌曲《戈壁滩上盖花园》】

【画外音】

董四海，一天开荒三亩二分，全连状元！

众战士：不愧是机枪手，佩服！

众战士：太厉害了，真是神了……

众女兵：董四海，好样的。董四海，好样的！

李春萍：好什么呀，一个大老爷们人高马大的，他不当开荒状元，白瞎了咱山东人！

众女兵：李春萍！李春萍！哦……

【音乐过渡】

董四海：（19 岁）你叫李春萍？

李春萍：没错。

董四海：连长告诉俺，你 1952 年参军进疆，今年 17 岁，山东人？

李春萍：你咋啥都知道？

董四海：连长告诉俺的。

李春萍：连长告诉你的，你们连长想干什么呀？

董四海：俺们连长能干什么，打擂比武！

李春萍：什么？打擂比武？

董四海：没错，没错，是这个意思。

李春萍:是你个头啊,俺和你压根不认识,俺和你打什么擂,比什么武呀?

董四海:(急了)不是那个意思,不是那个意思嘛。

李春萍:你急什么嘛,说,不是那个意思,是哪个意思嘛。

董四海:俺连长说,俺们都是革命同志,你年龄太小,要俺好好照顾你。

李春萍:哈哈哈……你这位同志呀,谁要你照顾?俺也是一名革命战士,不需要谁照顾。

董四海:是俺连长说的嘛。

李春萍:连长,连长,你就知道连长。

董四海:(小声地)还知道,还知道——你!

【董四海拔腿就跑】

李春萍:你?你给俺回来!

【音乐过渡】

董四海:来了?

李春萍:对啊,董四海,你这个开荒状元不错嘛,都两个月保持全连记录了。

董四海:俺给俺娘下过保证,要拿全营的开荒冠军!

李春萍:哎,我说董大个子,说你胖,你还就喘起来了。不过啊,我刚来时想家啊,本来打算待上段日子就复员回去的。现在部队这么好,俺……

董四海:(迫不及待地)你想怎么样?

李春萍:(羞涩地)俺不告诉你!

董四海:不要这样嘛,俺们是革命同志,给你!

李春萍:什么?

董四海:野鸭蛋。

李春萍:俺不要,俺不能随便拿人家的东西。

董四海:连里奖给俺的。

李春萍:那,俺更不能要了。这是连里奖给你这个开荒状元的。

董四海:可这是俺送给你的。

李春萍:为什么送给俺?

董四海:你小呗。

李春萍:董大个子,全连那么多丫头片子你不送,怎么单单给俺送啊?

董四海:你……好看嘛。

李春萍:董大个子,你……

【画外音】

众人:不好了,快来人啊,总干渠决口子了!

董四海和李春萍:不好!

董四海:好好照顾自己,俺走了!

李春萍:等等我,这个董大个子!

【决口的水声、抢险的嘈杂声】

董四海:同志们,情况不妙,是男人的跟我跳下去!

【决口的水声,抢险的嘈杂声,跳入水中的声音】

董四海:谁叫你跳下来的?

李春萍:咋了?我李春萍跳下来还要你批准吗?

董四海:不是,谁叫俺们是老乡嘞。

李春萍:这还差不多。

【画外音】

众人:董大个子,这样不行,口子太大了,堵不住啊。

董四海:不叫你来你偏来。你看这渠水冰冷彻骨,你一个女孩子家,万一有个三长两短的?

李春萍:你拉倒吧!俺也是响当当的革命军人,这点困难算个什么!

董四海:同志们,听俺的,来,咱们手挽手,挽起一道人墙!

众战士:听董四海的,挽起一道人墙!

董四海:李春萍,抓住俺的手!

李春萍:抓住了!

董四海:大家听俺的,咱们唱个歌,向前向前向前,我们的队伍向太阳,起……

众战士:向前向前向前,我们的队伍向太阳……

【画外音】

众人:董大个子,有人晕倒了!

【音乐过渡】

女兵们:春萍,春萍,你醒醒啊……

护士:谁是她的家属?

女兵们:她还没有成家呢。

护士:这?

董四海:(破门而入)俺是!

女兵们:你?董大个子?

【音乐过渡】

李春萍:董大个子,俺知道你对俺好。往后,往后你就别来医院了。

董四海:为啥,这是为啥呀?

李春萍:不为啥,俺就是想说,谢——谢——你!呜呜呜……

董四海:这是咋回事嘛?

【音乐过渡】

护士:同志,你找谁?

董四海:这间病房的李春萍。

护士:她呀,出院了。

董四海:啥时候的事?

护士:昨天就回连队了呀。

董四海:昨天?护士同志,你能告诉俺她得的是啥病吗?

护士:这可不行,再说了,你是她什么人呀?

董四海:俺……俺……俺是她老乡!

护士:这不行的。

董四海:俺……俺……俺是她男人!

护士:哈哈哈……同志,不敢乱讲的,我这还有事,快回去吧。

【音乐过渡】

女兵们:董大个子,你咋才来呀?昨天晚上,李春萍悄悄离开连队了。

董四海:为啥呀?

女兵们:这个嘛,哎呀快别问了,找人要紧!

董四海:俺马上去!就是找到天涯海角,俺也要把她找回来!

女兵们:这才是男人!

【音乐过渡】

李春萍:董四海,你费尽千辛万苦找到俺,这是何苦嘛。既然来了,俺就告诉你一个秘密,说完你让俺走。

董四海:讲完再说。

李春萍：出院时医生告诉俺，这辈子俺再也不能有孩子了。那天总干渠决口，俺来号了，在渠水里泡的时间太长了……呜呜呜……

董四海：就为这个？

李春萍：嗯……

董四海：你听着，李春萍，不能生孩子，俺们就生产粮食和棉花，一辈子在一起，让荒漠变成绿洲！

李春萍：你不后悔？

董四海：俺要是后悔，就不来找你了！

李春萍：四——海！

董四海：春萍……

【军垦歌曲《戈壁滩上盖花园》】

劳动的歌声满山遍野，

劳动的热情高又高。

生产运动猛烈地展开，

困难把咱们吓不倒。

没有工具自己造，

没有土地我们开荒……

【旁白】

当年十五团官兵在沙漠里开垦出五万多亩土地，其中三万多亩无偿交给了和田地区人民政府。各族群众跪在地头，手捧着泥土高喊：共产党万岁！解放军万岁！

4

【吉普车刹车声】

【画外音】

不久，十五团驻和田官兵粉碎了敌人的又一次武装叛乱阴谋。

报告司令员，遵照您的命令，二军六师十五团驻扎在和田地区的五百名官兵集合完毕，请指示！

王震：同志们，你们十五团是一支英雄的部队。徒步穿越“死亡之海”，胜利解放和田。现在全国都解放了，可一些叛乱分子还想着翻天，真是痴心妄想！

【画外音】

坚决消灭叛乱分子!

彻底粉碎敌人阴谋!

王震:好! 同志们呐,敌人,是永远不会善罢甘休的。在和田这片土地上,有你们在,我们的红色政权就稳如泰山,老百姓的日子就幸福安宁!

【画外音】

誓死捍卫红色政权!

坚决确保和田安宁!

王震:好! 同志们呐,敌人的又一次武装叛乱阴谋被你们粉碎了! 我王震感谢你们,新中国感谢你们!

5

【音乐过渡】

李滨新:王震司令员对我们可爱护了。他说话算数,1950 年,我们部队一下子来了二百多名湖南、山东的女娃子。我寻思着找个老婆,也见了几个,可我脾气不好讨人嫌,人家不跟我,就一直打着光棍。

老伴:还不是我可怜你,把你收了?

李滨新:对对对,可怜我,可怜我。

老伴:说啥呢,堂堂战斗英雄,歌又唱得那么好,就是人长得磕碜点。哈哈哈……

李滨新:哈哈哈……最后一次见到司令员是 1980 年,他来和田视察,接见我们,还问我们这些老兵,有打光棍当和尚的没有哇? 老首长,我们想念您呐……

【旁白】

新中国成立以后,毛主席有意把王震带领的部队留到北京,但是王震想,新疆这么大一片地方,必须要有人去。所以他主动请缨,在新疆进行了第二次“南泥湾大生产”。

【音乐过渡】

下　集

6

【旁白】

十五团的“南泥湾大生产”是一次新的长征，从 1950 年，一直延续到老兵们解甲归田、颐养天年。在这次新的长征中，诞生了一个新的地名“三八线”。

【唱片《东方红》】

老伴：老头子，今天还摇留声机听《东方红》吗？

王毛孩：当然，为什么不呢？

老伴：老头子，你 1943 年就参加八路军，一辈子干的都是炊事员，心里不憋屈吗？

王毛孩：老伴啊，与那些倒在鬼子枪口下、牺牲在战场上的战友们相比，我王毛孩非常知足了。这不，三十年前，我退休时团场还送给我一台手摇留声机，我感谢毛主席、感谢共产党。

老伴：所以你就托人买来了这张《东方红》唱片？清早起来就一件事，摇留声机听《东方红》，而且一放就是三十年？

王毛孩：是啊，太阳天天升，我就天天放，一直放到王毛孩我放不动为止。

【旁白】

后来，王毛孩瘫痪在床上，摇不动了，老伴就为他摇，一天没落过，直到他去世。出殡那天，那台伴随他三十年的留声机跟他一起去了“三八线”。

【哀乐】

【画外音】

为王毛孩同志默哀三分钟……默哀毕。

盛国柱：唉，老王头走了，我们又失去了一位老战友。去年是季雨亭吧？这个老季临终时硬是让老伴连夜往返一百多公里取了医药费，一分不差交给医院，这才放心地走了。

董四海：这就是我们沙海老兵。早晚有一天，我们都会来这“三八线”报到的。对了，你们还记得周元吗？

李滨新：咋不记得？没有他就没有今天的“三八线”。对吧，老董头？

董四海：对，俺记的是 1955 年秋天，有个叫周元的同志，是打鬼子时参军的老兵，身上尽是伤。他开起荒来不要命，天不亮就拎着坎土曼下地了。有一天，到了晚上他还没回来，大家点着火把到地里找到他，一看，他嘴里全是血，趴在地上，手里还攥着坎土曼。

盛国柱：是，是，他是我们十五团第一个牺牲在生产上的同志。他活着时开出的这块条田，是个方阵形，宽 300 米，长 800 米，恰巧与“三八”和音儿，大伙儿合计着，他是死在了这块战场上，就把他埋在这吧，这地界儿就叫“三八线”吧！

李滨新：后来，我们在这“三八线”四周种了一圈防风的白杨树，谁走了就埋在这儿。营长、连长、排长、班长、战士、炊事员、饲养员，还有司号员。谁走了，我们大伙儿都扛着坎土曼来“三八线”为他们挖墓坑，再用手一把把填上沙土。

【音乐过渡】

盛国柱：“三八线”啊“三八线”，你掩埋了我们多少老战友？

李滨新：那个安徽亳州的王传德，进军和田时就是班长，后来当排长、副连长，一直到离休。多年前，儿女们想调离团场要他去求地方的老战友，被他狠狠训了一顿，他对儿女们说，如果是组织调，我不拦着。如果是怕苦、怕累想调走，让我找关系，没门！现在他的两个孙子和一个外孙，都留在了和田这块他奉献了一辈子的土地上。

董四海：好人呐，好人！还有李炳清。他从连队会计调整到连队看水库，一夜之间，由干部变成了工人。在荒无人烟的水库，拿着工人的工资一干就是几十年，可他从没向组织提出过任何要求。

李滨新：这事儿我问过老李，他说个人的事就别给组织找麻烦了，和那么多牺牲的战友相比，这点委屈算个啥？

【音乐起】

7

【旁白】

1993 年 3 月 12 日，戎马一生、战功卓著的国家副主席王震将军在广州逝世。他临终前留下遗言，将骨灰撒在天山南北，永远为祖国站岗守边疆！

【音乐】

【旁白】

那一天是4月5日，清明节。所有的老战士戎装在身，胸前佩戴当年跟随将军征战时荣立的军功章，早早列队在沙丘上，仰望天空。中午一点左右，天空传来飞机声。

老兵们：飞机，飞机来了！司令员回来了！

老兵们：敬礼！

老兵们：（老泪纵横）司令员，您可回来了，我们老兵想您呐！

老兵们：（思绪万千）司令员，您又和我们在一块儿了！

老兵们：（泣不成声）司令员啊，今生今世再见不到您老人家了……呜呜呜……

【旁白】

从那以后，每年的这个时日，沙海老兵们都会跪在沙丘上，望着天空，怀念王震将军。从进军和田起，沙海老兵们遵循将军的命令，没有离开过南疆半步。1994年秋天，兵团四十年大庆，沙海老兵第一次被接到兵团徕远宾馆。

8

【音乐过渡】

服务员：怎么？老人家，你们昨天晚上一宿没休息？

董四海：（62岁）休息了。

服务员：这床单和被褥纹丝未动，不知三位老人家是怎么休息的呀？

董四海：（62岁）我们看这个床太金贵了，就没敢动，干脆就在地板上凑合了一下。

服务员：你们是革命的大功臣，兵团领导再三交代我们，一定要把老革命照顾好。这可好，你们睡在了地上，呜呜呜……

李滨新：（65岁）小同志，小同志，你千万别在意。这不关你的事，是我们没有上床休息呀。

服务员：（擦一把泪水）你们几位和我爷爷一样的年纪，是我没有把你们照顾好，我向爷爷们检讨！

盛国柱：（67岁）小同志，我看检讨就不必了吧。这个洗脸在哪里呀？

服务员：就是说，你们三位老人家昨晚没有洗脸刷牙？

董四海、李滨新、盛国柱：我们找不到洗脸水呀，这富丽堂皇的，太漂亮了。我们三个老头子没有见过这个排场啊。

服务员:爷爷,都怨我呀。你们在大漠深处呆了快半个世纪了,是我们的工作没有做好啊。

董四海、李滨新、盛国柱:没有关系的。

【音乐起】

9

【音乐过渡】

【旁白】

1999 年国庆节,兵团党委安排沙海老兵到乌鲁木齐、石河子等地参观。在王震将军铜像前,他们异常激动。

老战士:司令员！快看,是司令员的铜像。

老战士:这铜像做得好啊,司令员披着军大衣,一手拿望远镜,一手向前挥着,像是在指挥我们打仗。

老战士:李炳清,你这老八路快带着我们大家给司令员敬礼呀。

李炳清:(68 岁)大家听好了,立正!向将军铜像敬礼!报告司令员,我们是一野二军五师十五团的战士,胜利完成了你交给的屯垦戍边任务,你要求我们扎根边疆,子子孙孙建设边疆,我们做到了,没有离开塔克拉玛干大沙漠,儿女们也都留在了新疆。司令员同志,我们给您唱个歌吧。

【《走,跟着毛泽东走》音乐起】

李炳清:走,跟着毛泽东走……预备唱!

老战士们:跟着毛泽东走……

【旁白】

这首歌,他们在为新中国扛枪打仗时唱过,在徒步穿越“死亡之海”时唱过,在戈壁滩上开荒时唱过,在改革开放的新时代,他们依然唱着。王震将军铜像前围满了群众,一个劲儿地为老战士们鼓掌,好多人都哭了。

李炳清:司令员,放心吧,你交给我们的屯垦戍边任务我们一定完成。没有人告诉过我们什么时候结束,这个任务一代接一代延续下去,没有期限。

【音乐起,渐强】

10

【旁白】

2013年，大沙漠深处的九位老战士给习近平总书记写了一封情真意切的信，总书记非常感动，归纳出“扎根新疆、热爱新疆、屯垦戍边”的“沙海老兵精神”。

【中国人民解放军军歌声】

【画外音】

今天是2014年12月，我宣布，首届中国·新疆兵团沙海老兵节隆重开幕。

【音效】

董四海：记得那一天，在庄严的宣誓、授旗活动结束后，一支着装整齐的队伍从当年的十五团，如今的四十七团六连出发，穿沙漠，过碱滩，越荆棘，体验了我们当年徒步穿越“死亡之海”的艰辛。

李滨新：是啊，沙海老兵节已经搞了整整六届了。这都是在落实习近平总书记的指示精神呐。躺在“三八线”的战友们，你们就偷着乐吧。

盛国柱：是啊，是啊！习近平总书记给我们归纳的“沙海老兵精神”，我们受之有愧啊！

11

【音乐过渡】

【李滨新的歌声】

李滨新：雄伟的井冈山，八一军旗红……

老伴：老李，歇歇，歇歇。

李滨新：老伴，今天是八一建军节，我要唱！军装脱了，可军魂未丢；战友走了，但精神还在。大家把骨头埋在了大漠，把忠诚献给了祖国，我们无怨无悔。

老伴：老李，你说得太好了！

李滨新：不是我说得好，是后生们做得好。在这座由北京市投资千万余元对口援建的敬老院里，只有我们三个了。从最初的地窝子、草房子到土坯房、楼房，如今的四十七团翻天覆地换新颜啊。

老伴:是啊,日子好了,他们都走了。过去,今天这个日子,各家炒上一个拿手菜,几十号人几十道菜,天南海北,吃的真过瘾。现在人少喽,可这热闹的习惯改不了。

董四海、盛国柱:谁说的,我们来喽!

【音效】

李滨新:从1953年褪下戎装那天起,我们就是兵团的一名战士了。几十年过去了,和田早已是我们的第二故乡了。

老伴:是啊,老伴。我们亲手晾晒的葡萄干,家乡人吃了都说好呢。今年的大红枣寄过去了,家乡人吃了一定会高兴的。

老伴:会的,会的。

【音乐过渡】

四十七团纪念馆解说员:2017年,一万六千名游客来到我们大漠深处的四十七团纪念馆,游客们被沙海老兵的奉献精神深深感动。可以毫不夸张地说,沙海老兵精神已经渗入到游客们的骨髓里。每一名知道老兵故事的人,都会继续传承沙海老兵精神。

【电影《进军和田》音效】

【画外音】

尊敬的沙海老兵,亲爱的观众朋友们,我宣布,红色经典电影《进军和田》首映式正式开始。有请沙海老兵上台与广大观众见面……

【潮水般的掌声】

【音乐过渡】

【秋风吹动大漠的声音】

【酒洒在地上的声音】

董四海:中秋节又到了。

李滨新:老伙计们,老规矩,天凉了,喝点酒!

盛国柱:兄弟们,你们知道吗,我们的那点事儿被搬上银幕了,你们在九泉之下撒欢吧!

【旁白】

这是三位沙海老兵在“三八线”度过的第六十四个中秋节,老兵们说,月饼打到哪里,哪里就是故乡。

一道命令进沙漠 ,屯垦戍边一辈子。

老兵王传德在电影《进军和田》开机仪式现场

创作札记

老兵精神代代相传

创作广播剧《沙海老兵》，不能不说到塔克拉玛干大漠深处的四十七团和电影《进军和田》。

那是2010年冬天，怀着无比敬仰的心情，首次走进塔克拉玛干大漠深处老兵村的我感慨万千，紧握老兵杨世福的手，我暗暗发誓，一定创作一部老兵题材的影视作品。

第二年秋天，我从南疆调兵团广播电视台工作，但是我对自己的誓言一刻也没有忘记。作为电视人，更有责任和义务为兵团的影视事业添砖加瓦。我的父亲也是“凯歌进新疆”的人民解放军一员，遗憾的是，投笔从戎、用血汗和生命保卫共和国的父亲已去世多年。

2013年，九位老战士给习近平总书记写了一封信。总书记将沙海老兵精神概括为“扎根新疆、热爱新疆、屯垦戍边”十二个字，高屋建瓴、寓意深远。2014年4月，习近平总书记在视察第六师五家渠市时，动情地说到这个感人的情节。总书记的沙海老兵情怀，将我的创作热情推向沸点。恰逢电影《智取威虎山》风靡全国，我在想，同样是解放战争的题材，为什么就不能用最新颖的艺术手段，将第十四师四十七团老兵穿越死亡之海、平息叛乱、解放和田的故事讲述给全国观众？我将自己的想法和盘托出给时任和田地委委员、第十四师党委书记、政委赵建东，没想到这位一把手与我一拍即合，我们商定，拍一部沙海老兵的电影，共圆一个电影梦。然而展现在我面前的只有一段抽象的文字：1949年12月，二军六师十五团1803名官兵千里驰援和田，经过十八天超越极限的急行军和异乎寻常的斗智斗勇，彻底粉碎了敌人的巨大阴谋，使和田回到了人民手中。怎样根据这样一段文字创作出一部电影文学剧本？通过反复推敲，我找到了影片的军事价值、政治价值和科学价值。带着强烈的愿望，我再次赶到中国人民解放军进军和田纪念碑前，我看到曾经的英雄逐渐老去，但老兵精神却在十四师薪火相传、熠熠生辉。一股股暖流再次在我胸腔里沸腾，写不好这部电影，我没脸见九泉之下的父母。在与第十四师同行们交流沟通后，我回到乌鲁木齐写出了剧本《进军和田》初稿，经过反复修改和润色，最终通过了专家论证。2018 年 1 月 8 日，开机仪式在寒风凛冽的四十七团隆重举行。

2019 年 5 月 31 日，一个阳光灿烂的日子，下午 17 时，电影《进军和田》首映式在乌鲁木齐市和平都会影院隆重举行。有了电影的基础，创作广播剧就有了底气。但广播剧不同于电影，短短五十多分钟时长，要把沙海老兵七十年的故事用语言和音效展示给听众，的确是一个巨大挑战。经过反复揣摩，一个崭新的思路跳上脑际。通过三个老战友到“三八线”扫墓，引出全剧的开头——

董四海：班长，中秋节又到了，董四海来看你了。当年部队行军急，没啥吃的。现在好了，啥都有，吃点吧……

李滨新：老伙计们，李滨新来看你们来了。天凉了，喝点酒！

盛国柱：兄弟们，我是你们的兄长盛国柱，我老了！你们还好吗？唉，每个人都有这一天的，到了那一天呀我一定来这里陪你们！

以旁白的手法告诉听众：这片墓地叫“三八线”。几十年来，每逢清明和中秋节，老兵们都会到这里来祭奠老战友。眼前的老兵，是七十年前那个徒步穿越死亡之海、胜利解放和田的英雄部队仅剩在这里的最后三位。

接下来，我用电影蒙太奇的手法，用李滨新的歌声和回忆，讲述了 1949 年进军和田的场面。再用旁白承上启下：在老兵李滨新家，一株盛开的君子兰格外耀眼。这位曾三次负伤、四次荣立战功的耄耋老兵就是一段光荣历史。李滨新没能参加抗美援朝的故事讲完了，谜底也由旁白揭开了：几十年后，李滨新才知道，是王震将军下达了“十五团驻和田，万不能调”的死命令。组织上要交给他们这些没有被调离的战士们一项更为艰巨的使命，那就是建设和田，保卫和田。

在军垦歌曲《戈壁滩上盖花园》的渲染下，展开了劳动模范董四海和山东女兵李春萍曲折、感人的爱情故事，以及十五团官兵将 3 万多亩新开垦的土地无偿交给和田地区人民政府的历史事实。当十五团驻和田官兵粉碎了敌人的又一次武装叛乱阴谋，王震司令员来到和田，将军说：同志们呐，敌人，是永远不会善罢甘休的。在和田这片土地上，有你们在，我们的红色政权就稳如泰山，老百姓的日子就幸福安宁！

为了红色政权稳如泰山和老百姓的日子幸福安宁，1950年起，十五团官兵继“南泥湾大生产”之后，又开始了一次新的长征，一直到解甲归田、颐养天年。通过三个老兵们的对白，巧妙讲述了王毛孩、李炳清，以及王震骨灰撒天山的故事。接着通过兵团成立四十年发生在徕远宾馆的故事，揭示了老兵们对党对祖国的一片拳拳之心。然后自然过渡到石河子广场，向王震司令员报告的感人情节。首届中国沙海老兵节在四十七团隆重举行，三个老兵感慨万千。当又一个八一建军节来临，李滨新唱起了：雄伟的井冈山，八一军旗红……董四海、盛国柱赶来了，四十七团最后的三个老兵又思念起生死与共的战友们来。

通过这样一个主线，把沙海老兵们七十年的故事串在了一起，从而概括了他们充满传奇色彩的一生：一道命令进沙漠，屯垦戍边一辈子。

广播剧《沙海老兵》先后在中央广播电视总台、新疆广播电视台、兵团广播电视台播出，与电影《进军和田》交相辉映，为弘扬兵团精神、塑造老兵群像发挥了应有的作用。

【编剧简介】

王安润，国家一级编剧。享受国务院政府特殊津贴专家。全国“德艺双馨”电视艺术工作者。中国军事文化研究会影视中心艺术总监。

创作的影视作品、纪录片、广播剧曾获中国电视金鹰奖、中国电视星光奖等。其中电影《无罪》获第50届休斯敦国际电影节“白金雷米奖”，《杰米拉》获第23届上海国际电影节组委会特别荣誉奖。《进军和田》《我的阿恰》公映。微电影《小白杨》《血缘》分获第三届、第八届亚洲微电影艺术节“金海棠”奖最佳作品奖和优秀编剧奖。

著有电影文学剧本《边关铿锵玫瑰》《青春轶事》《大爱无痕》《冬古拉玛》《梧桐窝》等。电视剧本《红日照天山》《大动脉》（合作）分别获2018年、2019年全国重点现实题材电视剧本扶持项目。电视剧本《温州女子闯新疆》《飘逸的蒲公英》入选2019年全国重点现实题材电视剧本扶持项目。

巴尔鲁克山花

编剧 \ 王安润

主要人物

夏兵兵：女，23岁，大学生，“孙龙珍民兵班”班长。

蔡小笛：女，22岁，大学生，“孙龙珍民兵班”副班长。

阿依努尔：女，21岁，维吾尔族，大学生，“孙龙珍民兵班”战士。

林子聪：男，26岁，后参加人民解放军到小白杨哨所。

胖子：男，25岁，林子聪发小。

【红旗猎猎声、人头攒动声】

【刚劲有力的口令声：稍息、立正！】

【口令声在山谷中回荡声】

【浑厚的男中音画外音】

我宣布，孙龙珍民兵班于今天正式成立了！

【掌声如雷，鞭炮齐鸣，锣鼓喧天】

【音乐过渡】

【夏兵兵旁白】

我叫夏兵兵，1992年孙龙珍民兵班成立时我还没出生。2014年大学毕业后，我来到巴尔鲁克山下，成为孙龙珍民兵班光荣的一员。在这里，我和我的同学蔡小笛、阿依努尔经历了一场生死考验。

【音乐渐强】

上 集

1

【刚劲有力的口令声：稍息、立正！】

【口令声在山谷中回荡声】

连长：阿依努尔，我们孙龙珍民兵班一向是严格按照部队训练标准执行的，让你剪短发，你怎么还不剪？

阿依努尔：（嗫嚅）我……我……

夏兵兵：阿依努尔，其实没关系的，以后还可以留呀！你说对吧，蔡小笛？

蔡小笛：就是呀，阿依努尔，你看我和夏兵兵的短发也不错吧？再说了，现在什么发型设计没有？等咱们放假了弄啥发型都可以。我保证比你现在还潮！

阿依努尔：那好吧，报告连长，我服从组织命令。

连长：嗯，这就对喽。

【音乐过渡】

阿依努尔：我的头发，我的头发呀……

夏兵兵:别这样,别这样。

阿依努尔:我不剪了! 违抗命令就违抗命令,让他们处分我好了!

夏兵兵:不能这样,咱们现在是女民兵了,不能任性。

阿依努尔:头发,我的头发呀。

夏兵兵:来吧,亲爱的,听话。

蔡小笛:阿依努尔,听话,别让夏兵兵太难做。你看你头发这么好,再多吃点薄皮核桃和甜甜的大红枣,气血双补,保证你很快又可以长发及腰了。

夏兵兵:蔡小笛说得太好了!

阿依努尔:那就剪?

夏兵兵:剪吧。

【音乐渐强,剪刀声,阿依努尔的抽泣声】

夏兵兵:好了。

阿依努尔:(哭出声)我的头发啊……

2

【熄灯号声、万籁俱寂的声音】

阿依努尔:兵兵姐,上个月我们参加了一个朋友聚会,蔡小笛有艳遇了哎。

蔡小笛:我说阿依努尔,你也太没出息了,那就叫艳遇了呀? 那小子典型的傲娇男,有什么意思……哎,对了阿依努尔,咱俩的民兵证怎么办呀,搞清楚了没? 是不是那两个小子搞的鬼? 要不是兵兵姐今天给咱俩开绿灯,连长知道了就瞒不住了,肯定要写检查了。

阿依努尔:那个胖子短信说了,已经找到了,我让他快点寄过来呢。

蔡小笛:兵兵,拜托你了,再帮我们瞒几天吧。我们一定给你介绍个帅哥!

夏兵兵:帅哥就免了吧,你们俩一点儿都不让人省心。明天还要早起训练呢,快睡吧,明天再聊。

3

【音乐过渡】

胖子:你说什么,不给送？凭什么啊？你们这服务也太差了吧？你们还想不想干了？

【快递员画外音】

真对不起啊,先生,我们的业务在那边暂时还没有开通啊。

林子聪:胖子,邮局说得多少天呀？

胖子:少说也得十天半个月,那都算是快的。

林子聪:胖子,这事儿是你捣鼓的,咱也别让人家不方便,没什么大不了的,咱开车去一趟吧,就当自驾游了,我爸和他们连长挺熟的。

胖子:子聪,你哪边的呀？明明是她们先挑衅的我们,怎么成了我捣鼓的？

林子聪:行行行,都是你的理。

胖子:你说呢？

林子聪:臭小子!

【音乐过渡:阎维文《小白杨》】

4

【刚劲有力的口令声:稍息、立正!】

【口令声在山谷中回荡声】

胖子、林子聪:于连长好,敬礼!

于连长:来了,欢迎,欢迎!

胖子、林子聪:于连长,幸会,幸会!

于连长:子聪啊,你看,这些年你父亲的企业对我们支持很大。中午就让二位尝尝我们民兵班的劳动果实。

林子聪:谢谢于连长!

于连长:这位是新任班长夏兵兵和副班长蔡小笛,一会儿呢,就由蔡小笛带你们去参观纪念馆。

林子聪、胖子:谢谢连长!

于连长：蔡小笛，这二位呢，是林总的儿子和小林的发小，林总对咱们连没少资助。你们好好给我招呼。

蔡小笛：知道了连长，我可以申请让阿依努尔和我一起吗，正好阿依努尔要考核讲解，我想借此机会让她也多温习一下。

于连长：准了！

蔡小笛：谢连长！

【音乐过渡】

蔡小笛：不知道吧？我们的于连长、夏班长都是孙龙珍民兵班的后人。

林子聪：切，这裙带关系代代相传啊。

蔡小笛：林子聪！请你注意一下自己的身份。我不许你这么说我们连长和班长，她们在这里付出了很多，你置身事外，我说什么你也是不会明白的，有些事只有亲身经历才有体会。

阿依努尔：是啊，林子聪，你要是多住两天就会明白，我们大家都很服气于连长和夏班长的，她们是凭实力的。

胖子：你们别听这小子的，他跟你们开玩笑呢，我一定批评他，二位不要往心里去哈。

胖子：（压低声音）子聪，你什么时候变脑残了？怎么能这样讲人家呢？

林子聪：（深深吸了一口气）就你能！

【音乐过渡】

阿依努尔：二位请看，那里就是闻名遐迩的小白杨哨所，战士们正在换岗，瞧，那位维吾尔族年轻战士正威武地伫立在寒风中。

林子聪：哇哦，小白杨哨所。

胖子：阿依努尔，你作诗啊？

蔡小笛：阿依努尔，快别看了，那位维吾尔族年轻战士都不好意思了。你什么时候变花痴了？

阿依努尔：不看就不看，反正很快又要到联谊活动时间了。哼，到时候那帅哥指不定是谁的呢。

【远处，有人唱起了《小白杨》】

几个人一起欢唱：一颗呀，小白杨，长在哨所旁……

5

【饭堂里吃饭的音效】

胖子:哇哦,你们就吃这个?

林子聪:(把馒头一扔)太次了,这黄不拉几的怎么吃?

蔡小笛:林子聪同志,我知道你家很有钱,在我们这请不要浪费粮食!

林子聪:(态度傲慢)浪费?

蔡小笛:我们虽然吃的简单,可守卫着这里的一草一木,我们感到无比的光荣和自豪,这是你这个富二代永远无法理解的。

林子聪:哼。

蔡小笛:你有你的优越感,但你体会不到一名民兵战士的责任感和使命感。在我看来,没有责任感的男人不算男人!

林子聪:(一脸不屑)是吗?教育完了?那要不要我和连长说说,好像你们有个东西落在我这了。

蔡小笛:(低语)无赖!

阿依努尔:拜托二位了,我们这里做饭的粮食和水都是很艰难才能运到这里,我刚来的时候也吃不习惯呢,所以就算你们觉得不是很好吃,也请不要浪费吧。

蔡小笛:阿依努尔说的一点不夸张。你可能还真不了解我们这里,这里冬天靠雪水,有时要走很远才能弄到干净的雪,夏天水源就更紧俏了,粮食也是很辛苦运来的,不然你爸也不用大力支持这里了对吧?要不,我来替林大老总吃剩下的?

林子聪:得!打住!我不是来受教育的,我剩的,我自己来!

【林子聪狼吞虎咽的声音】

林子聪:(起身)给,民兵证。

蔡小笛:哼,不谢!

6

【音乐过渡】

胖子:子聪,要我看啊,你是不是喜欢那个蔡小笛呀?

林子聪:胡说!

【手机响了起来,画外音】

林子聪父亲:子聪,我让你接手公司的事考虑得怎么样了?等你回来,我们再谈谈?

林子聪:(犹豫了一下)爸,您援助民兵班和小白杨哨所的项目,我愿意去支持。

【画外音】

林子聪父亲:行啊,你小子这回是怎么了?以前让你做点事很难,看来去趟边境线受教育了啊,爸为你高兴。

林子聪:爸,那我有个条件,能不逼我和刘叔叔的女儿谈对象了吗?

【画外音】

林子聪父亲:那是两码事。刘叔叔家的女儿英国留学回来,你不是也见面了,人家还是挺喜欢你的,你小子帅啊,就和当年老爸我一样,哈哈哈……刘叔叔女儿高材生,相貌身材样样不差,你相处相处再说吧。好,我有电话进来了。

林子聪:爸,爸,我……

【画外音】

林子聪父亲:就这样儿子,再见!

林子聪:爸……

【电话忙音】

胖子:你玩真的了?

林子聪:废什么话,上车!

7

【刚劲有力的口令声:稍息、立正!】

【口令声在山谷中回荡着】

蔡小笛:谢谢!架不住阿依努尔的督促短信,谢谢你们专程送证件。不过短暂的时间不足以让你了解我们,但是我想说我们是有故事的女民兵。

林子聪:呵,还来劲了。

【刚劲的口令声:稍息、立正!】

【口令声在山谷中回荡着】

【画外音】

蔡小笛:对于正处于青春年华的姑娘们来说,青春或许是大学图书馆里的书墨飘香,或许是华丽舞台上的尽情展示,或许是职场上的运筹帷幄……可是,我们就是那群不一样的姑娘,在最美的年华选择了一身戎装,在巴尔鲁克山下演绎自己的青春。

【刚劲有力的口令声:稍息、立正!】

【口令声在山谷中回荡着】

【画外音】

蔡小笛:军营里禁忌很多,但正是这些禁忌,才会让我们经历一些电影中没有的刺激。熄灯之后躲在被窝里偷偷看手机,或者在吹完集合哨的一分钟之内迅速恢复内务,然后抚着砰砰乱跳的心脏一路狂奔到岗哨……

林子聪:民兵班的生活原来是这样,刺激!很刺激!

8

【音乐过渡】

【画外音】

林子聪:蔡小笛你好!我不擅长写信,不过你很特别,从我懂事起,我爸的事业就不错,我的家人只是希望我将家族生意发扬光大,除了上大学,玩玩游戏,泡泡吧,和朋友吃饭喝酒,我的人生似乎并没有你们的有意义,我很想多听听你的故事,写给我吧。

【画外音】

蔡小笛:今天给你讲个神枪手的故事吧。曾经女神枪手的故事仿佛总是遥不可及,现在就那么清晰地发生在我们身边了。

【刚劲的口令声:稍息、立正!】

【口令声在山谷中回荡着】

【实弹射击的音效】

【画外音】

蔡小笛:站在十二月凛冽寒风中,纵使穿上军大衣也寒透肌骨。在靶场角落里,有一个瘦小的关中妹子。大家休息的时候她在练,大家练的时候她就吊着水壶练,一切都是默默无闻的。就是她,后来参加“利剑行动”一战成名,“女神枪手”就是这样得来的。后来,我问她,你为什么偏偏喜欢躲在角落里练?一抹淡然的微笑浮现在她瘦小的脸颊上,她告诉我,不为什么,就是想用射击来证明自己的价值,其他的都不重要!

【刚劲有力的口令声:稍息、立正!】

【口令声在山谷中回荡着】

【画外音】

林子聪:蔡小笛你好!故事非常感人。相对于你每天的进步和技能训练,我似乎很渺小,觉得没什么和你诉说的,吃饭、上班、睡觉、泡吧,平平淡淡,我好像没有什么精彩的事……

【音乐过渡】

【画外音】

蔡小笛:也别这么说,人和人不一样。当民兵以前,总以为父母的羽翼下是我永远的庇护所,青春也仅仅是一场在自己世界里消磨时光的唯美童话。当民兵以后,我才明白,一个人的生活不只有自己的小家,还有祖国的大家。

【画外音】

林子聪:小笛你好!我好像越来越被你的故事吸引了,等着我小笛,我要插上双翅飞到巴尔鲁克山下,以最快的速度站到你的面前……

下 集

9

【刚劲有力的口令声:稍息、立正!】

【口令声在山谷中回荡着】

夏兵兵:哎,姐妹们,姐妹们,你们快看,咱们上报纸了哎。

蔡小笛:《巴尔鲁克的山花》,就是呀,还真是写我们的。我给大家读读?

大家七嘴八舌:好耶,好耶!

蔡小笛:(清了清嗓子故作声调)在我国版图的西北角,有塔尔巴哈台和玛依勒两条山脉。两条山脉的中间向西方向,有一个方圆200多公里的阿拉湖,巴尔鲁克山,就与这个湖的东南边平行而立。

【有人带头鼓掌,蔡小笛示意大家安静】

蔡小笛:……山坡上一层层墨绿,那是松树;连绵的沟壑里大片大片的翠绿,那是草原;翠绿中那游动着的羊群、牛群、马群就像挂在山腰上的片片轻云;再看路两边,粉红的蜀葵、米黄的野蔷薇、紫色的马兰、黄色的金露梅、橘红的野生郁金香,更多叫不出名字的花草,在微风中频频向路人颔首问候……

阿依努尔:太美了,太美了！这是谁写的呀?

蔡小笛:嘘,安静,安静——走在这漫山遍野的花丛中,伴着沁人心脾的芳香还不时传来阵阵清纯的歌声和笑声,给巴尔鲁克山增添了灵气和欢乐。这就是被新疆维吾尔自治区和新疆军区命名的孙龙珍民兵班的女民兵们……

【掌声、欢呼声、笑声】

蔡小笛:(朗诵)是啊,巴尔鲁克山,您不仅美在那漫山遍野的山花,更美在英烈血染的风采;您有山、有水、有花香,更有这一代又一代的屯垦戍边人,这是一种大美、大有！而正是有了这些,才让这座山更加壮丽、山花更加烂漫！

阿依努尔:哇哦,太棒了！

夏兵兵:蔡小笛,看看,是哪位大文豪这么了解我们?

蔡小笛:柳——岩?

阿依努尔:柳岩谁呀?

夏兵兵:反正是个大作家,不然咋写的这么精彩?姐妹们,哪天见了这位大作家呀,本姑娘一定请他喝酒！

蔡小笛:那要是女的呢?

夏兵兵:那我就送她香水,外加一次桑拿,如何?

【人群又哄闹起来】

10

【刚劲有力的口令声:稍息、立正！】

【口令声在山谷中回荡着】

【画外音】

快递员:蔡小笛,包裹！

夏兵兵:哎,这就不对了。一个邮件包裹能让我们小笛脸红,有文章,绝对有文章。

阿依努尔:对呀。快快快,老实交代,老实交代,是不是那位呀?

蔡小笛:哪位呀?阿依努尔,给我,快给我！别闹！

夏兵兵和阿依努尔:(一脸坏笑)政策你是知道的,招还是不招?

蔡小笛:压根没有,我招什么呀? 好姐妹,给我吧。

阿依努尔:看来是真没有,拿去吧。

蔡小笛:这才像姐妹吗。

【跑步远去的声音】

夏兵兵:哎,我们的小笛被别人俘虏了!

阿依努尔:班长,你什么时候被俘虏呀?

夏兵兵:我被俘虏? 看我先俘虏你!

【阿依努尔叫喊着躲避】

【音乐过渡】

蔡小笛:来,姐妹们,有福同享!

阿依努尔:哇哦,真的让姐妹们分享啊,全是好吃的,巧克力、话梅,还有薯片嘞,幸福!

蔡小笛:幸福什么,他有钱愿意寄就寄呗。

阿依努尔:那我们就不客气了,姐妹们,上手!

【音乐过渡】

11

【刚劲有力的口令声:稍息、立正! 】

【口令声在山谷中回荡着】

【画外音】

蔡小笛:子聪你好! 寄来的东西姐妹们分享了,谢谢你!

自从当上女民兵那天起,我们的肩上也多了一份沉甸甸的责任。我们不再是家中骄纵跋扈的小公主,而是一名戍守边疆,一手拿枪、一手拿镐的民兵战士。穿上威严的军装,戴上神圣的军帽,我们心中装着人民的幸福和社会的安宁。噢,对了,马上要转场了,虽然冷,但是我们很充实,工作安排的满满当当的,我喜欢这样的生活。

【音乐过渡】

林子聪和胖子一起吃饭,林子聪心不在焉,专心地看着手机。

胖子:哎,哥们,想什么呢?

林子聪：没想什么呀？

胖子：你小子该不是对那个女兵上心了吧？

林子聪：说什么呢，吃饭！嗯，今天的菜不错！

【音乐过渡】

12

【狂风怒号声，搭帐篷声】

女民兵：帐篷、帐篷……

蔡小笛：班长，帐篷被狂风卷到半空了，怎么办啊？

阿依努尔：班长，没有帐篷我们睡哪儿呀？

夏兵兵：先别考虑睡觉了，完成巡逻任务再说！

女民兵们异口同声：是！

夏兵兵：同志们，这是一场考验，我们随时要保持警惕，不能……

【沉重的扑通声】

夏兵兵一头栽倒在雪地里。

女民兵们：班长，班长，你怎么了？

【风雪声，女民兵们呼喊声】

蔡小笛：（惊喜）班长醒了！

夏兵兵：哎，我这是咋了？眼睛一黑就什么都不知道了。

阿依努尔：你都昏过去了，班长，你太累了呀！

夏兵兵：我晕过去了？哎，身体不给力啊。大家都一样，谁不累啊。快扶我起来。

蔡小笛：是！快，烧点水！

【音乐过渡】

阿依努尔：呸呸呸，这是什么水，这么苦，还涩的，这能喝吗？

蔡小笛：凑合凑合吧，这是在山里。

阿依努尔：山里怎么了？看本姑娘今天给你们露一手，把火烧旺。让你们看看巧妇无米也能炊！

蔡小笛：好嘞！看你的，阿依努尔。

阿依努尔：班长，揪面片没有问题，就是里面有些青苔。

夏兵兵:没事啊,挺好的,就当是蔬菜得了。你别说,这还真是特色呢,在饭店估计能卖个好价钱。

阿依努尔:姐妹们,尝尝本姑娘的手艺!

13

【音乐过渡】

夏兵兵:蔡小笛,派出警戒哨,其他人抓紧时间眯一会。

蔡小笛:是!

【一个民兵急匆匆跑过来对夏兵兵报告】

女民兵:报告班长,前面的铁丝网被剪开,发现可疑脚印,是新的!

夏兵兵:集合!马上出发!

【女兵们快速集合完毕】

蔡小笛:班长,是不是向连部汇报一下?

夏兵兵:好……

【夏兵兵身体晃了一下又站住了】

玛依努尔:班长你怎么了?

夏兵兵:我没事儿,应该是低血糖犯了。

蔡小笛:班长我这有葡萄糖,你快喝点吧。

【蔡小笛从身上摸出一支葡萄糖递给夏兵兵】

夏兵兵:不行,你风湿性关节炎也犯了,疼得走不成路,那是医生给你补身体用的。

蔡小笛:哎呀,班长,不要紧,你快喝吧,我们还有任务要执行呢。

夏兵兵:不用,你想我得糖尿病啊?

蔡小笛:快别闹了,班长,拿着!

夏兵兵:这不行。

蔡小笛:这什么呀,什么这那的,赶紧拿去!

夏兵兵:不行,你留着……小笛,执行命令。

蔡小笛:是!

【风雪声】

阿依努尔:班长,这脚印刚走过,不会很远,他们往前面的方向去了。

蔡小笛:我觉得我们可以抄近路包抄他们。

夏兵兵:就这么定了,大家提高警惕,出发!

【风雪声】

阿依努尔:班长,这片开阔地是他们必经之地,这次他们逃不掉了!

夏兵兵:阿依努尔,你说得不错。这样,你和小笛到左边设伏,其余的人听我指挥,不许擅自行动!

众民兵异口同声:是!

【音乐过渡】

蔡小笛:嘘,他们过来了!

【急促的脚步声】

阿依努尔:不对啊,这是当地的牧民啊。

蔡小笛:你没看错吧?

阿依努尔:怎么会呢?是他们,是他们。

夏兵兵:确定?

阿依努尔:千真万确!

夏兵兵:警报解除,继续前进!

众民兵:是!

14

【音乐过渡】

【天气骤变,大雪夹杂着雨水,倾泻而下声】

蔡小笛:这什么鬼天气,一会工夫,全身上下被淋了个透心凉,冻得牙齿直打战。这会儿要是有杯热牛奶什么的,给座金山我都不换。

阿依努尔:你想的可真美,还热牛奶呢,牛长什么样我都快忘了,给我杯热水我就知足了。

夏兵兵:你们两个还牛奶热水呢,我保证,任务结束后我请大家去桑拿,一条龙!

【纷飞的雨雪中,传来女兵的欢呼声】

阿依努尔:(大声呼救)啊!快来救我,我掉雪坑里了。

蔡小笛:怎么办?班长!

夏兵兵:快,解绑腿!

【音效】

夏兵兵:阿依努尔、阿依努尔……

蔡小迪:班长,阿依努尔苏醒了。

阿依努尔:班长,我,拖累大家了……

夏兵兵:傻样儿!别说话快把眼泪擦了,你要是真冻伤了,那才是拖累大家呢。风雪太大,我还是派人把你送回去吧。

阿依努尔:班长,我没事,已经好了。再说了,咱好赖也是孙龙珍班的兵,多大点儿事啊!

夏兵兵:阿依努尔好样的,同志们,出发!

【音乐过渡】

夏兵兵:同志们,来民兵班你们后悔过吗?

蔡小笛:班长,不来才后悔呢,这不挺好的吗?有这么一群好姐妹,好开心啊!

夏兵兵:刚来裕民县时那是谁呀?哭天抹泪的,看得都让人心烦。

蔡小笛:班长,哪壶不开提哪壶。刚开始大家都不适应嘛,就说剪发吧,班长您原本就一头短发当然无所谓了。

阿依努尔:是啊,班长,你没留过长发,真是剪头好比剪命啊,你就别说我了。

蔡小笛:哈哈哈,阿依努尔,班长说你呢,不要牵扯我们啊。

【众人笑了起来】

阿依努尔:笑笑笑,你们不怕呛风呀?你们谁剪头发的时候不心疼?我们这些90后啊就是自由惯了,比较任性,现在我们终于像个兵了!

夏兵兵:那,我们唱首歌儿怎么样?你们怕不怕呛风啊?

女民兵:(异口同声)不——怕!

夏兵兵:一颗小白杨,预备,唱——!

【歌声伴随风雪,响彻空中】

【蔡小笛画外音】

这就是我们的战斗集体,这就是我的姐妹们。当班长把阿依努尔冻僵的双脚塞进怀里那一刻,我们落泪了。我们庆幸来到了这样的集体,更庆幸有这样一位好班长!这使我想起第一次在哨所过中秋节的情景。

【音乐过渡】

15

【蔡小笛画外音】

那天晚上,一轮黯淡的月亮挂在巴尔鲁克黑黢黢的山顶上。万籁俱静的山谷,时不时传来几声凄厉的狼嚎声,很是阴森渗透。我把脖子缩在军大衣里,依旧挡不住刺骨寒风的侵袭。这时班长走了过来。

夏兵兵:蔡小笛,下哨了!

蔡小笛:(傻呵呵地笑)下哨了,没到时间呀?

夏兵兵:是没有到,太冷了。想家了吧?

蔡小笛:啊!没有,没有,班长!没有的事儿!

夏兵兵:嘘……我告诉你吧,我也想家,咱当兵的也是人,精神是铁打的,身子是铁打的,心不是铁的啊,谁不想家啊……行了,不跟你废话了,赶紧回去暖和一下吧,我替你,天太冷了。

蔡小笛:那班长你?

夏兵兵:我没事,快去吧,晚了月饼、葡萄、西瓜就被她们给整完了。

蔡小笛:好吧。班长,我去了!

夏兵兵:去吧,怎么婆婆妈妈的。

【蔡小笛画外音】

这就是我们亲如一家的战斗集体。无论是炎炎夏日还是瑟瑟寒冬,每次体能考核中,我们女兵们总是以骄人的成绩赢得大家的瞩目。在考核的场地上,总能听到女兵们整齐的脚步声,还有那嘹亮的口号声。最后冲刺的时候,看到周围的姐妹跑不动了,拉一把,加个油,又一起冲向终点。在考核的路上,留下的不只有辛苦的汗水,还有一起努力的团队精神,不服输的劲头,这就是我们女子民兵班。

【林子聪画外音】

小笛,太感人了,我突然萌生了一个想法,这个想法连我自己都感到伟大。现在不告诉你,到时候给你一个巨大的惊喜。

【蔡小笛画外音】

子聪,我等着你巨大的惊喜!明天,我们的西线巡逻就结束了。到时候,我们会有一个星期的休整。咱们见面的日子不远了!

16

【音乐过渡】

夏兵兵:阿依努尔,你过去打听一下最近有没有陌生人来过。

阿依努尔:是,班长。

【鸡鸣犬吠声】

阿依努尔:班长,我回来了。

夏兵兵:情况怎么样?

阿依努尔:这是村主任托尔根大叔。

夏兵兵:托尔根大叔好!

托尔根大叔:夏班长好!你们巡逻辛苦了。放心吧,我们这偏僻的村子很少有人来,非常安全。走走走,到家里暖和暖和,吃点肉喝点酒再走。

夏兵兵:谢谢托尔根大叔!我们还有任务,就不麻烦你们了。蔡小笛,通知大家上马,继续前进!

蔡小笛:是!

【画外音】

不好了!马受惊了,马受惊了……

【马蹄声,孩子的惊叫声】

蔡小笛:我去看看!

夏兵兵和大家:小心!

蔡小笛:知道了!

【马蹄声】

蔡小笛:孩子们,快闪开、快——闪——开!

【马蹄声,孩子的惊叫声】

【蔡小笛使出全力攥住惊马的缰绳】

蔡小笛:(大喊)孩子们,快跑啊!

【惊马暴怒地嘶鸣起来】

【夏兵兵和女民兵们大步流星地跑步声】

众女兵:小笛,当心啊。不好!

【惊马猛扬脖子，大嘶一声】

【蔡小笛像棉花包一样被惊马甩向空中】

蔡小笛：啊……

【马嘶鸣声，孩子的惊叫声】

【夏兵兵抱着浑身奄奄一息的小笛大声哭喊】

夏兵兵：小笛、小笛！不要啊，你醒醒，你醒醒啊……

17

【过渡音乐】

【夏兵兵旁白】

我们朝夕相处的亲密战友蔡小笛走了。今天，我们再一次来到小笛的墓碑前，被她救下的几个孩子也来了。

孩子们：（哭泣）小笛姐姐，呜呜呜……

阿依努尔：（泣不成声）小笛姐，过几天我就要结婚了，可是你来不了，这是一壶喜酒。小笛姐，本来我们说先喝你的喜酒的……

夏兵兵：阿依努尔，坚强些。小笛，我们要出发了，今后每次出发时我们都会来叫你的，你永远是我们队伍中的一员！注意了，民兵班全体都有，敬礼！

【音效声】

【夏兵兵旁白】

不久，林子聪从极度悲伤中走了出来，报名应征入伍，成为小白杨哨所的一名战士。

林子聪：（泣不成声）小——笛啊，你就这样走了？你好狠心，不是说好了吗？相逢的日子不远了！

夏兵兵：林子聪，别太难过。

林子聪：（大哭）小笛……你让我怎么办呀……

阿依努尔：林子聪，男人一些，站起来！

【林子聪旁白】

小笛，听得见吗？此时此刻我站在巴尔鲁克山下守望着你，永远替你守好祖国的边防线。只是我还没来得及说一句：我——爱——你！

【山谷回音】

我——爱——你！

18

【夏兵兵旁白】

十月一日这天，我们女民兵与塔斯堤边防站的官兵们一道，沿着蜿蜒曲折的山路巡逻。

【收音机断断续续的声音】

夏兵兵：姐妹们，塔斯堤边防站的兄弟们，我们的新中国今天七十岁了！

【收音机声音】

今天，是我们伟大的新中国诞辰七十周年。七十年来……

夏兵兵：同志们，为了亲爱的祖国，为了边疆的安宁，前——进！

【马蹄声，呼喊声】

【夏兵兵旁白】

孙龙珍民兵班，这个全国唯一的履行屯垦戍边使命、实行军事化管理、成建制的女子民兵班，已经成立五十七周年了，亲爱的朋友们，为我们祝福吧……

孙龙珍女子民兵班在巡边的路上小憩

创作札记

一枝一叶总是情

巴尔鲁克山下的“孙龙珍女子民兵班”1962年成立，1992年6月，新疆维吾尔自治区和新疆军区正式将女子民兵班命名为“孙龙珍民兵班”，这也是目前全国唯一一支履行屯垦戍边、实行军事化管理、成建制的女子民兵班。几十年来，三代女民兵夜以继日戍守边境线，涌现了许许多多平凡而悲壮的故事。

可以这样讲，最早进入全国人民视野的兵团女子群体形象，除了上世纪五十年代末的“冰峰五姑娘”，当属“孙龙珍女子民兵班”了。因其独一无二的的新闻价值和得天独厚的地理位置，还有英姿飒爽的女性等诸多因素，被同行们频频挖掘出崭新的内涵理所当然。也有影视界的朋友想将祖国西部边陲这些女民兵的故事搬上屏幕，但到至今尚未实现。

一个偶然机会，我应邀走进了这个闻名遐迩的女子民兵班。经过短暂的接触和愉快的交流，我预感要有一次不大不小的收获了。在当晚的饭桌上，九师主要领导的一番感人肺腑的话语，扫除了我的胆怯和畏惧，点燃了我的自信和执着。我再清楚不过，这片热土上来过的大咖们数不胜数，如果说要诞生什么不朽的文艺作品也应该是义不容辞的事。九师的朋友们幽默地说，应该是，可至今不要说像模像样的文艺作品，就是一般的作品也没有呀。我的胆量和勇气就是这时伴着一大杯火辣辣的白酒爆发的。

我没有对九师食言，等于没有对巴尔鲁克山下的孙龙珍烈士和孙龙珍民兵班食言。意想不到的是，我还获得了另外一位戍守边境线的老同志的故事，那时候魏德友大叔还没有那么闻名遐迩。但老魏叔的感人故事已经奠定了一部广播剧的基础。万万没想到，这次之行，我的一部当时还很稚嫩的作品不仅获得了兵团“五个一工程”奖，竟然被新疆电视台一位资深导演看中。他请我授权创作微电影，结果我们联手拍摄了微电影《小白杨》，一举夺得第三届亚洲微电影艺术节最佳作品奖，我还斩获优秀编剧奖。在云南临沧颁奖仪式上，我遥想巴尔鲁克山热泪盈眶：那里沟沟岔岔有黄金啊。

在激动人心的日子里，我以最快的速度完成了电影文学剧本《边关玫瑰》，很快获得国家电影局颁发的《拍摄许可证》。没想到，广播剧却走到了电影的前面，在新中国成立七十周年之际，我受命创作广播剧《巴尔鲁克山花》。

广播剧也是剧，都是通过故事情节发力，只不过对话的成分远远大于电影。有了电影剧本的实践，压力就不觉得有多么大了。我给广播剧定下这样的调子，时代在变，巴尔鲁克山下民兵班的人生观、价值观也在进行猛烈的碰撞。在孙龙珍烈士精神鼓舞下，生龙活虎的女民兵蔡小笛、阿依努尔等成为维稳戍边女英雄群像，广播剧应该表现兵团人“祖国的利益高于一切”的政治责任感和博大胸怀，以及无怨无悔守边防的崇高思想境界。

斟酌再三，我以孙龙珍民兵班成立作为广播剧开场，引出班长夏兵兵的旁白：我叫夏兵兵，孙龙珍民兵班成立时我还没出生。大学毕业后，我来到巴尔鲁克山下，成为孙龙珍民兵班光荣的一员。在这里，我和我的同学蔡小笛、阿依努尔经历了一场生死考验。

故事就这样开始了，面对进入民兵班的第一个考验剪辫子，展开了矛盾冲突和性格碰撞。维吾尔族女大学生阿依努尔的辫子又黑又粗，她死活不干。

阿依努尔：我的头发，我的头发呀……

夏兵兵：别这样，别这样。

阿依努尔：我不剪了！违抗命令就违抗命令，让他们处分我好了！

夏兵兵：不能这样，咱们现在是女民兵了，不能任性。

辫子的风波刚过去，万籁俱寂的夜晚来临了。通过熄灯后违反纪律的叽叽喳喳，阿依努尔引出了富二代林子聪和胖子。林子聪和胖子来民兵班送还蔡小笛和阿依努尔在执行任务时不慎丢失的工作证。在口令声声的训练场和饭厅里，养尊处优的林子聪和胖子与女民兵们自然而然发生了理念上的碰撞。

胖子：哇哦，你们就吃这个？

林子聪：（把馒头一扔）太次了，这黄不拉几的怎么吃？

蔡小笛:林子聪同志,我知道你家很有钱,在我们这请不要浪费粮食!

林子聪:(态度傲慢)浪费?

蔡小笛:我们虽然吃的简单,可守卫着这里的一草一木,我们感到无比的光荣和自豪,这是你这个富二代永远无法理解的。

林子聪鼻子里哼了一声。

蔡小笛:你有你的优越感,但你体会不到一名军人的责任感和使命感。在我看来,没有责任感的男人不算男人!

林子聪和胖子撂下夏兵兵和阿依努尔的工作证负气而回,可事情并没有结束。蔡小笛的傲气和冷峻,恰恰引发了林子聪十二万分的好奇,两人一来二往,开始了彼此并不情愿的手机沟通。以至于林子聪越来越被蔡小笛所吸引,他准备插上双翅飞到巴尔鲁克山下,以最快的速度站到蔡小笛面前,上集就在这样的悬念中结束了。

下集开场,以一篇刊登在《人民日报》上的散文《巴尔鲁克的山花》,将民兵班的精神面貌和思想境界提高到一个新的层次。就在这时,一个邮件包裹让蔡小笛脸红了,原来是林子聪的杰作。蔡小笛与林子聪的手机大战继续进行着,通过信息的频频发送,民兵班爬冰卧雪战严寒、边境线上巡逻忙的故事一一展示给广大听众。故事的小高潮是,完成任务就要与林子聪见面的蔡小笛,为了救儿童于惊马之下,献出了年轻的生命。战友们悲痛欲绝,林子聪从极度悲伤中走了出来,成为小白杨哨所的一名战士。他对着蔡小笛的墓碑发誓:在巴尔鲁克山下守望着你,永远替你守好祖国的边防线。故事的最后高潮是,祖国诞辰七十周年这天,班长夏兵兵率领民兵班巡逻,她高喊道:同志们,为了亲爱的祖国,为了边疆的安宁,前——进!

广播剧《巴尔鲁克山花》在中央广播电视总台、新疆广播电视台、兵团广播电视台播出后,反响强烈。令人欣慰的是,电影《边关玫瑰》即将在山花烂漫的巴尔鲁克山下开拍。

守望边境线

编剧 \ 王安润

主要人物

魏德友：男，24岁至76岁。新疆生产建设兵团第九师一六一团兵二连战士。性格憨厚倔强，信仰坚定。一生践行了热爱祖国、无私奉献的诺言。

刘景好：女，18岁至70岁，魏德友老伴。性格坚毅、宽容，长相漂亮。与魏德友相守相伴几十年。

张万新：男，38岁至88岁。新疆生产建设兵团第九师一六一团兵二连连长。魏德友的直接领导和支持者。

王大牛：男，25岁至50岁。兵二连战友。

一班长、白连长、一排长、首长、儿子、孙子等。

【音乐】

【旁白】

在萨尔布拉克草原深处，一位身着迷彩服、晒得黝黑的老人一边赶着羊群，一边望着远处的边境线。这位老人叫魏德友，在这里已经整整52年了。

【音效：草原、羊群、一对战士整齐走来】

方排长：魏叔——

魏德友：哟，是方排长，带着战士们巡逻来了？

方排长：是啊，（转身）哎，这就是连长叫我带你们来见的魏大叔。

战士们：魏大叔，你好！

魏德友：你们好！哎，方排长，你们连的战士我都认得，他们——

方排长：他们是刚入伍的新兵蛋子。魏叔，还是老样子，连长叫我领他们来，到你家讨口水喝。

魏德友：哎，哎。（吆喝羊走）

方排长：全体战士，稍息，立正！向右转，齐步走！

【战士们整齐的脚步声】

【旁白】

魏德友的家，是一间用土块和牛粪砌成的房子，孤零零地立在一望无际的中哈边境线上。驻守这里的边防连新兵下连队，有一个不成文的规定，都要喝一口从他家门前井里打上来的井水。

【从井里打水声】

方排长：每人一碗水，喝！

【战士们喝水】

方排长：好喝吗？

【战士们沉默】

方排长：我问你们呢，好喝吗？

战士甲：报告排长，不好喝！

方排长：你呢？

战士乙：（低声）是不好喝，又苦又涩——排长，是不是我们说错了？

方排长：屁话！好喝就不带你们来这里了！（停顿）同志们，有的新兵刚到这里，抱怨这儿苦那儿苦的，只要喝一口魏叔这里的苦碱水，只要知道他就是这样坚守了几十年,这个苦算苦吗?

战士们:不苦!

方排长:(抬高音调)算苦吗?

战士们:不苦!

1

【外景声】

战士们:(合唱)毛主席的战士最听党的话,哪里需要到哪里去,哪里艰苦哪安家,祖国要我守边卡,扛起枪杆我就走,打起背包就出发。祖国要我守边卡,翻山越岭去巡逻,边卡开遍五好花。毛主席的战士最听党的话,哪里需要到哪里去,哪里艰苦哪安家!

指挥官:全体都有,立正,稍息,坐下!

首长:同志们,今天——1964年4月20日,我们北京军区118名退伍官兵,响应毛主席、中央军委的号召,集体报名支援边疆建设,目标——新疆生产建设兵团。现在宣誓!

战士们:(齐声)我们,以军人的名义宣誓,建设边疆、保卫边疆、今生今世、永不放弃——

【音乐】

【旁白】

1964年,魏德友从北京军区转业,来到了新疆生产建设兵团第九师一六一团兵二连。那一年,他24岁。

【音乐,行进转叙事,到高潮】

【音效,火车车轮摩擦铁轨声、汽笛声、汽车引擎声、鸣笛声】

战士甲:到了!你看!我们终于到了!

【战士们开心的欢呼声】

王大牛:老魏,咱们这是到哪儿了?

魏德友:王大牛,我们要驻扎的地方啊。

王大牛:就驻扎在这?

魏德友:咋了?一望无际的大荒原,前面还有一条河,多美呀。

王大牛:我们下了火车上汽车,折腾半个多月,就在这荒无人烟的戈壁滩上守边?

魏德友:大牛,少发牢骚,走,下河去。

【战友们开心地喊叫着,冲向河边。河水声骤起,音乐隐】

【外景,砍木桩声】

王大牛:(脚步)老魏,你捣鼓啥呢?

【魏德友埋头干活】

王大牛:咦,连长给你个砍木桩的差事,看把你美的,吃了蜂蜜了?

魏德友:(看一眼王大牛)把扣子扣好,帽子戴正了,还像个兵吗你?

王大牛:我都懒得说你,都啥时候?还这么认死理。

魏德友:王大牛,来的路上我说什么来着,我们是转业了,可是走到天涯海角,我们还是——

王大牛:(抢话)一个兵!好了吧?

【集合哨子声】

魏德友:这还差不多。

王大牛:快快快!集合了。

魏德友:等一下,马上就好了。

【队列喊口令声】

张万新:全体都有了,立正,稍息。同志们,今天大部分同志都不错,只有少数同志不像话。王大牛、魏德友,你们两个怎么回事?为什么迟到?才离开部队几天?集合哨对你们就不管用了?

王大牛:不是,连长——

张万新:不许解释,下不为例!全体都有,立正,稍息。立正,站好了!跑步走,一二一、一二一……

【跑操结束,列队于连部操场】

张万新:同志们,从今天起,这里就是我们的第二阵地。记住,我们曾经是一个兵!现在,我们依然是一个兵!只要你在边境线上,只要你还是新疆兵团人,你永远都是一个兵!听明白了吗?

战友们:听明白了!

张万新:魏德友!

魏德友:到!

张万新:旗杆做好没有?

魏德友:报告连长,做好了。

张万新:很好!从明天起,咱们连开始升国旗。

战友们:是!

张万新:很好!魏德友,由你负责升旗仪式!

魏德友:是,保证完成任务!

张万新:很好!今天的任务,一排负责巡逻边境和连队内部事务;二排放牧;三排到马坎堆开荒;四排继续挖渠道。各排带走解散。

【背景声】

一排:一排全体都有!向右转,跑步走!

二排:二排向左转,跑步走!

三排:向后转,跑步走!

【音效渐隐,音乐】

【旁白】

兵二连在萨尔布拉克草原上驻扎,他们住的是地窝子,过的是啃冷馍、喝咸水的日子。这些魏德友都不在乎。他是个认死理的人,当初刚入伍的时候,他宣誓"听党的话,跟着党走",这个信念,他始终没有动摇。只是远离家乡和亲人,魏德友心中有了某种惦念。

【音效背景,地窝子、脚步声】

王大牛:天大的消息!一个天大的消息!

魏德友:什么消息啊,一惊一乍的。

王大牛:老魏,你不想知道啊?

魏德友:边境上出事了?

王大牛:不是!再猜!

魏德友:我脑瓜子笨,猜不出来。

王大牛:(悄声地)兵二连有女人了!

魏德友:(愣了下)女人?那是,那谁的——吧?二排——

王大牛:对对,张麻子的家属,从四川老家来的婆娘。大家都去闹洞房了,你去不去?

魏德友:俺不去,多丢人现眼。

王大牛:老魏,你不想看女人啊?真的不想看?那我去了啊!

魏德友:你去吧,没见过女人似的。

【夜晚,蛐蛐叫声】

魏德友:报告!

张万新:进来! 魏德友? 有事吗?

魏德友:(涨红脸)连长,我……

张万新:(放下笔)你个魏德友,有事你就说呀? 我又吃不了你!

魏德友:我……我想请假。

张万新:(斩钉截铁)不行。连里现在刚稳定下来,非常时期。

魏德友:我……我想回趟山东老家。

张万新:那更不行了,现在是什么时候? 都快火上房了,知道吗?

魏德友:可是,可是别人……别人……

张万新:可是什么? 别人什么?

魏德友:媳……妇。

张万新:(笑了)好你个魏德友,憋了半天是想说,回老家领一个媳妇回来?

魏德友:连长,你不批准我回去?

张万新:哎,谁说我不批准了。咱们连现在别的都免谈,只有这事我批!

魏德友:(喜笑颜开)哎,谢谢连长,那我回去了。

张万新:回来!

魏德友:还有啥事啊?

张万新:我不是白给你假的,你得给我保证,一定要把媳妇带回来。这是军令状!

魏德友:是! 保证完成任务!

【音乐】

【马车声】

刘景好:哎,我的腿都麻了,到了没有?

魏德友:到了,媳妇,下车吧。

刘景好:下车? 这是哪儿啊?

魏德友:咱们的家啊!

刘景好:家? 哪有房子啊? 这不是戈壁滩吗?

魏德友:是啊,我们兵团人守的就是这一大片戈壁滩。

刘景好:我没说这个,我问你,咱们的房子呢?

魏德友:那不是吗,我们住那里。

刘景好:那不是地窝子吗?

魏德友:是啊,大伙都住地窝子呀。

刘景好:(突然大声哭)啊……魏德友,你这个骗子!你骗了我……

魏德友:好了,好了,别哭了,别在这儿哭啊!赶紧进家吧,我给你烧点热水好好泡个脚。

刘景好:我不要!魏德友,你这个骗子,你是咋给我说的啊……

【职工们三三两两地围了过来】

魏德友:(不好意思)别哭了,我的小祖宗!有啥我们进房子里再说好不好……别哭了……

刘景好:你还好意思说那是房子?魏德友,你当初咋跟我讲的,说这里跟天堂一样,有河流,有草原,有高山。在哪儿?在哪儿啊?什么都没有。你把我骗到这来,就住这么个像坟包一样的房子啊!

【职工们议论】

王大牛:老魏,你回来了?我的媳妇呢?你不是答应帮我也带一个媳妇回来吗?

【职工们哄笑】

魏德友:去去去,添什么乱!

女甲:好了,不哭了,嫂子,既然来了先住下来再说吧。

女乙:是呀,你这哭也不管用。几千里路,荒原野外的,也不是一哭一闹就能回去的。

刘景好:(停住了哭声,拉着哭腔)你们也是被骗来的?

女甲:不,嫂子,我们是自愿报名来的。

女乙:我来的时候,这里连棵树,连只鸟都没有。一开始我也后悔过,可后来想通了,支援边疆、卫国戍边总要有人做吧?

女甲:先回去休息休息吧。这几千里路赶得多累啊,睡一觉就好了。

职工们:(劝解)老魏,好好待嫂子啊!进屋吧,嫂子。

【离去的脚步声】

【音乐:抒情】

魏德友:刘景好,还生我气啊?来,热水都给你弄好了,泡泡脚解解乏吧。

刘景好:谁稀罕你。

魏德友:(憨笑)你是我媳妇,你不稀罕谁稀罕啊。来,泡泡吧(洗脚)

刘景好:(怪嗔)这地方就不适合女人待。

魏德友:瞧你说的,咱兵二连这里又不是只有你一个女人。

刘景好:反正是你骗了我。

魏德友:咋的,在老家你也是个民兵队长,这点苦就吃不了了?

刘景好:可是,这也太苦了吧。

魏德友:这里是边境,当然苦了。要不,部队咋会把我们派到这里。咱这是光荣,要不你也不会看上我的。

刘景好:你知道就好。

魏德友:说心里话,放眼咱兵二连,不,是咱兵团,最漂亮的媳妇就是你了。有你在这里,我就是吃一辈子苦也值。

刘景好:谁说我跟你在这里一辈子了。

魏德友:媳妇,是毛主席号召咱支援边疆,保家卫国。咋了,你连毛主席的话也不听了?

刘景好:去,你的话我不听!毛主席的话我听!

【草原冬季,踏雪声、喘息声、军马的嘶鸣声】

魏德友:排长,排长,这边有很多鞋印,快过来看看。

排长:(仔细查看)人数不少,军靴,不是牧民的脚印,估计刚离开不久。王大牛,你回去向连长报告情况,我们去追。

王大牛:是!

魏德友:排长,快看,是对面那个国家的边防军。

排长:(双手做喇叭状)哎——你们越境了知不知道?赶紧退回去!

【边防军拉枪上膛声】

排长:(压低声音)两把冲锋枪退出视线,隐藏两翼,寻找依托合适的射击位置,做好准备。

战士们:是!

【音乐:紧张】

王大牛:排长,连长到了!

张万新:一排长,什么情况?

排长:报告连长,他们故意越境,到现在都不愿离开。

张万新:岂有此理!准备战斗。翻译,问问他们怎么回事?

翻译:是!

【俄语对话】

张万新:他们什么意思?

翻译:他们说这里是他们的边境线,我们越境了,要我们返回。我告诉了他们的边界线位置。他们说被大雪覆盖了,无法分辨。

张万新:胡说八道!从那边过来的鞋印,看他们怎么说?

【俄语对话】

翻译:他们说不好意思,他们迷路了,现在就离开。

魏德友:好悬啊!

连长:国境线无小事!一排长,你们要随时保持警惕!

【音乐】

【旁白】

连长的话,魏德友一下子就记在了心里。驻守边疆、保家卫国在他看来,不仅是极其光荣的,也成了他一生最朴实的信念。

【连部背景音】

魏德友:报告!

张万新:进来。

魏德友:(猛地推开房门)连长,真的要搬走了?

张万新:怎么了?老魏。

魏德友:(焦急地)连长,真的要放弃兵二连?放弃我们每天巡逻的这片地方?

张万新:怎么叫放弃?这里是我国的领土,永远是我们兵团人坚守的边界。只是现在形势已经缓和,这里也不太适宜生产和生活,全部人员搬到离团部近一些,更适合生活的地方。

魏德友:那兵二连呢?

张万新:人员解散,分配到团部附近的各个连队。老魏,前几天不是开会,都给大家说过了吗!

魏德友:(神情严肃)那这里交给谁来管理呢?

张万新:交给地方上了。你也赶紧回去准备一下吧。

魏德友:连长,我不想搬。

张万新:为什么?

魏德友:(低头寻思)要不我等咱连队和地方上衔接好了后再说吧。这期间,边境上的事我还继续看着。

张万新:(沉思)老魏,兵二连编制要取消,连里的牛羊都要卖给地方上,你不搬的话,你做什么?

魏德友:我可以自己买一群羊放啊,也不影响边境上的巡逻!

张万新:你的工作关系呢?

魏德友:我继续在这里放羊巡逻,也是工作啊!

张万新:这……恐怕不合适。你再考虑考虑吧。

魏德友:你们要是为难,我可以停薪留职。

张万新:胡闹! 你媳妇不是早想离开吗?

魏德友:连长,我跟刘景好说了,就是她走了,我也要留在这里的!

【音乐】

【画外音】

刘景好:老魏,兵二连都没有了,咱们还是走吧。

魏德友:不,我想留下来。

刘景好:你这是为啥呀?

魏德友:媳妇,咱来这里多久了?

刘景好:今年是1982年,咱都苦了18年了。

魏德友:我已经习惯这里,也放不下这里。

刘景好:这里的防务不是已经交给地方了吗。

魏德友:我最熟悉这里,我想好了,在这里一边放牛、牧羊,一边守着这国境线。

刘景好:你,留在这里? 这里是无人区呀,这么一大片草原连个房子也没有,你一个人咋的守啊?

魏德友:我来守,我就是活界碑吗!

2

【音乐】

【旁白】

1982年,一六一团原兵二连交给裕民县吉也克镇管辖,原兵二连百余户成边群众陆续撤离。魏德友选择留了下来，买了3头牛、20只羊，在这里继续放牧巡边。

【草原背景音】

魏德友：（跑步，喘气）老乡，你的羊群已经越过了边境线。

牧民：越境了？哪只羊越境了？没有线嘛！

魏德友：你看，那边那个土坡，就是分界线。现在要是那边有人，过去的羊就要不回来了。

牧民：（大惊失色）这么严重？

魏德友：你的羊要不回来事小，引发边境纠纷那就危害国家了。懂吗？

牧民：真的吗？

魏德友：我魏德友从来不骗人。

牧民：魏德友？你就是兵团的那个魏德友？

魏德友：你认识我？

牧民：不认识，我听他们说，你是个好人，枪打得非常非常准，是从老远老远的北京来到我们这里的。有你守在萨尔布拉克，我们牧民的哈马斯（哈萨克语，全部）东西都安全了。

魏德友：我没有你们说的那么玄乎，前面有咱们边防连，我呀，就是看家护院的一个老兵。

牧民：哎，你是好人、好人！

魏德友：别光聊了，你的羊要过界了！

牧民：老魏大哥，到我们家毡房做客啊。我追羊去了，再见，老魏大哥！

魏德友：哎，慢着点，注意脚下，别摔倒了！

牧民：（远处）我知道了，老魏大哥，我叫阿察拉！

魏德友：记住了，阿察拉兄弟！

【脚步、羊群隐去】

【音效，魏德友家背景声，孩子的哭泣声，伴随着刘景好的怒骂声】

魏德友：哎！你这是干吗？

刘景好：你自己的娃你自己带。

魏德友：你看你，又跟我闹脾气，孩子怎么缺得了娘啊！

刘景好：你说这日子怎么过，现在就剩下咱们一家，喝西北风啊？

魏德友：不是有吃有喝吗，咱有牛也有羊，日子会慢慢好的。

刘景好:(抓起一只碗摔在地上)好你个头!这日子我不想过了!

魏德友:不过就不过!你就是把家全砸了,我也不走!

【刘景好大声哭起来】

魏德友:有话好好说,你哭个啥吗。

刘景好:(哭泣)魏德友,你个没良心的,把我骗到了这荒山野地,也就罢了。现在咱老二都这么大了,让你搬到团部附近人多的地方,也是为了孩子,为了我们一家生活方便啊,你个倔驴啊!咋就一点也不为我们考虑!

魏德友:别的事好商量,可是我真的不能走。

刘景好:好,好!你不走,我走,我们娘仨走!

魏德友:别这样,别这样行吗?明天王大牛正好过来拉东西,要不你跟孩子们先到团部住去吧。

刘景好:我去团部?我是没人要了吗?要别人看笑话,要去你也一起去!

魏德友:我走了,这边境线咋办?

刘景好:半个多月了,就那么几个牧民过来放羊,你守个啥呀?

魏德友:正因为这里水草不多,牧民才很少来这里,地方上的人也不愿意过来。我要是再走了,这儿不又回到以前的有边无防了?

刘景好:你是谁啊,谁让你守来着?

魏德友:从我穿上军装的那天起,我就是一个兵!不管那身军装还在不在身上,我魏德友还是一个兵!

【刘景好收拾行包的声音】

魏德友:你同意去团里住了?

刘景好:(头也不抬)同意。

魏德友:太好了!

刘景好:好你个头,我们娘仨回山东老家,你一个人在这儿吧!

【暴风雪声,暴风雪不断抽打低矮的小门】

【音乐】

【旁白】

刘景好赌气带着孩子们回了山东老家,萨尔布拉克草原深处的这间土屋一下子冷清下来。老伴不在身边,日子格外艰难,饿了用一口铁锅煮些玉米糊糊充饥,渴了还是用这口锅煮井水喝。一个人坚守在国境线上,最怕的就是长久的寂寞与孤独。

【画外音】

魏德友:(儿时)娘——

魏母:儿子,怎么才回来,外面这么冷。

魏德友:不冷,娘。

魏母:(抱住儿子)来,到娘这里,看你这脸和手冰凉!

魏德友:娘的怀里真暖和。

魏母:羊都赶回来了?

魏德友:放心吧,娘,全都赶回来了。

魏母:冷坏了吧,咱这沂蒙山区冷,将来你长大了,兴许会到一个暖和的地方。

魏德友:娘,我哪儿也不去,就守着娘。

魏母:傻孩子,好男儿志在四方,还能守在娘身边一辈子?你记着,不管你到哪里,你都是娘的儿子。

【草原外景,羊群叫声、脚步声】

魏德友:天晴了,伙计们,你们就是我的兵,跟我一起巡逻。

【羊群咩咩叫声】

魏德友:边境情况一切正常,现在开始军事训练。立正!稍息!向左转!齐步走!

【羊群走动声】

魏德友:不好!前方发现敌情,卧倒!(动作)

魏德友:敌人离我们越来越近,预备,开火!呼……同志们,我们要不惜代价攻下前方621高地,为主力做好侧翼的掩护。冲啊!

【音效,哄着羊群远去】

【连部办公室】

魏德友:(喘着粗气进门)连长!

张万新:老魏,你怎么来了,有事情?

魏德友:有急事向你们汇报。

张万新:你说。

魏德友:边境上有情况了。

张万新:在哪里?

魏德友:93号界碑前。

张万新:(喊)小张,小张!

职工:(进门)连长,找我?

张万新:通知边防那里,93号界碑有情况!

职工:是。(离去)

魏德友:连长,事已经告诉你们了,我走了。(转身要走)

张万新:哎,老魏,大老远来一趟,咋说走就走呢。我还有事呢。

魏德友:啥事?

张万新:你坐呀。(倒水)来,喝水。

魏德友:到底啥事啊?

张万新:当然是好事了。团里根据现在的实际情况,把你的停薪留职报告给退了回来,仍然保留你的职工身份和工资待遇。

魏德友:连长,我现在挺好的,不用组织上照顾。

张万新:你这是什么话!老魏,你告诉我,咱兵团是什么?

魏德友:兵团是咱的家!我也永远是咱兵团的一个兵!

张万新:老魏,兵团的领导说了,要全力以赴地支持你留在萨尔布拉克草原放牧巡边,什么时候你想回来了,这里的大门永远向你敞开。

魏德友:连长,谢谢你们了!我真的挺好的,你们不用担心我。

张万新:老魏,应该是我们要好好谢谢你。有你在萨尔布拉克,那些不明人员就别想钻空子越界。还有牧民的那些牛、马、羊,就是没有边境设施也不会造成不必要的涉外事件,你对咱兵团屯垦戍边的贡献很大咧。

魏德友:(憨厚)连长,真的没啥,我也就是在放牧的时候多操了份心。

张万新:对了,我听说前两天你在边境差点出事。

魏德友:哦,碰到了一只大灰熊,把我也吓了一跳。后来我远远地开了一枪,那家伙就顺着边境线嗷嗷地跑了。这个情况我已经告诉边防站了。

张万新:老魏,你的汇报很及时。边防站通知了周围的牧民,还打电话过来专门向我们表扬你了。

魏德友:这是我应该做的。

张万新:生活上有啥需要,你要告诉我们。

魏德友:组织上已经很照顾我了,连长,你放心吧。

张万新:我不放心。那么艰苦的一个地方就你一个人。

魏德友:习惯了。连长,我真的没事。

张万新:萨尔布拉克冬天很难熬,孩子不在身边,晚上连个暖被窝的人也没有,大伙都很担心你。老魏,别犟啦,认个怂给媳妇赔个不是,咱这里很多文化人,你托人写封信把她们娘仨请回来不丢人。

【魏德友憨笑不言语】

张万新:哎,想不想啊?

魏德友:连长,刘景好那个人你又不是不知道,刀子嘴豆腐心,她会回来的。

张万新:你别给我来这套,她是她,我问你的态度呢。

【魏德友憨笑】

张万新:魏德友,我还是不是你的连长?

魏德友:是。

张万新:是就给我麻溜点,找人写去。

魏德友:哎。

【音乐】

【旁白】

魏德友始终没有托人给媳妇写封信,他不是不想,只是在左右为难。让她们回来吧,委屈了老婆孩子。不回来吧,自己过的确实不是个日子。

刘景好她们娘仨走了之后,魏德友把全部的精神寄托都留在萨尔布拉克,留在了屋前的那面升起的五星红旗。每天清晨,他做的第一件事就是,一个人庄严地站在国旗杆下升国旗。

【升国旗,国歌声】

魏德友:注意,现在萨尔布拉克守边员魏德友开始升国旗。左邻右舍们,跟我唱——起来!不愿做奴隶的人们!把我们的血肉筑成我们新的长城!中华民族到了,最危险的时候,每个人被迫着发出最后的吼声。起来!起来!起来!我们万众一心,冒着敌人的炮火,前进,冒着敌人的炮火,前进,前进,前进,进!

【歌声渐远】

【音乐:国歌合唱压混,直至高潮结束】

【屋内屋外风雪声,柴火煮着铁锅里的粥声】

魏德友:(自言自语)老伴儿,你不在,我呀连口像样的饭也吃不上。这样挺好,省心,煮点粥,再加点青菜,就个馍吃。

【屋外羊群咩咩叫】

魏德友:这羊又咋了,不是都吃得挺饱吗?

【突然传来几声狼嚎声】

【音乐:紧张】

魏德友:不好! 狼来了!

【牛、羊的混乱叫声】

魏德友:妈的,一定是狼崽子饿极了,跑这里来偷羊吃。(抄起枪)我看你小子的四条腿快,还是我老魏的枪子快?(起身出屋)

【屋外风雪声加大、牛羊声、狼声】

【呯! 呯! 清晰的两声枪响,杂乱的奔跑声,狼嚎声远去】

魏德友:该死的,一只、两只……只有十几只还活着,我的羊,我的羊啊……

【魏德友大哭起来】

【羊群凄惨的叫声】

魏德友:(大骂)狼娃子你们听着,有我老魏头在,就绝不让你们来祸害这里! 你们等着! 等着!

【音乐:紧张转过渡】

王大牛:(匆匆脚步)连长,不好了! 老魏不见了!

张万新:大牛,老魏怎么了?

王大牛:(喘气)今天,你让我给他送袋面粉和清油。我到他那里发现羊圈一片惨状,肯定是被狼群袭击了。我屋里屋外找了个遍,就是不见老魏。

张万新:这头犟牛,一定是追狼群去了!

王大牛:这么大的风雪,他一个人很危险啊。

张万新:是啊,上次他发现熊瞎子,就吵吵着要去追,怕伤着路过的牧民,被我给拦住了。这回肯定是了。

王大牛:现在怎么办?

张万新:走! 带上人,找他去!

【暴风雪,雪地脚步前行声】

战士们:(此起彼伏的喊声)魏德友——魏德友——

【脚步声,山谷回声】

王大牛:连长,你看! 前面好像是他!

张万新:全体都有,目标,前面那个山梁子,跑步前进!

战士们:是!(脚步声)

王大牛:连长,他在这里!

张万新:老魏!

王大牛:老魏!

魏德友:(虚弱的)哎,我在这里。

王大牛:连长,他在这里,在这里!

张万新:老魏,可找到你了。

魏德友:(有气无力地)你们怎么来了?

王大牛:这个老魏,你就是命大!

张万新:要不大牛发现及时,你今天就死翘翘了!

魏德友:大牛、连长,谢谢你们了——

【狂风大作】

张万新:暴风雪又来了,赶紧离开这里! 老魏,我来背你。

王大牛:不,连长,让我来。老魏,抓好了啊,走!(动作)

【脚步声、暴风雪声渐隐】

【音乐】

【旁白】

萨尔布拉克草原的风沙,像一把无情的刻刀,将魏德友逐渐黝黑的面庞刻上了岁月沧桑的皱纹。这个倔犟的汉子每天都坚持走 8 公里的牧道,去边境线,看有没有人员经过的痕迹,到牧民留下的房子查看情况。在春秋两季,魏德友还要时刻盯住牧民放牛羊,劝返抵边的牧民。闲暇的时候,一台随身携带的收音机成了他的好伙伴。那个年代,这也是他的唯一爱好。一部《瓦尔特保卫萨拉热窝》的电影录音剪辑,他不知道听了多少回。

【已经停止了广播的收音机发出"嘶嘶"的电流声】

【魏德友呼噜声一阵接着一阵】

【画外音】

小儿子:爸爸——

魏德友:儿子,你妈妈呢?

小儿子:妈妈让我告诉你,我们不回来了。

魏德友:她是不是在说爸爸的坏话?

小儿子:没有,妈妈一直在哭。爸爸,你哭了吗?

魏德友:哭过,爸爸也想你们。儿子,你想爸爸吗?

小儿子:想。可是,我要走了——

魏德友:儿子,别走!别走——

【从梦里惊醒动作】

魏德友:(喃喃自语)别走,别走——(叹气)最近,怎么老做这样的梦啊?

【音乐:渐隐】

【草原外景马蹄声】

魏德友:驾驾,哎,老乡,这牛和马是你的吗?

老乡:是的,是的,咋呢?你赶我的牲口做啥呢?

魏德友:这个地方是边境线,你的牛、马差点就跑到那边去了。你看人家在那边等着呢,你还要不要了?

老乡:要,要,咋能不要呢?驾,驾——

魏德友:行了,不要再赶了,我老魏已经从那边给你赶过来了。自己看着点。

老乡:老魏,是阿察拉说的那个老魏?

魏德友:是,是阿察拉兄弟说的那个老魏,魏德友。

老乡:哎呀,我非常失敬,不好意思,魏大哥。太感谢你了,这个送给你,拿去。

魏德友:你是去套野兔了吧?为了这个,你的牛和马丢了咋办呢?老乡,你拿回去吧,我不要。

老乡:(腼腆)这个我咋好意思呢?咋感谢你呢?

魏德友:不用感谢了,下次注意点。

老乡:哎,魏大哥,快看快看,那个方向好像有浓烟。

魏德友:哎呀,是我家的烟筒冒烟了。

老乡:你家的烟筒?

魏德友:还真是的。好了,代我问候阿察拉兄弟。再见,驾、驾——

【马蹄声远去】

老乡:这么着急,不会发生啥事情吧?

3

【音乐】

【旁白】

自家烟筒冒烟了，魏德友的心倏地一下紧张起来。是坏人来了吗？反正，不会是部队上的人，前天王大牛刚给他送过给养。

【马蹄由远而近】

【下马，拉枪栓】

【旁白】

魏德友悄悄走进家门，灶台前一个熟悉的背影，顿时让他喜出望外。

魏德友：(拥抱)媳妇，是你呀！

刘景好：松开我，讨厌！影响我做饭了。

魏德友：我说我最近咋老梦见你，原来是你要回来了。

刘景好：还有谁会到你这鬼地方来？放开我，讨厌，满身的凉气。

魏德友：嘿嘿，想我了吧？

刘景好：谁想你了，要不是张连长到济南出差来劝我，我才懒得回来呢。赶紧去把羊圈好了，准备吃饭。

魏德友：呀，你连酒都带来了？太好了，今晚有什么好菜呀？

刘景好：自己看。

魏德友：哎呀呀，红烧排骨、鸡蛋煎饼，还有大葱！还是老婆疼我，来亲一个！

刘景好：去去去！大白天的啊。

魏德友：我的老婆，合法夫妻，怕个鬼啊！

刘景好：这么大岁数，也不害臊。

魏德友：(憨笑)哎，两个臭小子呢？

刘景好：你还知道自己有儿子呀？我放团部王大牛家了，过两天再接过来。

魏德友：怪想我那两个臭小子的。

刘景好：这还差不多。赶紧坐下，你先喝着啊。

魏德友：(落座，倒酒吃喝)哎呀，好久没这么滋润了！你也吃啊。

刘景好：我想跟你商量点事。

魏德友:说,我听着呢。

刘景好:你看,这里到底还是太不方便了,我是想跟你商量,咱们还是回到团部去住吧。组织给咱分了房子,总不能一直空着吧。

【魏德友不吱声了】

刘景好:怎么? 还是铁了心继续留在这里?

魏德友:你又不是不了解我?!

刘景好:老魏,说实话我自己咋的都成。可孩子怎么办? 一个六岁,一个八岁,你让他们在哪上学?

魏德友:现在不比从前了,离咱这儿七八公里外有一个连队办了个小学。

刘景好:我知道,那里才十几个学生,能和团部的学校比吗? 再说,上学、放学都是冰天雪地、荒原野岭的,你就忍心让他们自己走?

魏德友:那能怎么办?

刘景好:老魏,我告诉你,你不能太自私,为了孩子你必须跟我们回到团部去!

魏德友:老婆,我也说句实话吧,你不在的这段日子,我不是没想过搬回团部。

刘景好:这不挺好吗,你终于想通了?

魏德友:可是——

刘景好:又怎么了?

魏德友:你是最知道的,当初我是咋来到这里?

刘景好:响应号召来的呗。

【音乐起】

魏德友:是啊。当初来到这里是响应党和国家的号召,我是发过誓的,这个誓言咱到什么时候都不能违背呀。

刘景好:我呀,说不过你。

魏德友:其实我不是没考虑过孩子的问题,你可以和孩子们住在团部,他们不就可以在团部小学上学了。我在这里呢,离你们也不远。

刘景好:这里一到冬季,那些牧民就迁移到别的夏季牧场。都没有啥人了,你还一年到头守在这里干什么?

魏德友:万一有意外情况呢?

刘景好:不是有边防站吗?

魏德友:这萨尔布拉克草原这么大,不能全靠着边防站,再说谁也没有我对这里这么熟悉啊。

刘景好:(心疼埋怨)你就认死理吧,苦不苦,你自己比我清楚。

魏德友:老婆,这么多年下来,苦也好,甜也罢,我都习惯了。你说真要是让我离开这里,我还真舍不得呢。

刘景好:老魏,你这头犟驴呀,也只有张连长比我更了解你。

魏德友:对了,我还真想知道,连长这次到济南是咋把你劝回来的?

刘景好:连长,他就根本没有劝我。

【闪回音效】

刘景好:张连长,老魏在那里过还好吗?

张万新:还好,就是一个人的日子苦了些。

刘景好:老魏这个人我了解,他不怕吃苦。

张万新:小刘,你错了,人哪有不怕吃苦的,是内心的东西在支撑着他。

刘景好:啥东西?

张万新:信仰!

刘景好:信仰?

张万新:对,是信仰。对于一个兵,坚守誓言、不忘初心,把信仰当作一辈子的事业,这是支撑我们克服一切艰难困苦的最大动力。老魏是这样的人,我相信,咱们兵团都是这样的人。小刘,你也是。(音乐收)

【草原外景,羊群声】

魏德友:(高唱)向前!向前!向前!我们的队伍向太阳,脚踏着祖国的大地,背负着民族的希望……

【飞机的轰隆声】

魏德友:妈的,敢到中国的地盘上捣乱。

【拉枪栓的声音】

【飞机声渐渐远去了,马蹄声由远而近】

方排长:魏叔好。

魏德友:方排长啊,今天边境线上有情况!

方排长:我们也听到声音了,你这里什么情况?

魏德友:刚才,他们那边有一架飞机飞了过来。一直在那边的边界线周围转来转去。

方排长:什么样的飞机?

魏德友:哎呀,我也说不好,至少有两辆牛车那么大吧。

方排长:往哪个方向去了?

魏德友:那边,那个方向。我还就奇怪,它飞来后就一直在那边转圈。我把子弹都上膛了,只要它敢越界,我就开枪。

方排长:好的魏叔,我现在就向上级汇报情况。

魏德友:代我向你们白连长问好。

方排长:好的。(策马远去)

【音乐:舒缓】

【旁白】

刘景好留下了,两个小儿子也跟妈妈一起留下了。魏德友的心头像灌了蜜一样,这是媳妇在疼他。与此同时,魏德友也感到有些愧疚,自己苦点不算啥,让她们娘仨一起跟着吃苦,他于心不忍。

【音乐:转紧张情绪】

魏德友:(推门)老婆——儿子——(没有人回应)

魏德友:哎,这都到哪去了?天都快黑了,真是……

【草原外景呼呼风声】

小儿子:哥哥,家还有多远啊,怎么还没到呀?

大儿子:就快到了,哥会把你带回家的。

小儿子:可是,平常我们早就到家了。

大儿子:哥也不知道,今天走了这么长时间都没看到家。

小儿子:哥哥,我害怕。

大儿子:弟弟,手是不是很冷。

小儿子:嗯。

大儿子:来,哥给你捂一捂。

小儿子:哥哥,我想回家。

大儿子:弟弟,爸爸不是说了吗,再大的困难我们都要想办法解决。

小儿子:(快哭了)可是,我怕——

大儿子:(也快哭了)弟弟不哭,哥哥现在就找家在哪里。

小儿子:家在哪里呀?哥哥。

大儿子:跟着哥哥走,咱们就到家了。

【音乐:过渡】

刘景好:儿子——儿子——你们在哪里啊！能听到妈妈的声音吗？——

【声嘶力竭的声音,被风声淹没】

【牧羊犬的叫声,马蹄声】

魏德友:儿子——老婆——你们在哪里？——

魏德友:你们在哪里？——

【音乐:过渡】

小儿子:(微弱地哭)哥哥,我好害怕,呜……

大儿子:弟弟,我也实在走不动了……

【马蹄声由远而近】

魏德友:驾、驾!

魏德友:有人吗？有人吗？——

【牧羊犬突然吠叫起来】

刘景好:(远处)老魏,老魏！我在这里——

魏德友:老婆,别慌,我来了!（策马过去）

刘景好:老魏!

魏德友:你怎么到这来了？孩子们呢？

刘景好:(拖着哭腔)俺找孩子啊！两儿子到黄昏了还没有回来,肯定是迷路了。都怪你!

魏德友:好了！赶紧上马,一起找孩子去!

刘景好:往哪找啊？

魏德友:那边,我们往那边走。

【马蹄声远去】

【音乐:过渡】

大儿子:弟弟,弟弟,不能躺在这里,起来我们走!

小儿子:哥哥,我累……

大儿子:你坚持一下,爸爸妈妈肯定会来找我们的。

【牧羊犬的声音由远而近】

大儿子:弟弟,是爸爸的大黑!

小儿子:哥哥,是大黑!

两儿子:(哭了)爸爸——妈妈——我们在这里,我们在这里——

【马蹄声】

刘景好:(下马,抱住孩子)儿子,你们要急死妈妈了!

大儿子:妈,你不要哭了,我们以后再也不迷路了。

小儿子:(哭)妈,不怪哥哥,天黑我们真的不认识路了。

魏德友:(难过)孩子们,是爸爸对不起你们。

大儿子:爸爸,是我们贪玩,才迷了路。

小儿子:嗯。

魏德友:(抽泣)别说了,孩子们,是爸爸不好,爸爸不好。(抽泣渐隐)

【音乐:温暖】

【旁白】

春天到了,萨尔布拉克草原又恢复了它美丽的容颜,远方的牧民也开始到这里放牧,草原有了热闹的景象。魏德友的家换上了新房子,这里也不再像以前那样冷清了。

【热热闹闹的背景】

张万新:这次咱兵团、地方与边防连共同改善了老魏放牧巡边的居住生活条件,往后这老魏可更要铆足劲干了。

魏德友:放心吧连长,我老魏头不会给咱兵团人丢脸的。

方排长:是啊,这么些年来,老魏叔就是我们边防连官兵的榜样。

张万新:可以这么讲,不过方排长,我们还要感谢萨尔布拉克乡政府,没有他们的支持和帮助,老魏也坚持不到今天啊。

方排长:张连长,要我说啊,老魏叔最应该感谢的是魏大婶。

张万新:听见了?老魏。

魏德友:(憨笑)那是,那是。

方排长:魏叔,哎对了,白连长委托我,聘请您为咱边防连的义务巡边员。这是给你配发的袖章。

魏德友:这个,我要了!

张万新:好样的老魏。你这里成了咱兵地协同巡边的一个点了!(众人笑,隐去)

【音乐】

【旁白】

草原的黄昏,有一种空旷的美。魏德友喜欢望着橙红色的日轮坠向遥远的地平线,因为每天的这个时候,都有一队背着电台的边防巡逻的战士从远处向他走来。那个景象让他心中充满了温暖。

【整齐的脚步声走近】

班长:魏大爷!

魏德友:你们来了,坐下休息一会吧。

班长:不了,魏大爷,咱萨尔布拉克边境这边,有一个不大的干枯的湖,应该从哪过去才能找到啊?

魏德友:哦,无名湖啊,那边也是你们的巡逻区了?

班长:是。

魏德友:从这里,往那边走。估计有五公里吧,到一个山坡,就不能过去了,那边就是国外了。然后往东北方向走,走三公里就能看到了。现在好像有点水了。

班长:谢谢魏大爷。全体都有,稍息,立正!向魏大爷敬礼!

魏德友:谢谢孩子们,谢谢!

班长:向右转,齐步走!

【战士们整齐的步伐声远去】

【音乐】

【旁白】

从1964年到2016年,魏德友为国守边整整52年。这期间他走的路,可以绕地球赤道五圈,他劝返和制止临界人员千余人次,堵截临界牲畜万余只,未发生一起涉外事件。

岁月沧桑,魏德友把最美好的岁月都献给了萨尔布拉克,献给了祖国的边疆。他的四个孩子相继长大,在济南和塔城安了家。老伴身体不好,跟孩子暂时回到老家。孩子们劝他,老伴也劝,但魏德友,依然选择一个人留下来。

【屋内背景,屋外鞭炮声】

孙子:奶奶,饺子煮好了吗?

刘景好:好了,你洗好手了?

孙子:洗好了,奶奶!

刘景好:别急着吃,先给爷爷打电话,爷爷在千里之外一个人过节。

孙子:是,奶奶!

【电话拨号声】

魏德友:(话筒)喂?哪里呀。

孙子:爷爷,新年好!

魏德友:好,好,乖娃,你好吗?

孙子:嗯,爷爷,我想您!

魏德友:(老泪纵横)娃,爷爷也想你啊——

孙子:爷爷,奶奶跟您说话。

刘景好:(抽泣)老东西,你还好吗?

魏德友:好,老骨头硬着呢!你呢,医生怎么说?

刘景好:老毛病了,不碍事,养养就好了。

魏德友:老家条件好,你多待一些日子,身子会更好的。

刘景好:(哽咽)老东西,我不在身边,你要好好照顾自己。这边跟孩子们过完春节,我就回去!

魏德友:别想着我,你的身体要紧。

孙子:(抢过话筒)爷爷,爷爷,你吃饺子了吗?

魏德友:爷爷还没有吃饭,爷爷这里天还没有黑呢,我等会就去做饭。

【刘景好闻言啜泣】

魏德友:乖娃,让奶奶接电话。

刘景好:自己包饺子了吗?

魏德友:我一个人过,不用那么费事,煮点吃的就好。

刘景好:老东西,等着我回去给你包啊?

魏德友:还是你包的饺子香,老伴,我等你。

刘景好:(哽咽)嗯。

【音乐】

【旁白】

老伴回来了,远在山东工作的二女儿,也决定回到她出生的草原,接过父亲手中的羊鞭,做一名巡边放牧人。魏德友人从兵团退休,可是心却一直放不下这片广袤的草原。

【草原外景，摩托车声，急刹车声】

魏德友：哎，你们干什么的？

年轻甲：我们是户外的驴友，骑摩托车旅行呢，怎么了？

魏德友：怎么跑这里来了？

年轻乙：（不耐烦）关你个老头什么事？

魏德友：前面就是国境线，你们再往前走就出去了！

年轻甲：噢，我们是——

年轻丙：（接话）我们是去塔城的。

魏德友：塔城往那边走。

【摩托车声骤起】

魏德友：哎！你们站住，你们往哪去啊？哎——

年轻甲：兄弟们，快、快，油门一加就到那边了，快、快！

【摩托车声远去】

魏德友：回来！回来！

【战士们从远处跑来脚步声】

方排长：魏叔——

魏德友：方排长，幸好你们过来了！有情况，有几个人骑摩托想越境！

方排长：我们也发现这行人可疑，就赶紧过来了。

魏德友：你们有电台，赶紧通知前方，拦住他们。

方排长：（呼叫）边防派出所吗？有一行人骑着摩托要越境，你们要拦住他们，拦住他们！

电台：（回报）收到！收到！

方排长：全体都有，跑步追上去，堵住他们！

战士们：是！

【跑步声远去】

【音乐：悠扬】

魏德友：（心声）在一个荒无人烟的地方驻守52年，你要问我苦不苦，我可以告诉你，苦，当然苦了。可是，我也有甜。新兵下连来我这里，喝下又苦又咸的井水；老兵退伍也要来我这里，大伙自带米面和蔬菜，一起做一顿告别宴。这个时候，他们带给我的，是发自心底的甜。

你要是再问我，你是怎样做到这些的。我也可以告诉你，因为我是一名光荣的共产党员。

【音乐：抒情】

【画外音】

张万新：老魏，你这来一趟团部，要走几十公里的路，累了吧？

魏德友：老连长，我不累。

张万新：怎么，边境又有情况了？

魏德友：没有。

张万新：想回团部了吧？

魏德友：不想。

张万新：我说魏德友，那你到底来干啥呀？

魏德友：老连长，兵二连撤销了，二连支部也撤销了，我今天来团部只有一件事。

张万新：什么事？

魏德友：交党费！

全国道德模范、“时代楷模”“最美奋斗者”荣誉称号获得者　魏德友

一个人的阵地

广播剧《守望边境线》，是采访巴尔鲁克山下辽宁丹东援疆医生李兆奎和孙龙珍民兵班时的意外收获。在谈论李兆奎和孙龙珍民兵班同时，一位戍守边境线的老同志的故事强烈地震撼着我，不过那时候魏德友大叔还没有那么闻名遐迩。

这次“无心插柳柳成荫”的采访，与老魏叔算是神交。不久，我赴国家行政学院进行为期一个月的中青年领导干部学习培训。兵团主管宣传的领导给我压了两个课题：改编舞剧《戈壁青春》为电影文学剧本，以魏德友的故事为原型创作一部电影文学剧本。任务“压力山大”，但没有一丝讨价还价余地。此时兵团第一部电影《无罪》刚刚获得公映许可证，正是宣发工作箭在弦上的时候。在兼顾宣发、学习之际，我抱着个笔记本电脑课上课下争分夺秒，跟北京的同学朋友哥们亲戚一次又一次爽约，几乎成了孤家寡人。

洋洋洒洒三万余字的同名电影文学剧本《戈壁青春》完稿，速度之快的根本原因是我这位当年的知青，把生活底子全搭进这部“命题剧本”里了。电子版剧本发回乌鲁木齐，没想到兵团主管宣传的领导字斟句酌亲自修改，给予了充分肯定，这使我信心倍增。

魏德友大叔的故事经过反复咀嚼后，我脑海里跳出一个绝无仅有的片名《一个人的阵地》。为什么这样说呢？1964年，他是和30多名战友一起从部队转业来到一六一团兵二连，驻守在萨尔布拉克的。可20世纪80年代初，当兵二连裁撤之时，一个考量意志和共产党员初心的特殊考卷摆在了魏德友面前。去，还是留？几乎没有任何犹豫，魏德友就做出了今生今世无怨无悔的抉择：坚守空旷的草原深处为祖国站岗放哨！这一坚守就是一辈子，一支钢枪、一只水壶、一部半导体收音机伴随着一个人，长年累月巡逻在荒无人烟的萨尔布拉克草原上时，魏德友就是一个人守护着祖国的一片寸土不可丢的阵地。萨尔布拉克巴尔鲁克山冬季狂风肆虐，积雪深达1米多；夏天蚊虫猖獗，当地人称“十个蚊子一盘菜”。每到夏季，还要时刻观察是否有人畜抵边，一旦出现险情，第一时间要冲上去制止、劝返，解决不了的就得立即与边防派出所或者边防连联系。一年如此，十年、二十年、三十年，直至半个多世纪。这得有怎样一种情怀和毅力？到这里，故事已经感人肺腑，精神层面呢？换言之，魏德友有怎样的豪言壮语？他就一句话：这块地方不能空着。大山一般的铮铮誓言如此言简意赅，被老魏叔掷地有声地撂在了萨尔布拉克草原上。时间在推移，魏德友夫妇退休了，4个孩子力劝他们回山东老家养老，他还是一句话：我走了，这地方谁来守？于是，他说服老伴留在萨尔布拉克继续义务戍边。他的付出是平凡而伟大的，因为他是为祖国而站！2003年，中哈两国边境界碑、围栏设立，国防公路贯通，魏德友成为兵二连唯一见证这一庄严时刻的人。那一刻，他抚摸着中国173号界碑泪流满面。到这里，应该说人物的喜怒哀乐都找到了，用有血有肉、丰满厚重一点不为过。

哲学家康德曾说过：世界上有两样东西最能震撼人的心灵，一个是头顶灿烂的星空，另一个是内心崇高的道德。一部电影，属于星空范畴的故事和隶属道德云端的灵魂都具备了，还等什么呢？还有，这部电影要达到什么效果，或者说拍摄这部电影的直接目的是什么呢？我以为，我们每个人都是这个社会的一分子，尤其是新疆的一分子。如果我们每个人都能够像魏德友大叔那样对待社会、对待他人、对待自己，把良好道德情操体现到日常工作和生活之中，从大处着眼、细处入手，潜移默化、久久为功，那么新疆的每一天一定很美好……这个主题看似有些大，但电影拍成后起码可以达到这样一个目的：在天山南北有效传播正能量。还有一个事实不可忽视，50多年来，魏德友倾力做好一件事——为国守边防。他用实际行动铸成了边境线上“永不移动的生命界碑”。他的家被驻地边防派出所官兵称为“一座不换防的夫妻哨所”。这是不是一个人，在他坚守半个多世纪的阵地上发生的故事？

我们中青年领导干部学习班次日赴上海干部学院继续学习深造和实地考察。我请来北京青年编剧周俊福以合作的方式，把这个感动中国的故事和良好的谋篇布局变成电影文学剧本《一个人的阵地》。剧本发回乌鲁木齐后，兵团主管宣传的领导再次字斟句酌亲自修改，给予了充分肯定。至此，两个“压力山大”的课题如释重负地完成了。因为某种原因，两部电影在2015年没有开拍，但并不意味着故事的结束。

有了《一个人的阵地》的构思和主题，还有栩栩如生的人物原型，三集广播剧本《守望边境线》也就非常顺利地完成了。广播剧精心录制后，在中央广播电视总台、新疆广播电视台、兵团广播电视台先后播出，产生较大的反响。经评审《守望边境线》获得“兵团五个一工程奖”。

《一个人的阵地》《守望边境线》之后，魏德友红遍半个中国，被中宣部授予“时代楷模”荣誉称号，被评为“中国网事·感动2016”年度网络人物，被评为第六届全国道德模范（诚实守信类）。

与魏德友大叔的见面是2019年金秋九月，他即将赴北京参加庆祝中华人民共和国成立七十周年大会、阅兵式、群众游行。在乌鲁木齐徕远宾馆，我终于握住了这位神交已久的、戍守边境线达56年之久的老人的大手。那一刻，泪水在我这个男子汉的眼眶里打转。在感谢时代造就了英雄魏大叔的同时，我想说，没有这个“一个人，在他坚守半个多世纪的阵地上发生的故事”，就没有我们的作品。需要补缀的是，《戈壁青春》经过进一步打磨，成为《青春轶事》全文刊在2019年《中国作家》第九期后，即将由北京的一家影视公司拍摄。《一个人的阵地》在长春电影集团公司先于我们出品电影《守边人》之后，仍然被北京的另外一家影视公司看中，即将搬上屏幕与广大观众见面。

检察官张飚

编剧 \ 王安润

主要人物

张飚：男，62岁，新疆石河子检察院驻监狱监察科检察官。

张大发：男，50多岁，错判强奸杀人犯。

刘玲：女，50多岁，张飚妻子。

魏小英：女，50多岁，驻监狱监察科科长。

小邵：男，30多岁，驻监狱监察科科员。

朱瑞：男，40多岁，著名律师。

鲍刚：男，40多岁，著名记者。

张旺财：男，50多岁，张大发哥哥。

张小宝：男，20多岁，错判强奸杀人犯，张大发侄子。

狱警、袁二等。

【片花，音乐】

狱警：他叫张大发，上个月刚转到石河子监狱，是个强奸杀人犯。

张飚：一共二十五个关键证据，没有一个是可以证明有罪的直接证据。光凭一个囚犯的口供，就把叔侄俩判了一个死缓，一个十五年，这也未免太草率了吧？

鲍刚：张大发，你坐牢期间，写了两麻袋申诉书，从不认罪，吃了无数的苦，这样做值得吗？

女声：总之一句话，我们不可能办错案。你们该干吗干吗，别跟我们这瞎捣蛋！

张飚：两起杀人案证人都叫袁二，一字不差，这难道是巧合？袁二是否在连续做假证？

女声：你给张大发介绍律师，又给记者透露案情，这么做，不怕违反检察官纪律和原则吗？

张飚：经比对受害女孩指甲中残留的DNA，姚峰极有可能是此案元凶。

张大发：乡亲们，我张大发一趟车开到上海，开了十年才开回家！

张飚：正义可能会迟到，但是永远不会缺席！

上　集

【监狱，出早操】

张大发：报告检察官，我要反映情况！

张飚：你要反映什么情况？

张大发：他们把我的名字登上光荣榜，我抗议，我拒绝！

张飚：怎么了？上光荣榜，表扬你不行？

张大发：表扬代表改造积极。我没有犯罪，不需要你们的表扬。

张飚：（小声）编号5318的犯人是什么情况？

狱警：5318啊，他叫张大发，上个月刚从内地转到我们石河子监狱，是个强奸杀人犯。他总说自己没有犯罪，不肯喊报告，不喊自己的囚号，不背监狱条规。还有，从来都不肯唱《感恩的心》……

张飚：听上去是个刺头，怎么还能上光荣榜？

狱警：同监狱有个犯人病了，他主动帮人家干活，我们按规定给他上光荣榜，没想到他还不干。

张飚:主动帮病人干活,看来这个张大发也懂得助人为乐吗!

狱警:张检,你不知道,听说以前的监狱要他写认罪悔过书,给他减刑十个月,他也不同意。后来要给他减刑,他竟然说不给他平反,就要把刑期坐满!

张飚:你说他不肯减刑?

狱警:是呀,只见过求着减刑的,没见过他这号不让减刑的,要我看啊,他脑子有病!

张飚:你把这个张大发带到我办公室来。

【敲门声】

张飚:请进。

狱警:张检,5318带来了。

张大发:我不叫5318,我的名字叫张大发。

张飚:你先去,我们单独谈一下。哎,张大发,来,坐呀。

张大发:啊……好吧。

张大发:你给我反映的情况,我已经跟监狱沟通过了,把你的名字从光荣榜上去掉了。

张大发:本来就不应该上。

张飚:喝口水,放轻松点,说起来大家都姓张,还是本家呢。

张大发:你穿的是检察官的制服,我穿的是犯人的囚服,同姓不同命啊!

张飚:好,今天我不把你当囚犯,你也别把我当检察官,就当是老朋友聊聊天。

张大发:朋友?那好,那我说……(痛哭)我没有强奸,没有杀人,我不是罪犯,我冤枉啊……

张飚:你慢慢讲,到底怎么回事?

张大发:我和侄子张小宝是个体运输户,那天也该我们倒霉,我俩把车上货装好,货主让把他家亲戚顺路捎到海州市,我就答应了。那姑娘叫马丽,才17岁,她夜里一点多在海州市西郊下了车。谁知道……(哭)祸从天降,姑娘第二天被发现死在路边的一条水沟里。我和侄子被刑事拘留,侄子一审被判死刑,我被判无期;二审,侄子被判死刑缓期两年执行,我被判了十五年。张检察官,我冤啊,我们没强奸、没杀人啊,怎么会这样!怎么会这样……

张飚:……给,擦擦眼泪。那,后来呢?

张大发:后来就被押送到了这个石河子监狱服刑。

张飚:行,张大发,你的话我听清楚了。

【办公室】

魏小英:张检,怎么一脸严肃,出啥事了?

张飚:魏科长,张大发你知道吗?

魏小英:这个人我听说过,对抗改造出了名的,不肯减刑,不肯上光荣榜,哎你怎么跟这个老刺头沾上了?

张飚:我调阅了一下他的案卷,好家伙,一共二十五个关键证据,没有一个是可以证明有罪的直接证据。光凭一个囚犯的口供,就把叔侄俩一个判了死缓,一个十五年,这也未免太草率了吧?

魏小英:老张,这个案子是东原省高院判的,负责案子的是被媒体誉为无懈可击的女神探。就咱们这几个小检察官,想跟人家叫板?

张飚:在我们检察官的眼里,只有无懈可击的证据,没有无懈可击的神探。

魏小英:对,这话对。

张飚:为什么张大发一直要喊冤叫屈,始终不服从判决呢?这中间是不是真的有什么蹊跷?

魏小英:蹊跷,还得在张大发的服刑档案里去找。

张飚:魏科长,我要查,我一定要查个清楚。

【过渡音乐,深夜,卧室】

刘玲:哎哎,快两点了不睡,瞪个眼睛瞅着灯,琢磨啥呢?

张飚:张大发的申诉材料内容完整,条理清晰,反映的问题也比较客观,他的目的很明确,就是还自己一个清白。

刘玲:犯人找你哭诉的多了,为啥这个人叫你特别上心?

张飚:他今天的哭诉像把锤子打在我身上,我凭经验觉得,他不是在作秀,三十多年的职业直觉也告诉我,案情里有情况。

刘玲:光凭经验、直觉有什么用?关键得找着线索和证据。

张飚:你听我说,照规定强奸杀人案应该是死刑,可这个案件为什么没有执行死刑?再有,很多证据判决上没有,该调取的没有调取,这又是为什么?强奸杀人却没有被判死刑,这简直难以置信,只能说明是证据不足。可既然证据不足,又怎能轻易做出判决?一起人命关天的案子竟然这么经不起推敲,我头上惊出一片冷汗啊……

刘玲：嗯，疑点是挺多的……哎，你订的《民主与法制》第八期到了，上面登了一篇重头文章，叫《被疑"灭门杀手"终判无罪释放》，你看看。

张飚：行，反正也睡不着，我去拿来看看。

【过渡音乐，办公室】

魏小英：张检，你说《民主与法制》里的文章提到有个叫袁二的在押人员作了伪证，导致了错误判决，而张大发的案子里也有一个证人叫袁二？

张飚：对！两起杀人案证人都叫袁二，一字不差，这难道是巧合吗？一个案发于东原省，一个案发于豫中省。东原省姜克灭门案是一起冤案，姜克被牢头狱霸袁二多次殴打，被迫写下了供词。后来，姜克被无罪释放。在张大发案件中，袁二是否曾和他侄子张小宝在豫中省的监舍一同关押过？是否也采用了同样的手段做假证呢？

魏小英：两起惊世血案，在袁二这里出现了奇怪的交叉，两个袁二如果是同一个人，又怎么会在东原省、豫中省两地作证？

张飚：这个袁二的证言是整个证据链中唯一的直接证据，如果证实张大发案与姜克案中的袁二是同一个人，就可以推翻判决。

魏小英：我建议你上公安部人口信息资源库查一下。

张飚：好，我这就上网查。

【过渡音乐】

张飚：我调查过了，全国有犯罪记录的、叫袁二的就一个人，可豫中省两个检察院都说没有这个人的记录。

魏小英：现在案子的焦点就在这个袁二身上，他明明关在东原省，又怎么会出现在豫中省？

张飚：犯人本身没有穿越能力，肯定有人安排他出现在那里。除了对他拥有管辖权的公安局，别的机关都没有这个权力。

魏小英：我们办案，不能光凭感觉，必须要有证据才行。谁能证明两个袁二就是同一个人？

张飚：就算全世界的人都认不出这个袁二，有个人肯定会记得他！那就是姜克！

魏小英：老张，你马上把袁二的资料发给豫中省方面，请他们协助调查。同时，给东原省准备公函。

张飚：好！

【监狱,中央电视台《今日说法》栏目正在播出】

播音员:请听《今日说法》。2005年1月8日,东原大学女学生李娟娟夜晚搭乘出租车外出,第二天被发现死在海州市西郊江干区。案发后,海州夜班出租车司机姚峰在警方追捕下很快落网。姚峰因为强奸杀害李娟娟,一审被判处死刑。

【张大发猛地放下饭碗】

张大发:我要反映情况!

狱警:张大发,你要反映什么情况?

张大发:我认为姚峰很可能就是杀害马丽的凶手,死者都是年轻女子,都是被掐死,都被脱去了衣服并抛尸,作案地点相近,行凶者的出租车司机身份也和马丽下车前要打车相吻合,他有重大作案嫌疑。

狱警:警察破案,讲究的是证据,哪有像你这样的,看个电视就能把案子破了?

张大发:(喃喃道)证据、证据!(高喊)DNA检测呀,马丽的指甲缝里不是有陌生男子的DNA吗?跟姚峰进行比对,不就什么都清楚了吗?

狱警:这里不是你发号施令的地方,你要做的不是胡思乱想,而是老老实实地服刑!听清楚了吗?

张大发:我不清楚!

狱警:是不是有张检给你撑腰,不知道自己姓什么了?关灯,睡觉!

张大发:我要见张检,我要见张检!

狱警:把你能的,天亮再说!

【过渡音乐】

张飚:魏科长,好消息!好消息!豫中省检察院来电话,我们要找的袁二,与户籍信息中的袁二一致。现在可以确定,姜克案中的袁二,与张大发案中的袁二就是同一个人!

魏小英:发函!

张飚:好!还有……

魏小英:怎么?

张飚:张大发跟我深谈了一次,他怀疑姚峰就是杀害马丽的凶手。

魏小英:哦?说来听听。

【过渡音乐,电话接通】

张飚:您好,我是新疆石河子检察院,那个张大发和张小宝的案子,有很多疑点,给你们发过四次函，怎么一点消息没有……哎哎，这位同志，你怎么这么说话？

对方：……总之一句话，我们不可能办错案。你们该干吗干吗，别跟我们这瞎捣蛋！

【电话挂断忙音】

张飚：什么话？要我们别捣蛋！咱就偏要做个捣蛋的人！

魏小英：别冲动，别冲动，你老张不是爱冲动的人啊！

张飚：科长，我心里那件事你忘了？

魏小英：我怎么会忘记，咱们这一代人又怎么能忘记？

【倒水声】

魏小英：好了，都过去了，那个时代已经过去了。

张飚：可是，被人冤屈的滋味至今我还刻骨铭心。每次想到这些，我就暗暗发誓，绝不给冤假错案喘息之机。

魏小英：老张，我理解，理解。这些年，你不一直做得很好吗。

张飚：这次，我感到压力比磐石还沉重。

魏小英：放心，就是天塌下来，我们一起扛！再说了，还有咱检察长吗。

张飚：对！

【过渡音乐，深夜】

刘玲：哎，老张，你猜今天谁上咱家来了？

张飚：谁？

刘玲：王老师。他说，有人委托他给你捎个话，东原省高院判的案子，都办成铁案了，就你们那么几个人，要为两个强奸杀人犯翻案，不怕把脑袋给撞破了？

张飚：他这么说的？

刘玲：他还说，你马上就要退休了，犯不着为这个事把自己的名声给赔进去。

张飚：呵呵，王老师，你还记得当年我爸的事吗？

刘玲：还翻那旧账干吗？

张飚：我不是要跟他翻旧账，我只是想说，法律必须公正！

刘玲：不都是过去的事了？

张飚：没有过去，它还藏在我们每个人心里。只要我们不注意，它随时都会回来！

【监狱】

监区区队长：报告张检察官，六区队正在出操，请指示。

张飚:稍息,继续出操!

监区区队长:是。全体都有,立正,正前方,跑步——走!

狱警:张大发,怎么不吃饭?不合胃口啊?

张大发:哼,这是给罪犯的牢饭,我没有犯罪,不吃你们的牢饭!

狱警:张大发啊,人家都把你办成铁案了。你就别犯犟了,还是好好服刑,早点出去比较现实。

张大发:是他们把我办成了铁案,不是我犯下了铁案。我不是罪犯,为什么要好好服刑?

狱警:告诉你吧,张检察官明天就退休了,你的事他管不上了。你只剩下几年刑期,我劝你还是好好服刑,别瞎折腾了。

【张大发将饭碗往地上一砸】

狱警:张大发,你要是肯好好改造,现在说不准都已经出狱了,出去了也可以申诉啊,在这里面喊冤,谁听得见啊?

张大发:我不是罪犯,干吗要改造?要改造的不是我,是冤枉我的人!他们才是真正的罪犯!

狱警:不管你是真冤枉,还是假冤枉。到了监狱里,就要守监狱的规矩,马上把碗捡起来!

【张大发飞起一脚踢饭碗】

狱警:张大发,你!

张飚:怎么?这种迎宾方式,太隆重了吧?

狱警:张检,您怎么来了,没砸着您吧?

张大发:张检察官,你不是明天退休吗?你、你怎么来了?

张飚:还没有到明天,我还是检察院的,怎么,不欢迎啊?

【张飚从地上把饭碗捡起来,递到张大发手中】

张飚:张大发,几天不见,脾气见长了啊,都学会摔饭碗了。到了监狱就要遵守监狱的规则,再说浪费粮食也不应该。

张大发:我是听说你明天就退休了,心里着急,才……

张飚:给我和张大发再打一份饭,我今天就在这里吃晚饭了。

狱警:(有些为难)张检,您来得太晚了,干部餐都没有了,要不我到外面去……

张飚:没关系,不要干部餐,我和张大发吃一样的。

张大发:张检察官,这是牢饭,你不能吃啊。

张飚:怎么不能吃?吃牢饭的不见得就是罪犯吗!

张大发:(哽咽)张检察官,就冲您这句话,这辈子即便洗脱不了罪名,我也感激您。

张飚:从今天起,咱们也算一个锅里吃过饭的人了。我今天来就是为了告诉你,你的事情我会一直管下去。我不放弃,你就不能放弃!

张大发:(呜咽)就算是死,我也不放弃。

下 集

【张飚家,轻轻开锁声】

刘玲:你还知道回来呀?

张飚:(尴尬笑)哎呀,这么晚了,还没睡啊?

刘玲:看来今天这个欢送宴很热闹,怎么,退休了,跟同事们依依不舍啊?

张飚:是呀,在一块处了这么些年,眼看就分开了,同事们都很热情,走不开,就回来晚了……

刘玲:来,新手表,戴上试试看合不合适?

张飚:哎呀,老夫老妻的,还买什么礼物?

刘玲:这是魏科长代表同事们给你买的退休礼物,

张飚:(讪讪地)魏科长到家里来了?哎,我还是说实话吧,我没去参加欢送宴,上监狱和张大发一块儿吃了顿牢饭。

刘玲:你呀,赶紧睡觉吧。记住了啊,从现在开始,你就是退休人员老张,不再是张检察官了。

张飚:咋,退休就不让我管闲事了?

刘玲:唉,我就是这么一说,你是能劝得住的人吗?

张飚:呵呵,还是老婆理解我,行,睡觉。

【过渡音乐,电话铃声,接通】

张旺财:(痛哭)张检察官,我是张大发的亲哥张旺财,我撑不下去了,真的撑不下去了……

张飚：张旺财，你别哭了，快告诉我出什么事了？

张旺财：八年了呀，张检察官，我比坐牢还要苦哇，砖厂没有了，房子、车子都卖了，这些我不怕，只要我弟弟、儿子能出来。可现在您也退休了，我们更没指望了，我受不了哇。今天是老母亲的生日，大发打电话来，可我不敢告诉他，老母亲去世两年了，她死的时候朝着新疆的方向，眼睛都没有闭上，她是死不瞑目哇……

张飚：张旺财，你听我说，你弟弟、儿子的案子冤屈很大，千万不要放弃申诉，我一定会追究到底的！

张旺财：弟弟说您是包青天，我听您的，您说怎么办就怎么办。

张飚：我建议你去北京向朱瑞律师求助。我查过，姜克灭门冤案由于证据严重不足，经过四次重审，姜克拿着无罪判决书走出了监狱，而为他担任辩护律师的就是朱瑞。找到朱律师，就找到了一把打开冤案的钥匙……

张旺财：太好了，恩人啊……

【过渡音乐】

老领导：小张？早啊，怎么今天有空来广场呼吸新鲜空气啊？

张飚：啊，是老领导。可不敢再叫小张了，我也退了。

老领导：退了？你瞧我这个记性。你刚进咱检察院时，还是个英俊小伙子呢！

张飚：是啊！老领导，这不，也成退休老头了吗。

老领导：你可不一样。哎，我听说你在为那个张氏叔侄俩平反？这事动静挺大，社会上什么样的说法都有啊！

张飚：老领导都听说了？是这么回事，那叔侄俩的案子的的确确有疑点，一共二十五个关键证据，没有一个是可以证明有罪的直接证据。

老领导：是这样？

张飚：我们连续多次发函，一点动静都没有。

老领导：是吗？解铃还须系铃人，去案发地试试？

张飚：可我已经退了。

老领导：哎，这可就不是张飚的性格了。

张飚：我懂了。老领导，听我的信啊。

【过渡音乐】

刘玲：啥事啊，这么高兴？

张飚：老婆子，收拾行李，走，去旅游。

刘玲:你没有病吧?

张飚:我没有病,你不一直吵吵着要去西湖看看吗?这回,我有空了。准备准备,咱明天就走。

刘玲:真的假的?

张飚:向毛主席保证!

刘玲:你这个老头子呀……

【火车音效】

导游:周全、王凤英、张飚,张飚?

刘玲:刚才还在这,这个死老头子,跑哪去了?

导游:谁看到张飙了?阿姨,麻烦您快打手机,一车的人都等他呢?

刘玲:对不起,对不起。

【手机暂无应答】

刘玲:这个死老头子!急死人了。

导游:这可怎么办啊?要是还找不到人,咱们就要报警了。阿姨,你看怎么办啊?

刘玲:别管他,咱们该干吗就干吗。一个大男人,丢不了!

【旅游车启动】

张飚:回来了?哎哟,我这个肚子突然不舒服,手机又没信号,从厕所出来,你们已经走了,我就回宾馆等你了……

刘玲:忽悠,接着忽悠。你就别跟我演戏了?怎么样,收获不小吧?

张飚:咳,怎么也逃不过老婆的火眼金睛啊。

刘玲:老张啊,我知道你看不得别人受冤枉,可是你到了人家的地盘,来查人家的案子,要是人家知道了,还能给你好果子吃啊?

张飚:怕什么?老领导说了,要那样就不是我张飚了。

刘玲:我说不过你,吃了吗?

张飚:呶,西湖龙须酥,尝尝?

刘玲:你自己吃吧。(倒水声)这是正宗的西湖龙井,知道你喜欢喝茶,特意给你买的。来,趁热喝一口。

张飚:老婆啊,两个无辜的人成了强奸杀人犯,几个家都毁掉了,这么大的冤案,我没心思喝茶啊。

刘玲:可你也是60岁的人了,身体不比从前,别熬太晚了,啊?

张飚:哎,我知道。

【办公室敲门声】

魏小英:请进! 老张? 你搞什么搞,还敲上门了。啥时回来的? 快进来,快进来。

张飚:魏科长,不瞒你说,我这次扎扎实实勘察了案发线路,这是文字材料。

魏小英:嗯,好,非常好!

张飚:我想去趟监狱,可以吗?

魏小英:去找张大发? 小邵,小邵,陪你师傅去监狱。

小邵:好嘞。

【音乐过渡】

狱警:哟? 张检,稀客,稀客,哪阵风把您吹来了?

张飚:怎么? 退休了就不能来看看你们?

狱警:得、得、得,张检,我们可担不起。您呀,准是来看那个张大发的,对不?

小邵:怎么说话呢?

张飚:没错,只要张大发的案子一天没了,我恐怕还得来……

【吵闹声,声音越来越大】

张飚:小邵,去看看,怎么回事?

狱警:不用看,又是那个最牛的公子哥在找茬。

张飚:就是那个……

狱警:就是您亲自押回来的那个。

张飚:还这么执迷不悟? 我倒要会会他。

【过渡音效】

小邵:怎么回事?

狱警:报告邵检察官,这小子吵吵着死活要见监狱长,拦都拦不住。

小邵:哼,想见谁就见谁吗? 毛病。

犯人陈:你算老几? 碍你什么事?

小邵:小子挺嚣张啊,我看你是在找不自在!

张飚:哎,小邵,让他说吗,天塌不下来的。

犯人陈:张飚? 还真是你呀?

张飚:没错,是我。

犯人陈:你好像不识相呀。

小邵:住嘴!

张飚:小邵,你让他讲。

犯人陈:知道我老爷子是谁吗?

张飚:不知道。

犯人陈:量你也不知道。说出来吓死你。

小邵:你!

张飚:让他讲,让他讲,说下去!

犯人陈:我告诉你,我爸是副司令。哥们走了八年都没人管我,不就想到外面透透气补补身子吗,多大个事?你非要整的鸡飞狗跳的,硬是把我弄回来。你就不怕我老爷子打个招呼收拾你?

张飚:不要说你爸是副司令,就是天王老子,在法律面前也都一样。

犯人陈:张飚,你等着,我跟你没完!

张飚:我告诉你,你没机会了,我老张呀已经脱制服喽。不过,你想与我较量,我奉陪到底!

犯人陈:(狂叫)张飚,你别跟我唱高调,张大发要不是你们家亲戚,你会这么上心?再说了,要是没有点好处,你一个退休老头会这么卖劲吗?

张飚:你?

小邵:押回去,严加看管!

犯人陈:张飚,你等着,我跟你没完,没——完!

【汽车刹车声】

张飚:邵啊,你把车开回去,让我单独待一会。

小邵:师傅,这大戈壁滩的?

张飚:放心吧,一会就过去了。

小邵:那好吧,师傅,我一会来接你。

张飚:去吧,去吧。

【汽车远去声】

张飚:啊——啊——啊——(戈壁滩上的回音)

【旁白】

张大发的案子,到今天都第七个年头了……平判冤假错案怎么就这么难啊!

【音乐，渐强】

张飚：不行，决不能退却，决不！

【办公室推门声】

魏小英：老张，有新线索？

张飚：科长，我从调取的资料中查明，袁二因贩卖淫秽物品罪被判有期徒刑六年，在服刑期间由于辅助公安机关到外地执行任务，被减刑十个月。这一点足以证明他确实到外地去了，很有可能去给张大发他们作伪证去了。

魏小英：可能不代表结论，认罪书是张大发的侄子张小宝写的，他怎么说？

张飚：张小宝，我也联系了，他回忆说——

【回忆】

张小宝：（独白）我一进那监狱里，就有人知道我的事，我不知道他叫袁二，他多次问我有没有做过？我一否认就会遭到他毒打。一审宣判时，我才知道他就是监狱里被称为“老大”的袁二，在这个老大的逼迫下，我写了认罪书。

张飚：张小宝，你的认罪书真是在袁二逼迫下写的？

张小宝：（哭）我知道自己没强奸杀人，可在那种情况下，把我搞得七天七夜不让睡，我神智都糊涂了，到最后就是他们写好的东西让我签字，不按他的意思做，就打我。

【回忆结束】

张飚：很显然，袁二采取非法手段强迫张小宝写下了承认犯罪的供述，而这份证词又成为张大发、张小宝犯罪的关键证据。

魏小英：如果说一个案件的程序不合法，按照《刑事诉讼法》的规定，这个案件就有可能是一个错案。

张飚：魏科长，咱们的想法完全一致。

【电话响】

张旺财：张检察官吗？我找到朱瑞律师了，他说你给他发过短信，所以他不光答应帮我弟弟、儿子打官司，还不要钱！

张飚：太好了！

张旺财：我这就把朱律师接到老家去。

【安徽歙县张大发老家】

张旺财：二叔，我从北京请了大律师回来，给大发和儿子打官司，您是村里的长辈，给律师说说吧。

二叔：这些年你请的律师还少了？有什么好说的，我们村没有这样的强奸杀人犯！

朱瑞：老人家，您怎么就这么确定他们是强奸杀人犯呢？

二叔：他不是强奸杀人犯怎么会坐牢？我亲眼看到的，公安都来了，法官都判了的吗！我们张家的脸都被他丢光了！

朱瑞：老人家，丢你们张家脸的不是他们，是把他们冤枉成强奸杀人犯的人。

二叔：什么，你说，他们是冤枉的？

张旺财：我死也不信大发和小宝会强奸杀人。大发原先是村里的首富，小宝都要结婚了，怎么可能干这种事？

二叔：说起来，强奸杀人的名声太臭了，我也不相信他们俩会干出这种事，但也不敢跟他们扯任何关系。

张旺财：我妈几年前死了，都不敢告诉大发。他两个女儿在学校被人欺负，初中都没有读完就辍学了，好好一个家就这么毁了！

朱瑞：现在我要找一个重要的人，一个和我一样能帮上你们的人。（拨手机号）你好，是《东方早报》的鲍记者吗？我是律师朱瑞。我给你一个地址，在石河子，请你去采访一个叫张飚的检察官……

【敲门声】

鲍刚：请问这是张检察官的家吗？

张飚：我是张飚，你是？

鲍刚：我是《东方早报》的记者鲍刚，想就张小宝、张大发的案件采访一下您……

张飚：《东方早报》，鲍记者？来，进屋，请坐。

鲍刚：张检察官……

张飚：我退休了，叫我老张就行。

鲍刚：好，老张，听说是你要张旺财去找的朱律师？

张飚：是的。

鲍刚：按说，检察官是控诉方，律师是辩护方，控辩双方在法庭上是相互对立的。你跟律师联系，不怕有人说闲话？

张飚：检察官和律师的分工虽然不同，但都是为了维护法律的公正！如果把法律看成是一架天平，那么检察官和律师就是两头的砝码，最终的目的，就是要让法律这架天平能够保持平衡。

鲍刚:一旦你接受我们的采访,很可能惹来大麻烦,你都退休了,真要冒险去捅这么大一个案子?

张飚:这个案子周围有张看不见的网,密不透风,我不能看着真相在里边生霉腐烂。在多少年申诉无望的情况下,你的采访或许是张大发叔侄最后的机会。

鲍刚:这个案子,关键就在袁二身上。

张飚:袁二,你找过他了?

鲍刚:不错,我见到了先后将姜克、张小宝、张大发送进监狱的袁二,这个曾经的牢头狱霸,如今住在一间10平方米的出租房里。

【回忆】

鲍刚:袁二,你还记得张小宝和张大发吗?

袁二:不记得了,我病重,过去的事情都不记得了,也不愿意想了。

鲍刚:对陷害过的这些人,你就没有一点歉意吗?

袁二:陷害他们的人不是我,我只不过是传了个话,传了个话你明白不?

鲍刚:我要的就是你这句话。

袁二:我现在就是在这屋子里等死,等死啊……

【回忆结束】

张飚:鲍记者,你挖出了袁二这个关键人物,我佩服你。

鲍刚:现在,我想去看看张大发。

【监狱】

张大发:记者,你总算来了,我就知道,你会来的。

鲍刚:我听说你坐牢期间,写了两麻袋申诉书,从来没有认过罪,吃了很多的苦,你觉得这样的对抗值得吗?

张大发:值得,怎么不值得?没有什么事情,比维护一个人的尊严更值得!

鲍刚:袁二做的伪证让你们坐了十年牢,你恨他吗?

张大发:一开始,我恨过,后来慢慢明白了,他不值得恨。

鲍刚:为什么?

张大发:袁二只是一把刀子,真正可恨的是拿刀子刺我们的人。

【张飚家,手机响声】

女人:张飚检察官,你为了给强奸杀人犯翻案,竟然跟律师和记者联手,真是费尽心机啊！

张飚：你是谁？你怎么知道这个事？

女人：我自然有办法知道，你给张旺财介绍律师，又跟记者透露案情，你这么做，就不怕违反检察官的纪律和原则吗？

张飚：你应该知道，我已经退休了，你说的这一套，对我不管用。

女人：（声音柔和了下来）张飚，我们也是人，也有犯错的时候。不能为了一两个错误，就把我们全盘否定了。

张飚：犯了错就要改过来，如果还要将错就错，那就是犯罪了！

女人：这些年，我们破了多少大案要案，你真的为了这两个人，毁掉我们这么多人的前程吗？

张飚：不是我要毁掉你们的前程，若是知错不改，毁掉他们的人生，也抹黑了你们自己的形象！

【女人沉默了一阵，挂断电话】

【办公室】

张飚：魏科长，什么事不能电话里说，非要我到你办公室来？

魏小英：告诉你一个重要消息，上海《东方早报》以《一桩没有物证和人证的奸杀案》为题，报道了张大发叔侄的案子，当天，该报还刊出了《跨省作证的神秘囚犯》一文，质疑袁二的身份。这篇报道立刻引起警方的注意，很快，海州市公安局将受害人马丽八个指甲中遗存皮屑的DNA信息调取出来，与数据库进行比对查验，结果令人震惊。

张飚：是谁？快告诉我，罪犯是谁？

魏小英：经比对指甲中残留的DNA，与已被枪决的罪犯姚峰的高度吻合，姚峰极有可能是此案元凶。哎，老张，你去哪儿？

张飚：还能去哪儿，当然是监狱。张大发恐怕没有想到，他的推测竟然成了事实！

魏小英：等等，我还没说完呢。东原省高院要立案重审，张大发和张小宝很快会被提回海州市了。

【过渡音乐】

张飚：过几天就要开庭重审了，我祝你早日重获自由。下次你再来新疆，我在家里招待你！

张大发：张检，您是我的大恩人，没有你，我们叔侄只怕就要背着强奸杀人的罪名过一辈子了。

张飚:其实是我该谢谢你。如果人们都不相信公正和法律了,那还要我们这些检察官干什么?

张大发:这个平安结,我戴在身上快十年了,今天我把它送给您,祝您好人一生平安。

【张大发和张飚一起哽咽了起来】

【张飚旁白】

东原省高院撤销了这起强奸杀人案原审判决,宣告货车司机张大发、张小宝叔侄无罪。先期从新疆石河子、库尔勒赶回东原省监狱的张大发、张小宝叔侄在十年前入狱的地方重获自由。

【手机响】

张大发:张检察官,我是张大发啊,我们被无罪释放了……谢谢您!谢谢您呐!是您救了我们叔侄俩呀!

【手机又一次响】

魏小英:老张,我是魏小英,终于盼到这一天了,我们胜利了!

小邵抢过听筒:师傅,师傅,您太伟大了! 我很看好你哟……师傅,您听啊——

年轻人齐声:张检,张检,张检,我们挺你——

张飚:谢谢同志们,谢谢……

【张大发家乡派出所】

民警:你好,需要我们派出所帮忙吗?

张大发:我在监狱里听说,现在的户口本里面会有以前的犯罪记录?

民警:没有的,进来照张相吧。

张大发:小宝,你先照,把腰杆挺直了!

【鞭炮声、人声鼎沸声】

张大发:乡亲们,我和侄子一趟车开到上海,开了十年才开回家,绕地球都不知道开几个圈了。(哭)一趟车开出去就十年没回过家,没回过家……

【众乡亲给他鼓劲】

张旺财:(哭)大发、儿子啊,回来就好,回来就好……

张大发:回家的路太难也太漫长,多亏我遇到了好人……检察官张飚、律师朱瑞,还有《东方早报》《民主与法制》的记者,他们为我洗清了冤屈,用将近十年的时间为我们叔侄讨回了清白……

【众乡亲鼓掌】

【张飚家】

张飚:老婆,今天晚餐怎么这么丰盛?都是我爱吃的。

刘玲:庆祝你正式退休呀!

张飚:你记错了吧?我都退休两年多了!

刘玲:你那算什么退休,为了张大发的案子,你根本就是退而不休,现在案子结了,你总算能消停下来,真正退休了。

张飚:这几年,让老婆跟着受累受苦,不知老婆有什么心愿?好让我也将功赎罪。

刘玲:我就想再去一趟西湖,没任何工作任务,就咱俩好好转一转。

张飚:呵,条件不高吗。遵命,遵命,保证完成任务!

【门铃响了】

刘玲:你是?

陌生男子:我找张飚检察官!

张飚:我就是张飚。

陌生男子:张检察官,我儿子遇到了天大的冤案,只有你能帮助我们洗刷冤屈,伸张正义啊……

刘玲:啊,又是一个,这、这还咋退休呀……

【音乐过渡后旁白】

2013年11月,中央政法委《防止冤假错案指导意见》出台,最高人民法院发布《关于建立健全防范刑事冤假错案工作机制的意见》。

【新疆人民会堂,表彰大会,掌声、雄壮的乐曲声】

【张飚画外音】

2013年12月6日,最高人民检察院、自治区党委联合召开大会,授予我"全国模范检察官""自治区优秀共产党员"称号,62年了,这是我人生最辉煌的时刻。

【旁白】

民主与法制的航标灯,正引领着中国的民心航船驶向公平正义的深水海域。

【音乐扬起,结束】

全国模范检察官　张飙

在正义的天平上

创作广播剧《检察官张飚》，得益于报告文学《在正义的天平上》，因为轰动全国的张氏叔侄强奸案，经过新疆一位检察官历时7年的不懈努力，张氏叔侄终于平反昭雪、无罪释放。这位检察官叫张飚，兵团石河子市检察院检察官。

2014年4月，中央政法委员会下发通知，要求各级政法机关和全体干警学习宣传张飚先进事迹。其实这之前，兵团广播电视台已主动出击并获得了良好的宣传效果。兵团新闻联播做了详细报道，《感动》栏目制作了电视专题《迟到的正义》并获得兵团新闻奖。

我在喝彩、祝贺之余，内心深处情感的琴弦已被拨动。我不知道我要做什么，更不知道我能做成什么。便请来《感动》制片人仇丽等，再次向她们细细询问了张飚平反张高平、张辉叔侄冤案的故事情节，并迫不及待地从石河子请来了已经大名鼎鼎的张飚检察官。

在乌鲁木齐一个小饭馆，我们三人就这样吃着简单的饭菜、喝着普通的啤酒聊上了。当天晚上，送别朴实无华的张飚检察官后，我失眠了。我预感我要做点什么，来兵团广播电视台之前，我是有一些通讯和报告文学之类的文字作品见诸报刊，张飚的感人故事还应该通过报刊进一步扩宣传，让法制理念占领各个阵地。

我打开电脑，开始了报告文学的构思。我在想，张飚发现张高平、张辉叔侄案情有诸多疑点时，作为一位老检察官，张飚的心灵被震撼。应该将这些惊人的疑点告诉给读者。更加艰难的抉择到来了，面对闻名全国司法界的“铁案”，要不要为正义而战？张飚再一次经受了灵魂的挑战。经过激烈的思想斗争，张飚和他的同事们，在检察院主要领导的大力支持和正确引导下，与北京的律师朱明勇、上海的记者鲍志恒，还有司法战线的其他同志一道发出了正义的呐喊。最后，胜利的欢歌唱响在2013年的春天。构思完成后，我长长舒了一口气。端坐电脑前，写下这样的开头——2013年春天，中国司法界刮起一股平反冤假错案的“旋风”。

当我先后完成报告文学的主体部分，结尾顺理成章地诞生了——

检察官张飚的心愿杜绝冤假错案正在神州大地屡屡变为现实。民主与法制的航标灯，正引领着中国的民心航船驶向公平正义的深水海域。

就这样，一万多字的报告文学《在正义的天平上》完成了。2014年4月24日，《新疆日报》以整版篇幅刊发了《在正义的天平上》，当天便被多家网站转载，其中国共产党新闻网、凤凰咨询网等网站转载后，点击率极高。《在正义的天平上》在《兵团日报》刊发后，均产生了良好的宣传效果。

尽管如此，我们对张飚事迹的宣传力度没有丝毫减弱。

我想到了广播电台这一大众传播手段，即便是在行进中的车上它也能产生良好宣传效果呀。我开始着手创作广播剧《检察官张飚》。几易其稿后，一部洋洋万言，由上、下集构成的纪实广播剧本顺利完成了。我没有多大把握，因为题材重大、人物关系复杂，不可有丝毫懈怠。我便以最快的速度，将广播剧本发给了远在150公里之外的张飚，他连夜读完后，给我回了这样两个字：感人！于是，我依然选择了以新疆广播电视台高级记者李亚萍为首的《边境线上援疆情》原班人马进行录制，我将广播剧本慎重而放心地交给了李亚萍。随后，经过无数次的“头脑风暴”，剧本反复打磨，终于迎来了录制时刻。

纪实广播剧《检察官张飚》诞生了。中央广播电视总台、新疆广播电视台、兵团广播电视台、乌鲁木齐广播电视台、石河子市广播电视台等五家广播电视台先后播出时，出现了一些意想不到的插曲。

新疆广播电视台播出当晚，我正在南疆图木舒克市的第三师十一团看望慰问兵团广播电视台“访惠聚”工作组的同志。乌鲁木齐的一位挚友为了听晚上的广播剧，专门买了一台高级收音机。当《检察官张飚》播出时，他把手机贴在收音机上，再传递给千里之外的我。我就这样断断续续听完了广播剧上集。我沉浸在难以形容的兴奋之中，张飚的信息发来了：我哭了八次……刚看完信息，又有电话打来，是电台的编辑打来的，说有听众问编剧何许人也？想代表广大听众与他通话表示谢意。这个夜晚，我是在工作组的小床上迷糊着的，想必嘴角上挂着得意的笑容。

不久，中央广播电视总台播出通知书到了。笔友杨守德组织全家围在收音机前认真收听广播剧。他的小女儿是学校的小记者，听完这个广播剧后对全家人说：太刺激了，我长大一定要当检察官。在北京工作的一位来自新疆的朋友，早早调好频率，把收音机放在床头，含着泪水听完了广播剧。最滑稽的是，在石河子市的街道上，乘坐出租车出行的张飚一上车，车载收音机里正在播放广播剧《检察官张飚》。司机自豪地告诉张飚，咱石河子出新闻人物了，这个张飚可为石河子争面子了，哪天见了他我要请他喝酒！张飚暗暗发笑，但始终没有暴露自己，为的是淡定、低调。

之后，文艺评论《踏着荆棘的王冠而来》《站在法制的高度塑造人物》，分别发表在《新疆日报》和《新疆日报网》上。《中国文艺报》以两个整版的篇幅，《编者按》全文刊登了广播剧本《检察官张飚》。这部广播剧被评为2014年度新疆广播文艺奖唯一的广播剧一等奖。

2016年9月，我创作的以检察官张飚为故事原型的电影《无罪》刚刚摄制完成，电影参加了乌鲁木齐亚欧博览会国际电影节，成为这届国际电影节上六部中国电影之一。同时，《无罪》获得“兵团五个一工程奖”。

夫妻哨所

编剧 \ 陈秉科

主要人物

马军武：男，新疆生产建设兵团农十师一八五团九连民兵。

张忠恕：男，新疆生产建设兵团农十师一八五团九连连长。

张正美：女，张忠恕的女儿，对马军武有好感，后嫁给了马军武。

姜大明：男，新疆生产建设兵团农十师一八五团政委。

刘明德：男，新疆生产建设兵团农十师一八五团九连党支部书记。

李云香：女，张正美的妈妈。

老马：男，骑兵七师老兵。

老王：男，骑兵七师党员。

上　集

【旁白】

即使再过去30年，马军武依然能清晰记着自己在一个座谈会上发言的场景。

2014年4月29日，春雨蒙蒙。习近平总书记冒雨来到新疆生产建设兵团考察，在六师五家渠市听取兵团负责同志的工作汇报和有关同志的发言。

【马军武用回忆久远往事的语调播讲】

那天，我是最后一个发言的，我汇报了我和爱人张正美在中哈边境桑德克哨所屯垦戍边故事。现在回想起来，那天的发言真是又紧张，又兴奋，我的手掌心儿都出汗了。

发言结束，我向总书记郑重地行了一个军礼，表态说：请总书记放心，我会一生一世在桑德克哨所守护下去。一生只做一件事，我为祖国当卫士！总书记鼓掌，说：真了不起，我非常敬佩你们。

……

我的故事要从31年前，也就是1988年说起……

【牧羊场景，羊咩咩的叫声此起彼伏，间或有牧羊犬叫声，有头羊脖子上的铃铛声，甩羊鞭声……】

马军武：哟——喝——

【马军武一边放羊，一边在大风里，歌唱《少林寺》主题歌】

少林，少林，有多少英雄豪杰都来把你敬仰；少林，少林，有多少神奇故事到处把你传扬……

【一八五团九连张忠恕连长及其女儿张正美看到了马军武……】

【张忠恕和女儿张正美骑着马，从远及近，勒住马的缰绳】

张忠恕：吁——，哎，军武——。

马军武：老连长——，正美——。

张正美：小马哥，唱得不错呀。

张忠恕：军武啊，这么喜欢电影《少林寺》啊？

马军武:嗨,我这不是一天到晚连个人影都难见到,唱唱歌,解解闷儿嘛。

张正美:嘿,小马哥,你唱得是《少林寺》吧?

马军武:对啊。

张正美:你看过《少林寺》这部电影了?

马军武:没有,我是听别人唱,跟着别人学的。咦,正美,你看过了?

张正美:没有。就咱们一八五团从来没演过,我上哪看去?爸,这个电影都上演了6年了,大家都想看,小马哥,你说是吧?

张忠恕:唉,别说看电影了,一八五团连电都供不上,收音机也听不了,是荒凉的三无地带。不过,国家让我们在这里屯垦戍边,我们就得牺牲很多东西。

马军武:嗯,连长,这个我懂。

张忠恕:军武啊,你看,咱们团场已经在国家最、最、最西北边疆,这阿拉克别克河对岸,就是人家苏联的加盟共和国哈萨克斯坦,我们在这边打个喷嚏啊,声音都能传到外国去。你说我们兵团战士屯垦戍边的责任大不大?

马军武:是,连长,我一边放羊,一边眼观六路耳听八方呢。

【三人齐笑】

张忠恕:嗯,好。

张正美:你们在这说什么呢?

【阿拉克别克河波浪翻滚的声音,声响巨大……】

马军武:对了,连长,您今天跑到这阿拉克别河河边来干什么?

张正美:我和我爸来看水来了。

马军武:看水?

张忠恕:对,军武啊,你来看看阿拉克别克河,这条河啊,一年里大多数时候水量不大,可是每年4月份春季一到,山上的冰雪一融化,洪水就暴涨。人家对面的哈萨克斯坦地势比咱们高。这河水最容易在咱们这一侧决堤,要是洪水拐进咱们的国土,后果不堪设想啊。

【河水拍岸的声音……】

马军武:是啊,连长,而且我们这边的河堤就是用沙土堆起来的一个坝,太不结实了。你放心,连长,我会加倍小心的。

【马嘶声】

马军武:哎呀,不好,连长,好像洪水下来了。

张忠恕:走,去看看。

【拍马而行,马蹄声渐远……】

【河水拍岸的声音……】

马军武:连长,你看,洪水太快了,离堤坝只剩几十公分了,这怎么说来就来啊?

张正美:哎?爸,你看,在堤坝的这个地方,这里的外侧,就这,在冒气泡……为什么会冒气泡?你看……

张忠恕:危险,这是溃坝的征兆啊。你们再看,这河堤的浸润线太高了,坝体也有较明显的变形……

张忠恕:军武,正美,快,快,你们骑上马,到连部报告。军武,你去九连,正美,你去十连,赶紧组织人马来护堤,人越多越好,越快越好,再让连队报告团部……

马军武:是!

张正美:爸,你呢?

张忠恕:我在这里盯着。搬些石头,把那个冒气泡的地方堵一堵。

张正美:(带哭腔)爸,你可要注意安全啊。

张忠恕:啊呀,放心,你们快去吧。

【马军武、张正美分别骑马而去……】

【跑了十几公里后,老马忽然马失前蹄,摔倒声……】

【马军武下马后跑步,上气不接下气地跑进连部】

马军武:哎,哎,刘书记,不好了……

刘明德:军武,怎么了?满头大汗,还一身土?

马军武:明德书记,阿拉克别克河要出大事了,河堤要决口了……

刘明德:哪一段,是不是桑德克那个地方?啊哟,那是河道拐弯的地方。

马军武:对,对,就是那里,堤坝外侧一个地方在冒气泡了,忠恕连长在那守着呢。

刘明德:好,你等着哈,我马上向团领导汇报,并召集九连全体民兵。

【八十年代的电话铃声】

【电话接通】

姜大明::喂,你好,我是一八五团姜大明。

刘明德:姜政委,我是九连支书刘明德。向您紧急汇报,阿拉克别克河桑德克段1小时前出现了险情,随时有决口可能。

姜大明:我命令你,马上组织九连职工,快,快,以最快的速度赶赴现场抢险。我来通知其他连队和团部机关，和你们一起行动。

刘明德：是！

【大喇叭广播】

刘明德：十师一八五团全体民兵注意了，我是刘明德。阿拉克别克河桑德克段发生险情，团部命令我们紧急集合，立即前往桑德克，抢险。

【拖拉机发动声音，扛起铁锹等工具声音】

【吹哨，集合，现场整队】

九连战士：立正，向右看齐，向前齐看。

九连连长：报告书记，九连整队完毕，请书记指示。

刘明德：好。稍息。同志们，桑德克河那里可能要决口，也许现在已经决口。如果决口了，我们九连，我一八五团的庄稼、房子都就危险了。现在，我们必须不顾一切地往上冲，护堤抢险。情况紧急，责任重大，那些大道理我不讲了，我只要求大家，一不怕苦，二不怕死，给我往上冲。跑步前进！

【集体跑步声】

【人群嘈杂声，河水声】

群众：啊呀，不好了，决口了……

群众：天哪，水这么深。

群众：啊，我家这100亩的棉花，被淹了………

群众：天哪，我家的枣树也快被淹没了，啊呀，今年的收成怎么办啊……

群众：怎么办……

群众：怎么堵……

马军武：老连长呢？啊，连长……

张忠恕：军武，我在这呢？

马军武：啊，连长，您，怎么受伤了？

张忠恕：你走了之后，我去搬石头，想堵到口子，结果另一块石头滚下来，砸到我脚上了。哎哟，还挺疼。

马军武：啊，快坐下，我看看。脚砸烂了，出了这么多血！

张忠恕：别管我。赶紧去抢险。

马军武：好，我背你，咱们换个安全的地方坐。

张忠恕：嗯，你把刘书记叫过来，这一决口，问题复杂了。

马军武:好。

马军武:刘书记,刘书记,快过来。张连长受伤了。

刘明德:来了,来了。

刘明德:老张,伤的怎么样?

张忠恕:嗯,有点疼,不过,不打紧,抢险更要紧啊。

刘明德:是,我刚才查看了一下,问题很严重啊。

张忠恕:啊,这个水冲毁桑德克龙口以后,跑到喀拉苏自然沟里去了。

马军武:啊呀,那样的话,我们的国土就会减少很多啊。

张忠恕:嗯,你小子脑袋瓜儿够快,问题很严重啊!

刘明德:我估摸一下啊,长七公里,宽八公里,七八五十六,我们的国土大约会减少五十多平方公里,上万亩地啊!我们的国土不要说丢掉上万亩,就是丢掉一寸也不行啊。

【压混河水滔滔的声音】

【旁白】

“阿拉克别克”,哈萨克语意为“少女的耳环”,是一条仅60公里长的小河。

1988年,由于阿拉克别克河上游山区的降雪量比往年多出40多厘米,4月下旬,气温骤然升高,积雪融化,阿拉克别克河一场百年不遇的特大洪水突然到来。冲毁桑德克龙口,冲进我国的喀拉苏自然沟内,几万亩良田和草场被浸泡在水中。洪水还冲倒了九连的大部分房屋、牲畜的圈棚,冲垮了三道防护堤中的两道。洪水摧毁房屋、建筑,所到之处一片汪洋。

【抢险现场嘈杂声】

【一八五团领导姜大明用大喇叭喊话】

姜大明:同志们,我是一八五团政委。眼前的洪水,大家都看到了,泡了我们的庄稼,冲塌我们的房子,一八五团已经被分割成几个孤岛了。更为严峻的是,如果不能使河水重回故道,我们的国土就会减少很多。

同志们,房子塌了,可以重新建,但国土,不能在我们手里丢一寸。

现在,我们在最短的时间内集结了九连以南14个单位600多人、8台推土机,决战桑德克龙口。为了祖国领土的完整,我们必须奋不顾身,不惜一切代价,把决口堵上!同志们,有没有信心?

众人:有!

刘明德:姜政委,我们九连组织了50个年轻力壮、水性好的青年民兵,担任突击队。急难险重的任务可以交给他们,马军武当突击队队长。

马军武:姜政委,您给我们下命令吧。

姜大明:好。一个突击队还不够用,这样,你们当第一突击队,给我先顶上去!其他连组织第二、第三突击队。九连、八连、七连和团部机关的民兵负责往麻袋里装土,六连负责运输。军武啊,你们九连的突击队抢险的位置最危险,要站在堤坝上往口子里扔麻袋。注意,不要一只一只地扔,要尽可能一起扔,这样才有效果。另外,要注意观察脚底下的堤坝。团直单位的女同志,还有学校的老师、女民兵构筑第三道防线。

【出推土机的声音、人马杂沓的声音】

【众人对话声】

甲:快,快。

乙:见了水的土,装一麻袋,死沉死沉的。

丙:有200多斤呢。

丁:但愿不会被洪水冲走。

戊:来啊,运上车,加把劲。

甲:推土机不够用,我们用小车把麻袋推到大堤上去。

马军武:好,九连第一突击队,现在我们积攒了上百麻袋土,还有一堆石头。来,我们一起,以最快的速度,扔下去。一起来,一、二、三,扔!

【麻袋落水声、石头落水声】

【众人】

甲:水流太快,洪水太大,麻袋都被冲走了。

马军武:啊,那么大的石头,也被冲得翻个儿。

乙:水太大了,不管用啊。军武,怎么办?

马军武:嗯,向上级建议,在口子的另一侧加上一支突击队。

丙:不行啊,太危险了。那边的堤坝,受的冲击力大,你看,不断地塌呢。

马军武:我向团里请示,我带人过去。

张正美:小马哥,危险!不要去。

马军武:正美,你怎么在这?不是让你们女民兵管运输,负责第三道防线吗?

张正美:不,我年轻,也有把子力气呢。

马军武:麻袋,你抛不动,这里危险。你退后。

张正美:不,我帮着拖麻袋。

【时钟的声音】

【旁白】

第一天过去,第二天过去,第三天过去,上游的河水奔涌而来,桑德克龙口更是水流湍急,溃口仍然没有堵上,在抢险现场,人困马乏,一筹莫展。

【马军武看到,老连长张忠恕坐着一辆小推车上,被他老伴推着,由远而近】

张忠恕:军武。

马军武:哎,老连长,您的腿不是受伤了吗?怎么又来了?

张忠恕:我不放心啊,就让你大婶用小推车把我推过来了。即使我不能挖土,我要看着你们干。现在的问题很棘手啊。

马军武:是,连长,这几天我一直在琢磨。咱们这边的大坝低,水流压力大。要是能在河对面炸开一个口子,咱们的问题就解决了。

张忠恕:嗯,是,对面一炸开,一分洪,我们的这边的压力就小了,口子就能堵上。不过,这里是边境啊,一有爆炸声,不会引起国际纠纷吗?不行,不行。

马军武:老连长,不试咋知道不行。我去找政委说说,给他提提这个建议。

姜大明:嗯,什么建议要找我啊?

马军武:哦,姜政委。刚才,我和老连长琢磨了一个法子,要是把河对岸堤坝炸个口子,这一分洪,我们这边的压力就小了,不就能堵上了吗?

姜大明:嗯,军武,这倒是个好办法。不过,操作起来麻烦啊。首先,要考虑到对中苏两国关系的影响。我们这是要到人家的国土上安放炸药,搞爆破啊。

马军武:政委你看,他们那边一马平川,一片戈壁,根本没人住。在他们那边炸开口子,分了洪,对他们的人员、财产不会有任何损失。政委,姜政委……

姜大明:这事呀,我要向上级请示一下。

【水流声,或用钟表嘀嗒声】

【1988年4月30日,抢险第7天】

姜大明:(在抢险现场,用高音喇叭喊)马军武,马军武,在吗?到抢险指挥部来一下。

干部甲:马军武,指挥部叫你呢?

马军武:好的,我去一趟。

【跑步，进指挥部】

马军武：姜政委，您找我。

姜大明：军武啊，经过地区外办的协调，取得了苏方谅解，他们同意了我们在河对岸炸堤分洪的方案，可以在导流分洪渠爆破施工。现在，我们开个会，讨论一下怎么干？

马军武：太好了。

干部甲：现在面临着两个技术问题，我们怎么到对岸去，我们这里没有船，现造可来不及啊，再说了，我们这里也没人会造船啊。

马军武：我水性好，我游过去。

干部乙：不行，不行，水太急了，游泳太危险。

干部丙：那开上越野车，绕道呢？

姜大明：不行。没路啊，再一个河水这么大，开车怎么绕啊，无论上游，还是下游，都没有桥啊。

马军武：那我们造个皮筏子吧，就用汽车轮胎，然后，拿个铁锹，或者其他什么东西，当船桨。

姜大明：嗯，军武，听起来靠谱。我去给你找人扒汽车轮胎，扒好后，送过来。还有一个技术难点，要搞爆破的话，所需炸药可不是一星半点，靠皮筏子运输可不保险，万一翻到河里可就浪费了。

干部甲：嗯，必须有一种既安全，又高效的办法。

马军武：有人去过乌鲁木齐，逛过商店吗？

干部乙：说啥呢？这里说正经事，你说什么逛商店啊？

马军武：不是，我记得我十二三岁的时候，在乌鲁木齐百货大楼看到，那里的收银台和售货柜之间，有铁丝相连，钱款和小票用铁夹子夹着，在铁丝上滑过来滑过去的，可快了。我当时看了，觉得特别好玩，我觉得我们可不可以用这个办法？

干部丙：嘿，这个办法好。可是，两地没有高度差啊。

姜大明：这个好办，这个好办，刚才军武这么一说，让我也打开了思路。我们在这边搭一个高一点的架子，对岸搭一个低一点的架子。把炸药当作百货大楼的钱款和发票，嗖一下，就过去了。

【众人鼓掌】

大家：这个办法好，这个办法好。

【船桨划水的声音】

马军武:(手拿扩音器)一八五团的同志们,我们过来了,我们到苏联了。

马军武的同伴:太远了,对岸听不见。扩音器白带过来了。我们还是按照事先约定的,用小红旗吧。

马军武:好,我们先找木料,搭架子吧。

马军武的同伴:嗯,好在这边的架子不用太高。

【叮当叮当,砸木桩的声音】

【钟表嘀嗒声】

【1988年5月4日,抢险第11天】

【现场读秒声】

爆破员:10,9,8,7,6,5,4,3,2,1,起爆!

【爆炸声,河水泄洪声】

群众:天哪,这两吨炸药的动静太大了。

群众:还有1280个地雷呢。

群众:啊,真快,水位退得真快啊。

群众:这样一来,我们堵上决口就容易多了。

群众:来消息了,来消息了。

群众:什么消息?

群众:大家静一静,让政委说吧。

姜大明:我们一八五团抢险的消息传到北京去了,外交部、农业部向中央提交了一个报告,《关于中苏边境西段界河改道情况的紧急报告》。中央专门下发文件了,要求我们十师尽快恢复边境地区地物地貌。

如果界河一改道,包括机关、医院、八连、九连、十一连……,这些国土就没有了,那我们岂不成了千古罪人?

我估计啊,再有三四天,这个口子就能堵上。这样,我们就能为祖国守住国土,这才无愧于我们戍边的职责,这才对得起祖国,可以写进光辉的史册,值得我们,值得我们的军垦二代、三代,永远自豪!

众人:好!(掌声)

下　集

【马军武推着自行车，车上装着一袋子化肥，张正美挽着马军武胳膊】

张正美：到家了，小马哥，多亏你帮我，把我们家化肥弄回来！

马军武：呃，呃，我帮你推进院子里吧？

张正美：别，别，可不敢。

马军武：啊，正美啊，咱俩的事情，还没和你妈摊牌啊？

张正美：我哪敢说呀！要不咱俩一块跟我妈说去呀？

马军武：哦，不行，不行，你可饶了我吧！我敢划着皮筏子过河，敢站在溃坝上堵口子，可，可真不敢进你家门。

张正美：哼，小马哥也有怂的时候啊？

马军武：（笑）到你家门口了，你自己想办法弄家去吧。

张正美：哼，你怕，我不怕。今天，我就和我妈打开天窗说亮话，你等着。

马军武：哎，哎，那，我还是陪你进去吧，早晚有这么一天。

张正美：这就对了吗。

【推开木门，搬自行车进院，把化肥扔地上】

【张正美进屋。屋里收音机正在播放豫剧《朝阳沟》。张正美的妈妈在厨房拉风箱炒菜】

【《朝阳沟》讲的是，城里人银环嫁到山村，而她的妈妈嫌山村穷，并不同意女儿的亲事……】

张正美：妈，炒菜呢？我爸呢？

李云香：屋里呢，一天到晚的，就知道听他那个破豫剧。

张正美：妈，做什么好吃的？

李云香：你们老张家，小门小户的，有口吃的，就不错了，炒土豆丝！

张正美：咋了妈，你怎么阴阳怪气的？

李云香：嘿，我哪敢阴阳怪气啊？张大小姐，化肥弄回来了？

张正美：回来了，马军武帮我买回来的，他也来了。

李云香：哼，我早看见了！我半小时前，在菜市场看见你们了。

马军武:婶子好。

李云香:(语气冷冷地……)军武啊,化肥弄回来,谢谢你啊。我就做了三个人的饭,我手艺不好,做的饭也不好吃,你,你赶紧回家吃饭去吧。

马军武:婶子……

【咣当,把门关上了】

张正美:妈,您怎么这样?

【打开门,要把马军武追回来】

李云香:(重新关门)不许出去! 你出去,从此以后,你也就没有我这个妈。

张忠恕:咋的了?

张正美:没你的事。(隔着门对马军武说)马军武,你现在是一八五团的大英雄,俺家正美高攀不起!

张正美:(哭泣)妈,您怎么这样? 人家马军武怎么了,你这样看人家?

李云香:怎么看? 我就是从门缝里看他……

张正美:爸,你看看我妈……

张忠恕:哎呀,我说句公道话,小马真挺好的,老实本分。你说,嫁闺女还图个啥? 上次,在阿拉克别克河抢险的时候,表现多出色啊! 勇敢,主意多,做了很大的贡献,都受领导表扬了。我和他爸都是复转军人,他和小美都是军垦二代,正好门当户对啊。

李云香:我也没说那个马军武不勇敢,不聪明,他愿意革命,他革命去! 我只是不愿意我闺女跟着他受苦!

张正美:妈,你啥意思?

李云香:啥意思? 你不知道吗? 他报名了!

张忠恕:报什么名?

李云香:你呀,你就知道听你的豫剧,看你的报纸,不知道关心正美的事。上次,阿拉克别克河决口之后,一八五团决定要在桑德克龙口设一个哨所,马军武报名了,我还听说啊,他是全团第一个报名的。

张忠恕:嘿,这小伙子果然不错,我没看走眼。

李云香:你——,你死脑筋啊?

张忠恕:怎么了?

李云香:怎么了? 这还用问呢,啊? 桑德克龙口那个地方,难道你不知道吗? 马军武要是报了名,那你的宝贝闺女不也得嫁鸡随鸡,嫁狗随狗?

张正美：妈，这么说，您同意我和小马哥的事了？

李云香：我看你不叫张正美，你叫张臭美。我没同意！你跟你爸爸长长脑子，行不行？桑德克龙口是什么地方？夏天，蚊虫、小咬铺天盖地，毒性又大，能咬死天上飞的乌鸦。冬天，大雪有半米多深，深的地方，能没了你！

张正美：我不怕。不就是点虫子，不就是点雪吗？再者说了，有多大头戴多大的帽子，您闺女我也是一个平平常常的女子，能嫁给小马哥我就知足了，我从来也没想着嫁给大富大贵的人家。

李云香：好，好，你和马军武都是大英雄。可是，那里，没有水，没有电，连个收音机都听不了，比充军发配还惨。总而言之，言而总之，我不同意这门亲事。

张正美：妈！我跟您说吧，这辈子，我还就认准了马军武了。你不光管不住我的心，你也管不住我的腿，军武去哪，我就去哪！

李云香：你，你疯了，你？

张忠恕：老伴啊，马军武多好的小伙子！他到桑德克哨所戍边，为国家把守领土，那真是无上光荣啊。我还听说了，团领导对马军武叮嘱说：守住了龙口，就守住了界河，守住了界河，就守住了国土。你听听，你听听，就算我们给闺女在内地找个有钱人家，就算他们家有一簸箕的钱，能买得来一寸国土吗？军武把守的可是几十平方公里的国土啊，多光荣啊？你可别应了那句话：头发长，见识短。我瞅着军武小伙不错！

李云香：（扔掉炒菜铲子，抽泣）你们父女俩要气死我啊？那里离国境线，就几米远！荒无人烟的，十天半个月的不见个人影。你们要是让狼吃了，都没人知道啊。（呜呜地哭……）

张正美：妈……

张忠恕：你就别哭了，啊？正美，去，开门，让军武进来。

张正美：哎。

【门开了】

张正美：进来呀。

【马军武进门】

马军武：老连长，婶子，我……

张忠恕：军武，过来，孩儿她娘、正美，你们都过来，我给你们看一样东西。

【打开锁头，打开柜子，包袱】

张正美：爸爸，什么宝贝？

【张忠恕抽出一把马刀，然后又去厨房拿来一个馒头】

马军武：啊？一把马刀。

李云香：老张，你拿来一个馒头干什么？

张忠恕：今天，我就给你讲一讲一把马刀和一个馒头的故事，准确地说，是一把马刀和最后一个馒头。这把马刀啊，我珍藏了30多年了，从来没有给你们讲过它的故事。

那是，1952年，我不到20岁，我们骑兵师的任务是剿匪。那是一个冬天，我们团一个小分队负责运送112匹军马……

【时间回到1952年，在一个山区小道，大队人马杂沓声……】

【队伍中有议论】

甲：我们是不是走错路了？

张忠恕：有可能啊。那怎么办？

甲：可不要遇上土匪啊。

张忠恕：碰上土匪怕什么？我们手中有枪，有马刀，碰上了，就消灭他们。

刘排长：忠恕，嗯，我们还是要提高警惕，毕竟，这一带土匪的数量还是很多的，总是祸害老百姓，前一阵子，他们就从山里出来，到一个村子抢了500多公斤面粉。我们只有一个排，如果遇上大股土匪，不能硬拼，我们把这100多匹军马安全送到目的地才是我们最重要的任务。

张忠恕：为什么我们骑兵师不一举把土匪全部剿灭了呢？

刘排长：（忧虑状）土匪有四五百人呢，而且劫持了大批老百姓。最大的难题是，地域太大，山区太广，土匪游走不定，更不知道他们的老巢在什么地方。

【大队人马杂沓声……】

【一个牧民骑着马由远而近】

刘排长：警戒！

【拉枪栓的声音，拔马刀的声音】

牧民：（不太流利）喂，解放军同志，我是牧民。

刘排长：你好，老乡。你知道承化（县）怎么走吗？

牧民：什么地方？

刘排长：承化。

牧民：哦，你们走错方向了。

刘排长:那,那你认识路吗?

牧民:哦,这一带我很熟的。

刘排长:你能给我们当个向导吗?

牧民:哦,可以呢,可以呢。不要走这个大路,要走这个小路,翻过一个山梁,再往那边走,哎,啊呀,我也说不大清楚……你们跟着我走,可以吗?

众人:好。

刘排长:同志们,我们跟着老乡走。

【勒转马头,马嘶鸣声,大队人马跟上……】

【翻过山梁,牧民突然拍马疾驰……】

刘排长:老乡,别跑,老乡,站住!

【牧民突然回手开枪,四周顿时枪声大作】

张忠恕:啊,那个家伙是土匪!

刘排长:下马,准备战斗!给我打。

【骑兵们还击】

土匪:解放军,投降吧,哈哈,你们全都跑不了了。

张忠恕:排长,敌人又冲上来了。

刘排长:给我狠狠地打。

张忠恕:排长,你受伤了?我们跟他们拼了!

刘排长:(边开枪边观察)不行,土匪太多了。好多战友都牺牲了,不能硬拼。

刘排长:小张、老马、老王,赶紧走!

张忠恕:排长,您受伤了,我们一起走。

刘排长:不行!快走,不要管我,我掩护!

张忠恕:一起走!

刘排长:(大喊)再不走,就一个都走不了了。

战士们:排长……

刘排长:走!藏到马肚子底下!

【三个战士瞅准机会,翻身上马】

【寒风呼啸,三个人冻得瑟瑟发抖】

老王:太冷了,这得零下30多度。

老马:这里荒无人烟的,我们得走了三天了吧?

老王:老马,到师部还得走多久?

老马:估计还得一天吧。

张忠恕:老马,老王,我走不动了。

老王:我也没力气了。

老马:我的脚已经冻得木了,剩下,还有一天的路程。我们还有多少干粮?

老王:就我那匹马上有一个干粮袋,马被击中之后,我就把干粮袋摘下来了,现在吃得只剩下最后一个馒头了。

老马:小张,我年龄大,你们听我的。

老王:你说……

老马:现在只剩一个馒头,这路程还有一天。我呢,是老兵,老王是党员,小张,你还年轻,这个馒头留给你。

张忠恕:不行,不行,咱们一起走啊。

老王:老马说得对。小张啊,这是个活命馒头,就这么一个了。谁吃了,谁就有可能活下去,你必须咬紧牙关,坚持到师部,去报告,消灭土匪,为战友们报仇。

老马:小张,我这里有一把马刀,给,你带上,万一遇上狼,用它来防身。

张忠恕:嗯,马大哥,老王。

老马:听话,别哭。小张啊,你要活着出去,我和老王挺得住。小张,你记住,不管怎么样,你一定要活着出去……

张忠恕:(哭)我保证完成任务,你们要挺住。

【情景切回现实】

张忠恕:老伴,正美,这就是这把马刀和最后一个馒头的故事。

张正美:那后来呢?

张忠恕:后来,我靠着那个硬邦邦的馒头,支撑着走到师部,报告了土匪老巢的方位,把他们全都剿灭了。

马军武:那送给你最后一个馒头和一把马刀的战友呢?

张忠恕:还能怎么样?我们后来找到了他俩,已经冻死了。虽然我当年管他们叫老马、老王,其实,也大不了我几岁,也就二十四五岁。

李云香:老张啊,我真不知道,你还有这么一段经历,真的,你的命是战友给的。

张忠恕:是,老伴,所以,我坚决支持军武和正美去桑德克哨所戍边。我年龄大了,不符合戍边条件,我希望他们俩替我戍边,了却我报答战友的夙愿。你说呢?

李云香:我不说了,什么都不说了。军武,正美,你们去吧。

马军武、张正美:哎。

【婚礼现场,放鞭炮的声音】

司仪:一拜天地,二拜高堂,夫妻对拜,共守边防……

【鼓掌】

司仪:接下来,有请证婚人姜大明,一八五团政委,讲话。掌声有请。

姜大明:同志们,朋友们。马军武、张正美这个婚礼,办得很有兵团特色、边疆特色。我从没有参加过这样的婚礼。没有酒店,只有哨所;没有酒杯,只有水杯,这水是中苏界河阿拉克别克河滔滔的河水。

咱们桑德克是个什么地方?除了一个哨所、一块界碑、两座瞭望塔,方圆10公里,荒无人烟,与世隔绝。虽然环境艰苦,但桑德克是我们祖国不能丢的国土。

让我们举起阿拉克别克河的水,向他们致以最崇高的敬意,祝他们永远幸福!

【鼓掌,渐弱】

【夜晚虫子叫声,一个寂静的夜晚】

【旁白】

桑德克这个地方,一年6级以上的大风要刮140多天,冬天,零下40多度。牧民们说,谁在这里生活,一年要"死"4回——春天被洪水吓死,夏天被蚊虫咬死,秋天被风沙刮死,冬天被冰雪冻死。

马军武:正美啊……

张正美:(不愿意吱声)嗯。

马军武:正美?

张正美:……

马军武:你怎么不说话?我惹你生气了?

张正美:(呜咽)没有。(哭)是我在这里待不下去了,我受不了了。

马军武:为什么啊?

张正美:老公,我憋疯了。你看看,除了你,我感觉已经好几年没有见到第二个人了。

马军武:哎呀,哪里有那么久?

张正美:我就是一种感觉。太荒凉,太孤单,太枯燥了啊。(哭)

马军武:别哭,别哭,正美,别哭。

张正美:(抽泣)呜……

马军武:哎哟,正美,你不嫌孤单、枯燥吗?我给你举办一场演唱会吧?

张正美:我们俩怎么搞演唱会?

马军武:那怎么不能?看我的,看我的。(清一下嗓子)各位观众,大家好,欢迎光临桑德克哨所,桑德克著名歌手马军武专场演唱会现在开始!

马军武:少林,少林,有多少……当得郎当,有多少英雄豪杰都来把你敬仰。

【模仿练武时发力,呀,嘿嘿】

张正美:军武,行了,这歌你唱了多少年了?你是不是就会唱这一首歌?

马军武:谁说的,谁说的?我还会别的呢?

送战友,踏征程,默默无语两眼泪。耳边响起驼铃声。

来,观众朋友们,一起来!山叠嶂,水纵横。

马、张合唱:顶风冒雪英雄在,一样分别两样情。

马军武:(独唱,嗓子哑了)战友啊,战友……(抽泣)

张正美:军武,你怎么哭了?军武,别哭。

马军武:正美啊,对不起,让你跟着我受苦,正美,对不起。

张正美:不,你别这样说。军武,咱不唱了,也不哭了,好不好?

【两人都抽泣】

【音乐起,旁白】

从1988年到2019年,四季流转31次,边防线行走20万公里。马军武来来回回走了31年。升国旗,是他每天必须进行的重要仪式。

马军武:31年了,每天早上,我每天要做的头一件事,就是庄严地升起五星红旗。有了这面旗帜,无论巡逻走多远,都不会迷失方向,都能找着回家的路!曾经有人问我,桑德克哨所,在我和正美的心里处在什么位置?要我说啊,就一个字:家!哨所就是我的家。我马军武,一生只做一件事——我为祖国当卫士!

全国劳动模范马军武和妻子张正美在升国旗

无言的坚守

写《夫妻哨所》这部广播剧之前，我做了22年新闻，其中，有14年是在做舆论监督报道，也就是人们经常说的“批评报道”，另外，也做深度报道。

中性的深度报道也好，批评地方政府部门或官员的舆论监督报道也罢，都讲究“用事实说话”，按照马克思主义新闻观的说法，叫“用事实描述事实”。

什么叫“根据事实来描述事实”？

崇宁三年，即1104年的某一天，59岁的黄庭坚在流放地宜州（广西宜山县）接到外甥洪刍的一封来信，外甥附有所作文章以求教，黄庭坚在回信中阐释了对诗文写作的几点主张，这就是著名的《答洪驹父书》。

这是一个文坛长者对晚进的经验之谈，更是舅舅对外甥说的悄悄话，应无意于公之于众、传播后世，否则，便不会议论苏轼的“好骂”之病，并叮嘱外甥不要走苏轼的路子。要知道，作为“苏门四学士”之一，黄庭坚钦敬老师苏轼的文笔犀利与才情酣畅，然而，经历过萧寂的边荒流放生涯，黄庭坚深知世道人心之险，不愿意外甥重蹈前辙。

黄庭坚复信中所写，多为回应洪刍提出的问题，也点评其作文之偏。其中，被后人引用最多的，是他议论杜诗韩文的几句：“自作语最难，老杜作诗，退之作文，无一字无来处。盖后人读书少，故谓韩、杜自作此语耳。”

“无一字无来处”，甚至成为后世学者治史之要义。“无一字无来处”也和“根据事实来描述事实”的新闻写作法则有异曲同工之妙，而做批评报道尤需如此。道理很简单，报道既然是批评人的，被批评对象必然要拿着放大镜，对照我们的文本“鸡蛋里挑骨头”。倘有一字无来处，无事实、无法律支撑，则批评人不成，反被人揪住小辫子。

“根据事实来描述事实”的思维定势已经差不多融入了我的血液，那么，能这样写广播剧吗？

广播剧，是以人物对话和解说为基础，充分运用音乐伴奏、音响效果来加强气氛，并由配音演员演出的戏剧。本质上说，它是戏剧，它是可以想象的，俗话说：可以"编"。此前作为记者的角色要摇身一变为编剧。

我的任务是写十师一八五团的马军武。

与马军武，我有一面之缘。2017年7月我来新疆援疆，8月，在接受入疆培训时，我在兵团党校听过一批先进人物的报告，那些先进人物中，就有马军武。报告会开始前，兵团广播电视台的记者预约，要采访我，要求不等报告会结束，就要离开会场片刻，让我谈谈感想。

说来也巧，我接受采访、谈的感想就是针对马军武的经历和他的报告而谈的。还记得，因为"阿拉克别克河"太拗口了，我在接受采访时把这条河流的名字说得有些磕磕绊绊。

这样的"一面之缘"仅限于我见过他，听过他说话，彼此间并无交流。仅凭这些，如何写出一部40分钟、共8000多字的剧本？

接任务后，我原计划去一趟十师一八五团，和马军武聊上两天，看一看他工作的桑德克哨所，和他一起走一走他巡边的路线，看一看阿拉克别克河的水，看一看那里的草，那里的树……增加些感性认识，惜未遂愿。

就治史而言，田野调查固然是好的研究方法，可文献调查何尝不是？写广播剧大抵亦如此。

第一步，搜集关于马军武的各种资料，文字的，图片的，视频的……把所有视频看完，将文字挑选、精简，做好笔记。我自信已经将近些年来关于马军武的优秀的新闻报道、纪录片悉数掌握。

第二步，向王安润副台长、马小迪主任取经。两人结合自己的写作经历，向我传授了许多宝贵的创作经验。"大事不虚，小事不拘"便是我首次从王安润副台长处听得。

第三步，向一批广播剧精品学习，听过了关于屠呦呦的《呦呦青蒿》，关于改革开放题材的《罗湖桥》，安徽台的《板车女孩》，北京台的《中共中央在香山》，经典处反复听，平庸处跳着听。

第四步，创作剧本。

创作开始的第一天，一切似乎很顺利。从哪里起头，马军武如何出场，阿拉克别克河如何出现险情，如何被发现，如何报警，如何动员抢险……我几乎一口气写了一集的四分之三。

写着写着，问题来了——我问自己：决口的阿拉克别克河当年是怎么堵上的？在我最开始找到的史料、新闻报道里，没有只言片语涉及此问题。

怎么办？我准备虚构。我查看国内相关的堵决口的视频报道，提到最多的是，某人将某一辆载满石头的卡车开进决口处，车掉下去之前，司机跳车。

我不想落入这种俗套，但俗套之外，我并无良计。

我决定放弃虚构，从史料中查找真相。

剧本写作陷入停滞之后的大约一个星期，我偶然发现了这样的一段史料：

“只有在对岸爆破分洪，才能堵住中方缺口……4月30日，在地区外办的协调下，中方取得苏方谅解，可以在导流分洪渠爆破施工。……通过空中索道将2吨炸药、1280个地雷运到了对岸进行分洪爆破……”

这段史料的名称为《抛洒热血筑铜墙——兵团精神的理论与实践》，是在兵团网站上找到的，发表于2017年07月05日，信息来源显示为《兵团日报》，作者为“兵团精神课题研究组”。

此信息虽然只有三行半文字，我却如获至宝，有了这个“情节硬核”，我只用2小时，就把上集写完了。

下集写马军武如何戍边。从其爱情、婚事写起，写夫妻二人戍边期间被一八五团的小咬叮惨了，写马军武巡边时落水遇险，写张正美一人深夜带孩子看病，写荒凉，写艰苦，写责任……几个故事一串连，写得顺手极了，但写完之后开始忐忑起来——内容太散，缺少一个像上集抢险那样的核心故事。

于是，推倒重来，继续研究历史，从史料中找故事。最后借鉴了骑七师以及修独库公路烈士的一些史实和故事，写出下集。写的是马军武，其实是兵团英雄们群体形象的浓缩。

【编剧简介】

陈秉科，中央广播电视总台央广高级编辑，中央广播电视总台新闻评论部《新闻纵横》节目记者，做了五年的深度调查、舆论监督报道；现任新闻中心早间节目部副主任，担任《新闻和报纸摘要》和《新闻纵横》监制迄今已 10 年。先后 6 次获得中国新闻奖；4 次获得中国广播电视大奖；2 次获得亚广联奖。

出版有《深一度：新闻采访与写作》专著一部，计 37 万字，已被国家图书馆、清华大学、中国人民大学、复旦大学、浙江大学、武汉大学等图书馆馆藏。

2017 年 7 月起，在兵团广播电视台援疆，任全媒体中心副主任兼广播中心主任。2018 年，由其策划或执笔的多篇作品获得新疆新闻奖和新疆广电奖一、二等奖。

与羊共舞

编剧 \ 夏 俊

主要人物

刘守仁：男，21岁至83岁。性格倔强，信仰坚定，长期从事绵羊育种和牧业工程技术研究，当选中国工程院院士。

妈妈：女，刘守仁的妈妈，性格温柔，一心为儿子着想。

爸爸：男，刘守仁的爸爸，是刘守仁事业、理想信念的坚定支持者。

陈永福：男，50多岁，紫泥泉种羊场场长，当过解放军，曾在枪林弹雨中出生入死。

哈赛因：男，哈萨克族，紫泥泉种羊场牧工，放牧经验丰富。

刘自成：男，牧场生产组组长。

都达尔：哈萨克族，紫泥泉种羊场牧工。

牧工甲、牧工乙、牧工小王、哈萨克族牧工别克、一众人物等。

上 集

【音乐】

【草原上,几个哈萨克族牧工,看护着几群羊群,咩咩的叫声在风中飘荡】

刘守仁:都达尔,放羊呢?

都达尔:哎,老刘,你又研究新羊了?

刘守仁:是啊!

都达尔:等你研究好羊,我们就又能挣钱了……哈哈。

众人:就是啊,呵呵呵……

【旁白】

在紫泥泉牧场上,一位头发花白的清瘦老人一边仔细观察跟前的绵羊,一边和身边的人交谈。这位老人叫刘守仁,在这里生活、工作了60多年。

【汽笛声、列车行驶的声音】

【旁白】

1955年,21岁的刘守仁从南京农学院畜牧系毕业,主动请缨到大西北工作。在西去的列车上,刘守仁回想起爸爸妈妈临行前的告别情景。

妈妈:(带哭腔叮嘱)儿子,你一个人到那么远的地方,妈不放心啊!

刘守仁:妈,妈您别难过,有什么不放心的呢,啊?

妈妈:天山,天山,远在天边啊,哎哟,那么远就不说了,可是我听说那边很冷的!哟,会把耳朵冻掉的!

刘守仁:妈,你说什么呢?冻掉耳朵,不就是在新疆吗?不至于,啊!

妈妈:哎哟,怎么不至于。

刘守仁:再说了,为了祖国,我就是冻掉个耳朵,又算什么呢!爸,你说是不是?

爸爸:嗯,儿子,你去吧!

刘守仁:哎!

爸爸:爸爸支持你,(父子相视而笑)既然选择了畜牧专业,这是你终生的事业,大西北就是你建功立业的地方。

刘守仁:嗯,爸,我记住了。

【车站送别】

刘守仁:爸,妈,你们快回去吧。

爸爸:守仁啊,去了一定要照顾好自己啊……

妈妈:儿子,写信啊!

刘守仁:哎!

爸爸:你放心,家里有我,会好好照顾你妈妈的。

【汽笛声中告别】

刘守仁:再见,爸爸妈妈再见……回去吧,回去吧,放心吧……

爸妈:再见……

【车轮滚滚声】

【几个牧工在议论新来的大学生,俏皮的音乐片段】

牧工甲:他是什么人?

牧工乙:刚分配来的大学生。

牧工甲:来读书还是来放羊?

牧工乙:敢情是来读书。听说古时候有个读书人多把书挂在牛角上,想必他要把书挂在羊角上。

牧工甲:大学生来天山放羊,真是破天荒,太稀奇了,他肯定在这儿待不了多久。要我看啊,他就是个"知识客"。

大家起哄:哎,对,对,"知识客"。

【沉重的脚步声,牧工扛着一袋大米走进刘守仁的宿舍】

牧工:小刘,来来,快快搭把手来接着,这是陈场长让我给你拿来的。

刘守仁:哎,好。这是什么啊?

牧工:这是大米,他说你是南方人,吃惯了大米。这可是咱们这里逢年过节才能吃上的啊!

刘守仁:我知道,我知道,谢谢你们,谢谢陈场长对我的关心,我一定会好好表现的。

【秋天的荒漠上,不时有风刮过,风声中,骑马声由远及近】

牧工:陈场长,这么晚了,你刚从牧场回来吧?

陈场长:是啊,从牧场回来,来看看咱们新来的大学生。

牧工:他就在里边呢。

陈场长:走,进去。

【开门声、走进屋的脚步声】

刘守仁:陈场长,你怎么来了?

陈场长:我来看看你,小刘,怎么样,在戈壁滩上走了两天,你这单薄的身体能行吗?

刘守仁:能行,我不累。

陈场长:小刘啊,来咱们紫泥泉种羊场已经三天了吧,怎么样?来到这里当技术员,有没有信心胜任工作啊?

刘守仁:有,陈场长,我一定会好好工作的!

陈场长:嗯,不错,年纪轻轻,有那么股子老军人的劲头。

刘守仁:(摸不着头脑)老军人?

职工甲:哎,陈场长,这两天,大家都在谈论您呢。

陈场长:哈哈哈,谈论我什么啊?

职工甲:大家都说,您是一个很传奇的人,有很多传奇的事。

刘守仁:哎,陈场长,您给我说说您的故事吧。

陈场长:好,你想听啊?

刘守仁:当然了。

陈场长:那今天咱们就好好地唠唠嗑。

刘守仁:太好了,(搬凳子)陈场长,您坐,您坐。

陈场长:我毕业于黄埔军官学校,原是陶峙岳将军的部下,后来转业到兵团,就在这里一心一意地抓生产。我的经历就是这些,有啥传奇的?哎,小刘,别光说我了。我看你这几天都在看书,看什么呢?

刘守仁:哦,场长,我正在看《遗传学及选种原理》,是专家写的。

陈场长:啊,什么?你说你看什么书呢?

刘守仁:哦,是《遗传学及选种原理》。

陈场长:哎呀,好啊,这书对我们太重要了!虽然我不懂这些深奥的专业理论知识,但是作为种羊场场长,我可知道,人才太重要了,培育绵羊必须要具备遗传学方面的知识啊。这也是咱们这里最急缺的啊。小刘啊,好好干!

刘守仁:嗯!可是,陈场长,我都来了这么长时间了,还没见过羊群呢,什么时候让我去羊场进行具体的实践操作啊?

陈场长:怎么了,小刘?

刘守仁:光看书有什么用啊,弄得大家都叫我“知识客”。

陈场长:哈哈,小刘啊,不着急啊,现在是冬天,你先习惯咱们这里牧工的生活,你这个南方人要吃得惯牛羊肉和奶制品,有了好身体,才能干好工作吗。

刘守仁:嗯。

陈场长:以后啊,咱们这个种羊场的任务会越来越重的,你还要认真读书,夯实理论功底,这样才能更好地在工作上发挥专长,具体的实践操作啊才不会有大问题。哎,你说是吧。

刘守仁:我明白了。放心吧,陈场长,我一定不会让您失望的。

陈场长:嗯,好。哈哈哈……

【旁白】

陈场长忙完工作后,常常来到刘守仁的小屋,油灯下,场长和他说的最多的就是优质羊的培育,给他拿来了国内外相关研究的书刊资料,鼓励他好好研究。不时有哈萨克族牧工热情地邀请刘守仁到毡房,品尝香喷喷的酥油奶茶和手抓肉。刘守仁很快就和紫泥泉干部牧工打成了一片。

【刘守仁独白:给爸妈的信】

爸爸妈妈,我在这里很好,场长也很关心我,照顾我,你们就放心吧。来到这里以后,我觉得,我当初的选择是对的,这里的条件虽然比家乡艰苦很多,但是这里可以让我实现我的理想,踏上这片土地,这是我人生的第一步。

【寒冬风雪交加】

【旁白】

1956年2月,新疆天山风雪交加,此时已经临近产羔期。陈场长终于下了命令,让刘守仁跟他一起到各连巡回检查。刘守仁一听顿时欢喜雀跃,期盼已久的愿望就要实现了。当夜,他兴奋得觉都睡不着了。

陈场长:小刘,让你准备的干粮、保暖服都备齐了吗?

刘守仁:都准备好了,陈场长。

陈场长:嗯,好,把这件老羊皮大衣穿上吧,看你这么单薄、精瘦,这个啊可保暖了。

刘守仁:哎呀呀,这大衣太沉了,这压得我都快喘不上气了。

陈场长:喘不上气也要穿,这里的寒风会像刀子一样厉害。明白吗?

刘守仁:明白。

陈场长:嗯,会骑马吗?

刘守仁:会,可是……

陈场长:可是什么啊?

刘守仁:可是这么远的路……我怕我骑不好,拖您的后腿啊。

陈场长:嗨呀,说什么啊?既然干了这份工作,我们就不怕任何困难,懂吗?

刘守仁:嗯,我懂。

【二人两匹马走在风雪交加的山路上】

陈场长:小刘,你看看,山脚下这就是咱们的牧场。

刘守仁:哎,陈场长,你看,前面有一个用三片毛毡搭起的帐篷,咱们进去看看吧。

陈场长:好。

【下马、走进帐篷】

刘守仁:咦,这里没有人啊。

陈场长:那咱们就在这里等他们。小刘,饿了吧,吃点干粮。

刘守仁:谢谢场长。

【吃干粮狼吞虎咽,噎着了】

陈场长:来,喝口水,不要急,啊。

【风雪交加】

刘守仁:陈场长,这天都黑了,怎么还是一个人都看不到啊?

陈场长:看来啊,牧工们找到了好牧场,今天晚上不会回来了。

刘守仁:不会回来了?那您看这又是刮风又是下雪的,他们夜里住在哪里啊?

陈场长:哎呀,这么大的天山,哪儿不是牧人的家啊!

刘守仁:啊,那这也太辛苦了吧。

陈场长:是啊,谁叫咱们是干这个的呢。哎,小刘,咱们也别干等了,先在这帐篷里睡吧,明天继续往山里走。

刘守仁:好的,场长。

陈场长:来,跟着我学,把羊皮褥子摊开,蜷着身子躺下,哎,再把羊皮大衣裹紧,这样就暖和了。小刘,裹紧了啊,不然,会冻感冒的。

【均匀的鼾声响起】

陈场长:小刘,天亮了,起床了。

刘守仁:嗯,场长。

陈场长:睡好了吗?

刘守仁:睡好了。

陈场长:哦,那就好。

刘守仁:唉,怎么了?风雪好像停了?

陈场长:是啊,咱们今天啊,继续往山里的牧场走。

刘守仁:哎。起床。

陈场长:收拾,收拾。

【两人继续骑行】

陈场长:小刘啊。

刘守仁:哎。

陈场长:看到前面的山坳了没有啊?

刘守仁:看到了。

陈场长:你看看那,那一块雪都融化,露出了一片被压倒的野草,

刘守仁:那是?

陈场长:对啊,那就是牧工们昨夜睡觉的地方。

刘守仁:哦,那这样的话,我们就快要找到羊群了吧?

陈场长:快了。

刘守仁:嘿,驾!驾!

陈场长:驾!

【旁白】

陈场长和刘守仁一连骑了三天马,找遍了各连所有羊群。刘守仁的两腿内侧磨起了紫泡,但他忍住疼痛,一声不吭。场长说,刘守仁已经是个真正的骑士了。

【大羊小羊咩咩地叫】

牧工接羔现场:又一只……哎,快点快点了嘛……来来来……

刘守仁:刘组长,刘组长。

刘组长:啊?

刘守仁:现在是三月份,接羔的时候到了,咱们这红山沟的羊产房里几十只羊同时产羔,大家都跑来跑去,忙前忙后,我能干些什么啊?

刘组长:接羔,你没有经验,先打下手吧,打水、做饭、放羊、扫羊圈……这你都能

干。至于接羔，看我们怎么做，跟着学，好吧。

刘守仁：那行，我先去放羊。

刘组长：你去吧。

刘守仁：哎。

【旁白】

刘守仁是个闲不住的人，打水、做饭、放羊、打扫羊圈……他样样都争在前头，陈场长和职工们都对这个新来的技术员赞不绝口。

【刘守仁帮忙放羊慌乱的跑步声】

刘守仁：刘组长、刘组长，快、快……

刘组长：怎么了？你说啊，赶紧的。

刘守仁：就在放羊的时候，一只母羊在雪地上产下羊羔了，这这这怎么办啊？

刘组长：什么怎么办，赶快抱回来！还怎么办啊！

刘守仁：哦，对对对，抱回来。

刘组长：快去。

刘守仁：哎。

众人议论：小羊羔别冻死了……还在那愣着呢……

【慌乱的跑步声，刘守仁脱棉袄，把小羊羔包好抱回产房】

刘守仁：(跑得上气不接下气)刘组长，刘组长，我把，我把羊羔抱回来了，它要冻坏了。

牧工甲：啊，小刘脱下自己的棉袄来包小羊羔啊！

刘守仁：(冻得直哆嗦)太冷了！

牧工乙：技术员好样的！

牧工丙：技术员不简单啊！

刘组长：我说啊，咱们的技术员真不简单啊！

牧工：(七嘴八舌)是啊！小刘好样的！

牧工甲：好样的，小刘！

牧工乙：看来啊，小刘已经是咱们紫泥泉种羊场的技术员，再也不是大家说的“知识客”了嘛！

牧工甲：这话说得好

牧工乙：好样的！好样的！

【牧工们啧啧称赞声】

【刘守仁独白:给父母的信】

爸爸妈妈,你们知道吗?陈场长表扬我了,我也感觉到,自己学的东西,终于有了用武之地。这里就像是一个大课堂,每时每刻都让我感觉到自己的进步,都让我兴奋不已……

【牧场开会,牧工在一起议论】

牧工甲:咱们这哈萨克土羊产量太低了……

牧工乙:是啊,是啊,毛也不好。

牧工丙:但是啊,阿尔泰羊太娇气吗!

牧工甲:哎,对,动不动就生病。

刘守仁:陈场长,陈场长。

陈场长:啊?

刘守仁:我能说几句吗?

陈场长:可以啊。

刘守仁:哦,是这样的,经过这次巡回羊群的实践,我有了一个想法,想跟您汇报汇报。

陈场长:哦,好啊,小刘,有什么想法,你快说出来听一听。

刘守仁:嗯,您看啊,咱们这里的哈萨克土羊吧,个头小,体重轻,毛粗色杂,产量低,剪的毛只能是捻绳、卷毡,但是适应能力强啊;而这个引进的阿尔泰羊,个大毛细,但是胆小,不能爬山下谷,适应力差,而且这天气一变啊,容易伤风感冒。咱们能不能把"阿尔泰羊的皮披在哈萨克羊"的身上,培育出新型的适应本地条件的细毛羊呢?

牧工议论:这个想法能行吗?

牧工甲:哎,我觉得……

陈场长:小刘啊,你这个想法很好,很大胆!我支持你!想要这两种羊取长补短、互补互利,那就要改变羊的品种。哎,别克、塔斯肯、哈赛因……你们觉得小刘的想法怎么样?

别克:哎,行不通,行不通。

哈赛因:天山的羊,天山生、天山长,它是种羊场唯一的,是不能改变的。

牧工:对啊,不能,不能改变……对对对。

陈场长:哈哈,哎,小刘啊,你别嫌咱们牧工说话难听,给你泼冷水啊。其实,早在40年代,就有人做过这两种羊相配的试验,虽然育出了细毛羊,但羊毛短,产量低,适应性差,不能保持生产性能的一致和遗传的稳定,出现了"返祖"现象。现在你来了,好好查查,到底原因出在哪儿? 能不能培育出理想的细毛羊的品种。

刘守仁:嗯,我明白了,场长,我会的。

【旁白】

越是困难,越有动力,带着问题刘守仁详细翻阅了外国专家关于阿尔泰细毛羊的论著,根据紫泥泉种羊场现有阿尔泰羊的资料,经过不懈的努力,终于弄清了这批羊的谱系特征。这个重大发现,意味着为选种和稳定遗传性能找到了一把金钥匙,这个消息让全场干部牧工为之惊喜。

下　集

【放羊的羊鞭声、口哨声】

小王:哎哟,刘技术员,厉害啊!

小张:这群羊快有400只了吧?

刘守仁:哦,小王啊,我这里一共有360只母羊。看到没有?我自己搭的羊舍,盖起了产房,还盖了一间小屋当配种站,走,去看看。

小王:好,走走走,不错,不错啊。真不错。刘技术员,你现在是放羊、选羊、羊只配种都会干了,白天是牧羊人,晚上又是科技工作者。刘技术员,你是真厉害啊,咱们种羊场的牧工都佩服你,都支持你啊。

小张:对,都支持你。

刘守仁:谢谢,小王,小张,咱们国家不是有个五年计划吗,我也制定了一个五年育种计划,我一定要培育出咱们兵团自己的细毛羊。

小王,小张:细毛羊,哎哟,刘技术员,我们可等你的好消息呢。

刘守仁:放心吧,我一定不会让大家失望的。

【大羊小羊咩咩叫,小羊的声音细而清脆,充满了新生的欢乐】

牧工:太好了,太好了!

陈场长:又到一年产羔季啊,小刘,你这360只母羊,20天之内都产完小羊了。这可是咱们紫泥泉种羊场的第一代杂交羊啊!

牧工:咱们刘技术员这段时间可是忙坏了!

刘守仁:可不是吗,我要给新生的小羊羔剪脐带,编号码,称体重,填卡片,还要给羊妈妈们喂水喂食,给病羊打针服药。最关键的是千万不能搞错了,哪个是母羊,哪个是小羊羔,我必须一一记清楚。

陈场长:看看,看看,这新生的小羊羔,真漂亮,毛细如丝,这是真正的细毛羊!这可是新品种啊,看看,牧工们都高兴的,跟过节一样啊!

牧工甲:陈场长,咱们的刘技术员真是厉害!

牧工乙:是啊,刘技术员没得说啊!真棒!好样的!

【旁白】

小羊的出生让刘守仁喜出望外,也让他对未来充满了期待,可是,没过多久,新的问题却出现了……

【音效】

陈场长:小刘啊,这细毛羊已经长大了。毛细像父亲,泼辣耐寒像母亲,这唯一的缺点:就是毛色不纯啊!

刘守仁:哎,是啊,陈场长,我也发现了这个问题。

陈场长:嗯,别灰心,总有办法的,是吧。

刘守仁:嗯,是。我计划育出更优良的第二代。

陈场长:第二代?

刘守仁:是的,陈场长,我已经翻遍了国外的资料,你看啊,育成新品种,都要经过杂交、横交固定、提高几个漫长阶段,少说要几十年的时间。根据掌握的充分数据,我想出了边杂交边横交固定的方案,就是说啊,在杂交阶段就能进行亲缘繁殖,这样呢,既可以缩短时间,又能达到遗传稳定、类型一致的目的。

陈场长:嗯,好,好,既然有想法,那就大胆干,我支持你。

刘守仁:嗯。

【音效】

【旁白】

早春二月,第二代细毛羊在宁家河西畔畔落地了。产房里,躺着一大片小羊羔,一个个红嫩娇弱,不吃,不叫,奄奄一息。精疲力竭的母羊,自顾不暇,不肯认自己的孩子。面对这种惨状,刘守仁心如刀绞,急忙抱着小羊,这边贴奶,那边烤火……使尽浑身解数，也未能挽救一个个小生命，羊羔的死亡率达到40%。这对刘守仁来讲，是一个巨大的打击。

陈场长：小刘啊，别难过，你尽力了。

刘守仁：陈场长，这些年吃的苦我都不怕，可是现在，死了这么多羊，我为什么事先就没想到呢我，这到底是什么原因啊，这……

陈场长：哎，小刘啊，原因要慢慢找，你不能着急啊，你看，看你这脸色。

刘守仁：没事，场长，我，我……

陈场长：来，我看看。

刘守仁：没事，我，我就感觉有点儿热……

陈场长：你额头这么烫。

刘守仁：我要雪！我要雪！给我点儿雪！

陈场长：好，好好，小刘，这个茶缸子给你，喝口水。

刘守仁：不，不，不，我热，给我一把雪，我要吃雪。

【大口大口吃雪的声音】

陈场长：小刘，你看你，脸通红，全身发抖，来来来，我扶着你上床。小刘，你发烧了，一定是发高烧了。

刘守仁：陈场长，我，我没什么大事，先吃几片退烧药吧，你看现在这个情况，我，我真的不能休息啊。

陈场长：你看，这是急火攻心，我命令你：必须躺下休息，我去找大夫啊。哎呀，你啊。

【旁白】

经过检查，刘守仁染上了布氏杆菌病，这是长期与羊群打交道又过于劳累导致的。这时候，很多好心人都来劝刘守仁，有了自己的细毛羊，就该心满意足了，再搞下去，不光造成损失，你的健康也要赔上去，何必呢？但刘守仁耳畔总是响起父亲临别时的教诲。

刘守仁：爸爸

父亲：儿子，你既然选择了畜牧专业，就是你终生的事业，大西北就是你建功立业的去处。

刘守仁：嗯，知道了，爸爸。

【马蹄声，刘守仁骑马上山和牧工打招呼】

牧工甲：小刘，又进山来了？

刘守仁：嗯，我来山里牧场，想找老牧工，找找小羊羔大量死亡的原因和解决的办法。

牧工乙：小刘，你的科研没有错，这第二代的细毛羊，不少鼻子不缺腿。这批细毛羊毛又细又短，抗寒能力太差，用老法子接羔行不通的。

刘守仁：是啊，我目前找到造成羊羔死亡的原因是产期太早，天气冷，小羊受了风寒；产房保暖和卫生条件又差，这些造成了小羊发病率高。而最重要的原因呢——是母羊体质弱，怀胎期营养不足，奶汁少；活下来的百分之六十，是由于母羊的身体较好，奶水多。我啊，准备去拜访哈萨克族牧工哈赛因，我想学学他独特的放羊本领。

牧工：好啊，那我们带你去找他。

刘守仁：走走走。

【哈萨克牧工放牧、口哨声】

哈赛因：哎，小刘兄弟，没想到你会找到这里。

刘守仁：哈赛因大哥，这次，我准备跟你学放羊本领，可别嫌我烦啊？

哈赛因：哦，你这说的是哪里的话！你看，放羊这个活儿吧，不懂的人觉得就是一匹马，一根放羊鞭，没有啥子区别吗。

刘守仁：我可知道，哈赛因大哥，你可是有独门绝技的！

哈赛因：哈哈哈！哪有什么独门绝技吗，就是放羊要有规矩。

刘守仁：规矩？

哈赛因：哎，由外而内，分块分批吃草。什么时候在阳坡吃草，什么时候在阴坡吃草，都是有方法和时间的。哎，对了，小刘啊，听说你遇到困难了？

刘守仁：是啊，所以才到你这里来的啊。

哈赛因：哎，走吗，你跟我回家，咱们边吃边聊啊。

刘守仁：好，那，就麻烦哈赛因大哥了。

哈赛因：哎呀，什么麻烦不麻烦的，一家子人不说两家子话嘛，你要再这个样子，我可就不高兴了啊。

刘守仁：好好，哎呀，我呢，要在你这里住一段时间。

哈赛因：哎，这就对了嘛。

【音效】

陈场长:来,小刘,喝水。

刘守仁:哎,谢谢陈场长。

陈场长:小刘啊,在哈赛因那里住了十几天,有什么收获啊?

刘守仁:场长,收获太大了!

陈场长:哦,真的?

刘守仁:真的啊。在山里,我一只羊一只羊地盯。从早上放羊开始记录,我一边观察,一边拔草,直到日落,最后我计算出每只羊采食的次数和采食量。经过一个星期的观察对比,我得出结论:哈赛因放牧的羊群,水草丰盛,羊跑路少,采食次数多,每天的采食量比其他羊群高出1倍,而且,日增体重高出百分之十以上啊。

陈场长:太好了!哎,小刘,你赶紧把哈赛因这个放牧方法总结出来,再制订出新的放牧方案,在咱们场里边啊,把它推广。哦,对了,老牧工肖发祥被大家称为草原上的李时珍,也是养羊的一把好手。有问题也可以多请教请教他。

刘守仁:嘿嘿,场长,这个我早就知道了,这老肖也是我育种试验的亲密伙伴。我呢,把选中的种羊,从小羔起,就交给肖大哥饲养管理。哎,一经他的手啊,羊的体重、毛产量都是名列前茅啊。我呢,跟着他,跑遍了方圆百里的草原,收集了170多种牧草标本,种了几百亩的牧草试验田。另外,我们在哈萨克族副场长奴胡曼和牧工的陪同下,冒着零下40℃的严寒,在天山深处行程7天,历尽艰险,你猜我们找到什么了?

陈场长:什么?

刘守仁:我们终于找到了传说中水草丰盛的花牛沟草场。

陈场长:花牛沟草场?哎呀,那里可是个好地方啊。要育出好绵羊,必须要有好牧场,哎呀,就是通往那里的路太险了。这样,我回头跟政委商量一下,明天春天,咱们就修路,要好好把这个仙境牧场利用起来。

刘守仁:太好了!

【旁白】

第二年春天,种羊场很快动工修路,牧工们赶着号称“登山健将”的三群天山羊,走了半个月,来到了仙境般的花牛沟草场。从此后,花牛沟里遍地撒满了羊群。1965年牧草返青,几百只细毛羊小羊羔落地了,这次羊羔的成活率达到了98%。从1956年至1968年,经过12年的努力,刘守仁引用阿勒泰细毛羊杂交改良毛质粗劣的哈萨克土种羊,成功培育出全新的品种——“军垦细毛羊”。

【音效】

陈场长：好啊，小刘，军垦细毛羊培育出来了，你为咱们国家细毛羊添上了自己的新品种。怎么呀，你以后还有什么打算啊？

刘守仁：场长，绵羊育种科研上值得研究的领域很多啊，我准备啊，不仅在理论上对血亲级进育种进行总结和完善，还计划在实践上对技术操作、配套措施上进行方法创新，实现当年产羔当年配种，科研和生产紧密结合。

陈场长：好，在你的努力下，咱们种羊场在绵羊育种方面取得了一些成绩，希望你继续加油啊，要不断完善科学育种体系。还是那句话——好好干，我支持你！

刘守仁：谢谢场长。

【音效，旁白】

1968年到1982年，前后15年，刘守仁攻克一个个难题，成功育成中国美利奴细毛羊和新疆军垦型细毛羊两个新品种；血亲级进育种法在绵羊育种实践中获得突破性进展。

1998年，刘守仁被遴选为中国工程院院士。五十多年来，刘守仁先后培育出两个新品种、9个新品系，创产值32亿元，被人们称为"军垦细毛羊之父""天山之子"。2000年，刘守仁筹集资金，建立了分子生物学实验室，80年代就有的培育多胎的想法，终于有了具备实操性的现实路径。2007年，他再次筹措组建了体细胞克隆实验室，力求用新技术培育一个新品系——新疆白。

【音效，多年后，两个老朋友又见面了】

陈场长：老刘。

刘守仁：老场长。

陈场长：哎哟，你怎么又回来了？

刘守仁：哎，哈哈哈，哎呀，老场长，我离不开这里啊。回来看看。最近啊，我在想这样的一个问题：原来是1公斤羊毛买3公斤羊肉，现在反过来了，这羊毛不稀奇了，优质肉用羊成了宝贝了，我想培育优质肉用羊品种。

陈场长：老刘啊，你可真是为了一只羊，花了一辈子时间和心血啊！人家是活到老，学到老，你不光是学到老，你还要干到老！还是那句话——我支持你！

刘守仁：哎！嘿嘿嘿。

【音效，旁白】

从20世纪末开始，刘守仁就带着自己的团队，用带有多胎基因的新疆白羊和澳洲萨福克羊杂交,培育出了一胎能产两羔的新疆萨福克羊。2012年,新疆萨福克羊通过了兵团农业局的新品种认定。因为顺应了羊肉产业规模化的需求,新疆萨福克羊在北疆沿天山一带获得了迅速推广。刘守仁院士说,他要带领科研团队,再培育几个优良肉羊品种,建立一个新的肉羊品系。

【刘守仁内心独白】

我活着,不离开草原,死了,也不会离开草原,我死后,三分之一骨灰洒在老婆子沟,三分之一骨灰洒在苜蓿地,剩下三分之一喂种公羊。这里有我最爱的草原和我最爱的羊,这里就是我的根。

中国工程院院士　刘守仁

创作札记

真情接地气　塑造好榜样

2001年我从新疆大学中文系新闻学专业毕业后，就来到兵团电视台新闻中心做《兵团新闻联播》的编辑。算来近19年的新闻工作从业经历，让我习惯了用事实说话，人物、故事都要讲究真实性。所以，甫一接到《兵团魂》系列广播剧的创作任务，我就有点儿发懵了，怎么去进行创作呢？巧妇难为无米之炊，我先是在网上搜集到一些零碎、片段的报道或故事，对主人公刘守仁有了进一步的了解。

众所周知，刘守仁是中国工程院院士，也是新疆的第一位院士，他的科研成果丰硕，人生经历也颇为丰富。以前我都是从一些新闻报道里了解他，虽然机缘巧合曾经去过他工作的紫泥泉种羊场，但对于畜牧业和羊种繁育方面的知识知之甚少。所以在进行广播剧剧本创作的时候，我就尽量避开了太过艰涩、专业知识方面的介绍，重点放在了他的青年时代，刚来兵团干畜牧技术员那段时间的故事。

要想进行广播剧剧本创作，就要先了解广播剧的特点和要求。广播剧是以语言、音乐和音响为手段，主要由播音员或配音演员演出的戏剧，用语言和音响帮助听者想象人物和故事。广播剧以人物对话和解说为基础，并充分运用音乐伴奏、音响效果来加强气氛。60多年来，兵团各行各业涌现出了数以百计的英雄、模范和先进人物，他们点亮了兵团精神之灯，铸就了兵团伟业大厦。大型系列广播剧《兵团魂》选取兵团各行各业的典型人物，精心打造鲜活饱满的人物形象，艺术展现动人心魄的故事情节，倾情演绎波澜壮阔的兵团历史。

一说到先进人物，我们的眼前就会浮现出一些“高、大、全”的形象。比如说，之前的新闻或文学作品里，说到一个人爱岗敬业，就说他（她）把所有的精力都放在工作上，不顾家庭，在家庭里是严重缺位的，不是一个称职的丈夫、父亲和儿子，对家人一定有所亏欠。但是，忽略了先进人物也是一个正常人，有正常人的喜怒哀乐，也有亲情、友情、爱情的各种感情需求。以往塑造先进人物“高、大、全”的形象是不符合生活逻辑的，导致读者或听众会对这些先进人物事迹的真实性表示怀疑。《兵团魂》系列广播剧从一开始创作，就强调人物的真实性，尤其是情感的真实性，要用具体的故事、情节、细节体现人物的情感变化，体现人物是如何从一个普通人成长为先进的，真实立体地表现生活，这样写出的人物才生动鲜活、有血有肉、更接地气，不会让听众觉得有高高在上的感觉。

在广播剧里，人物对话是推动剧情发展的主要手段，所以，广播剧要求演员播演要个性化、口语化，富于动作性，演员播演时一定要吐字清楚，表达准确生动感情充沛真挚，配乐应当富有特色，波澜起伏，动人心魄，音响效果必须逼真，解说词应当帮助听众了解剧中情景和人物的动作状态。个性化的特色语言，更是塑造人物的绝佳手段，如果用略带当地方言的语言进行演播，就会更凸显人物特点。贴近生活的生动对话是塑造人物形象的重要手段，在几个人物的一问一答间，能够体现出这个人物的特点和性格。在广播剧《与羊共舞》中，主要人物刘守仁、陈场长的语言设计各具特色，刘守仁的青涩、书卷气更衬托出陈场长成熟、大气、沉稳的领导风范。而开头处，刘守仁回忆和父母告别的场景，寥寥几句话，就勾勒出了人物的大致形象和性格。

妈妈：（带哭腔叮嘱）儿子，你一个人到那么远的地方，妈不放心啊！

刘守仁：妈，妈，您别难过，有什么不放心的呢，啊？

妈妈：天山，天山，远在天边啊，哎哟，那么远就不说了，可是我听说那边很冷的！哟，会把耳朵冻掉的！

刘守仁：妈，你说什么呢，冻掉耳朵？不就是在新疆吗。不至于，啊！

妈妈：哎哟，怎么不至于。

刘守仁：再说了，为了祖国，我就是冻掉个耳朵，又算什么呢！爸，你说是不是？

爸爸：嗯，儿子，你去吧！

刘守仁：哎！

爸爸：爸爸支持你，既然选择了畜牧专业，这是你终生的事业，大西北就是你建功立业的地方。

刘守仁：嗯，爸，我记住了。

在每个人的记忆里，妈妈总是感性的、慈爱的，为我们操心的那一个人；而爸爸则理性一些，有长远眼光和战略高度，更能为我们的理想和长远计划出谋划策，当然爸爸妈妈都是我们的忠实支持者，都深爱着我们，有了他们温暖的爱和全力的支持，我们才能有所作为，走得更远。艺术作品虽说高于生活，但总是来源于生活，温暖、真实的对话为作品增加了温度，也让作品更加真实、可信；而里面充盈着的真情，让作品升温，让人物形象丰满起来，再加上演员们成熟、精湛的演播，更让人觉得这些人物仿佛就在我们身边，触手可及。

因为是第一次创作，所以我回头再看这个本子还是觉得有所欠缺，比如主人公的感情世界，除了亲情、友情，还有爱情。当初觉得不涉及爱情这块内容，作品会更紧凑一些，不会有更多的枝蔓。现在看来，还是前期准备工作不够充分。下次再进行类似的创作，就要做好更细致、全面的案头工作，和主人公的工作伙伴、家人多聊聊，多了解一些，为创作积累更多更好的素材，这样一来，创作也会有更多的方向和可能性。

【编剧简介】

夏俊，女，毕业于新疆大学中文系新闻学专业。现任兵团广播电视台高级编辑，新闻节目部副主任。

大地情深

编剧 \ 马小迪

主要人物

陈学庚：男，18至70岁，农业机械设计制造专家。长相憨厚，性格耿直倔强，热爱钻研，用实际行动践行了热爱祖国、无私奉献的诺言。

陈妻：女，陈学庚妻子，30~65岁。性格温柔坚毅，有主见。

小梁：男，28岁，陈学庚徒弟。

张老板：男，30岁，经营机修厂的个体户。

于大叔：男，60岁，兵团第七师一三〇团老职工，植棉户。

团长：男，50岁，汉族。兵团第七师一三〇团团长，性格爽朗有魄力。

司务长：男，45岁，汉族，兵团第七师一三〇团机械厂司务长。

修造厂厂长：男，42岁，汉族，兵团第二师二十九团修造厂厂长。

群演：众工人。

【轰鸣的机器声】

陈学庚:(大喊)停一下!大家都停一下!

工人甲:啥?你说啥?听不清啊!

陈学庚:(大喊)我说,大家赶紧停一下!

【机器轰鸣声渐渐停止】

众工人:(七嘴八舌的小声议论)怎么了?

工人甲:啥情况?

工人乙:不知道啊?

工人乙:(小声地)哎?他是谁啊?怎么让咱们停工了?

工人甲:(小声地)他呀,他叫陈学庚,是咱们科神公司的董事长,也是咱们新疆远近闻名的农业机械装备的设计师。我跟你说哦,咱们生产的这些农机啊都是他设计出来的。

工人乙:(小声赞叹)太厉害了!他就是陈学庚陈董事长啊!我还是第一次见他下到车间呢!

众工人:(附和)我也是,我也是。

工人甲:(小声地)我跟你说,你这是刚来,你不知道。他呀,就快吃住在咱们车间了。而且不仅如此,他还三天两头往地里头跑,整天弄得灰头土脸的,你猛地一看啊,你都看不出来他是董事长,就是一个干农活的农民!

【众工人的笑声】

陈学庚:同志们,是这样的啊,我刚接到通知,咱们设计制造的播种机在六师新湖农场和芳草湖农场都出现了种孔错位的情况。

众工人:(吃惊地议论纷纷)什么?

工人甲:不可能吧?

工人乙:怎么会出现这种情况啊?

工人甲:(喊)那董事长,这活我们现在还干不干呀?

陈学庚:现在是不能干了!既然是咱们设计制造的播种机出了问题,那就得找出问题,把它改了,这样才能继续生产下去,对吧?

众工人:(议论纷纷)那得等到啥时候才能复工啊?

工人甲:就是,就是。

陈学庚:现在是团场春耕时节,咱不能耽误职工播种的时间!这样吧,我呢先赶去看看什么情况,找一找这个问题到底出在哪儿? 先这样,你们先休息一下啊,等我通知。

众工人:(狐疑地小声议论着)也是,机子出问题了。

工人甲:咱们再这样生产下去确实也是白搭。

工人乙:就是,就是。

工人甲:等着吧。

【呼呼的大风中隐约传来播种机的轰鸣声】

小梁:(边咳嗽边喊)师傅! 风太大了! 这播种机后面扬的全都是土,您就这么一直跟着,会喘不上气的!

陈学庚:(边咳嗽边喊)哎呀我没事!我得了解实际播种情况啊!这样,小梁啊,你要受不了就别跟着了,我再跟一会儿,再看看,就把它搞清楚了。(风声、机器轰鸣声更响了)

【播种机田间作业的声音做背景】

【小梁旁白】

我叫小梁,陈学庚是我师傅。当年,我在团场打架斗殴、不学无术,是师傅看中了我,因为我喜欢捣鼓农机。师傅跟我爸妈说,这孩子聪明,以后会大有出息,所以我就一直跟着他。这一次,师傅发现是他设计的播种机覆土装置出现了问题,他赶紧安排人员连夜将所有农机上的装置都卸了下来,装了满满两大卡车,拉回工厂重新设计改装。第二天我们又拉回去重新装上,没有耽误职工播种,也没有收取任何改装费用……

【装卸机器的声音,卡车开动的声音】

上　集

【敲门声】

陈学庚:请进。

【开关门声】

张老板:陈师傅。

陈学庚:哟,张老板,怎么是你呀!

张老板:那你看,现在你是陈董事长了,我还不得来看看你啊。

陈学庚:快坐,快坐,小梁,去给张老板泡杯好茶来。

小梁:哎,好嘞。

张老板:哎呀,陈师傅,哦不,陈董事长。(二人笑声)你看啊,这一晃几年过去了,想当年我是真不该小瞧了你呀!(背景倒水声)

陈学庚:哪里,哪里,您当年也是爱才心切,可以理解啊。

张老板:说实话,陈师傅,那时候我是真不该……

【茶杯放到茶几上的声音】

小梁:啥?您还敢收买我师傅?

张老板:(哈哈大笑)是啊,我记得那是1994年吧……

【1994年那英演唱的《山不转水转》】

山不转呐水在转

水不转呐云在转

云不转呐风在转

风不转呐心也转

……

没有憋死的牛

只有愚死的汉

……

【敲门声】

陈学庚:请进。(音乐声渐小)

【开关门声】

张老板:陈师傅。

陈学庚:(无奈)哎呀,张老板,怎么又是你啊!

张老板:哎呀,陈师傅,你看,你要是答应了我,我不就不来打扰你了吗,是不是?

陈学庚:张老板,我之前也说过了,我不能答应你啊!

张老板:哎呀,陈师傅,这样啊,你说实话,你是不是嫌我出的价钱太少了呀?啊?哎这方面你跟我直说啊,这价钱呐咱都好谈,是不是?

陈学庚:张老板,真不是价钱的问题!

张老板:那是什么问题呀?

陈学庚:我非常感激您看得起我,但是啊我真的不能去你厂里工作。

张老板:陈师傅,你看啊我呢也了解了一下,你一个月的工资也就300多块钱,是吧? 那我这一年给你出30万元的年薪,请你到我那农机厂去工作还不行吗?

陈学庚:哎呀,张老板,不瞒你说,我家的孩子小,家里正是缺钱的时候,你出的年薪,还真让人动心。

张老板:那还犹豫啥呀?

陈学庚:但是我是兵团培养出来的,我呀还真放不下兵团的这份事业。你说赚钱这个事儿,它是个紧要的事,但是和整个兵团的农机事业的发展来比,我陈学庚只能选择后者。

张老板:嗯,这样啊,陈师傅,你呢也先别急着推辞,我也再给你点时间,你好好考虑考虑,下回我再来!

陈学庚:(斩钉截铁)张老板,你还是别再来了,我早就考虑好了,我是不会去你那儿工作的! 我现在获得所有的成绩都是兵团给我的,我不能忘本!

【1982年歌曲《多情的土地》】

我深深地爱着你

这片多情的土地

我踏过的路径上

阵阵花香鸟语

我耕耘过的田野上

一层层金黄翠绿

我怎能离开这河叉山脊

……

【田间地头传来“突突突”的拖拉机声】

陈学庚:哟,于大叔,您怎么也来地里点种来了?

于大叔:学庚啊,你这是去哪儿啊?

陈学庚:这不,咱们团要成立个铺膜机研发小组,通知我去开会呢。

于大叔:哦,学庚啊,你看大叔我这都弯着腰忙活一天了,手都磨出血泡来了,才干了这么一小片地。你们是干大事的人,赶紧把这种落后的状况给改善改善呐。

陈学庚:好嘞,好嘞,我知道了于大叔,您放心吧,啊!

于大叔:好。

【拖拉机走远的声音】

【会议室里议论纷纷】

团长:大家都安静一下,安静一下啊。陈学庚,你作为研发小组的带头人,给大家伙说两句!

陈学庚:好!那我就说两句!大家都知道,咱们新疆是典型的大陆性气候,降水量少,光热充足,种植棉花等喜光农作物具有得天独厚的优势。王震将军在咱们兵团视察的时候,就倡议引进日本地膜栽培技术种植棉花。经过咱们小面积试验,也取得了良好的成绩。但是到现在为止,咱们的棉花亩产还仅停留在34.1公斤。

众人:(议论纷纷)哎呀,太少了。

陈学庚:我认为这个铺膜呀是一项力气活,人工铺膜一天只能铺四分地,小面积示范还可以,但是大面积推广难度是非常大的。况且,铺膜以后,还要靠人工在地膜上点种,进度又慢、劳动强度还大,许多职工的手上啊都磨出了血泡还是不出活。是吧?所以我认为,咱们兵团只有走农业机械化道路,才能解决根本的问题。

【掌声雷动】

团长:哎,学庚啊,那你说咱们接下来该怎么办呐?

陈学庚:我是这么考虑的团长,咱们是不是能研制出一种设备,一种能够将播种铺膜结合到一起作业的设备,我估摸着这个设备要是研制出来了,那日功效可能会达到100亩以上!

团长:真的?那太好了!你说说,你们研发小组需要团里咋配合?我们想尽一切办法都要满足你们!

众人:太好了!太好了!

【音效转场,田间地头的大喇叭"嗞嗞啦啦"的响起】

团长:(喇叭效果)同志们,今天咱们团场农机研发小组研制的悬挂式膜下条播机正式进入测试期。经过我们前期的考察呀,这款设备功能齐全,操作简单,便于掌握,可以说是个非常实用的"傻瓜铺膜机"。那么在这里啊,我们要感谢团农机研发小组的所有成员,现在就让研发小组带头人陈学庚同志,亲自给大家讲解和示范这款机器的工作原理,大家鼓掌!

【掌声雷动】

陈学庚:(喇叭效果)感谢团领导对我们研发小组的支持与信任,感谢大家能够来捧场,见证这款设备即将创造的奇迹!下面我就给大家讲讲这款铺膜机的使用注意事项。

【风声中传来铺膜机的轰鸣声】

众人:(欢呼)成功了！成功了！

工人甲：这款铺膜机的日工效真的达到了150亩！

工人乙:陈学庚他们的研发小组太了不起了！

研发小组成员:(大声吆喝着)来来来,大家伙,来,一、二、三、哦~(重复)

陈学庚:哎哟,哎哟,行了,行了,你们快放我下来！快放我下来！我这头啊都被你们给抛晕了。

研发小组成员:咱们大伙辛苦了这么久,现在终于成功了,太好了！是啊！

【对话转场】

团长:好个屁！(欢乐的气氛僵住)你们快把陈学庚放下来！学庚啊,你快到地里看看吧,你们这次研制的悬挂式膜下条播机呀出事了！

陈学庚:什么?

【气氛更加凝重起来】

众人:(窸窸窣窣的小声议论)啊?啥情况呀?

【紧张的音乐响起,于大叔的哭泣声】

陈学庚:于大叔,这,这是咋回事呀?

于大叔:(带着哭腔)学庚啊,你可来了！你看看这儿,你再看看这儿！

陈学庚:哎哟,这,这到底是怎么回事啊?这棉苗怎么都烫死了?(埋怨)哎哟,于大叔,这么热的天,你们怎么不放苗啊?

于大叔:(委屈)我们一直在放苗,可是跟不上铺膜机的速度啊。你们研制那个什么新型的铺膜机,虽然可以把播种、铺膜的活一起干了,可是,这膜下播种,出苗后还是需要人工放苗,再手动给膜孔封土,这都是要耗费大量劳动力的。这不,高温天气一来,我们人手又少,根本来不及作业,这大片棉苗就都被“烫死”了,哎哟,这实在是太可惜了呀！

陈学庚:于大叔,那“烫死”的棉苗大概多少亩?

于大叔:哎,一时半会儿还统计不出来啊,不过照这款铺膜机的速度,怎么的这受损面积也得在几百亩地吧。

陈学庚:(吃惊)什么?几百亩地?受损面积这么大呀?

于大叔:哎,我们这些靠天吃饭的农民啊,最怕天灾人祸！天灾我们也就认了。可这人祸……我们实在是招架不住啊。

陈学庚:(羞愧)于大叔,对不起,对不起,这都怪我,是我太急于求成了,是我考虑的不周全才酿成今天的后果。于大叔,我,我对不起你们啊!

于大叔:别说对不起,那没用!你啊,赶紧给解决问题,这才算帮到我们这些农民啊。

陈学庚:好的,于大叔,您放心,我一定想办法解决!

【"砰砰砰"的砸门声】

陈妻:学庚?学庚?你在里边吗?

【"砰砰砰"陈妻继续砸门】

团长:弟妹啊,你们家陈学庚把自己关在这车间里边已经三天了,三天里他没一点儿动静,不吭气儿也不开门,我们实在是担心他出事,就赶紧把您给找来了。

陈妻:团长,您别担心,学庚他不会有事的,他就这脾气。只要一有个需要攻克的目标,他就没白天没黑夜的埋头苦干,根本顾不上我和孩子,我们早就习惯了。

团长:弟妹啊,你不知道,你们家陈学庚可是我们团里的宝贝啊!他可不能出事!他万一……

【工厂铁门"吱呀"一声开了】

众工人:(小声议论)出来了,出来了,

工人甲:可是出来了。

团长:陈学庚!

陈妻:学庚!

陈学庚:(有气无力的咳嗽着)给,拿去!

【图纸发出"窸窸窣窣"的摩擦声】

团长:这是什么呀?

众人:这是什么呀?

工人甲:快看看。

工人乙:你别挤。

工人甲:让我看看。

工人乙:让我也看看。

团长:图纸?

陈学庚:(有些气喘地)嗯。为解决放苗问题,再结合兵团发展精准农业的需要,我重新设计了一款膜下滴灌精量铺膜播种机。

团长：可以啊你。

陈学庚：这款机器可以做到每穴播种精准有效，要单粒就播单粒，要双粒就播双粒，这样不仅可以彻底解放劳动力，而且以后咱们植棉团场的学校、机关就再也不用停课、关门去定苗了。

团长：学庚呀，你厉害啊。这么复杂的设备你都给设计出来了？

众人：太厉害了。

工人甲：就是，就是。

陈学庚：（气喘吁吁）这样，团长，事不宜迟，咱们赶紧组织研发小组一起开个会，把我这个新的设计给大家看一看，再一起帮我把把关，我……

【轰然倒地的声音】

陈妻：（大喊）学庚！

团长：（大喊）陈学庚！ 快叫救护车。

众人：（大喊）快快快！

【救护车的鸣叫声】

【小梁旁白】

听师母讲，这次为了研发新的农机设备，师傅差点把命搭进去。出院以后，师傅带领着研发团队陆续研制出很多农业机械设备，其中研制出的2BMS-6铺膜播种机，在田间作业时可以将畦面整形、开膜沟、铺膜、膜面覆土、膜上打孔穴播等多道程序一次性完成，日工效可高达120亩至150亩，这样一台机具可以顶300个劳动力。这套农机不仅得到了棉农广泛的认可，而且很快在自治区和内地15个省区推广开来……

下　集

【一辆汽车摁着喇叭行驶在田间地头上】

司机：大叔，我想问一下，您知道陈学庚在哪儿吗？

于大叔：你们找陈学庚啊？

司机：是啊，我们专程来找他的。

于大叔：哎哟，那你们这次可是白跑一趟喽。

司机:白跑?

于大叔:是啊,陈学庚他不在团里,他去北京了。

司机:他去北京了?

于大叔:是啊,他去北京人民大会堂参加表彰大会去了。

【大会堂里颁奖音乐响起】

主持人:下面有请获得“全国杰出专业技术人才”称号的陈学庚同志上台发言。

【热烈的掌声】

陈学庚:(礼堂麦克风效果)我非常荣幸能够获得“全国杰出专业技术人才”的称号,首先我要感谢会务组,感谢一直以来支持我的家人和朋友们。记得我刚工作那会儿,连一台压面机都修不好……

【歌曲《我们的生活充满阳光》】

幸福的花儿心中开放,

爱情的歌儿随风飘荡,

我们的心儿飞向远方,

憧憬那美好的革命理想

……

【机械厂嘈杂的声音】

【办公室内打牌的声音】

【敲门声】

司务长:进来!

陈学庚:报告,奎屯农机学校毕业生陈学庚前来报到。

【一阵哄笑声】

机修工甲:这是哪儿来的生瓜蛋子,还报告呢!

机修工乙:哎呀,你就别欺负人家新来的了,到你了,出牌。

司务长:你叫陈学庚?

陈学庚:是。

司务长:过来,过来,我呢是咱们机械厂的司务长,我问你啊,你们农机学校都教了你一些啥?

陈学庚:哦,报告司务长,就是关于农业机械设计维修方面的知识。

司务长:哦,好,好。

【背景打牌的声音】

陈学庚:(好奇)师傅,你们在打牌啊?

机修工甲:咋了,你有意见?

陈学庚:没有,没有,我没有意见。

司务长:那个陈……

陈学庚:陈学庚。

司务长:陈学庚,你啥都能修吗?

陈学庚:基本上都行吧,不过还得看修啥。

【"咣当"一声】

司务长:喏,正好这个压面机坏了,你给修一下吧。

陈学庚:哦,好好,那我拿回去修好了……

司务长:哎,不用不用,这个压面机不复杂,你就在这修吧,修好了呢咱们中午就压面条吃。

机修工甲:就是,我下面条的菜都买好了。

司务长:你就去那儿修吧,去吧。

陈学庚:哎哎,好好好。

【打牌的声音由大渐小】

【紧张的音乐】

众机修工:走吧走吧,各回各家吃馍喝茶去喽。

机修工甲:我跟你说,等着这个生瓜蛋子修好压面机,咱们早都饿死了。

机修工乙:哎呀,人家是正规学校学出来的,总归能修好的吧。

机修工甲:正规学校学出来的就这水平啊?这大半天了,连个压面机都修不好,还能修农机啊?

众人:(附和)是啊。

司务长:别说了,别说了,你们几个都少说两句,赶紧回家吃饭去。

【众人纷纷离开】

【传来低声的抽泣声】

司务长:我说陈学庚啊,修不好就修不好呗,咋还哭上了?

陈学庚:我,我觉得特别丢人,我给我们学校丢人,给我们老师丢人了。

司务长:(递上纸巾)给,把眼泪擦擦。我说你还是太年轻,刚到一个新的单位,好多情况你不了解，对吧？就要少说话多做事。让你修压面机呢，一是想看看你的水平咋样，二呢是给你提个醒儿，不要以为自己是正规学校出来的就啥都会、啥都懂，要知道山外有山人外有人。这以后啊，你要学的东西还多着呢，一定要戒骄戒躁，谦虚谨慎，知道不？

陈学庚：（抽泣）我知道了，司务长，我以后一定好好学，一定努力。

【“呼呼”的风雪声】

【人的喘息声】

【“砰砰”的敲窗户玻璃的声音】

陈学庚：同志，同志。

售票员：（不耐烦）敲什么敲？没看见停止售票了吗？

陈学庚：（着急的）停止售票了？同志，我想问一下，下一趟班车什么时候到啊？

售票员：你别等了，本来我们下野地的班车就少，现在可能三四天以后才有班车。

陈学庚：什么？还要等三四天啊？那怎么行，我必须马上赶回共青团农场。

【拨打电话的声音】

陈学庚：喂，司务长吗？我是陈学庚，下野地这边的农机设备我看了，因为在咱们国内买不到，所以我想了个办法，我花了三天的时间，我把图纸测绘出来了。

司务长：（电话效果）学庚啊，你做得太好了，那你赶紧回来吧，这厂里还有好多事等着你处理呢。

陈学庚：是这样的司务长，我也想马上回，可是下野地这边的班车三四天以后才能来，现在又下大雪，我正发愁怎么回去呢。

司务长：（电话效果）哎呀，反正不管怎么样，你想想办法吧。一定要尽快赶回来，这厂子里新研发的设备出问题了，这谁也解决不了，你现在啊是咱们厂的技术革新组的组长，我们只能指望你了。

陈学庚：那好，司务长，我想办法我尽快赶回去啊。

售票员：（插嘴说风凉话）你想啥办法呀？这么大的雪，又没车。

陈学庚：我就是走也要走回去！

【脚踩在雪地上的“咯吱”声】

【小梁旁白】

第二天一大早，天还没亮，师傅就顶着暴风雪出发了。他在路上走走停停，遇上好心的司机大哥就蹭会儿车,遇不上就还是自己走。就这样师傅他花了整整一天的时间,直到深夜才回到共青团农场。

【背景音暴风雪声】

【车间轰鸣的机器声】

司务长:(大声喊)学庚,你过来一下。

陈学庚:(大声喊)什么? 我听不清啊。

司务长:(大声喊)我说你过来一下。

陈学庚:(大声喊)哦,好嘞,好嘞。

【轰鸣的机器声减弱】

司务长:学庚啊,你知道,在咱们团,拖拉机发动机修理完以后呢,是没有办法测试发动机功率恢复是否达标的,因为啊在咱们国内市场上是买不到用于测试发动机功率的水力测功机的。

陈学庚:是啊,司务长,我也一直在发愁怎么才能解决这个问题。

司务长:我听说二师二十九团修造厂新买了一台水力测功机,你赶紧过去了解一下情况啊。

陈学庚:真的,司务长。哎呀,那太好了,我现在就赶过去。我倒要看看这个水力测功机到底是个什么样的机器。

【音效转场,办公室里的嘈杂声】

修造厂厂长:陈学庚!

陈学庚:厂长。

修造厂厂长:哎呀,你就是大名鼎鼎的陈学庚吧?

陈学庚:厂长您好。

修造厂厂长:你好,你好。

陈学庚:大名鼎鼎谈不上,我就是喜欢捣鼓捣鼓机器。

修造厂厂长:哎哟,你技术这么好,整个兵团都远近闻名,你还这么谦虚,哎哟真是难得。哎,你这次到我们这儿来是?

陈学庚:噢,是这样的厂长,我听说你们厂新买了一台水力测功机。

修造厂厂长:是呀。

陈学庚:我想来看看。

修造厂厂长:哦,就这个事啊,这太简单了,走,我带你去看看。

陈学庚:太好了。

【音效转场:机器轰鸣声】

众工人:厂长来了。

工人甲:厂长好。

工人乙:厂长好。

修造厂厂长:你们忙,你们忙吧。来,陈学庚,就是这台机器。

陈学庚:哦,厂长,就是这台啊?

修造厂厂长:哦,就是这台。

【机器轰鸣声】

陈学庚:厂长,我看了一下,这台机器构造比较复杂,我想拆开来看一下行吧?

修造厂厂长:什么?你想把它拆了?

陈学庚:嗯。

修造厂厂长:(为难)这,这恐怕不合适吧?

陈学庚:厂长,您看啊,这是你们从国外花高价钱买回来的对吧?

修造厂厂长:是啊。

陈学庚:如果您让我拆开来看一下、研究一下的话,没准啊我能研发出咱们自己的机器。

修造厂厂长:真的?

陈学庚:嗯。厂长,到那个时候,咱们中国人就再也不用买外国人的机器了。

修造厂厂长:那,那好,你保证拆开以后能装回去?用起来也不会出问题?

陈学庚:厂长,您就放心吧,我保证!

【小梁旁白】

师傅把水力测功机拆开以后,连夜绘制了图纸,然后按照原样又装了回去。几个月后,试制的样机诞生了,可是样机的制动力始终达不到要求。原因到底出在哪儿呢?带着这个疑问,师傅又一次赶到了二十九团修造厂。

【汽车行进、停止的声音】

【水杯子"砰"的一声用力放在桌上】

修造厂厂长:什么?你还要拆开机器看一下?我说陈学庚,你这个要求实在是太过分了吧!上次我已经给你开了后门,让你拆开来看了一天了,怎么你还是没看会啊?

陈学庚:不是,厂长,您先别着急,听我解释一下。回去以后,我按照我画的图纸制造出了一台水力测功机,但是它的这个制动力始终达不到我们的要求。所以我想再拆开来看一看,这问题到底出在哪里了?

修造厂厂长:不行!这次说啥你也不能把它拆开了。

陈学庚:(恳求)厂长。

修造厂厂长:因为我们已经开始用它工作了,万一你拆开出了问题,我们花那么多钱购买的设备那就报废了。

陈学庚:那,厂长,我能再看看这台机器吗?

修造厂厂长:看,可以,但是绝对不能再拆开了!

陈学庚:(迟疑片刻)好。

【机器轰鸣声】

众工人:(小声地议论)他就这么围着机器转这能看出啥来?

工人甲:就是,就是,都这么傻看了一两个小时了。

工人乙:哎呀,他会不会脑子有问题啊?

工人甲:他看上去可不像啊!

陈学庚:哎哟,我明白了,我明白了。(跑步离开的声音)

众工人:哎?他怎么跑了?他怎么跑了?

【鞭炮声】

司务长:哎呀,太好了,陈学庚,恭喜,恭喜啊!你研制的水力测功机成功地填补了国内市场的空白,制动力和精度都达到了国际水准和要求,这以后啊,咱们中国人再也不用进口外国人的同类产品了。

陈学庚:对,司务长,这次多亏了您的支持,我们才能顺利地研制成功。

修造厂厂长:陈学庚,你小子可是真是行啊,就去了我那儿两次,居然真让你给造出来了。

陈学庚:哎哟,我的好厂长啊!要不是您的大力支持,我们怎么能造出这样复杂的水力测功机呢?

修造厂厂长:总之,恭喜你。我就好奇了,你这股子钻研的劲儿是打哪儿来的?

陈学庚:我呀,喜欢农机的研究开发工作,既然干上这一行了,我觉得就应该干一行爱一行。于是呢,就越干越了解,感情呢,也就越深。尽管农机科研工作非常枯燥繁重,但是我倒乐在其中。每当一项科研成果变成了产品被大规模应用的时候,我就感到特别的自豪啊。我从我的师傅司务长、从我的工友们身上学到了很多,我想一个人一生中应该专心致志地做好一件事!我就这么个简单的想法。

【音乐转场:歌曲《不忘初心》】

万水千山不忘来时路,

鲜血浇灌出花开的国度。

生死相依只为了那一句承诺,

报答你是我唯一的倾诉

……

【急促的敲门声】

陈妻:(急切地)来了,来了。

【开关门声】

陈学庚:(兴奋地)老婆,我回来了。

陈妻:(激动)怎么样?见着习近平总书记了?

陈学庚:(激动)嗯!见到了,见到了。

陈妻:(激动)那你赶快给我说说,总书记都跟你说啥了?

陈学庚:总书记先看了看最外面放着的德国最先进的设备,然后直接走到了我们研制的膜下滴灌精密播种机旁,亲切地询问:这台机具国外有没有啊?我赶紧给总书记汇报,这台是我们国家科技工作者自己研发的,国外没有。总书记听了以后非常高兴,在我们研发的机器旁边停留了整整5分钟。老伴儿啊,这说明什么?说明总书记对我们国家自主创新的机器设备非常重视。

陈妻:那总书记还跟你说了啥呀?

陈学庚:当时我向总书记汇报,我想我这个人口才不好,汇报什么呢?所以我就说,我学历不高、知识也不多。总书记鼓励我说……

陈妻:哎哟,你快说啊。

陈学庚:总书记说,英雄不问出处,谁是英雄,战场上见分晓。

陈妻:(欣喜)总书记真是这样说的?

陈学庚:是啊!我们在场的人都特别感动。总书记鼓励我们要把"论文"写在祖国的大地上,总书记的话是对全国科技工作者的巨大鼓舞。

【小梁旁白】

习近平总书记的话深深地鼓舞了师傅,临近古稀之年,师傅决定把自己在农业机械领域的毕生研究与经验通过教学的方式传授出去。

【陈学庚空灵的画外音】

过去50多年我一直在基层一线工作，尽管取得了很多成果，但都没能静下心来做理论研究。石河子大学是一所综合性大学，高层次人才聚集、学术氛围浓厚，对于总结、凝练我过去的工作，静下心来做理论梳理有着很大的优势。我今年71岁了，有着丰富的生活、工作和专业经验。我可以用我丰富的阅历来指导学校青年老师的科研工作。院士对我而言只是一个称谓，是一个很好的平台。用好这个平台，更多地为兵团科学研究、高层次人才培养服务才是硬道理！

中国工程院院士　陈学庚

创作札记

为了大地的丰收

说起英雄，大多数人会想到诸如勇气、智慧、坚韧、正直等一些词汇，仿佛这是英雄们身上所必须具备的特点。电影《雷锋》《焦裕禄》《孔繁森》《杨善洲》《钱学森》……无不展现出我们党的领导干部艰苦朴素的作风和全心全意为人民服务的高贵品质。因此，塑造当前新时代建设中的新英雄形象成为我们宣传工作者，乃至整个文艺界最崇高的任务。

这一次我接到的任务是要以中国工程院院士、农业机械设计制造专家陈学庚同志为主人公，完成一部广播剧创作。目的是要写出陈学庚由一个只有中专学历、痴迷农业机械设计制造的热血青年最终成长为中国工程院院士的人生经历；要通过他写出中国科技工作者所共有的单纯、直率；写出他们对科研工作的满腔热情、对事业的无比执着和对祖国的无限忠诚。

在开始创作这部广播剧之前，第一个映入我眼帘的是这样一段新闻报道：2014年4月29日，习近平总书记来到新疆生产建设兵团考察，在六师共青团农场亲切接见了陈学庚等人，在得知当选院士的陈学庚只有中专学历时，总书记说，英雄不问出处，谁是英雄，战场上见分晓。这则新闻报道，不禁让我想起总书记在中国科学院第十九次院士大会、中国工程院第十四次院士大会上的讲话，他说，我们的很多院士都具有“先天下之忧而忧，后天下之乐而乐”的深厚情怀，都是“干惊天动地事，做隐姓埋名人”的民族英雄！总书记爱才、惜才，也善于培养人、用人。“聚天下英才而用之”是他就深化人才发展体制机制改革所作出的重要指示，他是这么说的，也是这么做的。总书记用自己温暖的关怀，深深激励着包括陈学庚在内的广大科技工作者。而陈学庚作为兵团自己培养出来的中国工程院院士，四十九年来，始终扎根科研一线从事农机研究和推广工作。他研发的棉花铺膜播种机系列产品，成功填补了我国地膜植棉机械化应用领域的空白；他研制的一次作业完成八道工序的膜下滴灌精量播种机，将铺膜播种技术提升到一个新的水平……因为不想塑造出一个脸谱化的新时代英雄人物形象，所以我提前联系了陈学庚院士本人，想对他进行一次深度采访。他原本答应了，但很快又委婉地拒绝了我。可能是因为已经厌倦了媒体的"狂轰滥炸"了吧，也可能这位耿直的老人害怕媒体人再去打扰他的科研工作。我尊重老人的决定，但是又一次为难了自己，继续依靠手头仅有的"道听途说"的资料，来结构故事，塑造一个能够让听众接受的真实的陈学庚。那么，如何让听众接受他呢？在研究完陈学庚院士的背景资料和反复观看了数遍有关时代楷模的电影之后，我发现，每个人都喜欢劣势者，让笔下的英雄身处劣势更能受人欢迎。也就是说，每个英雄都需要有缺点。听众（观众）看到英雄在自己的缺点的重负下饱受折磨，从中仿佛看到了自己的影子。与此同时，缺点使故事更具戏剧化，因为角色具有缺点，所以就需要证明自己。在故事的高潮处，英雄通过努力奋斗终于克服了自身的缺点，听众（观众）感同身受，觉得自己也得到了解脱和升华，然后势必为之欢呼雀跃。

遵循这个原则，我重新翻阅了陈学庚院士的资料，发现了他年轻时曾经有过的"不堪的过往"。于是我开始编织我的故事：第一，让我笔下的主人公被过去所困扰。亦即让其充分暴露年轻时的种种不堪，以此赋予他改变的机会。让他用实际行动去推翻自己的幼稚和愚蠢，最终获得如凤凰般的涅槃重生。于是故事一开始，我让年轻的陈学庚自己带领着技术团队成功地设计出提高棉花单产的农机具，但最终却因为这一设备存在的致命缺陷而造成广大棉农遭受了重大的经济损失。陈学庚为自己的骄傲自大致使无辜的群众遭殃而感到无比羞愧，于是他不眠不休，努力改正自己设计上的失误。到了故事的结尾，他已经能够直面过去的错误和任何挑战，证明了自己的成长。事实证明，这一手法很简单，却非常行之有效。第二，让我笔下的主人公未经试炼，毫无经验。这样做的好处是可以显得最终的挑战更为艰巨，让主人公可以证明自己。于是我挖掘出陈学庚中专刚毕业，进入工作岗位时发生的一段糗事——即陈学庚作为一个满腔热血、誓要用科技拯救未来的热血青年，居然连一台简单的压面机都修不好。在这样巨大的打击下，陈学庚克服了自身的浮躁，潜心钻研，逐渐成长为厂里最年轻的技术专家和骨干力量。

最后，在这部作品里，我还需要解决好几个哲学命题，即陈学庚是谁？他干了什么？他为什么要这么干？第一个命题很好解决，因为陈学庚的事迹和成绩就摆在那里，无需过多修饰。第二个命题和第一个命题存在因果关系，即他干了什么最终决定了他是谁、成为了怎样的人。第三个命题着实难住了我，他做这一切是为了什么呢？是什么支撑着他克服重重困难，一步步走向成功辉煌的呢？这时候，无意间听到的一首老歌——电视剧《便衣警察》的主题曲《少年壮志不言愁》让我找到了答案。歌词这样写道：几度风雨几度春秋，风霜雪雨搏激流。历尽苦难痴心不改，少年壮志不言愁。金色盾牌热血铸就，危难之处显身手。为了母亲的微笑，为了大地的丰收，峥嵘岁月何惧风流……

是啊，少年壮志不言愁，为了母亲的微笑，为了大地的丰收，陈学庚们放弃休假，放弃与家人们团聚的机会，奋战在科研一线。用崇高、伟大的理想的光华，照亮着祖国的山山水水，用实际行动感动中国！

【编剧简介】

马小迪，女，1974 年出生于新疆石河子市，毕业于新疆大学。曾任新疆兵团广播电视台文艺中心副主任，一级导演。现任新疆艺术学院戏剧影视系教授。中国电影艺术家协会会员、中国电视艺术家协会会员、兵团影视艺术家协会理事。

著有电影剧本《传歌者》《七尺男儿》《阿拉木汗》；微电影剧本《卡小花》；话剧剧本《秋决》《万方乐奏》；歌剧剧本《楼兰》；音乐剧剧本《风雪情》；小曲子剧剧本《骆驼客》；广播剧剧本《昆仑之子》《大地情深》《天使情怀》等。曾参与创办多个品牌电视栏目。创作的纪录片，曾分获中国电视纪录片系列片十优作品奖；第五届中国纪录片国际选片会十优纪录片；第十届中国新闻奖电视专题奖；“纪录中国”金牌节目奖等。

塔克拉玛干情缘

编剧 \ 王安润　肖　帅

主要人物

尤良英：女，40多岁，汉族，兵团第一师十三团某连职工。

麦麦提·吐鲁普：男，30多岁，维吾尔族，和田皮山村农民。

老公：男，40多岁，尤良英丈夫，兵团第一师十三团某连职工。

哈斯木：男，30多岁，维吾尔族，和田皮山村农民。

老连长、朱所长、阿孜古丽、村长、维吾尔族大爷等。

上　集

【音乐起，渐弱……】

麦麦提·吐鲁普：阿恰。

尤良英：嗯？

麦麦提·吐鲁普：你看这是啥东西？

尤良英：蒲公英。哎呀，这么多的蒲公英啊！

麦麦提·吐鲁普：好看吗？

尤良英：嗯，好看。哎？你们这怎么会有蒲公英啊？

麦麦提·吐鲁普：哎，是大风嘛，把这个种子从你们阿克苏吹到了我们和田皮山来的。

尤良英：呵呵，你呀，把我当小孩子了。哎，我问你，是不是你把种子从姐姐那带回来种的？

麦麦提·吐鲁普：就是。

尤良英：你种这么多蒲公英做什么？

麦麦提·吐鲁普：阿恰，这些嘛，都是为你种的。

尤良英：为我？

麦麦提·吐鲁普：就是的。阿恰，医生说你身体不好，吃着这个嘛，可以缓解你的病情，我一直在想，阿恰下次来的时候，我一定要让阿恰吃到我亲手种的蒲公英。

【旁白】

叫我阿恰的是我的一个维吾尔兄弟麦麦提·吐鲁普，如果不是亲眼所见，我真的不敢相信，美丽的蒲公英会穿越七百多公里的沙漠，落脚在这个世代贫瘠的乡村，那些随风飘荡的洁白的花绒，仿佛是我俩之间的故事，飞过昆仑山，飞过塔克拉玛干……

我叫尤良英，是一个地道的四川妹子，二十年前我来到新疆，成为兵团的一名职工。2006年，一个维吾尔族小伙来我这里打工，他就是来自和田皮山县的麦麦提。

【音乐延续，转场】

【脚步声，渐渐静了下来】

麦麦提·吐鲁普:尤大姐,你叫我过来有啥事情呢?

尤良英:麦麦提,我问你,这别人都在干活,哈斯木怎么躲在树后面睡大觉啊?

麦麦提·吐鲁普:噢,可能是天气太热了吧?

尤良英:那怎么只有他一个人睡大觉,其他人都在干活啊?

麦麦提·吐鲁普:这个东西,我也不知道呢,可能是为了票子吧?

尤良英:哎,麦麦提,哈斯木这个样子可不行,你俩是皮山县一个村来的,你要发动大伙帮衬他,懂我的意思吗?

麦麦提·吐鲁普:嗨,我知道呢,尤大姐,你看我现在这个样子嘛,我咋帮他呢!

尤良英:嗨,你呀,这干得慢怎么了,大家不都有个过程嘛!

麦麦提·吐鲁普:哎呀,我实在是太笨了,这个样子下去嘛,恐怕连哈斯木都要超过我了。

尤良英:哎呀是啊,你说这个哈斯木他也不是那种爱捣乱的人呐,为什么要这样?

麦麦提·吐鲁普:尤大姐,我,嗨呀(吞吞吐吐)我说出来了你可不要肚子胀啊?

尤良英:(爽朗一笑)我有那么小心眼吗?

麦麦提·吐鲁普:那倒没有。哈斯木嘛,他是想……一天一结账呐。

【尤良英没有做声】

【转场】

【拖拉机轰鸣声】

尤良英:老公。

老公:哎。

尤良英:地里的西红柿装起没有?

老公:装起了。

尤良英:那咋那么少呢?

老公:哎呀,你以为有好多吗?我给你说,今年收成不好,能收来这么多已经不错了。我跟你说,今年西红柿我们赔惨了!

尤良英:嗨,没事儿,老公,咱家的活已经干完一半了,哎,我大概估算了一下,今年赚的钱能堵上西红柿的窟窿。

老公:好么,但愿嘛,走了,去晚了收购站就要关门了。

尤良英:慢点啊!

【拖拉机轰鸣着向前驶去……】

老公:老婆,问你个事,那个哈斯木如何嘛?

尤良英:啥子如何嘛,不是干得多好的嘛?

老公:你就护着他吧。

尤良英:哎,我觉得吧,哈斯木说的还是有他的道理。

老公:(恼怒)什么道理,他不就是让快点结账嘛。

1

【电话铃声,尤良英接通】

尤良英:喂,哪位?

麦麦提·吐鲁普:尤大姐,我是麦麦提·吐鲁普。

尤良英:哦,是麦麦提啊,哎,我们这前几天下了场大雪,你家那边怎么样?也下雪了吗?

麦麦提·吐鲁普:(心情低落)哎……下了……下了,尤大姐,我想……我有件事情想求您!

尤良英:(十分紧张)麦麦提,是不是出什么事儿了?

麦麦提·吐鲁普:(啜泣)我老婆病了,已经住了一阵子医院了,大夫说必须做手术呢,要不然会有生命危险的。

尤良英:哎,麦麦提,你说吧,需要我做什么?

麦麦提·吐鲁普:(嗫嚅)我想……我想……跟您借一点钱。

尤良英:要多少?

麦麦提·吐鲁普:大夫说,手术费最少要一万块。

尤良英:(犹豫)一万元?要这么多啊?

麦麦提·吐鲁普:尤大姐,交不上手术费,我的老婆就会死的。

尤良英:麦麦提你先别急,我没说不借。

麦麦提·吐鲁普:(大喜)那你是答应借给我了?

尤良英:这……这么大的事儿我晚上得跟我老公商量商量,完了再给你电话,好吗?

麦麦提·吐鲁普:(失望)好呢,好呢。

【挂断电话,转场】

2

【闪回】

【嘈杂的声音，烤肉、凉皮子的叫卖声一浪高过一浪】

尤良英：（有气无力）兄弟，哎，这位维吾尔族兄弟，能给我点吃的吗？

麦麦提·吐鲁普：哎，你是哪个地方来的？也是来找工作的？

尤良英：我从家乡重庆来新疆投奔亲戚，没想到，身上的钱丢了，所以我……

麦麦提·吐鲁普：哦，不要着急，不要着急，我还有半块苞谷馕，我自己打的，你拿着吃。

尤良英：（惊喜万分）嗨呀，谢谢，谢谢！

【尤良英香甜地吃着】

麦麦提·吐鲁普：（自言自语）哦哟，慢点慢点，怎么饿成这个样子。哎，你要去哪个地方？

尤良英：我去阿克苏，找亲戚。

麦麦提·吐鲁普：阿克苏？远的很呐！

尤良英：哎，我能问一下你的名字吗？

麦麦提·吐鲁普：我？啊，我叫麦麦提·吐鲁普，和田皮山那边人。

尤良英：麦麦提，我姓尤，叫尤良英。麦麦提，谢谢你的馕，我会记住你的。

【闪回结束】

【尤良英独白】

我和麦麦提的第一次相识，就是因为这半块馕，从那以后，我来到了兵团这个温暖的大家庭，是兵团在我最困难的时候帮助了我，并让我有了今天的好日子。今年，麦麦提来我们连队干活，我们才再次相逢，这就是缘分呐。如今他有难了，我能不伸手帮一把吗？

3

【尤良英家】

尤良英：老公，来，我再给你添点饭？

老公:不要了,吃饱了,别个说,要想身体好,晚上要吃得少。

尤良英:哎,老公,我想跟你商量个事。

老公:啥子事嘛?说。

尤良英:就是那个麦麦提,他给我打电话了。

老公:哦?他有啥子事嘛?

尤良英:他老婆住院了,他就是想……想跟咱们借点钱。

老公:借钱?麦麦提……嗨呀,那就借嘛,哪个喊你吃人家半块馕呢?

尤良英:不准开玩笑。

老公:好好,不开,不开。他要借好多嘛?

尤良英:一万。

老公:好多?一万?那么多啊,恐怕不行。

尤良英:为啥子啰?

老公:你想啊,阿克苏隔皮山村有七百多公里,你对那个麦麦提知根知底吗?一万块钱,你以为你屋头是开银行的?

尤良英:哎呀,可是他真的是碰到难事儿了,我们要是不帮他,他可能就过不去这个坎了。

老公:你说哪家没有个难事,我们的钱也是一个棉桃一个棉桃掏出来的撒……

尤良英:我们挣钱是不容易,可他老婆不手术就得没命了!

老公:尤良英,有句老话说得好,救急不救穷哦。

尤良英:他这还不急啊?

老公:你想嘛,今年我们本来就欠收,要用钱的地方到处都是。

尤良英:哎呀,老公,人这辈子谁能不求人?有时帮别人就是帮自己呀。你也不想想,今年秋收的那场大雨,要不是麦麦提帮忙,咱家的棉花恐怕就……

老公:哎呀,我还不就是看到秋天那场大雨,我才同意把钱借给给麦麦提的嘛。这个样子吧,两千块?三千?

尤良英:嗨呀,老公,帮人帮到底嘛!

老公:哎呀,好了,说三千就三千,要不然我心头不踏实。

尤良英:哎,老公,你?

老公:这事儿就这么定了哈,我去给拖拉机加点油!

【老公开门声】

【电话铃声响起,尤良英接通】

尤良英:喂? 麦麦提,是你吧?

麦麦提·吐鲁普:是我,尤大姐,你们商量好了吗?

尤良英:哦,麦麦提,我和他刚刚商量好了。

麦麦提·吐鲁普:那这个钱?

尤良英:(略思索,坚定不移道)这钱,这钱我们借了!

【音乐起】

4

【尤良英独白】

借给麦麦提一万块钱,我一直瞒着老公,反正家里暂时也不急着用钱,我想,等到了春天要买种子、化肥的时候再跟他解释吧。

【尤良英家】

老公:尤良英,不要忙了,走,我带你去个地方。

尤良英:哎呀,啥子事那么急嘛,没看到我在忙啊?

老公:(急匆匆)哎呀,先放下嘛,走!

尤良英:去哪?

老公:阿克苏。

尤良英:你有病啊,不过节又不买东西哩,去阿克苏干啥子?

老公:走嘛,肯定是好事。

尤良英:啥子好事。

老公:去了你就知道了。

尤良英:你不要骗我啊?

老公:嘿,老夫老妻了,我还骗你?

尤良英:走嘛,走嘛! 呵呵。

【汽车马达声,转场】

5

【建筑工地的音效】

【汽车刹车声】

尤良英:老公,你带我来建筑工地干啥子?

老公:你看清楚,啥子建筑工地?那是我们团新盖的职工福利房,再过半年就要交工了,你看一下嘛。

尤良英:巴适,但是跟我们有啥关系?

老公:当然有关系了,你不是想在阿克苏买套房子吗?多好的机会啊。

尤良英:我那个只是想一下,老公,这个房子贵吧?

老公:不贵,我都打听好了。我还算了一下,如果把我们明年买种子化肥的钱留出来,我们手头的钱刚刚好交首付,剩下的贷款慢慢还,没得问题。

尤良英:哎,老公,现在在市区买房子是不是急了点?要不然我们再考虑一下?

老公:考虑什么,这是福利房,你再考虑就水过山丘了我给你说。

尤良英:(找借口)但是要贷款的嘛,是不是压力大了点哦?

老公:哎呀,这个也算压力?你是对你自己没信心还是对我没信心啊?

尤良英:我不是这个意思,哎呀,我……要不咱们再等等,说不定以后团里头还会盖更好的房子呢?

老公:现在团里在市区盖的就这么一批,以后?以后还不晓得是哪年哪月呢,我跟你说,绝对不能犹豫。

尤良英:但是……

老公:(发现不对)哎,不对啊,你今天啷个了?婆婆妈妈的?那个不像你啊。尤良英,你是不是有啥子事情瞒着我?

尤良英:我……哎呀,我还是跟你说了吧,我给麦麦提借了一万块钱。

老公:啥子?不是说好的三千的吗?

尤良英:老公,他借的是救命钱,我不能不管呀?

老公:(咆哮)对,你是好人,我是恶人,还故意瞒着我,这个房子不买了……

尤良英:老公……你不要生气……我不是故意的……

老公:你是故意的,你把我的计划全部打乱了,回家!

【老公发动车,关车门声】

【汽车马达声,转场】

【音乐强烈、北风呼啸声、汽车引擎声】

6

【转场音乐】

【尤良英旁白】

我老公其实是个好人,他向我发火倒不是因为那一万块钱,而是怪我这么大的事都瞒着他。我跟他道歉了,他的情绪才慢慢地平复。冬天到了,我和老公有事赶往和田,那天风雪特别大。

【音乐起,表现危险】

尤良英:老公,路上滑,你开慢点。

老公:我晓得,慢慢来不急嘛。

尤良英:哎呀,安全第一,我给你说,你开慢点。

老公:哎呀,你不要婆婆妈妈的。

尤良英:啊……有车!

老公:糟了!

【对面一辆汽车驶来,鸣笛】

【刹车,翻车声……】

【尤良英一声惨叫】

【风声止,静】

【许久,尤良英醒来】

尤良英:(慌乱地)老公,老公,老公你咋子了?老公,你醒一下。老公有没人啊?快来救一下我们……救命啊! 老公……老公……

【尤良英的声音越来越小】

【马蹄声由远而近……】

孙女:爷爷,爷爷,你看,路下面有一辆车翻了。

维吾尔族老人:在那边,你回村子里叫人,快去!

孙女:哎,好的。

【马蹄声渐远】

尤良英:(微弱地)大爷,救救我们……

老人:你们都不能动了?

【老人撕下衣服,为尤良英包扎】

尤良英:我能动。

老人:来,来,把手伸过来。来,我拉一下,慢一点,慢一点。好了,出来了。你没事吧?

尤良英:大爷,我没事,可是我老公他还在车里,他伤得很重啊。

老人:哎哟,你不要难过,不要难过,我看一下,看一下,哎呀呀,就是伤得很重啊。

尤良英:怎么办啊,大爷?

【尤良英哭泣声】

老人:你不要哭,不要哭,不要害怕,我的孙女到村子里喊人去了,很快就到了。

【大队马蹄声,由远而近】

孙女:(声音由远而近)爷爷……爷爷……我们来了。

老人:快来,快来,大家把这个汽车推起来,来来来,马上送他们去医院!

众人:好勒。

【众人喊着号子,嗨哟,嗨哟……】

【现场音渐弱,转场】

7

【医院病房,检测仪滴滴声】

【老公从昏迷中醒来】

老公:(虚弱地)老婆……尤良英……

尤良英:(惊喜万分)老公,你醒了?你这样子把我吓死了?

老公:(翻身)我……我这是在哪里?

尤良英:(泣不成声)在医院,要是晚来一点你就……

老公:是你把我送过来的?

尤良英:不是,是一位素不相识的维吾尔族大爷救了我们,送我们到医院的。

老公:(若有所思)哎呀,我们遇到好人了。

尤良英:是啊!要不是那个大爷,我都不敢想了。

老公:大爷哩?

尤良英:啊?对了,刚才还在这呢,咋个一下就不见了嘞。

老公:那你感谢人家了吗?

尤良英:刚才手忙脚乱的,我还没来得及。

老公:都怪我,你说我咋就出车祸了呢,还差点把你……

尤良英:(打断道)老公,不说了,不说了,我们不说了嘛……

【音乐起】

【音乐延续,渐弱】

【开门声,老人走进】

孙女:爷爷,爷爷,叔叔醒了。

老人:哎呀,你终于醒了。

老公:你们是?

尤良英:(惊喜万分)老公,这个就是救我们的维吾尔族大爷。

老公:(挣扎着坐起)哎呀,尤良英,快扶我起来。

老人:不行,不行,你的伤还没好,快躺下。

老公:没事儿……大爷,谢谢你,你是我们的救命恩人呐。

老人:不能这样讲嘛,谁碰上这个样子的事都会这样子做的。

老公:尤良英……

尤良英:(掏钱包)大爷,也不多,这两千元钱是我们的一点心意,您千万得收下。

大爷:(不悦)不能这个样子做,不能这个样子做,难道我救你们就是为了钱吗?

尤良英:哦,不不不,大爷,您千万别肚子胀,我们俩不是这个意思……

老公:对对,不是这个意思,我们就是想表达一下我们的感谢。

大爷:哎呀,我知道你们的意思,我过来看看你们,你们没事我就放心了,钱不能拿,坚决不能拿。赛纳拜尔,我们走了。

尤良英:大爷,留个名字吧,我尤良英以后会报答您的。

大爷:哎,什么?你叫什么名字?

尤良英:我叫尤良英啊。

大爷:哦,你就是那个兵团的尤良英?

尤良英:是啊,大爷,您知道我?

大爷:哎呀呀,我当然知道你了。你借钱给麦麦提的事我们整个牧场都传开了,你是好人,你是大好人呐！哈哈哈……

【音乐起】

【尤良英旁白】

维吾尔族老人救我们的这件事对我和老公触动很大，经历了生与死的考验,才会更加珍惜人与人之间的那份真和那份善。麦麦提来电话告诉我,他的妻子已经转危为安出院了,我问他家里还有什么困难,他支支吾吾地只是说,钱他一定会想办法还给我们。果然,两个月之后,麦麦提又打电话过来让我去他家做客,我以为他要还钱了,就和老公开着车去了。

8

【音乐过渡】

【汽车轰鸣声、刹车声】

老公:老婆,皮山村到了。

尤良英:啊,这就是皮山村啊?

【村民纷乱的脚步声,孩子们:汽车来了……】

尤良英:大叔,大叔您好,请问麦麦提·吐鲁普家在这吗?

大叔:麦麦提吗? 他在呢。(放开喉咙)麦麦提,你们家来客人了……

麦麦提·吐鲁普:(由远而近)来了,来了,哎呀,尤大姐,你们总算到了,我在村口腿都站酸了,这不,刚回来看看肉炖烂了没有,你们就来了,快请,快请。

尤良英:走,老公。

老公:好,我把车门锁好就来。

麦麦提·吐鲁普:哎呀大哥,在我们这个地方不用锁,谁家有几根钉子嘛都清楚。乡里乡亲好着呢,走吧走吧。

【三人一起走进屋】

【音乐起】

老公:麦麦提,这个就是你家啊?

尤良英:泥巴墙,大土炕,连个电器也没有……

麦麦提·吐鲁普:尤大姐,我家里面穷得很,让你们见笑了。

尤良英:嗨,说什么呢,我们怎么会笑话你啊?我们俩是……心疼你。

麦麦提·吐鲁普:就是,我都习惯了,没事的……哎,你们快坐,马上就开饭了,马上!

尤良英:麦麦提,你家里人呢?

麦麦提·吐鲁普:我的妈妈、老婆嘛都有病,在里面躺着呢。你们先吃啊,不用管她们。来,你们快尝尝我的手艺。

尤良英:别这么破费,我们俩呀就是过来看看,有什么吃什么就行了。

老公:对头,对头。

麦麦提·吐鲁普:那怎么行呢?你们嘛是我麦麦提的贵人,不吃好我会肚子胀的。

尤良英:那好吧,一块来呀?

老公:麦麦提,你怎么不吃?一起吃啊?

麦麦提·吐鲁普:我吗?我不吃,我刚刚吃完,我不饿,不饿,你们快吃,快吃。

【麦麦提三岁的小女儿从屋里跑出来】

小女儿:阿达,我饿了,想吃肉。

麦麦提·吐鲁普:(训斥)不是告诉你不要出来吗?吃撒肉呢?我看你是想挨揍吧!

老公:(制止)嗨呀,麦麦提别这样。来,到叔叔这儿来,过来,叔叔给你吃肉。

尤良英:麦麦提,你这是干什么呀?

麦麦提·吐鲁普:(酸楚)哎呀,这个娃娃太不懂事情了,这个肉嘛……不够他们吃的。

尤良英:(生气)哎呀,麦麦提,你说你这个阿达是怎么当的?

麦麦提·吐鲁普:尤大姐,大哥,你们不要笑话我,我实在是没有办法,我这个家里本来就穷的,老婆再一病,家里面真的揭不开锅了。本来我不想让你们来的,可是我的老婆说,你们救了她,是她的恩人,邀请恩人来家里面作客,是我们维吾尔族的礼节呢,再穷也不能没有礼节的。

老公:哎呀,麦麦提,那你跟我说,这锅里头的羊肉是郎么回事?

麦麦提·吐鲁普:这个是我跟哈斯木借来的。大哥,尤大姐……

尤良英:麦麦提,你呀……来,孩子,饿了吧,把这碗里的肉吃了。慢点……慢点啊……

【音乐延续,抽泣声、孩子的咀嚼声】

【背景音乐转欢快】

【哈斯木和村民们来了……】

哈斯木:(边喊边进门)尤大姐……尤大姐……

麦麦提·吐鲁普:喂,哈斯木,你怎么来了?

哈斯木:哎呀,麦麦提,尤大姐来了,我们能不来吗?尤大姐好,大哥好!

尤良英:哈斯木,你怎么知道我们来了?

哈斯木:哎呀,昨天麦麦提在村里借羊肉,我就猜一定是有尊贵的客人要来我们这里了。他家那么穷,平时也没有什么亲戚朋友走动,我想一定是你们。刚才我听见汽车声,就知道你们来了,欢迎你们!乡亲们,这就是我和麦麦提打工的那家的尤大姐和大哥,他们都是好人。

众人:好人,好人,我们都听说了。

村长:尤大姐,是你们借给了麦麦提钱,麦麦提老婆才保住了命。你们是我们村的贵人啊。

尤良英:这是?

麦麦提·吐鲁普:尤大姐,这是我们村的村长卡德尔大叔。

尤良英:(感动万分)村长,您千万别这么说,这都是我们应该做的,是吧?老公。谁家没个沟沟坎坎的呀?

老公:对对对。

村长:说得太好了,我们村虽然穷,但是感情不穷。来,大伙把自家的拿手菜拿出来,我们和尤大姐好好喝一杯感谢酒哇!

麦麦提·吐鲁普:村长,太谢谢您了!

村长:傻小子,你以为这是你个人的事吗?这是我们全村的好事啊,对不对?

众乡亲:对对对……

哈斯木:来来来,来吧,乡亲们把酒都满上,咱们为尊贵的客人跳起来!

【乡亲们载歌载舞着……】

【尤良英独白】

麦麦提三岁的小女儿光着脚站在我身边,我的心像针扎一样疼,因为我也是一个当妈的人……望着带头起舞的哈斯木,望着热情淳朴的乡亲们,那一刻我下定决心,一定要帮助麦麦提脱贫致富!

【转场】

9

【深夜，麦麦提·吐鲁普家。微风吹拂着树叶沙沙作响，蛐蛐的叫声】

【麦麦提·吐鲁普走出房间，来到院外】

麦麦提·吐鲁普：尤大姐，你怎么还不睡啊？

尤良英：我不困，想在院子里待一会。

麦麦提·吐鲁普：晚上风大得很，小心不要着凉。

尤良英：我没事。哎，麦麦提，你怎么也不睡？

麦麦提·吐鲁普：哎呀，睡不着。

尤良英：大家不是挺高兴的吗？怎么你一整天都心事重重的？

麦麦提·吐鲁普：哎，尤大姐，我……

尤良英：你看，和我也见外了不是，有什么事你就说嘛。

麦麦提·吐鲁普：我嘛，一直想还给你钱的，可是你也看见了，我……

尤良英：是啊，你们家的情况比我想的还要差。

麦麦提·吐鲁普：尤大姐，这次我让你来真的不是为……

尤良英：行了，行了，麦麦提，别说了。你知道我刚才在这想什么吗？

麦麦提·吐鲁普：嗯？想什么？

尤良英：还钱的事你根本不用往心里去，我刚才是想你们家这么穷，可是你就想这么穷下去吗？你就从来没想过让家人过得好一点吗？

麦麦提·吐鲁普：我想啊，可是想有撒用呢？

尤良英：不去努力，当然没用呐！

麦麦提·吐鲁普：尤大姐，我不是没有努力过，我也自己种过棉花，可是无论我付出多少心血，都抵不过一场冰雹呢。你知道吗？

麦麦提·吐鲁普：三年前，我向亲戚朋友借钱承包了一大片地种棉花，播种、施肥、除虫，我样样自己动手、尽心尽力，可是到头来呢？一场冰雹让我付出的所有努力全都白费了。

尤良英：从那以后，你就心灰意冷，自暴自弃了？

麦麦提·吐鲁普：哎呀，不这个样子我还能怎么样？

尤良英：麦麦提，我给你讲一个发生在我身上的事吧。

10

尤良英:那是我刚到兵团不久,我种的棉花也和你一样被冰雹砸了,连本带利砸进去两万多块钱。那个时候啊,我连死的心都有了……

【音乐转感人】

【老连长推门而进】

老连长:小尤……小尤在家吗?

尤良英:(惊喜)老连长?

老连长:怎么? 这是要干吗?

尤良英:老连长,我……我……呜……

老连长:你看看,我和指导员估摸着就是这个事。看来这我来的还真是时候。不就是遭冰雹了嘛,多大个事?

尤良英:(不好意思)老连长,我知道,您是枪林弹雨走过来的老革命,您平时教育我们不能给连队抹黑。可是我……我就是怕再干下去翻不了身,给咱连队抹黑呀!

老连长:你这是什么话啊,亏你还是咱兵团的人。小尤啊,咱兵团人最讲什么?别说你是自己人了,就是周围的百姓有困难了,哪次不是一方有难八方支援啊?

尤良英:老连长,我……

【老连长从怀里掏出裹着报纸的钱递给尤良英】

老连长:好了,好了,来,拿着!

尤良英:(激动地)这……这是什么?

老连长:这是连队的救助金,还有我自己一万块的棺材本钱……

尤良英:(不解)不不不,老连长,这个我不能要……

老连长:拿着、拿着。遇到困难就退缩,这才是给连队抹黑呀!

尤良英:(激动万分)老连长……

老连长:还哭鼻子,这可不像咱兵团的人。小尤,你记着,帮助别人就是帮助自己,这可是咱们的老传统了。

尤良英:(感动)老连长,我记住了……

11

【音乐减弱,回忆结束】

麦麦提·吐鲁普:尤大姐,后来呢?

尤良英:后来党团员、青年突击队都来了,连里的技术员是手把手的教我呀,当年我就还清了借款。这就是我们兵团呐!

麦麦提·吐鲁普:(似懂非懂)哎,那个老连长现在在什么地方?

尤良英:(难过地)老连长?老连长几年前走了,长眠在塔里木河畔了。

麦麦提·吐鲁普:哦,这个样子。

尤良英:麦麦提,你知道我为什么要给你讲这件事吗?

麦麦提·吐鲁普:我知道呢,尤大姐,可是你是兵团人,兵团能帮你,我呢?

尤良英:我可以帮你呀,只要你自己不放弃。

麦麦提·吐鲁普:我?我真的行吗?

尤良英:你不相信我尤良英?

麦麦提·吐鲁普:我相信呢!

尤良英:那咱们就一起干,麦麦提,你一定会成功的!

麦麦提·吐鲁普:尤大姐,我麦麦提没有姐姐,你就像我的亲姐姐一样的。

尤良英:从我们认识的第一天起,我就是你的姐姐啊?怎么,你不认我呀?

麦麦提·吐鲁普:我认,认呢,尤大姐,我认!

尤良英:麦麦提,你认还叫我尤大姐哪?

麦麦提·吐鲁普(提高声音):姐姐!阿恰!

尤良英:哎!

【音乐延续,结束】

下　集

12

【尤良英独白】

从皮山县回来以后，我的心再也放不下了，因为在那有一个维吾尔族弟弟，把全部的希望都放在了我这个当姐姐的身上。开春以后，我向连里申请，让麦麦提做我们连的编外职工，这样他的收入有了基本保障，还可以在我身边学习棉花种植技术。连里面同意了。

【棉田的声音】

齐娃子：哎，你们说，麦麦提这个家伙现在哪个干得这么快？

哈斯木：我看啊，段永强，你那个全连记录，迟早得让我们麦麦提给打破了。

齐娃子：这小子也不晓得咋了，简直变了个人，动作麻利的很呀！

哈斯木：呵呵，怎么？我们麦麦提干活快你们嫉妒吗？

众人：哎，也是，这次回来像变了一个人。

哈斯木：哎哎，你们不知道，麦麦提嘛，这是报恩，是要报答他的汉族阿恰。

众人：哦……是这样啊……

【尤良英拿着午饭从远处走来】

尤良英：（调侃）怎么，又说我什么坏话呢？小心不给你们做饭啊！

哈斯木：尤大姐，尤大姐，我们说的是好话，不是说你。

尤良英：那你们说谁？

段永强：我们在说麦麦提，他现在就像个机器，从早到晚也不知道累。

尤良英：（有些担心）好了，大伙都歇会吧，先吃饭。（向远处喊）麦麦提，吃饭了……

麦麦提·吐鲁普：（远处）哎，来了……（走过来）

【众人开始吃饭，尤良英走到麦麦提·吐鲁普身边】

13

【傍晚，棉田边，尤良英给工人们发工资】

尤良英：段永强，这是你的，1320元。

段永强：谢谢尤大姐。

尤良英：齐娃子，这是你的，1250元。

齐娃子：谢了！

尤良英：哈斯木，这是你的，1180元，收好。

哈斯木：哎，收好收好。

尤良英：麦麦提，这是你的，1650元，这个星期就属你干得多！

麦麦提·吐鲁普：阿恰，怎么这么多？

尤良英：怎么了？不相信啊，来，快把钱拿上啊。

麦麦提·吐鲁普：阿恰，这个钱我不能拿。

众人：为啥？

麦麦提·吐鲁普：我还欠着阿恰你一万块钱呢，你嘛，就从我的工钱里扣吧！

尤良英：你说什么呢？傻小子，这是你挣的血汗钱，我能让你用这个钱还债吗？快拿着，你欠我的钱以后再说。

麦麦提·吐鲁普：我害怕这钱到手里，我会忍不住全都花光了。

尤良英：也好，那你这个钱就先放在我这，我替你保管着，等秋收完了一块给你。

麦麦提·吐鲁普：好呢！好呢！

【离开，渐弱，转场】

【尤良英独白】

这一年，麦麦提挣了两万八千元，面对这么多钱，我这个维吾尔族的弟弟落泪了。我知道麦麦提家的日子会因此好过一点了，可仅仅这样还远远不够啊。

14

【夜晚，尤良英家】

老公：哎，吃饭了，今天你这是咋个了？总是发呆。

尤良英:老公,我想明年就不让麦麦提来给咱这里打工了。

老公:(意外)为啥子?你不是认他当弟弟了吗?他手脚也麻利,为啥子呀?

尤良英:哎呀,你误会了,我说不让麦麦提来打工,但是我没说我不管他了呀。

老公:嗯?那你是怎么想的?

尤良英:我是在想让麦麦提自己种一片棉田,总打工也不是长久之计啊。再说了,他妈妈和妻子身体也不好,我想支持他回家自己干。

老公:哎,也是个办法哈。

尤良英:但是他现在手头没钱,他今年只挣了两万多,差不多都还债了……

老公:(接过话头,佯装微怒)呵呵,都还别人了,那欠咱们的那一万还不还呢?

尤良英:嗨呀,我晓得,麦麦提说要还我们的,但是我坚持没要,他要是还给我们了,那他一分钱都拿不回家,咋个过年嘛?

老公:嗨呀,我就是提醒你一下,没啥意思,又没喊他着急还钱。不对,你是不是又想……

尤良英:老公,我晓得,你是个好人。

老公:哎呀,你又来了,我晓得,我就怕你这句话。

尤良英:你怕我也要说,我还想再借给他点钱,让他把棉田种起来。

老公:你还要借钱给他啊?

尤良英:咋个?你生气了?

老公:没有,没有,那你说借好多嘛?

尤良英:承包土地、买种子、买化肥,咋个也要三万块钱嘛!

老公:三万?这个数目不小。

尤良英:我晓得,不是个小数目,但这个是借给他的嘛。

老公:那万一他还不起呢,你未必跟他要啊?

尤良英:我……

老公:尤良英,哎呀你也晓得我不是那种不讲理的人。

尤良英:我晓得。老公,你还记得2003年不,那年秋收的时候,我们在棉花地里干活,有人跑过来说我们家着火了,当时你还以为家肯定是被烧光了,结果我们跑回去才发现,有五六十个人围着房子,有的在屋顶救火,有的从屋头从外头抢东西,有的泼水灭火,那个烟气那么呛鼻子,但是没有一个人后退。老公,当时那么多人,我们都叫不出人家名字。

老公:我哪个会不记得呢!

尤良英:麦麦提家你也去过,他家那个样子,我想起来就心酸。但是他们村的情况不是麦麦提一家,那个时候我就在想,我们都是兵团人,要是能够帮助麦麦提致富了,说不定啊他们村也能从中受益。

老公:哎呀,尤良英啊尤良英。

尤良英:呵呵,老公,那你同意了啊?

老公:先吃饭嘛。

尤良英:那你不同意了?

老公:未必,我脸上写起字了吗?

尤良英:你真的同意了?

老公:嗯。

尤良英:老公你真好!

老公:我脸上写了五个字,那都不是事。

【音乐过渡,转场】

15

【尤良英独白】

在我的再三说服下,自尊心极强的麦麦提接受了我们的三万块钱,回到家里种了一片棉花地。这期间我也经常往返于阿克苏和和田之间去帮助他。

【皮山村麦麦提·吐鲁普家棉花地】

尤良英:麦麦提,你看这些棉花该打顶了。

麦麦提:为什么要打顶呢?这个样子长的高高的、大大的不很好吗?这样收棉花的时候人就不用弯腰了。

尤良英:呵呵,你呀,别想着偷懒了。我跟你讲,有顶芽的就会产生很多的生长激素,它们聚集在顶芽,会抑制侧芽的生长,打顶啊是为了解除顶端优势,使侧芽生长激素含量增加,这样才能多结棉桃。

麦麦提:阿恰,你讲的嘛,我一点都听不懂的,什么叫激素、优势?

尤良英:(耐心讲解)这样吧,我给你打个比方吧,这个顶把饭全吃了,其他棉枝就没吃的了,它吃饭就一个劲地向上长,结桃少,要是弄掉它,其他枝条有饭吃了,这样结棉桃自然就多了……

麦麦提·吐鲁普:(恍然大悟)哦,原来是这个样子的,阿恰,你这么说我就明白了。

【转场】

16

【尤良英独白】

功夫不负有心人,麦麦提的棉花一年比一年效益好,短短几年时间,他已经成了当地有名的种棉大户了。

【秋收后,尤良英家】

麦麦提·吐鲁普:阿恰……阿恰……

尤良英:(意外)麦麦提? 你怎么来了,也不提前打个招呼。

麦麦提·吐鲁普:我是专程来找你的。

尤良英:什么事啊?

麦麦提·吐鲁普:今年我家的棉花大丰收,挣了不少钱,这个是四万块,阿恰,你把它收下。

尤良英:你就为这个啊,我不是跟你说了吗,这钱不着急的。

麦麦提·吐鲁普:阿恰,这钱今天你必须收下呢! 以前我家里困难,没有能力还钱也就算了,现在我有钱了,我要是还欠着你的钱不还,那我麦麦提成啥了? 阿恰,我说的对吗?

尤良英:(无奈)好好好,我收下,有需要的话一定要跟阿恰开口啊!

麦麦提·吐鲁普:我知道呢,麻达的没有。

尤良英:好了,好了,这来了就坐下呗,咱姐弟俩好久没见面了吧。

麦麦提·吐鲁普:就是。

尤良英:麦麦提,明年打算怎么干?

麦麦提·吐鲁普:(不假思索)继续种棉花呗。

尤良英:你就没有别的想法?

麦麦提·吐鲁普:(挠挠头)还是种棉花好。

尤良英:你看啊,我们这现在推广一份棉花、一份枣园的"田+园"种植模式,效益好得很呀。

麦麦提·吐鲁普:阿恰,我听不懂“田+园”撒意思呢?

尤良英:就是不光棉花种的好,红枣也大丰收。

麦麦提·吐鲁普:红枣?

尤良英:(端来一盆子洗好的红枣)来,尝尝。

麦麦提·吐鲁普:嗯,好吃,甜得很。这个,阿恰,是你们种的?

尤良英:是啊!

麦麦提·吐鲁普:嗯,阿恰,你是不是也想让我种这个红枣试一试?

尤良英:我想跟你说的就是这句话。咱们新疆可是最好的红枣产地之一,在这儿种出的红枣不仅营养丰富,而且蕴含钙、铁元素,还有维生素,尤其是维生素含量特别高,很受市场的欢迎,不过……

麦麦提·吐鲁普:不过啥呢?

尤良英:种红枣回报是高,但也有风险啊!

麦麦提·吐鲁普:啥风险呢?

尤良英:红枣要三年才有收成,这万一要是亏了,几年挣的钱都得赔进去了。

麦麦提·吐鲁普:我有阿恰,我啥也不怕!阿恰不是已经成功了吗!

尤良英:是呀,我们是有团场做后盾。

麦麦提·吐鲁普:那阿恰可以做我的后盾!

尤良英:麦麦提,这个事你还是和家里人商量一下吧?

麦麦提·吐鲁普:(考虑片刻,坚定)不用,不用,阿恰,你看准的事情我绝对放心。

尤良英:那好,不过光有我的支持还不行。

麦麦提·吐鲁普:阿恰,还需要啥东西?

尤良英:还需要请农科所的专家对土地进行分析,只有土地适合了,你们那才可以种,这叫科学。

麦麦提·吐鲁普:行呢,行呢,阿恰,那你帮我联系农科所的专家吧,看我的地行不行。

尤良英:没问题,呵呵。

【拨打电话声,渐弱,转场】

17

【尤良英旁白】

棉花和红枣毕竟不一样。麦麦提种植的红枣出问题了,他成了全村人谴责的对象,皮山村刚刚燃起的种红枣热情一下子降了温。

【麦麦提·吐鲁普家的红枣园】

哈斯木:哎呀,我说这个麦麦提就是个勺料子,人家让他种啥就种啥吗?脑子是干啥的?

村民甲:就是,就是,这可咋办吗,我们家的钱全砸进去了,这日子没法过了。

村民乙:都怨这个麦麦提,不是他骗人,我们能上这个当吗?

哈斯木:唉唉唉,你们说这个话我哈斯木就不爱听了,当时是谁哭着喊着要让麦麦提带上种红枣的?

村民甲:好了,好了,你也不要尽充好人,不是你和麦麦提一起骗,我们能上这么大的当吗?

哈斯木:我啥时候骗你们了?你说,我在啥地方,啥时间骗你们了?人呐,这个地方要讲良心,知道吗?

村民乙:啥东西?良心?这尤大姐要是有良心,怎么这个时候不管我们了?

哈斯木:你怎么知道人家不管的?

村民甲:行了,行了,说什么都没用。红枣现在这个样子,叶子黄黄的,个子小小的,要死不活的,到哪里赚大钱呢?当时不是说可以赚好多好多钱吗?

哈斯木:尤大姐不是去农科院请朱所长了吗?回来就知道了。

【远处有人喊道:麦麦提回来了……】

麦麦提:大家都在这里?哈斯木,这是尤大姐从农科院请来的朱所长。

哈斯木:朱所长,当时可是听你说的,这片地沙粒细腻,呈弱碱性,湿度也不高,非常适合种植红枣。

朱所长:没错,是我说的。当时兵团的尤良英同志也在场。

哈斯木:朱所长,您可是著名的土壤专家呀。

朱所长:这也没错,我还说过,如果打理得当,红枣产量会相当可观。

众人七嘴八舌:是这样说的。

众人七嘴八舌:太不负责了,这不是欺骗我们吗。

麦麦提:(怒道)哎哎哎,都把嘴给我闭上！你们这是干什么？啊？人家朱所长刚出差回来,连家都没有进就让我给拽到地里来了,你们这样对待朱所长吗？我说你们什么好呢？

朱所长:没事,没事,乡亲们呐,我当时还说过虽然这片地适合种植红枣,但红枣树幼苗成熟周期较长,一般要三年以上,而且对自然灾害的抵抗能力较低。我说过吧？

麦麦提:说过的,说过的,我能作证的。朱所长还说,我们和田地区出现这些自然灾害的概率不大,但是风险还是有的,而且种植红枣投资不小,让我们好好考虑考虑。

哈斯木:麦麦提,别说这些没用的东西,快请朱所说说,我们该咋办呢？

朱所长:乡亲们,你们先别急,我刚才细细察看过,你们这红枣呀啥麻达也没有,是操作不当造成的,严重缺乏养分,明白吗？

麦麦提:那就是说,我们这的土壤、红枣苗都没有问题。

朱所长:当然了,你们当初的选择是完全正确的,是操作出了问题。

众人七嘴八舌:哎呀,这就好这就好,我们就放心了。

哈斯木:朱所长,那我们该咋办呢？

朱所长:(坚定)我看呀,你们还是向兵团的职工好好取取经,看看人家是怎么侍弄红枣树的。这一点,他们足够当你们的老师了。

麦麦提·吐鲁普:哦,太好了,我们可以问尤大姐呐。

朱所长:是啊,你们这里出了情况,尤良英就给我打了电话,说她也要抽空过来帮助大伙。

哈斯木:我就说吗,尤大姐不会不管我们的。

【音乐过渡】

【尤良英旁白】

朱所长走的第二天,我就赶到了皮山县,同行的还有一位兵团的红枣种植能手。我跟乡亲们说来的时候连长亲自交代了,这里的问题不解决我们就不回去了。乡亲们像迎接亲人一样欢迎我们的到来,麦麦提的脸上又浮现出快乐的笑容。

麦麦提·吐鲁普:阿恰,谢谢你了。

尤良英:你啊,又和我见外了,不是？

麦麦提·吐鲁普:不是,不是,这一次我是代表全村的人真的要谢谢你呢。

尤良英:好了,你别谢我了,要谢呢就谢谢我们兵团吧。这次你们这出了状况,连里上上下下都特别着急,乡亲们渡过难关,大伙的心才会放下呀。

麦麦提·吐鲁普:阿恰,我知道你是我的亲人,兵团是我们村的亲人。

尤良英:对,麦麦提,拿着。

麦麦提·吐鲁普:这是啥东西?

尤良英:这是五万块钱。

麦麦提·吐鲁普:哎,阿恰,这是啥意思?

尤良英:拿着吧,阿恰知道你现在需要钱!

麦麦提·吐鲁普:不行,不行,我不能再要你的钱了。

尤良英:我还是不是你阿恰了?

麦麦提·吐鲁普:是呢!

尤良英:是就拿着!

麦麦提·吐鲁普:哎呀,要不这样吧,这个钱就算阿恰给我枣园的投资,等我挣了钱我加倍还你?

尤良英:还加倍还我?我借你钱就是为了要这个啊?

麦麦提·吐鲁普:(着急)当然不是,哎呀阿恰……我不是那个意思……

尤良英:好了,你什么也别说了,谁让我是你阿恰呢,对吧?

麦麦提·吐鲁普:(感动)阿恰,谢谢你……

尤良英:谢什么呀?麦麦提,从你叫我第一声阿恰起,你和我就是亲姐弟了,你们村和咱们兵团就是一家人了。

麦麦提·吐鲁普:阿恰……

【音乐渐弱,转场】

18

【尤良英独白】

麦麦提的红枣种植成功了,核桃、葡萄的长势也非常喜人,更重要的是,他把村里的乡亲们全都带起来了。

【“麦麦提农家乐”门口，熙熙攘攘的声音】

哈斯木：麦麦提，时间不早了，你这“麦麦提农家乐”还是先开张了吧？

麦麦提·吐鲁普：哈斯木，你跟我说一百遍也没有用，我阿恰不来啊，我绝对不开张！

哈斯木：哎呀呀，麦麦提，死脑筋一个嘛。

麦麦提·吐鲁普：阿孜古丽，尤大姐到啥地方了？

阿孜古丽：阿达，刚打过电话，快到了，我们这就到村口迎去。

哈斯木：快去、快去！

阿孜古丽：哈斯木叔叔，我们这就去吧！

哈斯木：麦麦提，你这个人不是我说你，最应该去迎接尤大姐的应该是你！

麦麦提·吐鲁普：哈斯木，我嘛，要做菜呢。

哈斯木：不是都做好了吗？

麦麦提·吐鲁普：（神秘地）哎，哈斯木，有一道菜，必须由我亲自做呢。

哈斯木：啧啧，什么菜这么神神秘秘的？

麦麦提·吐鲁普：到时候你就知道了，快去，快去。

哈斯木：不说算了。

阿孜古丽：（远处喊着）阿达阿达，尤阿姨他们来了……

哈斯木：听着，乐队的兄弟们卖力一点，迎接你们麦麦提老板最尊贵的阿恰！

【小唢呐高亢快乐地奏起……】

【尤良英被阿孜古丽搀扶着一拐一拐地走着……】

尤良英：麦麦提、哈斯木，你们好啊。

麦麦提·吐鲁普：阿恰，你终于来了？

哈斯木：是呀，尤大姐，你不来的话，有人不高兴了。

阿孜古丽：阿达，阿达，来帮我扶着尤阿姨。

麦麦提·吐鲁普：阿孜古丽，你尤阿姨怎么了？

阿孜古丽：我尤阿姨脚崴伤了。

麦麦提·吐鲁普：啊？阿恰，厉不厉害？

尤良英：没事，没事。

麦麦提·吐鲁普：不行，不行，来，我背你进房子。

尤良英：不用，我自己能走。

麦麦提·吐鲁普：哎，不行，我背你！

阿孜古丽：尤阿姨，让我阿达背吧！

尤良英：我有那么娇贵吗？

阿孜古丽：当然有了。

【麦麦提·吐鲁普背着尤良英进农家乐】

麦麦提·吐鲁普：来，阿恰，坐好。阿恰，你的脚怎么崴的？

尤良英：就是在家不小心扭了一下，没事。

麦麦提·吐鲁普：你这个样子就打个电话来，不要过来了吗！

尤良英：那怎么行，我答应过你的就一定会办到，再说了今天是你的好日子，也是咱们村的好日子。

麦麦提·吐鲁普：阿恰，你的脚疼不疼？

尤良英：我没事，真的没事。

麦麦提·吐鲁普：还说没事，你看看，脚都肿了……阿孜古丽，弄点凉水过来……尤阿姨脚崴了，要冷敷一下。

阿孜古丽：好的……阿达！

哈斯木：麦麦提，外面来了很多朋友，你去招呼一下？

麦麦提·吐鲁普：哈斯木，我阿恰现在这个样子，我谁都不招呼！

阿孜古丽：阿达，水！

麦麦提·吐鲁普：来阿恰，把脚放进去。

尤良英：行了，麦麦提，先别管我，赶紧去招呼朋友们，你现在可是麦麦提老板了。

麦麦提·吐鲁普：啥子老板？都是自己村子里的人，有哈斯木呢！

哈斯木：是啊，有我哈斯木你们那就放心吧。阿孜古丽，走，咱们先出去招呼一下客人。

阿孜古丽：好的。

【背景音乐】

麦麦提·吐鲁普：阿恰，把脚放进来，怎么样，阿恰，好些了吗？

尤良英：好多了，这用水冰一下脚真是舒服多了。

麦麦提·吐鲁普：等一会阿恰吃了我亲手做的菜就会更好的。

尤良英：好啊！我这次来啊，就是要品尝我的维吾尔族弟弟做的美食呢。哎，麦麦提，刚才进来的时候，我看到你们家院子里的蒲公英都开了，真的很好看呐。

麦麦提·吐鲁普:阿恰,这些可不是一般的蒲公英啊!

尤良英:有什么不一般呐?

麦麦提·吐鲁普:这个嘛,是我们麦麦提农家乐的一道招牌菜,也是阿恰最愿意吃的一道菜。

尤良英:凉拌蒲公英?上次我来的时候这些蒲公英还没有长成呢,没想到这么快。

麦麦提·吐鲁普:阿恰,你的病好些了吗?

尤良英:麦麦提,谢谢你,一直惦记着阿恰。

麦麦提·吐鲁普:我一直惦记着阿恰,医生说你吃这个能缓解病情,我一直惦记着,一直想亲手给阿恰做这道菜。

尤良英:好啊,今天啊我一定要好好地尝尝。

麦麦提·吐鲁普:你知道我给这道菜起了个什么名字吗?

尤良英:什么名字啊?

麦麦提·吐鲁普:感恩菜。

尤良英:感恩菜?

麦麦提·吐鲁普:阿恰,我们维吾尔族人最讲感恩了,阿恰是我麦麦提的恩人,也是我们村的恩人,这道菜虽然很普通,但它是我们维吾尔族人的一片心。

尤良英:(感动)麦麦提……

【音乐过渡】

19

【播音员播报】

下面是来自人民大会堂的现场报道:今天,有13名优秀的少数民族代表受到中共中央总书记、国家主席、中央军委主席习近平的亲切接见,其中5位来自新疆维吾尔自治区……

【播音员声音渐弱,音乐起——】

【尤良英独白】

2015年9月30日,在人民大会堂新疆厅,当总书记见到我立刻说出我名字的时候,我的眼泪一下子夺眶而出,我激动地说:总书记您好,我生活在南疆。我只是做了一些很平凡很普通的小事,十年来我教会了我的维吾尔族弟弟科学种植技术。

总书记亲切地问我:你教他什么技术呢? 我说:我们南疆主要种植的是棉花和红枣。总书记连声叫好,说:你们看,这是一对特殊的姐弟,他们将不可能的事变成了可能,希望每一位代表都珍惜荣誉,为早日实现中国梦贡献你们的力量!

全国道德模范尤良英和麦麦提·吐鲁普在枣园欣喜地看着红枣的长势

精准扶贫结硕果

创作广播剧《塔克拉玛干情缘》的想法萌动时，对主人公尤良英的宣传早已如火如荼，新闻上中央媒体和疆内媒体遍地开花，文艺上有话剧、豫剧、情景剧和长篇报告文学。在这种宣传下，还有必要创作广播剧吗？

我的回答是肯定的。因为广播剧有一个特殊受众面，就是那些紧握方向盘、在驾驶室内的司机们。据悉，仅乌鲁木齐市出租车就有一万三千多辆，私家车保有量超过一百万辆。有了这样多的受众，创作广播剧《塔克拉玛干情缘》是情理之中的事了。

尤良英是重庆市潼南区人，成为兵团职工后，她十余年如一日帮扶麦麦提·吐鲁普脱贫致富，最终引导麦麦提·吐鲁普和村里的乡亲们走上勤劳致富之路。2015年，尤良英和麦麦提·吐鲁普作为基层民族团结优秀代表，在北京受到习近平总书记的亲切接见。在相继获得全国三八红旗手、全国五一劳动奖章、全国民族团结进步模范等荣誉称号后，2019年11月又获得第七届全国道德模范光荣称号。这个故事深深打动了我，可怎样通过这部广播剧打动广大听众的心？

我设置了三条故事线索，一条是尤良英与和田皮山村农民麦麦提·吐鲁普，一条是尤良英与丈夫，另外一条是麦麦提·吐鲁普。这样，三条故事线索交替进行，形成跌宕起伏的艺术效果。

围绕麦麦提·吐鲁普向尤良英借钱，尤良英与老公的矛盾冲突升级了。尤良英回顾了与麦麦提·吐鲁普的巧遇，以及半块苞谷馕的故事，有了这样一段独白：在兵团这个温暖的大家庭里，我甩掉了贫困帽子，也一天天富起来了。没想到，我还没有来得及去看望麦麦提·吐鲁普兄弟，他就来到了我们连队干零活。缘分啊，这钱，借了！

尤良英背着老公将一万块钱借给了麦麦提·吐鲁普，老公生气，因为他盘算着用这笔钱在阿克苏购买楼房。经过尤良英的反复努力，老公的情绪总算平复下来，这时麦麦提捎信过来，让他们过去做客。没想到，路上发生了车祸，老公受重伤，被一位维吾尔族大爷救了。经过这场生死考验,老公感触颇深。当他们来到皮山村,被麦麦提·吐鲁普家贫困和实际困难惊呆了。尤良英决定,一定帮助麦麦提脱贫致富!她还向麦麦提·吐鲁普讲了老连长的故事,意味深长地说:记住喽,帮别人就是帮自己。这时,全剧到了第一个小高潮,麦麦提·吐鲁普发自内心地喊出:阿恰!点出了广播剧的主题。

麦麦提变了,从早到晚也不知道累。这是因为他精神上有了依托,这个依托就是兵团,尤良英是兵团人,她义无反顾地帮助麦麦提·吐鲁普,就是兵团精神的一种体现。可是,老公与尤良英的矛盾并没有彻底解决。麦麦提·吐鲁普借尤良英家的一万块还没有还。在这种情况下,尤良英说服了老公和自尊心极强的麦麦提,资助三万块钱,帮助麦麦提在皮山村种了一片棉花地,并手把手教他植棉技术。短短几年间,麦麦提成了当地有名的种棉大户。尤良英趁热打铁,又帮助麦麦提和村民们种红枣,结果红枣出了问题。当村民们都在埋怨麦麦提时,尤良英请来农科院的朱所长帮助解决技术问题。麦麦提的红枣种植成功了,核桃、葡萄等也长势喜人,更重要的是,他把皮山村的乡亲们全带起来了。

广播剧的高潮是"麦麦提农家乐"开张。麦麦提·吐鲁普端着一盘凉拌蒲公英走进来:阿恰,这是我在你们家常吃的凉拌蒲公英。不过在我的农家乐它不叫凉拌蒲公英,我给它起了名叫"感恩菜"。

令人欣慰的是,广播剧《塔克拉玛干情缘》先后在中央广播电视总台、新疆广播电视台、兵团广播电视台播出,产生较大的反响,获得第八届"兵团五个一工程奖"。

【编剧简介】

肖 帅,新疆生产建设兵团豫剧团党委书记,享受国务院特殊津贴专家,一级编剧,石河子大学客座教授,研究生导师,兵团艺术系列高级职称评审委员会主任。入选文化和旅游部千人计划。中国戏剧家协会会员,中国民间文艺家协会会员,新疆兵团戏剧家协会副主席、兵团民间文艺家协会副主席。新疆兵团优秀共产党员,新疆兵团英才,八师石河子市第十三届、十五届拔尖人才。

戏剧作品《兵团记忆》《天山雪莲》《我的娘·我的根》《一家亲》《半幅进疆图》《军垦战士》《印记》《昆仑山的儿子》《解忧公主》,中篇小说《最后一个老军垦》《天边边那片胡杨林》,歌曲《樱桃树下》《石河子我美丽的家》,广播剧《西部 永不移动的界碑》《天之业》等50余部作品演出或发表。先后获得全国文艺调演、兵团"文华奖优秀新剧目奖""兵团五个一工程奖""天山文艺奖"、曹禺杯剧本征集一等奖等省级以上奖40余个。

深情守护

编剧 \ 刘　霞

主要人物

姜万富：男，原新疆生产建设兵团第三师叶城二牧场医院院长。

沈祥福：男，姜万富的战友。

王桂花：女，招兵领队。

张贯全：男，生产班长。

许连荣：男，老连长。

马秀兰：女，矿山病号。

赵军花：女，姜万富妻子。

姜万富姐姐、维吾尔族老人、矿山老乡、维吾尔族老乡、买买提、阿依古丽等。

上　集

【片花声，音乐、列车行驶声，列车上放着《边疆处处赛江南》的歌曲】

【姜万富坐在靠窗的火车座位上，望着窗外沉思】

【姜万富独白】

我回来了，离开两年了，又要回到战斗生活过的地方了，祥福、老赵连长，过两天就又可以见到你们，和你们说说话了。虽然，你们已经走了30多年了，但是，你们的样子仍然经常出现在我的脑海里，出现在我的梦里。仍然健在的战友们、民族兄弟们，包括那条河、那片牧场，我姜万富回来看你们了。

【闪回转场音乐，音效火车鸣笛声，60年代火车站，现场声】

姜万富：大姐、二姐，你们回吧，火车就要开了，我要上车了。

姜万富姐姐：万富，听说新疆蛮艰苦的，你长这么大，第一次出这么远的门，自己要小心点呀，学会自己照顾自己，实在受不了，就跑回来！

姜万富：阿姐，阿姐，你这是什么话，我都这么大人了，还不会照顾自己吗？再说了，去新疆也是我自己自愿报名去的，别人都能坚持下来，我为什么就不能？跑回来？那别人怎么瞧得起我？

沈祥福：姜万富、姜万富，你还不赶快上车，车就要开了。

姜万富：嗨，这就来了，来了。

沈祥福：快点，快点，快上来，要开车了。急死了。

姜万富：阿姐，阿姐，我走了，你们帮我照顾好姆妈，别让她为我担心，一到地方我就写信回来，回去吧，回去吧，再见了！

姜万富大姐、二姐：（哭喊）万富、小弟，路上小心，你一定要保重呀，我们和妈在家等你回来……呜……（哭声）。

【火车的鸣笛声，行驶声，歌曲：《大海航行靠舵手》】

【旁白】

那是1966年7月17日，十七岁的上海青年姜万富，带着对亲人、家乡的不舍和深深的眷恋，登上了西去的火车，年轻的姜万富和战友们没有想到，这一去就和昆仑山结下了半生缘，和那里的职工群众结下了一世情。

一路上，包括姜万富在内的1900名上海知青，坐了五天四夜的火车，又坐上了汽车，风尘仆仆地向着目的地——昆仑山下的茫茫戈壁进发。由于姜万富个人素质过硬，被临时任命为行军途中的小队长。

【行驶的汽车声】

王桂花：姜万富，姜万富，睡着了吗？

姜万富：嗯……王队长呀，你叫我？有什么事？

王桂花：姜万富，你是小队干部，昨天那个张建平情绪失控被遣返回去的事，你再找队员谈谈话，看看队员们的都是怎么想的，完了跟我汇报一下。

姜万富：好的，王队长，保证完成任务。

【汽车刹车声】

沈祥福：（迷迷糊糊醒来）这……就到了吗？

姜万富：哪里呀，祥福，侬（上海方言，你）又做白日梦了吧，还早得很呢，侬就安心地困你的大头觉吧！

沈祥福：乖乖！这是哪里呀？怎么连个人影子都没有。

姜万富：不晓得！这是车队中途休息。祥福，侬不下车转转吗，活动活动身体！关节都硬了！

沈祥福：算了，算了，一路上都是吃的馒头咸菜，大家都吃不惯，饭还定量，这会儿肚子还饿着呢，还是待在车上保存体力吧！别像那个张建平，革命意志太薄弱了！看不起他。

姜万富：是的呀！我们去新疆生产建设兵团就是准备去吃苦的，尤其是知识青年，更应该有这个觉悟，对不对？

沈祥福：对。

【汽车行驶声】

在汽车上颠簸了七天七夜后，姜万富一行人蓬头垢面地到达了目的地，为了让知青们尽快适应当地环境，上级决定让知青们前往一个刚刚组建的连队锻炼一年。于是，分配到新连队的姜万富和其他六十名知青就又坐上了汽车，到了昆仑山脚下的第三师叶城二牧场农一连。

【汽车停车声】

许连荣：同志们，同志们，到家了，都下车吧！

知青男：乖乖隆地咚，这是什么鬼地方，房子都没有，全是大荒滩，大戈壁呀！哪里有家呀?

许连荣:这儿就是家呀!我们这是刚刚建起的连队,地无一亩,房无一间,但是我相信,也请你们坚信,我们要靠自己的双手,一起建设我们自己的家。将来呀,一定能像你们的家乡上海那样住上楼房,通上公路,喝上自来水,有电灯、电话。好了,好了,现在,就请你们大家把行李都拿好,跟我走。啊对了,先做一下自我介绍,我呢,是新疆生产建设兵团第三师叶城二牧场农一连的许连荣,是你们的连长。

知青们:连长好。

许连荣:今后我们就是一个锅里吃饭的战友了,这里可比不上你们大上海呀,你们刚来,有很多苦头要吃,我相信大家已经有了思想准备,以后大家还有什么困难都可以向我提出来,连里尽最大能力解决!大家明白了吗?

知青们:明白!可是……许连长啊,我们住在哪里呀?

许连荣:我们自己挖地窝子呀,等会休整一下,然后到连部领砍土曼、铁锨,我们一起挖咱们的地窝子。

知青女:地窝子?是什么东西?

许连荣:地窝子就是一半在地上,一半在地下的简易房子,盖起来省时省力省材料,好处是冬暖夏凉!坏处就是阴暗潮湿!算了,等下有老同志带着你们一起干,有什么问题,该怎么挖你们问他们就行,老同志都住了好几年了,他们最有经验。

走吧,同志们,咱们分分工。

【转场音乐】

【旁白】

住进自己亲手挖的地窝子,在戈壁滩上开始垦荒生活,姜万富这才知道,他们居住的地方叫阿克奇。姜万富所在的小队被编入农一团六连,姜万富被任命为政治班长,连里任命一名老同志张贯全担任生产班长。

沈祥福:(叹气)哎!姜万富,没想到这新疆是真的苦,跟上海是没得比的了,缺吃少喝的,吃不饱不说,喝的还是涝坝水,说什么一天要吃四两土,这白天吃不够,晚上还要补。来了没几天,我都拉了好几次肚子了,他们那几个老同志还说我娇气!你看看,我都瘦得脱相了。张班长你给评一下理,我这是娇气吗?

张贯全:小沈呀,这不怪你,这里的条件是太差了,你们刚来,身体还不适应,慢慢就好了!他们那几个人,当初来的时候也像你们这样!在这待了一年以后就适应了,你看他们现在不好好的吗!

沈祥福：张班长，以前我在书上看到，昆仑山到处都是草原，说“天苍苍，野茫茫，风吹草低见牛羊”，可到了这，哪有诗里说的那样的地方呀？

张贯全：是呀！我们这里是没有书上说的那么好！还很艰苦，小沈、小姜，我们都是毛主席的战士，毛主席的战士最听党的话，我相信，我们一定能把这片荒滩建设得像你们家乡那么好！

姜万富：老班长，你说的对！我们还很年轻，将来我们一定能把这里建设得像家乡一样！对了，老班长，你见过毛主席没有？

张贯全：我哪有那福气呀？我参军就跟着王震司令员进了新疆！营长是老红军，连长是八路军，还有几位排长。他们见过毛主席，连长说那时候他们三五九旅在南泥湾开荒，毛主席去视察，他们远远地看见过毛主席他老人家！

姜万富：真羡慕你们呀！

张贯全：不用羡慕我，你们好好干，把这里建好了，说不定毛主席就来这视察工作了，你们不就见着毛主席了吗？

姜万富、沈祥福：（同时说）真的吗？老班长！

张贯全：当然是真的，连长他们当年不就是因为开荒工作干得好，毛主席才去那视察吗！

姜万富、沈祥福：（同时说）那我们一定好好干，争取让毛主席他老人家来我们这里视察！

张贯全：对！这就对了！我看你们一定行！

许连荣：姜万富，姜万富。

姜万富：到，连长。

张贯全：嘿嘿，连长，我们刚说到你，你就出现了，真羡慕你了！

许连荣：怎么？我就不能来这看看？是不是你们背地里骂我来着，张贯全！姜万富！你俩说，是不是？

张贯全：连长！我哪敢呀，我是在跟他说你见过毛主席！

许连荣：是吗？

姜万富：就是！就是！

许连荣：哎！张贯全，我说你什么好呢，你是不是又拿这事在新同志面前摆老资格？我见过毛主席是不假，但那是我们三五九旅的荣誉！我们只有好好干，干出个样子来才能争来这样的最高荣誉！

张贯全,姜万富:是！连长,我们一定好好干,争取最高荣誉！

许连荣:这样就对头喽！对了！姜万富！有一个事通知你一下,组织上决定派你去学习,学完了回牧场当卫生员。

姜万富:什么？让我学医,让我当卫生员？

许连荣:对呀！怎么你不愿意去？我说,姜万富！前次让你当拖拉机手你不干,我让别人去了！上次,让你去学开汽车,你还不去,说是班里离不开你,我相信了,我又让了别人去！怎么你这次还想推！你还想让别人戳着我的脊梁骨骂我！骂我给别人开后门是不是?告诉你,姜万富,这次你去也得去,不去也得去!这是郭副政委亲自点名让你去的,也是连党支部集体讨论决定的！由不得你不去!

姜万富:连长,这。

张贯全:哎！小姜！你就去吧！你来这里时间也不短了,你也看到了我们这里的艰苦,缺吃少喝不说,没有医生、卫生员这才是最要命的！整个牧场才有两三个卫生员巡诊,战士们有了病受了伤连里治不了,送去牧场卫生所路又太远！那个王铁柱就是从山崖上掉下来,摔成了内伤,连里没有卫生员,在送牧场卫生所路上牺牲的！他可是打过日本鬼子剿过匪的呀！战场上没死,却死在这！你说窝囊不窝囊,当时连里要是有卫生员能至于这样呀?

许连荣:小姜,你不知道,咱这里有多缺医生呀！全牧场畜牧点比较分散,最远的离牧场卫生所有一百多公里,牧民们缺少医生。怎么样,小姜,你年轻有文化底子,脑子又好使,又能吃苦,你不去谁去?

姜万富:连长,我真没想到我们这里医疗条件这么差!战士们和牧民这么苦!我,我愿意去学习,只是担心自己水平有限,我怕学不会呀!

许连荣:好!好!小姜,愿意去就行!我相信你,一定能学好的,你安心学习,争取学好本事,回来给牧民看病,给战士们看病。

姜万富:是,连长,保证完成组织上交给我的任务。

许连荣:好！小姜！这样吧！你把手头的活向班里、连里交接一下！回去和班里人告别一下,明天场里有车来,你搭便车去场里和兄弟单位的三个人汇合,一起到师里报到!

姜万富:是！连长!

【背景音乐起】

来到昆仑山一年以后，姜万富被选派到师里进行为期半年的医疗业务技术培训。从此,姜万富开始了自己近半个世纪的行医生涯,一匹马,有时是一头驴和一只药箱成了姜万富的身份标志,“踏遍青山人未老”背着简陋的医疗器材,姜万富走遍了二牧场的每个畜牧点,成了牧民最信任的人,成为病人心中的希望。

下 集

【旁白】

昆仑山下,农一连旧址边上的简易墓地,姜万富坐在沈祥福的墓碑旁。

姜万富:祥福啊!四十多年了,我们都老了!现在只要一闭上眼,你就出现在我梦里,还是那么瘦!还是那么喜欢笑!哎!祥福,你在那边过得还好吧!你当年说过的话,我还都清楚地记得呢!

【闪回音效】

沈祥福:万富,侬去学医了,我觉得跟侬每天那个酸不溜丢的模样还蛮相符的。看来,你天生其实就是读书的料,哪像阿拉(上海方言,我)看见书就头疼。不过你猜猜我想学什么?

姜万富:你想学什么?

沈祥福:把方向盘,开汽车。

姜万富:好想法,在家的时候阿爹阿妈常说,家有万贯,不如一技在身。看看,阿拉学医,你再学开车,我们都有自己的本事了!对吧?

沈祥福:哎,我跟你说,等我学会了开车,就先拉着侬去师部白相(上海方言,玩耍)白相!

姜万富:好呀,那咱们就一言为定。

沈祥福:一言为定啊!

【旁白】

沈祥福与姜万富从小一起长大,他们住在一个弄堂里,一起上学一起回家,现在又一起来到新疆,是同甘共苦的好兄弟,然而令姜万富万万没有想到的是,一场车祸,夺去了沈祥福年轻的生命。

赵卜怀:小姜,小姜!快拿上急救箱,跟我走!快!快!

姜万富:赵副连长!出什么事了!

赵卜怀:小沈！小沈出事了！快跟我走！到了你就知道了。快上马！走！

【旁白】

沈祥福开的汽车,因为路窄,为了躲让老乡的受惊的马,撞上了山崖,沈祥福受伤昏迷！

【急促的马蹄声】

【赵卜怀带着姜万富纵马赶来,马还没有站稳,姜万富就从马背上滚下来,向沈祥福奔过去】

姜万富:祥福！祥福！醒醒,醒醒！怎么弄成这样呀！

赵卜怀:小姜,快看看小沈的伤情,别光顾着难过！

姜万富:好！好！我看看,头上脸上有血,腿好像骨折了！但愿内脏没受伤！

赵卜怀:那好！你先处理一下伤口,我们送他去牧场医院！

姜万富:好！我马上处理！

赵卜怀:阿里木,你还愣在那里干什么,把你的马车赶过来,帮姜万富把这个受伤的同志送到牧场医院！

阿里木:是！是！那个同志怎么样了,不会没命了吧?

赵卜怀:我呸！你才没命了呢！连个马都看不好！

阿里木:不是,我,赵副连长,我赶着大车正走着,山上滚下来一个这么大有石头,正好砸在马的头上,马一下就惊了,正好沈同志开车经过,就,就成这样了！

赵卜怀:行行行！快来帮抬一下！小姜！你在车上照顾小沈！我在前头骑马开路！

姜万富:好！阿里木,你车赶稳一点,但要快！我担心祥福受了内伤！要去医院检查才能确定,快！快！

赵卜怀:那我们立即出发！快！快！

【马蹄声,鞭响,大车铃】

姜万福:祥福,祥福！你醒了！感觉怎么样！

沈祥福:万富,是你呀！我没事！就是感觉有点冷。

姜万富:坚持一下,马上就到医院了,到了医院就好了！

沈祥福:万富,万富！我想家了,想爸爸妈妈和妹妹了！万富,我担心我这次扛不去了！唔……

姜万富:祥福！祥福！你要挺住,会没事的！阿里木,再快点,再快点呀！赵副连长、赵副连长！祥福吐血了！

沈祥福：姜万富，姜万富！我不想死呀，妈妈、妹妹，我答应她们，要——要回去看她——她们！姜万富，带——我——回——家——

姜万富：祥福！祥福啊！——啊！

【旁白】

由于路途遥远，年轻的沈祥福没有撑到医院，牺牲在了姜万富怀里！

【背景音乐起，风雪声】

【旁白】

牧场的冬季似乎特别长，连续几天的暴风雪阻断了牧场通向外界所有的路，牧场迅速组织人手投入救灾，姜万富编入赵卜怀的救灾小队，前往离牧场最远的畜牧点救援。一路上，雪大风急，救援队艰难地前进着……

【片花，音乐】

买买提：姜医生来了！姜医生来了。

姜万富：哎，来了来了，买买提，你好吗？来，我看看你的伤口。愈合的不错，但一定要注意，千万不要沾水。

买买提：谢谢，姜医生。

姜万富：阿依古丽，阿依古丽过来，还有3个月时间吧？你是喜欢男孩，还是喜欢女孩？

阿依古丽：喜欢儿子。

姜万富：我听一听，胎儿心跳的还蛮有力，不错，不错，你呀，要注意加强营养。

姜万富：哎，托逊库，你该打预防针了。

小朋友们：医生来了，要打针了，快跑，快跑，打针了。

姜万富：别跑，别跑，今天不打针，今天给你们吃糖丸。

小朋友们：吃糖丸了。

维吾尔族老乡：姜医生，姜医生，快，快，隔壁牧民赶羊的时候从悬崖上掉下来了，头部受伤，昏过去了。

姜万富：啊，他现在在哪儿？快带我去，走。

【马蹄声和马嘶叫声】

姜万富：快，烧一壶热水来。

维吾尔族老乡：热水来了，给。

姜万富：好了，好了，你忍着点，还有最后一针就缝好了，坚持住，好了。

维吾尔族老乡:姜医生的医术就是高,谢谢姜医生。

姜万富:不用客气,还是你们通知的及时,再晚一点就错过了治疗的最好时间了,今天呀,我要把他拉回连部观察一下,你们去找两根木棍、一床毛毯,做个担架。

维吾尔族老乡:好的,好,好,这就去。

【风声】

【旁白】

作为二牧场唯一的外科医生,姜万富在海拔三千多米的牧场和矿山搭起了他的外科手术台,牧民家里、云母矿区,病人在哪里外科手术就在哪里做。

【音乐+音效】

老乡:姜万富,姜万富,刚刚接到电话,云母矿的马秀兰病得很重,让你赶快去云母矿呢。

姜万富:好的,你带路,我们这就赶过去。

老乡:哎。

【马蹄声和马嘶叫声】

老乡:姜医生,洪水来了,没有路了,快回去吧!

姜万富:不行呀,矿山有重病号,等着我去看一下。哎,老乡呀,你知道还有别的路吗?

老乡:只有一条小路,还没有淹,但是那是赶黄羊的人走的,那条路太危险了。

姜万富:不行,老乡,我一定要赶到矿上去。

老乡:好吧,姜医生,你跟我过来。

老乡:姜医生,看这边,路就在那儿的山崖上,那是黄羊走的道,窄的很,你的马肯定是不能走的。

姜万富:怎么办,这样吧,那我把马交给你,我走黄羊道。

老乡:哎,姜医生,你要小心点,我看着你过去了以后,我再回去。

姜万富:不用了,你还是回去帮我打个电话,让矿上派两个人从那边路口迎我一下,这样可以节约时间。

老乡:好嘞,姜医生,那你路上一定要小心呀。

姜万富:好的,好。我现在过去了。

老乡:慢一点,我走了。

【音乐+音效】

姜万富:(心里话)姜万富,姜万富,千万不要往下看,抠住下一个石缝。我今天就是爬,也要爬过去。那边还有个重病号在等着你。加油,姜万富,你行的,你一定行的,你要坚持住,别往下看,就快到了,就快到了。

姜万富:总算爬到了。乖乖,这山崖这么陡呀!我要掉下去可就没命了。

【音效】

矿山老乡:姜医生,姜医生。

老乡:哎,在这儿了。

矿山老乡:姜医生,我们接到电话就过来了,都等了你快两个小时了,真担心你会走这条路,太危险了,3 年前有一个赶黄羊的牧羊人就是从这里掉到山崖底下的,打那以后就再也没有人走过这个路了呀。

姜万富:没关系的,我运气好,走吧。快带我去看病人。

矿山老乡:好,你骑这匹马,走。

姜万富:好,走。

【马蹄声和马嘶叫声】

姜万富:终于退烧了,但还要观察,你要坚持吃药,再巩固一下。

矿山病号马秀兰:姜医生,多亏你了,谢谢你救了我。

姜万富:不要这么客气,你刚刚退烧,不要多说话,要好好休息,按时吃药。

矿山病号马秀兰:姜医生,多亏你了,谢谢你救了我。

姜万富:不用,不用。咱们都是一家人。

【片花,音乐】

【旁白】

一个十年过去了,第二个十年又过去了,不知走了多少路,姜万富的脚骨折了三回,姜万富在二牧场巡诊走遍了牧场的沟沟梁梁,草场毡房,走遍了170多个放牧点,转眼间,姜万富已人到中年。

【旁白】

姜万富与护士赵军花结了婚,一年后生下女儿玉娇。

赵军花:老姜呀,快来,这孩子又哭了,把她抱着,她就认你,快抱着。

姜万富:好好好,哎,小宝贝。爸爸来抱,女儿就是跟爸亲呀。不哭,啊!

赵军花:你看看,你一抱,她就不哭了。

姜万富:我们家的闺女最乖了,真是我的好乖乖,我的小棉袄!

维吾尔族老乡:姜医生,快去看看我妈妈吧,她病得很厉害。

姜万富:军花,孩子交给你了,我先过去一下,我要走了。

赵军花:好,你放心去吧。

姜万富:咱们赶紧走。

维吾尔族老乡:姜医生我妈妈怎么样了?

姜万富:哎呀,她是中度肺部感染,和肺源性心脏病造成的心理衰竭,需要做进一步检查。你俩,快,赶快倒车,咱们先到卫生所做一下紧急处理。

赵军花:老姜,你这护理病号都两天了,现在是夜里的 3 点,你去边上打个盹,我来护理吧。

姜万富:好。哎,女儿呢?你还是去照顾女儿吧。

赵军花:女儿睡着了,睡得可香了。

姜万富:好,一个小时喂一次药,要仔细观察呀。

赵军花:你就放心吧。

姜万富:哎,军花。

赵军花:怎么还不去睡?

姜万富:哎,老了,就觉这个觉越来越少了,就想和你说会话。军花,嫁给我,你后悔吗?

赵军花:我不后悔,真的!

姜万富:哎呀,做我的老婆也真是不容易呀。我呀,看着乔瓦汗就想起了我的妈妈,你说我是跟这里特别有缘是吧?好像我就是专门为昆仑山而生的。

赵军花:老姜,你这是又想家了吧?

姜万富:想家了。

【转场音效闪回】

姜万富姐:妈,你看这个瓷娃娃好看不来?

姜万富妈:这个娃娃还真好看。你呀,再买 4 个,给牛宝留着。

姜万富姐:妈呀,谁不知道你老人家偏心呀?妈,这个不锈钢碗好看不?

姜万富妈:哎,也好看,你再去买 4 个,给牛宝,牛宝当初就是为了让你留下才去新疆的。

姜万富姐:妈,您这辈子就记着我弟弟。

姜万富姐:妈,这房子亮堂不?

姜万富妈:亮堂。你们呀,谁也别惦记,这是留给牛宝的。

姜万富姐:哎哟,我的妈呀,90 多岁了你还这么厉害。

姜万富、赵军花:妈,妈妈,我们回来了。

姜万富妈:呀,真的是我的牛宝回来了。

赵军花:哎,妈,别哭,你快别哭,看看,看看我让你儿子受苦了没有,看看他是胖了还是瘦了?

姜万富妈:军花,你可是个好孩子,我的牛宝你瞧没胖也没瘦,就是黑不溜秋的。

赵军花:哎哟,妈呀,我可没嫌他黑,在我们新疆呀男人都这么黑的。

姜万富:妈,以后有时间我就经常回来看你。

姜万富妈:真的?

姜万富:真的。

姜万富妈:这还差不多?

姜万富姐:好了,好了,你们是不是还没吃饭,我去做饭去。

大家:对,吃饭了,快来,快来,妈你坐这儿。

姜万富:姐,你坐这儿。

【转场音效闪回】

病人:水、水,我要喝水。

病人女儿:妈妈,妈妈,妈妈醒了,妈妈醒了。妈妈。

姜万富:别激动,她现在还不能多说话。

病人女儿:哟,妈妈,多亏了姜医生。

病人:姜医生,好人呀。

病人女儿:这么多年呀,都是姜医生上我们家给妈妈看病,这都成了我们的家庭医生了。

病人:我们全家人都得谢谢你呀。

姜万富:快别说这些了。

病人女儿:谢谢。

姜万富:医生不就是干这个的吗?再说了,在这里我们都是一家人,一个大家庭的一家人。

病人:都是一家人啊。

【旁白】

在毛驴行进的铃铛声中，姜万富记不清走过了多少沟沟梁梁，直到他一头黑发全部变白。他走了43年，从1966年到2009年，整整43年，这43年里，姜万富做过肠梗阻、剖宫产、膀胱结石、卵巢囊肿、子宫附件切除等各种手术2000多例，无一例失败。岁月见证，他问心无愧。昆仑山见证，他大爱无边！

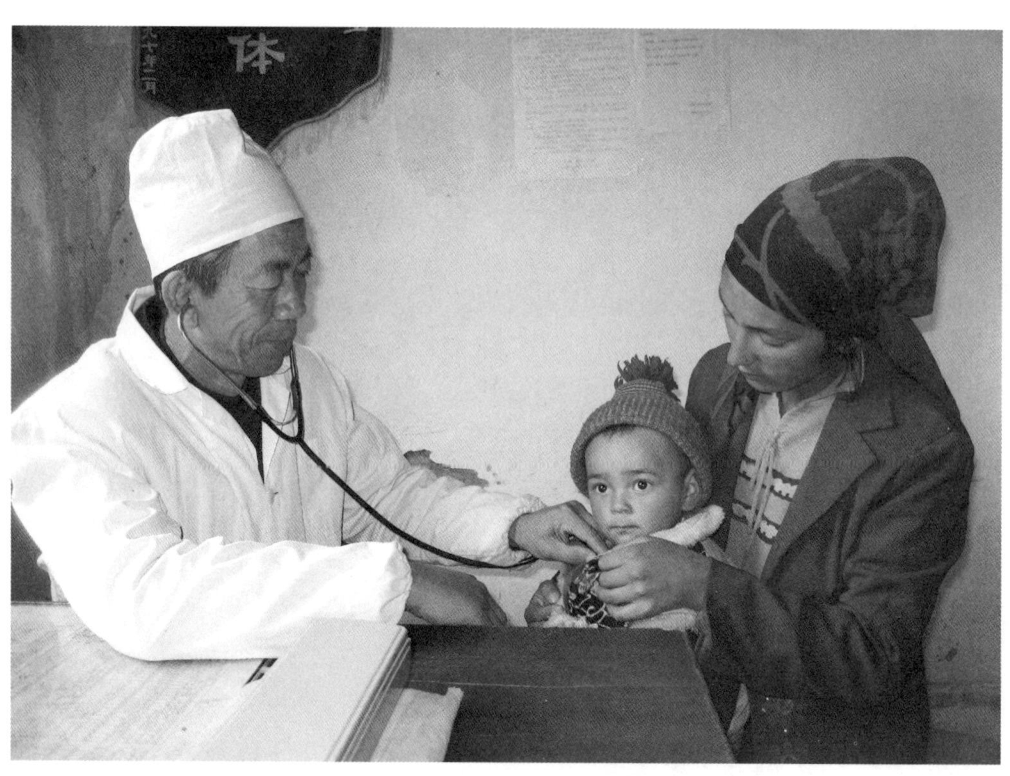

全国优秀乡村医生、全国道德模范、全国民族团结模范个人、“全国五一劳动奖章”获得者姜万富正在为牧民看病

谈广播剧人物创作

“我们的生活是一场骇人的现实。”这是凡·高的一句话，我在这里引用一下，简略谈谈我对撰写这次广播剧的创作心得。

《真情守护》这部广播剧的主人公姜万富是“全国优秀乡村医生”，“全国五一劳动奖章”获得者。作为一名上海知青，他离开故土，扎根边疆43年，这种人生的情怀，在西部大开发的背景下，颇富有时代意义。他还是民族团结的模范，作为一名汉族医生，常年为边疆少数民族群众服务，有了这样的立意和主题，对于接下来的写作就有了主心骨，于是我查阅了很多有关姜万富的报道，越深入了解，姜万富的事迹就越打动我，姜万富用一生中最好的年华诠释两个字——守护。

新疆生产建设兵团第三师叶城二牧场，位于偏远的昆仑山中，海拔3000米以上，气候恶劣。作为医生的姜万富走遍了上百个放牧点的沟沟梁梁。或许，在他17岁离开上海，跟随滚滚的时代车轮到达新疆生产建设兵团，最初并没有思考什么人生的意义与价值，但他用43年的坚守告诉我们守护的意义。

在采访的时候，姜万富说他有两个终生难忘的日子。一个是1966年7月17日，这一天，他离开上海，把命运与兵团连在一起。记得坐了三天四夜84小时火车，又坐了整整七天汽车，才到了兵团叶城二牧场。那时候，喝涝坝水住地窝子，真的是苦！一个是1967年9月28日，这一天决定了姜万富一生的职业。领导派人把他从地里叫回来，让他去学习当卫生员。学习回来他经常下牧点，一转就是一星期，在不到四个月的时间里，近百个放牧点的沟沟梁梁，都留下了他的脚印，他真正成了马背医生。一年后，牧场又送姜万富去进修外科一年。他成为二牧场建场20多年第一个外科医生。进修时，无论白天黑夜，不放弃上手术台的任何一个机会。

1980年后的几年是知青返城的高峰，当年一起从上海来的伙伴，陆续都回城了。远在上海的姐姐、姐夫，多次来电话让姜万富回去。姜万富思来想去，还是留在了新疆。姜万富说，他爱这个职业，病人的信任和期待的目光让他无法推托，为病人解除病痛，是一种满足。特别是学会维吾尔语以后，这里的维吾尔族同胞拿他当亲人，特别温暖。治病救人需要抢一分一秒的时间，无论白天还是黑夜，寒冬深夜，顶风冒雪处理难产、抢救病人，对他来说是很平常的事情。

采访中，姜万富说最放不下的是同他一起来的兄弟沈祥富，他们俩是同一个里弄、同一天进疆的。25年前沈祥富遭遇车祸，就埋在不远处的大沙包上……于是我抓住这故事，用倒叙的方式来处理，在广播剧中也就有了沈祥富这个人物。

广播剧作为听觉的艺术，注重戏剧逻辑与生活逻辑的契合，在该剧中大量的运用姜万富独具特色的语言来表达人物性格。

我问姜万富，你一个上海人，到新疆吃了多少苦，受了多少罪，出了多少力，救了多少人，做了那么多奉献，值得吗？

姜万富说："我想在我站到最后一班岗的时候，我可以最后再回答一次：值！因为，是新疆，是兵团把我从一个什么都不懂的青年，培养成一名党员、外科医生，使我成为病人心目中的救星，各民族兄弟心中的大医生、好医生。

"在新疆43年了，最苦最难的时候我都没有后悔过！

"这么多年，要问我挣了多少？说实话，很多很多，我挣到了生命的充实，挣到了内心的踏实，挣到了这里维吾尔族父老乡亲们的尊重，够了！

"当初干工作，做梦都没想到有今天的荣誉！哪个医生不治病，哪个医生不救人，我只是做了行医治病平常事，没什么可炫耀的。但我必须要说，我把一生中最美好的时光，献给了大山，献给了兵团，值！"

他的这些话语打动了我，这些感人的语言怎么串联起来，使之成为一部可以听懂的广播剧，对长期从事电视工作的我来说，从深刻认识到听和看是完全不同的两种感受，声音不比画面，怎么抓住听众的耳朵，可阅读的不一定可听，令人愿意听。再说，广播剧既然是剧，就要重视它的再现手段，努力达到人物语言的性格化，抓住人物的气质，抓住人物性格最突出的特征，这样人物在听众心中才能活起来。如何写出一个听得懂，听起来有趣的好剧本呢？在创作中我总结了一些方法：

（一）为突出人物气质，语言必须性格化。必须从剧本创作中摆脱书面语言的束缚，避免书面语言给听觉造成隔断和障碍。

（二）注意语言的行动性，要“有戏”“有提示”“多交流”。首先，人物间的对话，处处要扭结在一定的矛盾当中或情感交流之中，使对话始终是“有戏的”。有矛盾，有戏，对话就不会有停滞的感觉。其次，“对话中要有提示”，即对话要注意提示人物行动。这是作为广播剧对语言的一种特殊要求。对话中提示人物行动可取得双重效果：既揭示了“被提示者”的行动，刻画了被提示者，又显露了“提示者”的心态性格。第三，注意让人物多交流。这也是因为广播剧没有直观视觉展现的特殊要求。两个以上的人对话时，只有对方常作出相应的反应，听众才能知道每个人的心态，各自的行动线才能清楚地显示出来。

（三）旁白和独白是人物内心的语言，是在戏剧特定的情境中创造出来的假定性，这种假定性在广播剧中听众同样也能接受。要收到好的效果，运用中要强调两点：一是要富有戏剧性；把人物内心的隐情表达清楚、深刻。二是大段独白要特别注意抒情性。

以上是我对这次广播剧创作的体会，同时特别感谢台领导给我这次锻炼的机会。学习创作一直在路上，要多读书，勤思考，保持谦虚，保持好奇，保持对文字的热爱，努力做一个好编剧。

【编剧简介】

刘霞，兵团广播电视台纪录片中心二级导演。文艺作品《走进青年歌唱家刘媛媛》荣获 2013 年度新疆电视文艺作品奖三等奖；作品《西部放歌》获得 2014 年度新疆电视文艺作品文艺专题奖一等奖；作品《沙枣花香》获得 2015 年度新疆广播电视节目奖三等奖。作品《沙漠玫瑰》获得 2016 年度新疆广播电视节目奖二等奖。

风雪红梅

编剧 \ 梅　红

主要人物

梅莲：女，第九师一六一团医院院长，原任第九师一六一团九连卫生员。

娥子：女，第九师一六一团职工，梅莲邻居。

朱医生：男，第九师一六一团职工，现任九连卫生员。

夏利汉：男，裕民县五星牧场牧民。

达列汗女儿：女，裕民县察汗托海牧场牧民。

艾迪垦：男，裕民县国有牧场，兽医。

王桂枝：女，九师一六一团退休职工。

梅莲母亲：女，九师一六一团退休职工，梅莲母亲。

邻居、连长等

【音乐起】

【旁白】

美丽的巴尔鲁克山上，有一朵美丽的雪莲花，她就是梅莲，她为我们哈萨克族牧民治病，无论春夏秋冬，无论暴风雨雪。那赢得了人们赞扬的梅莲，是怎样的一个人呢？

【音乐】

【独白】

我这辈子呀，在山里做医生，我就是想做一名职工群众心中的好医生，我的医术可能并不高，但是用心做一个给病人解除痛苦，让病人信任的医生，就是我最大的幸福。

上　集

【旁白】

巴尔鲁克山绵亘在新疆生产建设兵团第九师一六一团西南方的中哈边境线上。山里河溪纵横，丰沛的水流和茂盛的草甸植被让这里成了新疆最丰美的高山草原之一。1962年，梅莲的父母响应兵团党委的号召，来到这里，与周围世世代代放牧的哈萨克族牧民和谐相处，共同守卫着祖国的边疆。

1

【在边境线上的连队远处的狗吠声，鸟叫声】

【院子里孩子的玩耍声】

小梅莲：（6岁）弟弟，弟弟，我教你唱《我爱北京天安门》吧。

梅莲的弟弟：（3岁）好。姐姐唱……（拍手声）

小梅莲：（唱）我爱北京天安门，天安门上太阳升，伟大领袖毛主席指引我们向前进……

【弟弟使劲拍手声】

小梅莲：弟弟，你还小，等你长大点，我教你，我们一起唱，好不好。走，妈妈还没下班，姐姐带你去玩。

【梅莲哼着《我爱北京天安门》】

【院子里孩子的玩耍声】

【远处的狗吠声小孩粗而短促的呼吸声】

梅莲的弟弟：（断断续续地呻吟）妈妈、妈妈……

小梅莲：（稚嫩）妈妈，妈妈，弟弟这是怎么了？

梅莲母亲：（着急地呼叫）嘎子、嘎子……，你醒醒，妈妈带你去看医生。边收拾东西，边对幼小的梅莲说，梅莲，你在家不要出去，有事就去找王阿姨，听见了没，去找你王阿姨。

梅莲：（哭喊声）妈妈，妈妈……

【渐渐远去的跑步声音】

【急促的马蹄声、车轱辘声……】

老李：（着急）驾……驾……

梅连母亲：老李，能不能再快点……

老李：这路不行呀，马也只能跑这么快了……

梅莲母亲：（哭泣的声音）我的孩子，该怎么办呀！再快点，再快点……

老李：（着急）驾……驾……

梅莲：（高兴地跑步声）妈妈你回来了，我可想你了！（停顿了一小会）弟弟呢？

梅莲母亲：（略显疲惫的嘶哑声）弟弟，你弟弟……（哭泣），离开我们了。

梅莲：（大哭）你把我弟弟送哪去了，我要找弟弟，找弟弟（说着就往外跑）。

梅莲母亲：（跟着喊）梅连，梅莲，回来，回来，你弟弟回不来了，回不来了，他没了，离开我们了……

梅莲：（更加大声地哭了起来）我以后没有弟弟了吗？他怎么会没了呢？前两天我们还在一起玩……

梅莲母亲：（低沉地）弟弟烧得太厉害，连队没有药，在送往团部的路上，就离开了我们……你说我们这想看个医生咋就这么难呢？想看个医生咋就这么难呢……

梅莲：（更加大声地哭着）妈妈，妈妈，我长大了要当医生，我要救我弟弟。妈妈，我要弟弟，我要弟弟……

2

【春天积雪融化后汹涌的洪水声】

连长:(从远及近的吆喝声)各位职工注意了,各位职工注意了,现在是汛期,要注意把孩子管好,不要到渠道里玩耍。现在所有在家职工都要去河对岸边境线上检查铁丝网……

梅莲母亲:(着急地喝着面糊糊声)花儿、梅莲,你们姐俩在家,千万不要到渠道那玩呀……锅里给你们留了几个馍馍,你们饿了就吃。(收拾东西的声音)下课了也不要乱跑,就在家学习,我不知道什么时候能回来……有什么事,可以到隔壁的王阿姨家,她下个月就要生了,不跟我们去边境线了。听到了没有?……妈妈走了啊!

少年梅莲和姐姐:(整齐地回答)听到了,妈,你放心吧。

【由近及远跑步声】

【唰唰的写字声】

王阿姨:(痛苦着急地大声叫喊声)花儿、梅莲,快来,快来……

梅莲和姐姐:(跑步声)王阿姨,王阿姨,你怎么了?

王阿姨:我可能马上就要生了,你们赶快去连队卫生室,让刘医生来。

少年梅莲:好,好,我留下,姐姐,你去叫刘叔叔吧。姐姐,你快点。

【姐姐渐远的跑步声】

【急促的跑步声】

刘医生:(气喘吁吁地)小王,小王,你怎么了?

王阿姨:我可能要生了,羊水破了……

刘医生:不着急,我看看,你可怀得双胞胎,在连队不能生,得派车送你到团部……

王阿姨:(痛苦的呻吟声)那可咋办?我可能等不了了!

刘医生:(拿着听诊器诊断)我看你还可以,坚持一下,我准备一下,和你一起坐车去团部,实在不行就在路上接生……梅莲你们姐俩看住王阿姨,我去准备一下。

梅莲:王阿姨,怎么办呀,王阿姨……

【一阵忙乱的声音】

少年梅莲:妈,妈,王阿姨生了吗?生得是弟弟还是妹妹?

梅莲母亲:你王阿姨她,她……那天在路上就出事了!

少年梅莲:啥,出事了,是弟弟妹妹没有了吗?

梅莲母亲:(哭泣声)弟弟妹妹没了,你王阿姨也没了……梅连,你可一定要好好学习呀……

少年梅莲:(在母亲声还没落下,就哭着说道)妈,我长大要学医,我长大一定要学医。

3

【寂静辽阔大草原上只听到鸟叫声,梅莲母亲带着十七岁的梅莲和她姐姐、妹妹们】

【草丛中几个人的走路声】

梅莲:妈,我初中毕业了就想上班。

梅莲母亲:梅莲呐,咱不着急,还是考高中吧?

梅莲:不,我决定了,我参加工作,现在家里负担那么重,我还是参加工作吧!

梅莲母亲:你真的想好了吗?那你的理想怎么办?

梅莲:(欢快的由近及远的跑步声)我可以边工作边自学,我一定会实现当医生的理想的……

梅莲:妈,你看,这是车前草,可以祛痰止咳的……

梅莲母亲:你这都是从哪知道的?

梅莲:我从刘叔叔那的医书上看到的,我们这巴尔鲁克山上,有好多中草药,可以治好多病呢……

梅莲母亲:(笑着)你呀,我看你都成咱家的小医生了!

梅莲:(对母亲大声喊)妈妈,我一定要当巴尔鲁克山上的"白衣天使"。

【"白衣天使"的回音】

【几个人的欢笑声音】

【旁白】

1984年,年仅17岁的梅莲,参加了工作,来到了新疆生产建设兵团第九师一六一团离边境线最近一个新组建的连队,和几十名刚从学校毕业的孩子一起开始了她的自学、劳动生活,守卫着边境线。

4

【梅莲和其他小伙伴们在地里收菜】

梅莲:收好了,今天的任务就完成了。

梅莲:(小声地背书)牙痛合谷颊下关,虚脱人中素胶关;抽搐人中百会关,半身不遂谷外关……

年轻女职工:梅莲,你天天在背,也没见你干什么呀?

梅莲:唉,到现在我还不敢下针……

年轻女职工:那多吓人呀,你学那干什么呀,还不如和我们多玩会,你看今天我们可以蒸南瓜吃了。

梅莲:我就喜欢学医,我就想当一名医生。唉,我可以在熟南瓜上先试试扎针呀,太好了,回去我就试试。谢谢你,一下提醒了我。(和女职工一起哈哈笑声)

年轻女职工:(边笑边说)我真服了你了,连这也可以联想到学习……

【麦场上扬麦子的机器声,年轻人的说笑声,梅莲拿着木锨铲麦子声,急促的呼吸声】

年轻女工甲:梅莲,你昨晚又很晚睡的吧!看书看到几点?

梅莲:不晚,也就一点多钟。

年轻女工乙:啊!一点多钟,每天干这么重的活,你受得了吗?真是的,也不知道你咋想的,咱们一毕业,你就一边干农活,一边开始自学中医,没有老师教能学会吗?

年轻女工甲:就是呀,梅莲,她学起来简直不要命,上次在宿舍里,我看到她在自己身上扎了那么多针,眼睛都不眨一下,真是对自己太狠了……

年轻女工乙:就是,你说咱们这也太艰苦了,好不容易来个卫生员,还都是飞鸽牌的,待不了几天就走了,有病呀叫天天不灵,叫地地不应。

年轻女工甲:是呀,我啥时候看她都在学习,晚上几乎都是点着马灯学到深夜,这自学太难了……就是,反正我是学不会。

年轻女工乙:你还别说,上次我有点感冒,梅莲就用针灸的办法,很快治好了我的病。而且我们来这三年了,梅莲已经考过了好几门了……

年轻女工甲:哎呀,那可真不错……

【急促的脚步声……】

连长：梅莲，梅莲，王仲茂两口不知怎么了，吐得一塌糊涂，现在卫生员又不在，你看，能不能，帮着看看。

梅莲：可是，连长，我能行吗？

连长：咋不行，你平常不是也跟卫生员学了点吗？梅莲，再说你又自学了中医，这次就当作一次练兵。

年轻女工甲：梅莲，就是，你就试试。我们平常有点病时，你不都用你的小方法，给我们治好了吗。

梅莲：连长我能行吗？

连长：什么行不行呀，情况紧急，赶快去吧！

梅莲：好，我去了。

【梅莲和连长急促的脚步声由近及远……】

【病人呕吐声、呻吟声、逐渐减弱的气息】

梅莲：连长，他们这可能是食物中毒。我先给他们扎针，你去把卫生室的门打开。

连长：好。

【跑步声由近及远……】

梅莲：开药，扎针，然后输液……对，就是这么做的。

【开启药瓶的声音，扎针、输液的声音】

周围职工：连长，他们醒了，快看，快看，他们醒了……

周围职工：他们醒了，真厉害呀，梅莲，太棒了呀，没看出来，这小姑娘真能干。

【旁白】

这是梅莲第一次正式的医治病人。在这个偏僻的连队，由于连队领导和职工们的信任，梅莲把这对因为误食蔬菜残留农药中毒的夫妻成功救治过来，这个小小的成功让整个连队沸腾了。

5

【连队广播：放着《年轻的朋友来相会》音乐，突然停了下来】

广播员：请梅莲、夏天、胡波同志来连队办公室取信件。

【挖防畜沟的声音】

年轻女工甲：梅莲，我咋好像听到广播里在喊你呢？是不是有你的信。

梅莲:不可能,今天是星期三,不可能有我的信。(停顿了一会)有也得到下周了吧?

年轻女工甲:是吗?为什么是下周,是不是你的函授学完了,该毕业了?

梅莲:不知道,算起来,我也学习了五六个年头了。

年轻女工甲:太不容易了,如果今天是好消息,我一定告诉大伙们,我们一起祝贺一下。

梅莲:好呀,如果我有好消息,我请客,让大家都乐一乐……

年轻女工甲:一言为定。

梅莲:(笑着说)一言为定。

【挖防畜沟的声音,由远及近的跑步声】

男政工员:梅莲,快,你的信件,必须你本人签字才行,邮递员在连部等着你呢,快,跟我去连部。

年轻女工甲:(一阵笑声),梅莲,这客你请定了吧。我看十有八九是你的毕业证书到了。

梅莲:我去看看,别忘了把线拉直了,这可是防止牲畜越界的最后一道防线了。

年轻女工甲:好,好呀,你赶快去吧,剩下的我来。

【广播放着歌曲】

【由远及近的跑步声】

邮递员:(笑着说)你就是梅莲吧,给你,这是山东齐鲁大学给你寄的,签个字,说起来呀,这可是我给你们连队送得第一份从内地院校发来的信。

男政工员:梅莲,快,快点呀,你怎么还不敢接呀,我来帮你拆开。

【撕信件的声音】

男政工员:呀,是毕业证,太厉害了,祝贺你呀,梅莲。

梅莲:(激动的声音)谢谢,谢谢!我太高兴了。

【梅莲拿上毕业证,就跑到离连队不远的山上,对着大山大声地喊】

梅莲:毕业了,我毕业了,终于有资格当医生了。

【音乐从弱到强】

【旁白】

几个月之后梅莲经连队的推荐和团场的考核,被正式任命为基层连队卫生员。从此,开始了她的从医之路。

下　集

【音乐起】

【独白】

我这辈子呀，在山里做医生，我就是想做一名职工群众心中的好医生，我的医术可能并不高，但是我用心做一个给病人解除痛苦，受病人信任的医生，这就是我最大的幸福。

【旁白】

作为连队的基层卫生员，这里山高路远，地处偏僻，几十年来，看病就医一直是周围老百姓和职工群众的“老大难”问题，她选择这份职业就是要完成自己从小立下的志愿。

6

【暴风雪声、狗吠声】

梅莲丈夫：来，梅莲把药吃了。哎呀，你看你这病，我再给你测一下体温吧？

梅莲：不碍事了，国军，你看我这不是好多了吗！

梅莲丈夫：你呀，跟你结婚这么些年，一天到晚地见你忙，什么时候你能爱惜一下自己的身体。

【急促的脚步声由远及近，敲门声】

夏利汉：梅医生、梅医生，快，快，阿依古丽要生了……

梅莲丈夫：（打开电灯开关）夏利汉，这么大的雪，你怎么来了？

夏利汉：快，快，我家阿依古丽要生了。

梅莲：（虚弱地从床上起来勉强打起精神，慢慢地走向客厅）夏利汉，你刚才说阿依古丽要生了？她不是还要十来天才到预产期吗？

夏利汉：（着急地走向梅莲）是的。梅医生，你这是怎么了？脸色这么差？

梅莲：没事，我就是有点感冒。

梅莲丈夫：什么没事，都已经高烧两天了，还没事。

夏利汉:(迟疑)那,那梅医生,你就好好休息,我再去找别的医生吧。

梅莲:(虚弱但坚定的语气)别走,夏利汉,你先告诉我古丽的情况。

夏利汉:今天吃过早饭,她就有点肚子疼,我想没事,也就没管,可下午越来越疼,羊水5点多就破,我就赶快来找你了。

梅莲:(眩晕踉跄地扶住旁边的椅子上)那很快就要生了,赶快,国军,给我把药箱拿来,收拾收拾,我得赶紧去。

梅莲丈夫:(着急地)走什么走呀!你都这样了,怎么能走呀?梅莲,就让夏利汉去找其他的医生吧。

夏利汉:是的,我,我……

梅莲:不行,阿依古丽的情况我清楚,夏利汉再去其他连队,又要多走几公里的路,可能来不及……

梅莲丈夫:哎呀,你呀。

梅莲:(收拾东西、穿衣服声)夏利汉,赶紧走!

梅莲丈夫:哎呀,走吧!

夏利汉:梅医生,慢一点呀。

梅莲:快走。

【开门声,风声】

【婴儿的啼哭声音】

群众一:梅医生,谢谢!

群众二:拉合买提(哈萨克语,谢谢)。

夏利汉:梅医生,谢谢,整整一晚上呀,我们的小巴郎终于安全落地了,辛苦您了,你真是我们草原上的守护神呀!

周围群众:谢谢!谢谢!拉合买提,拉合买提……(渐弱)

7

【下雨声,急促的马蹄声从远及近,急促的脚步声……】

艾迪昼:梅医生,我叔叔在夏牧场病得很重,已经几天几夜都没有躺着睡觉了……

梅莲:先别急,我收拾一下药箱。

【收拾着药箱声,有条不紊的脚步声】

梅莲:你们是不是又没监督他按时吃药?

艾迪垦:我不太清楚,今天我去他们房子,才知道他已经头疼了几天了,吃不下饭。

梅莲:哦,你先等我一下,我得回去把我家女儿托付给邻居,咱们赶紧走呀。

【下雨声,急促的跑步声】

梅莲:娥子姐,我得去夏牧场看达列汗大叔,他又病了,月月又得拜托给您了。

【洗菜声】

娥子:没事,你去吧,放心,我一会把月月从幼儿园接回来。我看你呀,天天就没有个上下班时间,老公又经常出差,孩子跟着你们都遭罪。

梅莲:没办法,达列汗大叔病得很重。

娥子:去吧,放心吧,慢点。

【下雨声,上马,催马声】

梅莲:艾迪垦,快走,趁着天还没黑,今天必须赶到,否则大叔有危险。

【下雨声,急促的马蹄声从近及远】

【下雨声,马嘶叫声】

梅莲:哎哟!

【下雨声,人被马拖在灌木丛中的声音】

艾迪垦:梅医生,梅医生,小心。

【下雨声,艾迪垦吆喝马声】

艾迪垦:吁!吁!

【下雨声,艾迪垦下马声,抓住马缰绳】

艾迪垦:天呐!这都拖了十几米了,有没有哪伤着呀?实在不行,咱们回去吧!

【下雨声,梅莲慢慢起来,挪动脚步的声音】

梅莲:(虚弱地)没事,没事,不碍事,咱们走吧,还是病人要紧。

【上马,吆喝马声远去,下雨声】

【远处的羊叫声,狗吠声,近处的下马声音,双方脚步声】

艾迪垦:梅医生,咱们到了。

达列汗女儿:梅医生,你来了,我爸爸他……

梅莲:不急,我先看看,先量个血压。

【测血压声】

梅莲:他血压这么高,怎么能没事呢?都心衰了。这种情况是不是都几天了,你们是不是没监督他吃药呀？

达列汗女儿：唉，这两天，他只说想睡觉，我想可能是前两天我们转场他累了，休息一下就没事了，谁知道这么严重呀！

【配药声】

梅莲：像他这样的年龄，血压一定得控制住，今天幸亏及时，再晚可就……我说你们呀，以后只要出现这样症状，就立即通知我。

达列汗女儿：就是不想麻烦您，可这又让您冒用着雨，走了三十多公里的山路。

艾迪垦：就是的，刚才在来的路上，梅医生还差点被马拖出事。你看现在手上、胳膊上都还是伤呢！

达列汗女儿：（心疼地）哎哟，梅医生，我看看，真是的……

梅莲：好了，病人现在稳定下来了，应该是没什么事了。

达列汗女儿：梅医生，你对我们牧民太好了。

艾迪垦：就是，太好了！

梅莲：哎，没事，没事。前两年我得急性阑尾炎那次，身边又带着一岁的女儿，半路车坏了，要不是碰到几位哈萨克族兄弟骑着马把我护送到团部医院，我也早没命了。咱们都是一家人，我到现在都还没找到送我的那几位兄弟呢。

达列汗女儿：就是，人与人越帮越亲，你看，我们在草原上知道您还是从阿依古丽那听说的。

【洗手、摆放食物的声音】

梅莲：哦，那都啥时候的事了，我也没做什么。

达列汗女儿：你还说呢，您可能都不知道，您在我们的心目中是什么样的。您看，当年阿依古丽才20出头呀，在家做饭把双脚烫伤了。我们牧民又不懂，还按照旧习惯，在脚上抹新鲜的牛粪，又是大夏天，双脚烂了不说，还发出一股恶臭味。你不仅不嫌弃，还让阿依古丽住在你们家治疗。

艾迪垦：就是，这事呀，在草原上一下就传开了，那时候是接羔季节，夏列汉在夏牧场放牧，一岁的孩子没人照顾，你为了方便他们，还让她把孩子也带到你们家。我们生活习惯不同，您又在自己家单独架设了一个锅灶，给她做饭，处理大小便，帮着带孩子，这些事情，连我们自己亲人都做不到呀！

达列汗女儿：是呀！从那以后，我们这牧民都说草原上来了一名好医生。还说相信梅医生，就像相信自己的眼睛一样！

艾迪垦：梅医生，您为我们牧民做的事，可能几天几夜都说不完。

达列汗女儿：是呀，还说呢，就拿阿依古丽来说，听说你自己上山采草药给她治病，在你家住了将近一个月，总共才花了八九百块钱，这要是到县城去看病呀，那就不知道花多少钱了。让我忘不了的，去年我生病，没钱看病，还是你自己拿钱垫上的。

梅莲：唉，在这大山里，咱们就是一家人，我不帮助你们，还帮助谁呢！

达列汗女儿：（拥抱住梅莲"叭"地亲了一口）梅阿姨，您就像我们的妈妈一样。

8

【寂静的房间，只有嘀嗒钟表声】

【开门声】

月月：（梅莲女儿，还没有完全睡醒）妈妈，你回来了！

梅莲：吃饭了吗？

月月：吃了，在娥子阿姨家吃的。

月月：（生气的口气）妈妈我已经好几天没见到你了，干什么去了？我的六一儿童节演出你都没来，你是不是我妈呀？

梅莲：我去达列汗爷爷那儿了，爷爷病了。

月月：每次都是这样，那么多爷爷奶奶、叔叔阿姨，甚至是小朋友，都需要你照顾，就我不需要，我不想要你这样的妈了！

梅莲：月儿，妈妈是医生，你说，医生是不是就是要随叫随到呀？你想想你每次生病时，妈不是也守在你身边的吗？

月月：才不是呢，我上次生病发烧，你给我吃了药，就去山里了，一走两天，都把我忘了，还是隔壁娥子阿姨照顾我的。（哭泣声）

梅莲：月儿，妈妈对不起你，妈妈给你道歉。好了，月月，妈妈一会给你做你最爱吃的汤揪片，好不好呀！

月月：（破涕而笑）汤揪片，好！

【梅莲忙着开门、收拾的声音】

【急促的脚步声……】

娥子：朱医生、朱医生，快、快，王志合老婆不行了……

朱医生：快，先把她平放到床上。

【检查声】

朱医生:这以前好像是梅医生给她看过病。

娥子:对,对对。

朱医生:你稍等一下。

【打电话声,接通声】

朱医生:梅医生,王志合家阿姨犯病了,现在该怎么办呀?

梅莲:先不要着急,先掐病人的人中穴……

朱医生:刚才掐了,还是不行,要不您派救护车上来接到医院去?

梅莲:你不要着急,她是癔症患者,这时候病人需要平躺,我给你讲几个穴位,你扎下病人的十宣穴、白会穴、涌泉穴,具体位置在……

【钟表声】

娥子:你看,你看,她醒了,还是梅莲的方法好使,这么多年她一直都是用这方法给阿姨看病的,她调走了,这你又接上了,多好呀!

朱医生:可不是吗!我这个学西医的,都被梅医生速培成中医了!

娥子:唉,咱们这缺医少药,还真得要你们这样的医生才行。

朱医生:我这才来了短短的几个月,已经跟她学到了很多关于中医方面的知识,也真觉得梅医生的不易了!

娥子:就是呀,梅医生不光给咱们本团的职工看病,还给裕民县的牧民看病。咱们这谁不知道呀,真是随叫随到,没啥说的。真是民族团结的好榜样!

朱医生:好医生。

【整理办公室、医疗器械声】

娥子:朱医生,真是辛苦你了,唉,你也不休息一下,这翻着看啥呢?

朱医生:我最近一直在整理梅书记留下来的病历,你看啊……玛尔赞肺炎,帕丽达急性阑尾炎,麦那别西初产,库尔那肝炎、高血压,还有这个王忠车祸,头部缝合,还有之前的王仲茂夫妇食物中毒……这内科、外科、妇产科,简直就是一个杂家呀!这还有一个咱们连职工喻在云脑出血,这是怎么回事呀!

娥子:哦,要说这喻阿姨呀,是咱们连的老职工,得脑出血导致偏瘫,在团医院、九师医院都住了好些日子,也没怎么好。回来后,梅莲就天天去她们家给她针灸,还别说,一个月后,喻阿姨就可以下床走动了。

朱医生:是吗?哦,前两天李其英阿姨来打针,还给我说梅书记用自己的头发烧成了焦灰，为她治疗鼻出血的事情呢，太神奇了，我就想不明白，她怎么会有那么多土办法。

娥子：这你可得多向梅书记学习，她呀，初中毕业参加工作，但是人家自己自学中医，还拿到了大专毕业证呢！听说，为了学好这门技术，她刚开始都是在自己身上试着扎针的。

朱医生：真的？

娥子：当初我还问她为什么学中医呀，她说，咱们这缺医生少西药，但不缺中药材呀，再说中医虽然学起来难，但省钱又有效呀！

朱医生：说的有道理。

【九连卫生室】

【走路声，开门声】

王桂枝：哟，娥子姐也在呢。

娥子：来了呀！

王桂枝：你们这在聊什么呢？哎，小朱呀，我今天不知道怎么回事，头闷闷的，你帮我看一下。

朱医生：好的，好的，你先坐下，我给你量一下血压。

【测血压声】

娥子：桂枝呀，我正在这给朱医生讲梅莲呢。

王桂枝：讲梅莲呐，那可得好好给他讲讲，没有这二丫头，我家老头二十多年前就得进黄土了！要说那还是 1987 年的事了。

娥子：1987 年，哟，梅莲那时候也就刚刚 20 岁呀，她那时候就给你家老头看病了？

王桂枝：那可不是，我记得很清楚。那是1987年11月27日下午，刚刚吃过晚饭，咱这雪已经下得很厚了。我家老头突发脑出血，我到连里卫生室找医生，可医生去团部了，我就想起了从十四连回来探望父母的梅家二丫头。

9

【闪回】

【急促的敲门声】

王桂枝：老吴，老吴，梅莲在不在家呀！

梅莲母亲:在,在,在,你咋了,怎么这么急!

王桂枝:我,我,我家老头子刚吃过晚饭突然晕过去了,连队医生也不在,听说你家二丫头回来了,让她帮着看看吧!

【从里面打开门声】

梅莲:王阿姨,我先跟您去看一下,要是不行的话,还是送团医院吧?

王桂枝:没办法呀,医生不在,连队卫生室也打不开,药也没有,这么大的雪,又这么晚了,哪有车呀,这可怎么办呀!

梅莲:王阿姨,你先别着急呀,要不我先扎针试试,看行不行。

王桂枝:那咋不行呀,都这时候了,我相信你!二丫头,快,快,快走。

【急促的跑步声】

娥子:桂芝,后来怎么样呀?

王桂枝:你们还别说,二丫头去我们家以后,给我家老头扎了十几根银针,十几分钟后,老头的牙关就松开了,随后,他的眼睛也慢慢地睁开了。

娥子:真是万幸呀!

王桂枝:可不是吗,我家老头能活到现在,真是感谢梅医生。要不是她,我都不敢想,我们家会成什么样?那天也真是,我家老头这刚刚苏醒,那边连队的戴照荣要生孩子了,他家人都像疯了一样的,来找二丫头。

【闪回】

【过渡音乐】

戴照荣老公:小梅,小梅,能不能你也帮我去看看,你嫂子她就要生了!

梅莲:可是我,我没有接生过孩子,我只在医学书上看过。

【男女声压混】

戴照荣老公:小梅,没接生过,你也能行。

女:没事,你是卫生员呀,我们相信你!

戴照荣老公:对,对,我们相信你。梅医生,跟我们走吧?

女:走吧!

王桂枝:哎呀,最终呐,那天小戴的孩子安全的出生了,我家老头也脱离危险了,二丫头从晚上 8 点忙到第二天早上的 6 点多钟。

朱医生:真是不敢想象,那个时候,她那么年轻,而且自己也刚刚当卫生员不久,怎么有那个能力来做这种事情呢?

娥子：是呀。

朱医生：也太不可思议了。

王桂枝：实际上，在那种条件下，我们每个人都想着只能冒险拼一下了。可是没想到，二丫头既然用几根银针救活了我家老头。还安全地把戴照荣家的孩子接生出来了。你们说，当时她那么小，还真不简单呀！

娥子：是呀！

朱医生：真是太不简单了！桂枝呀，这是我给你开的药，一定要按时吃呀，吃了就没事。

王桂枝：好，好，好，谢了。

朱医生：好的，好的，不送了。

王桂枝：那我先走了，再见。

【清洗器械、扫地等声音】

朱医生：娥子姐，谢谢你，还帮我收拾诊室。

娥子：客气啥！应该的。梅莲在的时候也没少帮我们呐！

朱医生：是呀，也是，梅书记这些年真是不容易呀，前些年她丈夫也因病去世了。

娥子：是呀，你说，她呀，把别的病人都治好了，可自己的丈夫却没有时间管，俩口子都忙着工作。我记得李连长是在出差的时候，突发睡眠呼吸暂停综合症，一口气没上来就走了，要是提前治疗一下，也就不会出事了。

朱医生：唉！谁说不是呀！太可惜了，你说梅医生咋没带他去大医院看看呀。

娥子：看倒是看了，听说需要动一个小手术就行了，可梅莲一直没时间，还准备春节以后就去石河子医学院动手术呢，这还没等到呢，2003年1月6日，就走了。

朱医生：唉，娥子姐呀，我觉得我要向梅书记学习的地方太多了。

娥子：她这些年做的事呀，一般人都做不到。成年累月的不分昼夜上班，你说夏季还好说，到了冬季，连队职工都不忙了，她也应该可以好好休息一下了吧，可她还是按时上班。她上班时间，职工们在忙着自家事，她要下班了职工来看病了。我都说了她好多次，让她在卫生所的门边贴上上下班时间，让大家在规定的时间内来看病，可她呢，从不要求大家，很多时候，忙得一天都顾不上吃饭。好几次她都晕倒在卫生室了。

朱医生：梅书记可真是有大爱呀，她是把自己的全部都给了病人。

10

【音乐起】

【独白】

有人问我，这么多年，一路走来，没有后悔过吗？我说哪有什么后悔呀！我是幸福的，从心底涌上来的幸福，因为我实现了自己的心愿，人们叫我"巴尔鲁克山的白衣天使"，这就是对我最大的肯定。

【旁白】

据统计，二十多年来，梅莲在巴尔鲁克山接生了六十多个孩子，医治病患上万人次，为病人看病、垫付医药费达六万多元。她通过中医诊治的病人已经达到80多例，从来没有向他们收过一分钱，仅此一项就为病人节省费用达几十万元。梅莲先后荣获全国优秀共产党员、全国劳动模范、全国三八红旗手、全国优秀乡村医生等光荣称号。

全国劳动模范、全国优秀共产党员、全国三八红旗手、全国优秀乡村医生、"白求恩奖章"获得者　梅莲

用故事构架剧本

自从决定创作关于梅莲的广播剧时,她的故事点就在我的脑海里形成了,因为太熟悉了,一个个我自认为自己做不到,但她用自己的行动做到的事情,就成了构筑整个广播剧的画面。

梅莲生长在兵团,这里是位于祖国最西北边防线的兵团连队,也是中国唯一一个女子民兵连队。梅莲从小出生在这,工作在这儿,特殊的生活环境造就了她骨子里特有的坚韧和纯朴,而其本人又是一个不善言谈的一个女性,如何把她做的那些平常但又不是每个人都能做的"小事",一个一个的串联起来,成了构建"风雪红梅"的关键点。于是就有了广播剧梅莲的独白:"我这辈子在山里做医生,就是想当一名职工群众心中的好医生,我的医术并不高,但是用心做一个给病人解决痛苦、让病人信任的医生,就是我最大的幸福。"这就是剧本的最基本核心。

如何围绕这个主题展现,于是就用了小梅莲因为自己的弟弟和亲近的阿姨因为缺医少药而失去生命的两个真实的故事构架,这也正是基于掌握了梅连的真实状态而写出来的场景,使得主人公的事迹更加感动人,因为我与梅莲一样从小生活在那个环境。"出生在边境线,偏远的山区,失去了弟弟,失去了亲近的阿姨,下定决心学习中医,自学西医,用心为职工群众服务……"我就以梅莲的一个个小故事为主线,纵横在过去和现在、励志与作为之间,让听众有种听觉上的"穿越感"。梅莲从小跟着连队的赤脚医生学习认识药材,才刚初中毕业就要先工作,但没有放弃学医的志向,这个时候"用的是她认识祛痰止咳的中草药"来表现的,因为学习扎针技术,先在蒸熟的南瓜皮上试针,到后来在自己身上扎针,再到后来她用针灸的办法治愈了一个又一个病人……这不是一个简单的1+1的事情。她为了救治更多的病人，牺牲了陪伴家人的时间，这个从小就立志成为一个医生的志愿，陪伴了她整个工作、生活。

英模题材广播剧要求编导对现实生活及英模人物能有真实准确的描述与理解，在个人的思索和人物的历史、社会现实之间寻找平衡点，以真情实感感染受众。要表现一个人物，必须要有背景介绍，《风雪红梅》中关于梅莲生活背景的介绍，全是由对白完成的，比如说“连长：(从远及近的吆喝声)各位职工注意了，各位职工注意了，现在是汛期，要注意把孩子管好，不要到渠道里玩耍。现在所有在家职工都要去河对岸边境线上检查铁丝网……”“别忘了把线拉直了，这可是防止牲畜越界的最后一道防线了。”这两句简短的对话，就介绍了梅莲生活的环境。梅莲出生在兵团九师一六一团最靠近边境线的连队，剧中虽然没有直白介绍，但是通过简单的对白，也让听众了解了梅连的生活环境，了解了为什么此后的梅莲能用真情对待生命，对待每一个病人，因为她的骨子里流淌着兵团人的精神血液。

遵循戏剧规律，用感性的语言和细节塑造艺术形象，搭建戏剧结构，剧情要跌宕起伏，有冲突，有高潮，于冲突和高潮中使人物精神升华。很感谢演播人员能把文字生动的转化为语言，广播剧的独特之处就是通过独具魅力的声音来表现人物和故事。《风雪红梅》对形式美的追求也是紧紧围绕声音来做文章。在真实性原则的基础上，充分调动各种声音效果，给人无限遐想的空间，烘托场景气氛，调动人物情感，渲染戏剧冲突，让平凡人物的瞬间壮举具有崇高感，让普通人的默默坚持具有尊严感。随着剧情的推进，音乐与人声、动效声和谐呼应，诉诸听众听觉，给人美的享受。初听演播完成的《风雪红梅》，我被震撼了，剧中的“梅莲”就是我心目中到那个人物，演播人员用声音准确表现了“梅莲不善言谈，永远低声细语、默默地做一切”，让听众认识了梅莲，一个很普通但又不普通的梅莲。

很遗憾的是，在创作这个剧本时太过于写实，削弱了对人物的塑造，我们知道广播剧要面对大众讲述一个令人信服且具有强烈吸引力、新颖的“生活真相”，塑造一个可亲可近、可感可信的“真实人物”，和重大题材强调“大事不虎，小事不拘”的创作原则有相通之处，写真人真事必须“大事不能违背，小事上做实做细”，源于生活高于生活。《风雪红梅》下集，故事表达的过于细了，想表达的太多，反而弄巧成拙。如果重新来写的话，我会让故事更有冲突性，比如说梅莲面临相濡以沫的丈夫突然离去，面对自己的孩子那种不舍，她压抑着内心的痛苦，又匆匆回到大山里，去照顾她的病人。一直以来，为了展现最真实的梅莲，所以在下集中，我大多是使用第三者的对话来展现梅莲30多年工作中发生的真实的故事,使下集没有上集更能感动人,对话虽然“白话”,但是听起来却显得不太生动,这也是今后需要努力的地方。

《风雪红梅》是我第一次撰写的广播剧剧本,有一位听众听了这个广播剧后,给我留言:“通过《风雪红梅》,我们听到了用声音巧妙构筑的美好。这种美好,来自坚强的主人公梅莲和她的心灵,来自广播剧艺术的叙事方式,来自梅莲的坚韧和她一个个生动感人的故事。”这也是让我始终坚持用故事构筑剧本的初衷所在吧!加油,讲好兵团故事始终在路上!

【编剧简介】

梅红,中国电视艺术家协会会员、中国电影艺术家协会会员,兵团电影电视艺术家协会副秘书长,兵团广播电视台总编室首席编辑、主任编辑。创作了《驴行塔克拉玛干》,摄制了《追寻远去的记忆》。创作纪录片、微电影、广播剧,多部作品获得自治区、兵团新闻奖一、二、三等奖,“兵团五个一工程奖”。撰写了《用文化自觉 文化自信 文化自强构筑节目内核》《如何在讲述故事中传播兵团文化》《聚焦现实题材 打造新时代精品力作》等一批围绕如何发扬兵团文化为主题的论文。

喜喜连长

编剧 \ 王安润

主要人物

喜喜连长:男,50多岁,汉族,本名张永进,兵团第十四师一牧场(雅门夏牧场)原政法办主任。

石秀:女,40多岁,汉族,张永进妻子,兵团第十四师一牧场卫生员。

张敏:女,20岁,汉族,张永进女儿。

努尔买买提:男,50多岁,维吾尔族,兵团第十四师一牧场职工。

约麦尔·巴柯:男,维吾尔族,兵团第十四师一牧场职工,张永进的维吾尔语老师。

吐逊·巴特:男,维吾尔族,兵团第十四师一牧场职工。

买买提·塔什吐穆尔:男,维吾尔族,兵团第十四师一牧场职工。

托合提巴格提·西地克:男,50多岁,维吾尔族,策勒县努尔乡畜牧干事。

麦麦提热杰普:男,20多岁,维吾尔族,兵团第十四师一牧场派出所民警。

阿里木、买买提、麦麦努尔、拜戈图米尔·喀斯木、玉山、李厂长、女教师等人。

上 集

【音乐起】

【音乐渐弱】

嘈杂的和田市客运站。

一辆从策勒县发往兵团第十四师一牧场的中巴车即将发车。

维吾尔族司机和售票员在大声地吆喝着……

1

【马达的轰鸣声,行进的中巴车上】

阿里木:买买提,你看,你看,这公路两边草绿绿的,核桃树都冒那个青果子了。

买买提:谁说不是嘛,这日子过得太快了嘛,一转眼又是春天了。哎,阿里木,你知道吗?前几天咱努尔乡最长面子的事办了。

阿里木:啥事啊?

买买提:你不知道?哈斯木大叔给儿子办婚事,请来了大名鼎鼎的贵客喜喜连长!

阿里木:真的呀?我咋不知道呢?要是能见见喜喜连长就好了。

买买提:你想见他?

阿里木:对呀,你见过吗?哎,对了,为啥叫他喜喜连长嘛。

买买提:没有见过。听我阿达说,他名字叫张永进,牧场里的人觉得这个名字太难记,刚好他有个小名叫喜喜,发音简单又好记,大家就都叫他喜喜了,当了连长后,就叫他喜喜连长了,一直叫了几十年。

阿里木:原来是这样啊!

买买提:你以为呢?

阿里木:反正啊,我们策勒县几个乡镇,谁家有喜事和麻烦事,都找喜喜连长,他一来,所有的麻烦就都解决了。

买买提:(竖起大拇指)太劳道了,我真想见见他。

阿里木:听说他去北京参加一个什么表彰会去了,回来时喇叭里一定会广播的,等着吧!

买买提:你怎么什么都知道?

阿里木:嫉妒了吧?我爸爸和喜喜连长是朋友。

买买提:太厉害了,来,阿里木,我们兄弟两个拉拉手,争取早一点见到喜喜连长。

阿里木:好的,来,拉手!

【汽车均匀的马达声轰鸣】

2

【音乐过渡,汽车马达轰鸣声】

【喜喜连长旁白】

没想到,我张永进一个普普通通的放羊娃,有这么多人知道。(深有感触道)我清楚,没有昆仑山,就没有我张永进的今天啊!没有一牧场,也就没有各族朋友送我的“喜喜连长”绰号了。

【过渡,风景如画的牧场,马蹄声由远而近……】

努尔买买提:(七八岁)你是谁?刚来牧场的?怎么这么矮呀?

喜喜连长:(五六岁)嗯,我叫张永进,从口里来找我姐姐的。

努尔买买提:张永进?什么意思,太拗口了。有好叫的名字吗?

喜喜连长:没有。

努尔买买提:我是努尔买买提,会骑马吗?可好玩了,上来吧?

喜喜连长:(胆怯地)我害怕。

努尔买买提:哈……哈……他害怕,一个大男人害怕骑马,笑死我了。

众男孩:哈哈哈,在我们一牧场,就没有不会骑马的男人!

喜喜连长:(被激怒)你们,你们别小看人,努尔买买提,你下来!

男孩:努尔买买提,别挑事,人家不会。

努尔买买提:关你屁事!不会骑马算男人吗?

女孩:会出事的,这个张什么来着,快回家吧,别理他!

【喜喜连长姐姐的声音由远而近……】

姐姐:喜喜,喜喜,吃饭了……

努尔买买提:噢,叫你吧?你是喜喜?

喜喜连长:是,我是喜喜,从甘肃来的。让我上来!

努尔买买提:真敢上!

喜喜连长:敢!

众男孩:(起哄)哦,哦,哦……

女孩:你们别起哄,会出人命的。

喜喜连长:没事。

【马的嘶鸣声,孩子们的惊呼声】

姐姐:喜喜,你给我下来!

喜喜连长:姐,我能行!

姐姐:能行个头,你从小连驴都不敢靠近的,今天不要命了?

众男孩:(起哄)哦,哦,哦……

喜喜连长:(急了)姐,你别管我,我能行!

【马的嘶鸣声,孩子们的惊叫声】

姐姐:哎呀,不好!喜喜……喜喜……

众男孩:喜喜,抓紧缰绳……抓紧缰绳呀……

女孩:努尔买买提,都是你干的好事!

努尔买买提:你们别咋呼,看我的。

【努尔买买提翻身上了一匹马,追喜喜连长去了】

喜喜连长:(喘息着)我就不信了,我收拾不了你!

努尔买买提:(冲上来,一把抓住缰绳)好样的,喜喜兄弟!

喜喜连长:努尔买买提,我是男人了吧?

努尔买买提:是,是,是一等一的男人!

喜喜连长:真的吗?

努尔买买提:我们从来不骗人!走,我们回去!

喜喜连长:(放声高喊)我……是……男……人……了!

【喜喜连长的声音在远山回荡】

姐姐:(严厉地)喜喜,你给我下来,吓死姐姐了。

努尔买买提:姐姐,没事的,我们是朋友了!

喜喜连长:就是,我们是朋友了。

众人:(欢呼)哦,哦,哦……

3

【草场,牧歌阵阵】

努尔买买提:(老远跑过来,维吾尔语声音随风飘来)喜喜,到我们家吃抓饭去!

喜喜连长:你说什么? 我听不懂呀。

男孩:他骂你呢,说你是个大坏蛋,哈哈哈……

喜喜连长:(信以为真)努尔买买提,你怎么可以这样对朋友?

努尔买买提:(莫名其妙)什么?

喜喜连长:不许骂朋友!

努尔买买提:没有啊,我叫你去我们家吃抓饭。

男孩:喜喜,他逗你呢,哪有那么好的事情?

喜喜连长:努尔买买提,你给我听着,士可杀不可辱,明白吗?

努尔买买提:你说什么呢,我怎么听不懂呀?

男孩:他骂你呢,嘻嘻嘻……

努尔买买提:(勃然大怒)喜喜,我好心叫你去吃抓饭,你怎么这样?

喜喜连长:我告诉你,我们人穷志不穷,我不稀罕你的什么抓饭。

努尔买买提:你? 我揍你!

喜喜连长:来呀,你可以试试。

男孩:(慌了)别别别,我是逗你们的,千万别当真啊!

4

【清晨,草原上牛羊嘶鸣】

努尔买买提:(手里提着一双皮靴子)喜喜,这是曲茹克(维吾尔语,皮靴子),我爸爸给你做的。

喜喜连长:曲茹克?

努尔买买提:皮靴子,脚上穿的。

喜喜连长:给我的?

努尔买买提:哎呀,你咋这么啰唆,拿着。

【音乐起】

喜喜连长:谢谢,谢谢了,我的朋友努尔买买提。

努尔买买提:谢什么呀?哎,喜喜,你知道为什么吗?

喜喜连长:为什么呀?

努尔买买提:我看你有种,像个男人!

喜喜连长:(不好意思)努尔买买提,你是说几年前吧?其实当时我还是挺害怕的,后来就是被你几句话激的。我姐把我一顿好训!

努尔买买提:不是,我是说你跟我打锤的事。

喜喜连长:嗨,都怨我,都怨我。

努尔买买提:谁都不怨,要怨就怨你不懂我们维吾尔语,我不太明白你们汉语。

喜喜连长:(沉默片刻)努尔买买提,你教我学习维吾尔语吧?

努尔买买提:这有什么难的呀?哦对了,牧场让你跟我一起去放羊,敢吗?

喜喜连长:真的?敢敢敢!

努尔买买提:喜喜,你年纪这么小,你姐姐会答应吗?

喜喜连长:我两岁就跟着姐姐从老家来牧场了,不过姐姐家有 4 个孩子,养一大家子人很困难的。再说我都 12 岁了,该为姐姐分点担子了。

努尔买买提:是这样啊!走,去选匹马!

喜喜连长:好勒!

【马蹄声远去】

【喜喜连长旁白】

一牧场原来是肉食品供应基地,1951年就成立了,后来吸收了很多维吾尔族牧工进行搭档放牧。现在归兵团第十四师管辖。我跟努尔买买提打了一架后,才知道在这大草原上,维吾尔语太管用了。

5

【牧区,大雪封山】

喜喜连长:嗷……嗷……嗷……

约麦尔·巴柯:喜喜,你喊啥呢?

喜喜连长:这大雪封山的季节,难受死了。

约麦尔·巴柯:我说喜喜兄弟,你相当不错了。

喜喜连长:你在夸我吗?

约麦尔·巴柯:我从来不说瞎话的。你可能不知道吧?我不是土生土长的牧场人,60年代末,因为这里缺干部,从一师调来的。

喜喜连长:是这样啊。

约麦尔·巴柯:喜喜兄弟,放牧这个活啊,是非常枯燥,非常辛苦。天不亮赶着羊出门,中午喝山沟里的水,河水就馕一顿饭。剩下的时间就是看着羊群、天空、大山发呆,顶多就像你刚才一样跑上山顶吼两声。

喜喜连长:我倒没觉得什么,还年轻嘛。

约麦尔·巴柯:所以呀,说你相当不错了。

喜喜连长:哎对了,约麦尔·巴柯大哥,努尔买买提是我的初级老师,我拜你当我的维吾尔语老师,行吗?

约麦尔·巴柯:好啊,我也拜你当我的汉语老师,答应吗?

喜喜连长:答应,答应。

【风雪交加,风声越来越大】

约麦尔·巴柯:(汉语)喜喜,你在哪里?

喜喜连长:(维吾尔语)约麦尔·巴柯大哥,羊群跑散了,我去追羊。

约麦尔·巴柯:(汉语)注意方向,我在山坳里等你!

喜喜连长:(维吾尔语)好的,约麦尔·巴柯大哥,你也注意安全呐!

约麦尔·巴柯:(汉语)放心吧,快去快回呐!

喜喜连长:(维吾尔语)没问题!

【风雪声远去了】

约麦尔·巴柯:你可回来了,急死我了。

喜喜连长:我找了整整一天,才把跑散的羊群赶回山坳与你汇合。

约麦尔·巴柯:你真行!

喜喜连长:对不起,约麦尔·巴柯大哥,让您担心了,这活,我不想干了。

约麦尔·巴柯:可以理解的,小小年纪,就能这样吃苦,了不起。

喜喜连长:你说什么?了不起?

约麦尔·巴柯:一点都不错。

喜喜连长:(情绪低落)这放羊的日子,何时是个头啊?

约麦尔·巴柯:闹情绪了,这可不像我们喜喜啊?

喜喜连长:不是的,我太没有用了。找个羊只,找了一整天,还把毡筒给跑丢了。

约麦尔·巴柯:(笑了)我说喜喜呀,就为这个呀?

喜喜连长:你还笑,我明天就找连长,要求下山!

约麦尔·巴柯:来,先吃饭。

喜喜连长:馍馍?你哪来的馍馍?

约麦尔·巴柯:知道你喜欢吃馍馍,就给你带了几个上来。

喜喜连长:太好吃了。

约麦尔·巴柯:好吃吧?这羊粪灰里烤馍特香特脆,是我琢磨出来的。

喜喜连长:以后我成家后,一定给你烤馕,烤羊肉串吃!

约麦尔·巴柯:好的,好的。我告诉你呀喜喜兄弟,连长说了,说你呢,特别聪明,13岁才开始认字,每天学习五个汉字。没有纸就用烟盒包装纸练字,包装纸用完了,就用树枝在地上练字。现在,你已经是咱们一连的小秀才了。我的眼力不会错,你日后必有大出息!

喜喜连长:约麦尔·巴柯大哥,你是说我吗?

约麦尔·巴柯:这地窝子里还有其他人吗?

喜喜连长:这?

约麦尔·巴柯:这?哈哈哈……

【喜喜连长旁白】

在我人生最苦闷的时候,约麦尔·巴柯大哥不仅帮我坚定了信心,还教会了我维吾尔语。以后的几十年里,每天早上我收听维吾尔语广播,强化专业术语的发音。用维吾尔语写材料,和当地少数民族交流都不在话下。

中 集

6

【努尔乡车站，售票员喊道：努尔乡到了，请在努尔乡下车的乘客下车……】

【喜喜连长旁白】

努尔乡的托合提巴格提·西地克兄弟，我的兄弟，你好吗？我们两个是不打不相识啊！

【牧民的叫喊声】

努尔乡牧民：这草场是我们努尔乡的！

二连牧工：凭什么呀？你们说是就是了？

维吾尔族牧民：乡亲们，来评评理。

二连牧工：你们蛮不讲理。

【激烈的争吵声……】

喜喜连长：一牧场的，都给我住口！

托合提巴格提·西地克：巴格贝希村的，都别吵了！

喜喜连长：我是一牧场二连副指导员张永进，你是谁呀？

托合提巴格提·西地克：噢，是张副指导员。我是奴尔乡畜牧干事托合提巴格提·西地克。

喜喜连长：噢，是托合提巴格提干事。咱们这个草场和乡镇牧场彼此交错，因畜群越界问题多次纠纷。商量一下，找一个彻底解决的办法？

努尔乡牧民：别听他们的，办法？有什么办法？

【争吵声起……】

喜喜连长：停、停一下。一牧场的，大家听我说！

托合提巴格提·西地克：听张副指导员的，巴格贝希村的，都别喊了！

【争吵声渐弱……】

喜喜连长：大家听我说，如果我张永进说的话有道理，大家听。没有道理，再吵也不迟！

众人：好，让他说。

托合提巴格提·西地克：大家都安静，我和张副指导员是代表组织来解决纠纷的，听张副指导员说。

【吵闹的人群顿时安静下来】

喜喜连长：乡亲们，我们都生活在这片草原上，草吃没了很容易长出来，感情破坏可就不好修复了，不管是谁的错，有了问题可以协商解决，绝对不能动手。

托合提巴格提·西地克：说得好。

喜喜连长：如果是我们的羊跑到你们的草场，我代表一牧场职工向你们道歉。如果你们放牧有困难，我们把草场借给你们都可以，但是在没有打招呼的前提下越界放牧是不对的。

众牧民七嘴八舌：说的有道理。

托合提巴格提·西地克：张副指导员说得对呀，我们应该感到惭愧。

喜喜连长：托干事，不能这样讲，我们也有责任，一个巴掌拍不响。乡亲们，如果相信我张永进和你们的托干事，就先回去吧！

众牧民：我们回去可以，你们一牧场的也回。

喜喜连长：当然，我和你们托干事会重新明确草场界线，并签订协议的。我们希望这样的冲突以后再也不要发生了，大家说好不好？

众人异口同声：好……好……

【旁白】

一场纠纷就这样化解了。喜喜连长和托合提巴格提·西地克商量，双方各让20米。用什么作为界桩呢？他们想到了羊粪灰。把羊粪灰埋下去作为边界线，的确解决了大问题。

然而，2003年，一场大雪模糊了草场边界。

托合提巴格提·西地克：老张吗？快快，努尔乡阿其玛村的一千多头（只）牛羊进入一牧场草场，你赶快上来！

喜喜连长：托干事，一定要稳住，千万不要争吵，我马上上山！

【摩托车的轰鸣声】

【摩托车刹车声】

喜喜连长：（大声地喊）住手！

托合提巴格提·西地克：老张，我的兄弟，你来得太及时了！

【人群嘈杂声】

喜喜连长:我张永进眼睛里揉不进沙子,谁要破坏民族团结,我决不答应,我想大伙儿也不会答应的,对吗?

异口同声:对……

【现场渐渐安静下来】

喜喜连长:我们一牧场和阿其玛村一直是好邻居,各族群众谁也离不开谁。(大声地用维吾尔语说道)没有团结稳定,就没有我们今天的好日子,为争草场伤了感情,不值!

众人:是啊,不值!

喜喜连长:一牧场的草牲畜吃不完,咱们每年让出一块草场支援阿其玛村,大家看行不行?

一牧场职工:行!

托合提巴格提·西地克:听喜喜连长的,阿其玛村的,宰6只羊,给一牧场道歉!

喜喜连长:我赞成!

阿其玛村众人:凭什么呀?

喜喜连长:就凭团结稳定无小事,就凭我们今天要彻底解决草场纠纷问题。今天你们宰羊只,下次一牧场宰羊只。我们呀,要有事没事常走动,大事小事多商量。大家说好不好?

众人:好……好……

【旁白】

从此,努尔乡各村与一牧场职工再也没有因为越界放牧产生纠纷。每年春季,一牧场总会拿出一部分草场借给巴格贝希村村民放牧,而每年夏天剪羊毛时,巴格贝希村村民也自发地前来帮忙。草场重要,但更重要的是兵地团结、民族团结。

【音乐过渡】

7

【一牧场二连车站,售票员喊道:一牧场二连到了,请在二连下车的乘客下车……】

【喜喜连长旁白】

二连！我在这里待了整整23年，这山坡上，我们种了十几万棵白杨树和柳树。

【转场，音乐过渡】

喜喜连长：吐逊·巴特大哥，吐逊·巴特大哥……

吐逊·巴特：（有气无力地）是连长啊……

喜喜连长：哎，你怎么了，这是怎么了？

吐逊·巴特：唉，胳膊摔断了。

喜喜连长：吐逊·巴特大哥，让我怎么说你，这么大的事怎么不去喊我？

吐逊·巴特：唉，连里的事那么多，怎么好意思再麻烦你呀！

喜喜连长：你呀！

【喜喜连长出去了】

孩子：爸爸，喜喜连长肚子涨了，走了！

吐逊·巴特：不会的，他不是那种人。你们四个出去玩去。

孩子：爸爸，我们四个只有两双鞋，怎么出去呀？

吐逊·巴特：唉，都是你们的爸爸没有本事啊！

孩子们：（哭喊）爸爸……爸爸……呜呜……

【推门声】

喜喜连长：你们这是怎么了？困难是暂时的嘛，来，拿着，这一袋面粉先吃着。孩子们，来，一人一双鞋，试试……

孩子们：高兴的又蹦又跳，谢谢张伯伯，谢谢张伯伯！

吐逊·巴特：喜喜连长，让我怎么感谢你呀！

喜喜连长：又见外了不是？吐逊·巴特大哥，拿着，这是2500块钱，买几只羊发展养殖业吧！地要会种，羊也要养才能富起来。

吐逊·巴特：兄……弟！

【旁白】

春耕季节到了，喜喜连长帮助吐逊·巴特垒起了羊圈，又拿出2000元钱帮他买回种子和肥料。从春到秋，每个星期喜喜连长都要骑摩托车跑38公里山路到吐逊·巴特家帮忙。

【摩托车声，刹车声，孩子的哭声】

喜喜连长：怎么了？

吐逊·巴特:(嗫嚅)娃娃要上学,没钱……

喜喜连长:这样,学费我来交,不能让孩子失学啊!

吐逊·巴特:这,合适吗?你家也不富裕呀,你这件夹克衫穿了十几年了。

喜喜连长:怎么不合适?别担心,资助你的钱不用还的。

【吐逊·巴特放声痛哭】

喜喜连长:吐逊·巴特大哥,别这样,别这样……

【旁白】

4 年后,吐逊·巴特的羊群发展到 30 只,苜蓿地和核桃园进入丰产期,头一年就挣了 2 万元钱。这些年来,喜喜连长无偿帮扶 19 户牧工脱了贫。

吐逊·巴特:好人,好人呐!感谢喜喜连长!

【音乐过度】

8

【一牧场车站,售票员喊道:终点站一牧场场部到了,乘客们请下车……】

【一牧场场部,锣鼓喧天】

牧民:喜喜连长,你好哇!你从北京回来了?

牧民:我的兄弟,你可回来了!

牧民:张科长,我们在新闻联播上看到你了!

政委:老张,我的老伙计!

喜喜连长:政委,我们不是说好的吗!这是?

政委:哎,老张,我们可是严格按你电话里的要求,低调,低调,没有派车去和田接你呀!

喜喜连长:政委,这还低调呀,都敲锣打鼓了。

政委:这可是同志们自发的,你是全国民族团结先进典型,为我们一牧场争了光呀。对不对呀,同志们?

众人:对!

【音乐起】

政委:老张,说句掏心窝子的话,咱一牧场有今天这样良好局面,是因为有你这样的干部几十年如一日的付出和奉献啊!

喜喜连长:政委,你快别这样说,这是大家的功劳!

众人:是,是,是……

政委:麦麦努尔,我答应你了,这个面子给你,请喜喜连长去你们家吃饭吧。

众人:为什么呀?那我们呢?

政委:为什么?麦麦努尔是喜喜连长接生的,明白吗?

众人:明白是明白,这不公平呀……

政委:麦麦努尔,还不快走?

麦麦努尔:哎!

【欢乐的嘈杂声减弱】

喜喜连长:怎么样?家里怎么样?

麦麦努尔:托您的福,都好着呢!

喜喜连长:麦麦努尔,可不要这么讲哦,是托党的好政策的福。

麦麦努尔:没有您,就没有我们家的今天。

喜喜连长:瞎说!

【音乐过渡】

喜喜连长:大嫂,你好啊!

麦麦努尔母亲:啊,是张兄弟。

喜喜连长:怎么回事?你快生了,怎么还挺着个大肚子干这么重的家务活呀?

麦麦努尔母亲:他爸爸要去放羊,晚上才回来。

喜喜连长:是这样啊!快生了,身边没个人照顾怎么行呢?

麦麦努尔母亲:没事的,我能行。

喜喜连长:嫂子,你不管了,从今天起,我张永进来照顾你!

麦麦努尔母亲:这怎么好意思呀!

喜喜连长:嫂子,这是我的职责。有斧子吗?

麦麦努尔母亲:有,有!

喜喜连长:来,我们准备点柴火。

麦麦努尔母亲:好嘞!

【音乐起】

麦麦努尔:从这天起,您每天给我母亲烧火做饭,收拾家务,还亲自接生。我出生后,您又在我家陪了 5 天,确定我们母子都平安无事后才离开。

喜喜连长:都过去的事了,还提它干吗?

麦麦努尔:不,我要提,我们家世世代代都要记住。尤其是 1997 年 4 月……

【音乐过渡】

麦麦努尔:哎哟、哎哟……

麦麦努尔母亲:孩子,再难也要挺住。

麦麦努尔:哎哟、哎哟……可这阑尾要做手术,我们家到哪里去找两千块元钱呀。

麦麦努尔母亲:手术一定要做,我去借钱。

麦麦努尔:不能去,哎哟、哎哟……

喜喜连长:(推门而入)大嫂,这么大的事怎么不来找我呀?

麦麦努尔母亲:已经给你添了那么多麻烦了。

喜喜连长:什么话,大嫂啊,咱们是一家人啊!

麦麦努尔母亲:(哭泣起来)麦麦努尔一个月才 240 块钱,我们凑不齐呀……

喜喜连长:不哭,我们不哭。放心吧,手术费我已经交了。麦麦努尔,你就放心做手术吧!看病要紧,把病看好了,才能好好工作。

麦麦努尔母亲:谢谢,谢谢您!

麦麦努尔:(放声大哭)张叔叔,谢谢您!

【音乐过渡】

喜喜连长:时间过得真快!麦麦努尔,你已经是一牧场最优秀的兽医了。

麦麦努尔:张叔,我是预备党员了。

喜喜连长:是吗?祝贺你,麦麦努尔同志。

麦麦努尔:(深情地)张叔!

9

【喜喜连长推门声】

石秀:回来了?

喜喜连长:回来了。

石秀:张敏,给爸爸倒茶。

喜喜连长:女儿,不用忙活了。我在麦麦努尔家吃过了,喝过茶了。

张敏:我说吗,我爸这全国先进人物怎么一下车就不见了,原来被人抢走了。

石秀：女儿啊，今天我彻底明白了，你爸爸这么些年，是对的。

张敏：妈，什么对的错的，对和错不都是我爸吗。

喜喜连长：哎，还是咱女儿说的话有水平。

石秀：老张啊，那年你的调令来了，我寻思着，终于可以离开这高山牧场了。哪知道，你说难以割舍与一牧场职工群众之间的情谊，气得我跟你大吵了一架。

喜喜连长：后来，乌鲁木齐一家汽车制造厂邀请我去当车间主任。记得是快过年的时候，说实话我动心了。

张敏：结果呢？

石秀：结果？我以为你爸爸这次是铁了心了。哪知道，努尔乡的乡亲们来拜年了。

喜喜连长：一场酒喝下来，他们哭了，我也哭了。那个时候啊，我才知道，我张永进离开一牧场是多么的困难。

张敏：爸，这话怎么讲？

石秀：你当时还小，你没看到，他们那个哭的，几个爷们哭天抹泪，好像要生离死别似的。

张敏：没走成？

石秀：你说呢？

喜喜连长：女儿啊，你是不知道这个兄弟情谊呀。巴格尔家不富裕，他送来了一点羊肉，满含泪水地握着我的手，感谢我救了他的孩子。还有一个维吾尔族大婶，名字我记不清了，从怀里掏出了一个很旧的布包，裹着几个鸡蛋。她是赶了几公里的路专门给我拜年来了。你爸我一下子就不行了，那个泪水哗哗地往下淌。

石秀：来的人很多，这个说你爸治好了他家的羊，那个说你爸解决了他家的难事，救活了他的妻子和孩子……当时我的眼泪也哗哗的。

喜喜连长：那个春节后，我彻底明白喽，今生今世，我张永进都属于这里的各族群众，是他们质朴的感情打动了我。总共七次吧，乌鲁木齐、石河子、和田等地都先后发来了调令，但我都放弃了。就一条，一牧场培养了我，我不能没心没肺。

石秀：你以为你干的没心没肺的事还少吗？是吧，女儿？

张敏：记得，刻骨铭心。

喜喜连长：女儿，有这么严重吗？

张敏：当然。

石秀：女儿上小学时，班里有 10 个学生，6 个是维吾尔族。她的同桌阿卜来提·约麦尔是约麦尔·巴柯的儿子，和女儿同年同月同日生。你不是常教育女儿，要搞好团结吗。

张敏：阿卜来提的家就在我们上学的必经之路上，我就在他家门口喊阿卜来提一起上学，我的这位同桌就会拿出馕给我吃。

喜喜连长：对呀，这不挺好吗？

张敏：阿卜来提告诉我说，你的爸爸，也像是我的爸爸。

石秀：就是，女儿，说说 1989 年三八妇女节那件事。

张敏：那天学校放假，爸爸说去去就来。我们就盼呀，盼呀，哪知道，盼了半天，他把我的同学阿卜来提接到了咱家。还对我们说，阿卜来提的爸爸在山上，你们一起过生日。当时我心想，这是我亲爸吗！

石秀：你看，你爸干的这个事。

张敏：不过，爸，我不怪你。我今天能说一口流利的维吾尔语，在单位与大家处的这么好，都是听了爸爸的话。

石秀：看来，这个老家伙还真有两下子？

喜喜连长：要不，怎么能去北京领奖？

石秀：再领奖，也是我的老头子。

张敏：再领奖，也是我的老爸。

喜喜连长：那是，那是。

石秀：来，女儿，给你哥哥打个电话，让他也高兴高兴。

张敏：妈，你忘了？

喜喜连长：（长叹一口气）唉……

10

【古尔邦节，欢快的麦西来甫乐曲】

买买提·塔什吐穆尔：哎哟，看看看，这是谁呀。

喜喜连长：买买提·塔什吐穆尔，是你吗？我的兄弟！

买买提·塔什吐穆尔：孩子们，你们看谁来了？

孩子们：喜喜连长、喜喜连长来了……

喜喜连长：孩子们，古尔邦节快乐！

孩子们:喜喜连长好!

买买提·塔什吐穆尔:我的兄弟,你不是在北京参加颁奖大会吗,怎么不在北京逛逛长城什么的?

喜喜连长:想乡亲们了,想你这个兄弟了。

买买提·塔什吐穆尔:喂,我的兄弟,你让我这个地方暖暖的。我们努尔乡托万阿其玛村的村民都知道呢,没有你喜喜连长,就没有我买买提·塔什吐穆尔的今天呀。

喜喜连长:说什么呢,吃肉吃肉,这小日子过得不错吗。

买买提·塔什吐穆尔:那还不是因为你,我的兄弟。我们两个从 1969 年在昆仑山下放羊认识,几十年了……

喜喜连长:整整 47 年了……

【音乐起,羊子奔跑的声音,马蹄声由远而近】

喜喜连长:(十几岁)我叫张永进,是一牧场的,你呢?

买买提·塔什吐穆尔:(十几岁)我叫买买提·塔什吐穆尔,努尔乡托万阿其玛村的。

喜喜连长:能在这大草原上遇到你,实在太高兴了。

买买提·塔什吐穆尔:我也是。

喜喜连长:你们家好吗?

买买提·塔什吐穆尔:(吞吞吐吐)不怎么好,我们家孩子太多了,有兄妹 9 个,我三年级后就开始放牛了。

【旁白】

喜喜连长记住了这位维吾尔族兄弟,1982 年的一天,喜喜连长找到了买买提·塔什吐穆尔。

喜喜连长:(兴致勃勃、由远而近)买买提·塔什吐穆尔,你在这儿,怎么,还在放牛呀?

买买提·塔什吐穆尔:(惊喜万分)是你?我的兄弟。你还记得我?你不是学医去了吗?

喜喜连长:是,但我没有忘记你这个兄弟。我刚刚说服了一牧场一位做畜产品生意的职工,请他带你一起做生意。

买买提·塔什吐穆尔:我吗?

喜喜连长:对,我不会看错人,你是个做生意的料。

买买提·塔什吐穆尔:这?我能行吗?

喜喜连长:怎么不行,谁天生就会做生意?学呗,只要你努力,一定能过上好日子的。

买买提·塔什吐穆尔:(毫不犹豫地点点头)兄弟,我听你的。

喜喜连长:你也别压力太大啊。

【买买提·塔什吐穆尔旁白】

就这样,在喜喜连长的鼓励下,我开始收购山上牧民的羊皮、羊毛等畜产品,经过简单整理后再卖出去。

【音乐过渡】

喜喜连长:当时你还说自己不行,这不?我的买买提·塔什吐穆尔兄弟已是远近闻名的大老板了,每年收入十几万,日子过得舒心的很呀。

买买提·塔什吐穆尔:孩子们,来,一起给我们家的大恩人敬酒。干杯!

喜喜连长:干杯!

【音乐过渡】

喜喜连长:麦麦沙地·热依木书记在吗?

麦麦沙地·热依木:哎呀,是喜喜连长呀,快请进,快请进!

喜喜连长:古尔邦节快乐!

麦麦沙地·热依木:快乐,快乐!女儿,快过来给你的救命恩人倒茶!

喜喜连长:快别这样讲了。

麦麦沙地·热依木:怎么能不讲?记得是 1991 年 4 月,牧区下了一场罕见的大雪,积雪厚度达 80 厘米。

【风雪交加声,哭泣声】

【屋里女儿的哭喊声越来越大】

麦麦沙地·热依木:都怪我,都怪我,要是早一点把女儿送到乡医院,就不会难产了。

老伴:老头子,你快想想办法吧。

麦麦沙地·热依木:怎么办,我们独木村在昆仑山深处,下不去呀。大雪封住了下山的路。

牧民:麦麦沙地·热依木书记,没法子了,快去找喜喜连长吧?

众人:没错!

麦麦沙地·热依木:那就去吧。

【音乐过渡】

【剧烈的敲门声】

喜喜连长:不用说了,走,马上上山!

【风雪交加声】

牧民:喜喜连长,这里没有路了。

喜喜连长:不要慌,我看看。这个方向。走!

【风雪声】

牧民:喜喜连长,我帮你背药箱吧?

喜喜连长:不用的,我能行。把马牵好,跟着我走……

牧民:好的。

【风雪声加】

老伴:这鬼天气,怎么办呀,我的女儿,呜呜……

麦麦沙地·热依木:你别哭了,我相信,喜喜连长一定会上来的!

【里屋手忙脚乱的嘈杂声】

老伴:老头子,女儿昏过去了……

麦麦沙地·热依木:唉,这鬼天气,恐怕……

【剧烈的砸门声】

麦麦沙地·热依木:你们?还真上来了?

喜喜连长:快快!麦麦沙地·热依木书记,打盆热水来。

麦麦沙地·热依木:老伴,喜喜连长来了,快打盆热水来呀!

【音乐起,婴儿的啼哭声】

喜喜连长:麦麦沙地·热依木书记,恭喜你,是个男孩!

麦麦沙地·热依木:这?是真的吗?

老伴:是真的,是真的,女儿也好好的。

麦麦沙地·热依木:哎,喜喜连长,喜喜连长……

牧民:他准是累坏了,我们牵着马,在雪地里走了9公里才看到房子。

老伴:恩人、恩人呐……

【音乐过渡】

麦麦沙地·热依木:喜喜连长,这就是你救下的那个男孩,我的外孙子。叫张爷爷好！

孩子：张爷爷好！

麦麦沙地·热依木：孩子，这就是爷爷常跟你说的那个，冒着暴风雪救你的张爷爷啊！他是我们全家的大恩人啊！

喜喜连长：看你说的，来，麦麦沙地·热依木书记，我祝你们全家古尔邦节快乐！

麦麦沙地·热依木和家人：快乐，快乐！

下　集

11

【音乐起——】

【巡逻车马达轰鸣声】

麦麦提热杰普：师傅，您都是全国先进人物了，这个上山巡逻的事还用去吗？

喜喜连长：麦麦提热杰普，你小子说什么呢，我是全国先进不错，但牧场返聘我，就要为大家继续服务。记住了！

麦麦提热杰普：我们派出所有您这样的老前辈指点，跑不了方向。

喜喜连长：这句话你小子还说到了点子上。你是土生土长的一牧场子弟，咱们呀，就要想着给一牧场做点什么才对呀！

麦麦提热杰普：师傅，您老人家也可以了。都退休两年多了，每月 4 次上山宣讲，每周五晚上山巡逻还雷打不动，从不缺席。

喜喜连长：形势所迫呀，这里时时刻刻要绷紧弦呀！

麦麦提热杰普：放心吧，师傅，您亲自制定的巡逻计划，我们严格执行。

喜喜连长：这还差不多，咱一牧场有三十多名协警，你们要对人家关心、爱护……

麦麦提热杰普：还有帮助，放心吧，师傅。不过，我们谁也比不上您。那天都半夜三四点钟了，您还是在和协警交流，了解他们的情况。

喜喜连长：协警们长期值班很疲倦，就怕万一有事反应不及时啊。

麦麦提热杰普：记住了，师傅。哎，快到山顶了。

喜喜连长:山顶……山顶……

【北风呼啸声】

努尔买买提·托乎提:报告,大雪封了昆仑山,冬草场上的36户维吾尔族牧工被困住了。

喜喜连长:什么?他们都是用干羊粪烤馕、做饭、取暖,大雪连下几天,储藏的羊粪很快就用完了,不仅要挨冻,还要饿肚子,情况十分危急。二排长!

努尔买买提·托乎提:到!

喜喜连长:向场部求援,机关干部每家每天烤20个饼子,我和你上山救援!

努尔买买提·托乎提:是,不过,我去就行了,您的腿不是还肿着吗?

喜喜连长:顾不了那么多了。

【风雪交加声】

喜喜连长:二排长,还行吧?

努尔买买提·托乎提:放心吧,没有问题。

喜喜连长:这一米厚的积雪,山上更危险了。

努尔买买提·托乎提:是,毛驴驮着煤和饼子走得慢。

喜喜连长:山上的牧业点很分散,我们一分钟都不能耽搁,否则要出人命的。

努尔买买提·托乎提:是,连长。驾……

喜喜连长:驾……驾……啊……哎哟……

努尔买买提·托乎提:连长,您怎么了?

喜喜连长:没事,没事,我这风湿性关节炎发作了。

努尔买买提·托乎提:咱每天凌晨六点就出发,您的双腿埋在雪里十几个钟头,关节炎能不复发吗?连长,你歇歇吧,我来送。

喜喜连长:不行,只有把这些吃的亲手送到牧工手中,我心里才踏实。

努尔买买提·托乎提:喜喜连长……

喜喜连长:哦,又一户到了。来,背着饼子,给他们送进毡房。

牧民:喜喜连长来了……我们有救了……

牧民:喜喜连长,您的腿都成这样了,还给我们送吃的,您……

喜喜连长:二排长,快扶我一把……

【音乐起】

12

【牛羊欢鸣声】

牧民:喜喜连长,这回,可以多待几天了吧?

喜喜连长:好啊,我正好给你们讲讲这次去北京的见闻。

众牧民:太好了,太好了……

【马蹄声,剧烈】

麦麦提热杰普:师傅,不好了,山下搬迁户吵起来了。场长请您马上下山!

喜喜连长:走! 同志们,对不住了,下次吧。

众牧民:说话算数啊。

喜喜连长:一定,一定!

麦麦提热杰普:师傅,您都快成了我一牧场的救火队了。

喜喜连长:救火队? 有意思。

【众人的吵吵声】

上访职工:你们拖欠我们工资就是不对,说到哪里,你们都没有道理。

李厂长:我们草原鸡加工厂也是没有办法呀,这不,经营不善倒闭了,才拖欠了你们四个月的工资吗。

众人:我们要养家糊口,我要吃饭……

李场长:你们跟我吵吵也没有用,一句话,没钱!

工人:没有钱是理由吗?

李厂长:那你以为呢?

众人:你这个不讲道理的家伙,想怎样啊!

喜喜连长:都给我住口!

众人:喜喜连长来了,我们的事有希望了……

李厂长:哎呀,张科长,你可来了。

喜喜连长:(大声地说)老李,我们来晚了。同志们,你们聚在这里就能解决问题吗? 现在留下三个代表跟我说明情况,其余的人全部回去,牧场一定会给你们一个满意的答案!

众人:张科长,我们相信你,我们这就回去!

【音乐过渡】

喜喜连长:老李,昨晚我和三名职工代表进行了彻夜长谈,搞清了事情的来龙去脉。

李厂长:是吗?

喜喜连长:现在,我正式向你提出补发他们工资的诉求。

李场长:老张,咱们什么关系?再说了,加工厂倒闭的主要原因是他们消极怠工,所以我才拒绝支付拖欠的工资的。

喜喜连长:老李,厂子倒闭是经营的问题,不是职工干活干得不好,绝对不能拖欠职工的血汗钱!

李厂长:咦,你屁股坐在哪一边?

喜喜连长:你说我坐在哪一边?哪边有理我就坐在哪一边!

李厂长:你不要忘了,你是一牧场的政法办主任。

喜喜连长:(拍着桌子)你也给我听清楚了,正因为我是一牧场的政法办主任,才要为我们的职工做主!

【鼓掌声】

李厂长:张永进,我告诉你,这个厂子可是咱一牧场的。

喜喜连长:我也告诉你,拖欠职工工资是违法的,说到天边我老张也不怕!

李厂长:你等着,咱们走着瞧!

喜喜连长:好啊,今天我把话撂在这里,这48名职工的拖欠工资我管定了!

【过渡音乐,汽车轰鸣声】

麦麦提热杰普:回来了,师傅?

喜喜连长:全部补发,一分不欠!

13

【吵闹声】

喜喜连长:拜戈图米尔·喀斯木,怎么又是你?

拜戈图米尔·喀斯木:喜喜连长,我……

喜喜连长:咋回事呀?你们都说说。

众人:我们不愿意搬迁,楼房太贵了,住不起……

喜喜连长:瞎说,一牧场有住房补贴的,怎么会住不起?

拜戈图米尔·喀斯木:我们大伙就是想多要点搬迁费吗!

喜喜连长:你呀,叫我说什么好啊。我把拜戈图米尔·喀斯木的事给大伙说道说道,看看我们一牧场党委是怎么做事的。

众人:(七嘴八舌)说说……

喜喜连长:拜戈图米尔·喀斯木,你 1983 年开始上山放牧,2007 年一牧场实施羊群买断,你贷款 16 万元买了 535 只羊,却因经营不善无力还贷,给你担保贷款的同志不得已还了这笔钱。有这事吧?

拜戈图米尔·喀斯木:有这事。

喜喜连长:2009 年到 2012 年,你整天被债主追债,只好搬去和田。后来,你开始上访,要求牧场退还买你羊款中的 13.9 万元。是这样吧?

拜戈图米尔·喀斯木:是这样,是这样。最后是你喜喜连长借给我 2000 元还债,还先后帮我垫付了老婆和儿子的住院费用 2500 元。我们一家都感激不尽呢。

喜喜连长:我不是这个意思。我是想说呀,咱们遇到事情的时候,能不能多想想组织的好处和集体的温暖。

牧工:对呀!拜戈图米尔·喀斯木,你不能忘本,是喜喜连长给你两个儿子介绍到建筑工地打工和山上放羊的。

牧工:对对对,还帮你联系把闲置的 70 亩土地给你无偿使用,让你栽树挣钱。

喜喜连长:大伙说得没有错,几年下来,拜戈图米尔·喀斯木十余万元的欠账不就还完了吗?

拜戈图米尔·喀斯木:谢谢喜喜连长,我们一家人都感激不尽。

喜喜连长:又来了,我是说呀,我张永进浑身是铁也打不了几根钉。我身后是一牧场,有组织在我们什么困难都能克服。你拜戈图米尔·喀斯木养老金问题,最终还是解决了嘛,场里一次性给你解决了 3.58 万元,连队给你补齐了其余部分,你才有现在的每月一千多元养老金。你说说,没有组织,我们个人算什么呀?

拜戈图米尔·喀斯木:是这么个理,可搬迁这个事……

喜喜连长:搬迁是牧场的大事,我们都要顾大局。

众人:(七嘴八舌)我们没有钱……

麦麦提热杰普:没有钱就可以胡搅蛮缠吗?

众人:(七嘴八舌)谁胡搅蛮缠了? 没有钱,你们爱怎么办就怎么办!

喜喜连长:都给我住嘴! 这样吧,我家的存折里还有点钱,你们谁家困难可以跟我说。

众人:(七嘴八舌)我们不是那个意思。

麦麦提热杰普:那你们是哪个意思?

喜喜连长:麦麦提热杰普,好好说话。

众人:(七嘴八舌)就是,看看人家喜喜连长是怎么和我们说话的。

麦麦提热杰普:你们? 师傅,我在车里等您。

拜戈图米尔·喀斯木:我们听喜连长的!

众人:对,我们都听喜喜连长的。

喜喜连长:那好,大家都散了吧,回去想一想我说的话,多为一牧场想想,大家说好吗?

众人:好! 好!

喜喜连长:不好,我的腿。

麦麦提热杰普:(大喊)都给我往后退! 干什么呀? 我师傅的腿……

【刺耳的音乐起】

牧工:闹闹闹,看你们还闹不闹?

牧工:都是你们干得好事!

喜喜连长:别这么讲,我这把老骨头能换来和睦也是值得的吗。

众人:(哽咽)喜喜连长……

【汽车刹车声】

麦麦提热杰普:师傅,看看您头上的汗珠。都别说了,赶紧扶我师傅上车!

众人:上车,上车……

麦麦提热杰普:赶紧,送和田医院……

【汽车远去的声音】

14

【过度音乐,和田地区医院】

田玉山:(兴冲冲)师傅,师傅,我来晚了,兵团党校的培训刚刚结束。

喜喜连长：玉山，你现在可是一场之长了，别一口一个师傅师傅的，让人家听到，影响不好。

玉山：我不管，我能有今天，不都是您当年手把手教出来的。

喜喜连长：快别这么讲，是组织培养和你自己努力的结果。干吗？把商店都给我搬到病房里来了？

玉山：一点点心意。哎，对了，我今天来，一是看看师傅。另外呀，还要告诉你一个天大的喜讯。

喜喜连长：喜讯？

玉山：昨天接到师里电话，兵团要在咱们一牧场召开民族团结现场会。到时候，你还得上去说道说道呢。

喜喜连长：好事，可是，我一个退了休的老头子，还说道个啥？

玉山：哎，不是这样的。你这个全国民族团结进步模范、第五届全国道德模范候选人，可不是简单意义上的老头子啊。再说了，你现在可是我们一牧场返聘的政法书记助理啊。

喜喜连长：没错，而且还是我自己在大会上主动提出站好最后一班岗的，可出头露面的事……

玉山：（抢过话题）这个，师傅，我说了不算，师里说了也不算，是兵团定的。你说，在我们一牧场开现场会，我们的喜喜连长不上去说道说道，这十里八乡的兄弟们能答应吗？

喜喜连长：唉……

玉山：怎么了师傅，这大喜的事，你叹哪门子气呀。

【喜喜连长的妻子石秀和女儿张敏推门而入】

石秀：玉山啊，他的心病又犯了。

玉山：嫂子好！心病？

妻子：不就是他的宝贝儿子没叫过他爹吗。

玉山：有这事？看我不收拾这小子。

张敏：玉山哥来了？我爸呀，什么都好，就是，他是别人的爸爸，所以呀，我哥他……

石秀：好了，好了，你也别说你哥，你也是这两年才理解你爸爸的。

喜喜连长：都怪我呀。

玉山:师傅,怎么能怪你呢?别人不清楚,我还不清楚?1996 年你当牧一连连长那会,你每个月在山上超过 22 天,忙时两个月不下山。人工授精期间,每天早晚要给四五百只羊各授精一次,你说兽医们太辛苦,让他们多休息,自己总是熬到晚上一点半把准备工作做好。我这个会计都过意不去。

石秀:他呀,总是考虑别人,就是不考虑自己,还有我们家人的感受。要不,儿子至今都不肯喊他爸。

【音乐起——】

玉山:(回忆)1998 年 6 月,山上发洪水,连里的授精站快保不住了。我和师傅赶紧上山,发现洪水在离授精站三四米远的地方冲出一条大沟,水流还在不停地冲刷岸边的泥土。结果,师傅带了 40 多个人用铁丝网、铅丝笼和沙枣树枝保护冲刷面,奋战了两天两夜,终于保住了授精站,避免了 80 多万元的经济损失。

【病房里静悄悄的】

喜喜连长:玉山,都过去的事了,扯这干啥?

玉山:(哽咽)张敏妹子,你知道吗? 师傅当时筋疲力尽,坐下来第一句话是什么?

张敏:啥?

玉山:师傅说,今天是闺女的生日,答应闺女的事又黄了。

张敏:(泪水夺眶而出)爸……

喜喜连长:玉山,说这些干啥?

玉山:不,师傅,我要说,您不能让自己太憋屈了。

【护士的声音由远而近】

护士:老张,有人来看你了……

15

【病房的门推开的声音】

石秀:(惊喜)儿子?

张敏:(惊喜)哥? 你怎么回来了?

玉山:你这个孩子,还知道回来看你爸呀?

喜喜连长、石秀:(阻拦道)玉……山。

儿子:(羞愧万分)爸……

喜喜连长:(老泪纵横)儿子,我等这个字等了三十年了。

儿子:对不起,爸爸。当我自己也做了爸爸时,才知道您老人家是多么不容易。

喜喜连长:儿子,是爸爸对不起你们,也对不起这个家。

儿子:爸爸,您没有错,都怨儿子不懂事。(回头对儿子)快,儿子,叫爷爷!

孙子:(甜而脆的声音)爷——爷——

喜喜连长:(高声地)哎……

【音乐渐强——】

玉山:这就对了吗,一家人就是一家人呐。

【护士拿着出院单推门而入】

护士:哎,老张,这是咋了?出院是好事吗,怎么都眼圈红红的?

玉山:护士同志,是这么回事。我们喜喜连长呀今天出院,全家都来了。

护士:(打断玉山的话)你说什么?喜喜连长,在哪儿?

玉山:(指着喜喜连长)这不是吗?

护士:他?别逗了,他是老张。

玉山:对呀,老张叫什么呀?

护士:张永进呀。

玉山:张永进就是喜喜连长啊!

护士:这不可能。

玉山:(一字一句)什么不可能呀,我是一牧场场长田玉山,这是我的老连长,我师傅。明白了吧。

护士:(捂着脸)哎呀,我都做了些什么呀?您真是喜喜连长?

喜喜连长:还是叫我老张舒服。

护士:哎呀,你咋不早说呀。喜喜连长在我们医院,我告诉院长去。

【护士折回身子,给喜喜连长鞠个躬】

玉山:这是唱的哪一出?

护士:你不知道,老张知道,我们两个有约定,见了喜喜连长,我要给他鞠个躬。你们等着我啊。

【转身离去】

喜喜连长:这下糟糕了,玉山,老伴,孩子们,快,出院!

众人:出院!

16

【昆仑山上，风声，歌声，二连剪毛场牧民剪羊毛的电剪子声……突然，清脆的马蹄声响起……】

牧民：看呐，喜喜连长来了……

众人欢呼：喜喜连长来了……

【音乐起，喜喜连长用维吾尔族与牧民熟练地打着招呼】

牧民：老朋友，你可想死我了。

牧民：听说你被人推了一下子，骨折了，是哪个家伙这么大胆？

牧民：是啊，哪个家伙敢对我们喜喜连长这样？要不是剪羊毛走不开，我们早下山看你去了，不会怪我们吧？

喜喜连长：不是的，不是的，都是传闻。没有事，是我自己不小心跌倒的，怪不了别人。

众人：你总是啥事都揽到自己身上……

喜喜连长：好了，好了，谢谢大伙惦念我老张。晚上都来，我们开个会。

众人：好的，好的，好久没有听您讲话了。

【音乐过度，渐强——】

【旁白】

喜喜连长翻动报纸声音，卷莫合烟的声音，谈笑风生地用维吾尔语清晰可辨地讲着：民族团结故事、思想文明建设……

低矮的房子里不时响起牧工们开心的笑声。

全国民族团结进步模范个人、中央军委优秀民兵　喜喜连长张永进

创作札记

真情像草原广阔

2016年8月，以纪录片的形式展示了喜喜连长张永进的感人故事后，感到还有许多缺憾。于是，便产生了写广播剧的想法。这之前，我深入第十四师一牧场进行了采访和求证。

采访以“规定动作”的形式进行，总觉得干巴巴的，故事缺点温度和湿度。我便提出以我的采访方式进行，以便对手里厚厚的一沓子先进材料进行求证。

采访活动按照我设计的路线进行。一大早，我和喜喜连长张永进推开努尔乡维吾尔族畜牧干事家门，这家人刚刚起床。一见面，畜牧干事就与张永进紧紧拥抱，埋怨张永进不够意思。我们被热情地迎进客厅，畜牧干事的儿媳妇一边生火一边端上吃的。我指着张永进问：认识他吗？儿媳妇笑了，说：认识，喜喜连长嘛。儿媳妇与张永进用维吾尔语交谈着，那么融洽、那么亲切、那么自然。我问她，说了什么？她说，喜喜连长好久没有来她们家了，全家人都非常想念他。炉子热了，畜牧干事的小孙子进来坐进爷爷的怀里，一双大眼睛盯着张永进。畜牧干事对孙子说了一番话，孙子似懂非懂地跑出去玩了。我问张永进说了什么？张永进告诉我，畜牧干事对孙子说，自己最好的兄弟张爷爷来家里做客来了，让孙子出去自己玩。畜牧干事回忆起几十年来与张永进的兄弟情谊，尤其说起那次草场纠纷。顿时，材料上的故事活灵活现起来。热腾腾的手抓肉端上来了，张永进说：吃吧，在我兄弟家，不吃就是不尊重人家。畜牧干事一家人的真诚、热情和实在，从另一个侧面反映了张永进的为人。

出畜牧干事家不久，我随便指着一所院子说：去这家！我们尚未推开院子门，门已经从里面开了。一位中年维吾尔族汉子看见了张永进，惊喜地喊叫着冲了过来，与张永进紧紧拥抱。他上下打量着张永进,激动的神态溢于言表。他掏出手机埋怨道,手机怎么也打不通,张永进抱歉地说手机换号码了。中年维吾尔族汉子如获至宝地存上了张永进的新手机号码,说着就去准备饭,在我们的再三解释下才作罢。

沿着乡村小道,我们继续往前走。一辆小四轮车从我们身边匆匆驶过,驶出二十多米后,车突然刹住。一群巴郎子跳下车,一面喊着喜喜连长,一面向我们跑来,转眼间就将张永进团团围住,张永进拍拍这个,捅捅那个,好不欢喜。一阵热闹的寒暄问候,他们恋恋不舍地告别。我们走进路边的一个院落,院子里静悄悄的,收拾得非常干净。门帘一掀走出一位年迈的维吾尔族大妈,见到张永进先是一愣,继而露出灿烂的笑脸。张永进一个大步上前与大妈紧紧握手,大妈望着张永进十分激动。张永进告诉我们,这是村委会主任的老母亲,好久没见了。大妈忙前忙后端上茶水和馕,要去准备午饭。再三解释下,我们才离开了大妈家。

当晚,在一牧场,我随意推开了几户人家。一户维吾尔族职工向我们如数家珍地讲起张永进为牧民的孩子接生的故事,说到动情处泣不成声。一位年轻的汉族大学生深情讲述了他与师傅张永进之间化不开的情结。在张永进家,透过他妻子和妻弟的埋怨,我的眼前立起的是以牧场为家、与各族人民水乳交融、七次放弃离开牧场机会的喜喜连长。次日清晨,我们驱车登上云山雾绕的一个连队,远远地看见,几位职工在修硕大的羊圈,看见张永进从车上下来,一窝蜂兴高采烈地迎了上来。中午,张永进谢绝了众多家庭的热情相邀,来到一户连队职工的家里,主人一边得心应手地做着午饭,一边听着张永进讲生动有趣的故事,其实他在进行着生动的普法教育。

通过两天的"求证",我的心里燃起一团团火焰。昆仑山上的这位全国民族团结进步先进个人让我心悦诚服。他就像是润物细无声的昆仑雪水,不声不响地融入各族人民之中,几十年如一日,将血浓于水的无价情谊植入这片岁岁枯荣的草场上。他像一团火,驱散贫瘠的雾霾;似一束光,照亮牧民的心房。张永进的事迹绝无仅有,与各族人民的情谊货真价实,这片真情像草原般广阔。有这样鲜活、厚实的故事基础,完成广播剧我信心满满。

上集,主人公张永进在一个意想不到的环境中出场。在嘈杂的和田市客运站,一辆经策勒县发往兵团的中巴车即将发车。在行进的中巴车上,维吾尔族青年阿里木和买买提为谁与喜喜连长认识发生了争执,争执展示了一个事实,这里的村民以谁认识喜喜连长、谁家办婚事能请来这位大名鼎鼎的贵客为荣!其实,在中巴车的最后一排就坐着刚刚从北京载誉归来的喜喜连长。一段喜喜连长的旁白让听众认识了主人公:没想到,我张永进一个普普通通的放羊娃,有这么多人知道。我清楚,没有昆仑山,就没有我张永进的今天啊。

紧接着,通过音乐过渡,将喜喜连长与草原牧民的故事展开了。少年的喜喜连长因为语言不通,产生误会跟小伙伴努尔买买提打了一架后,才知道会说维吾尔语太重要了。于是他跟约麦尔·巴柯大哥开始学习维吾尔语。在以后的几十年里,他每天早上收听维吾尔语广播,强化专业术语的发音。渐渐地,用维吾尔语读报、写材料,和当地少数民族交流都不在话下。

中巴车在前进,广播剧推进到中集。售票员喊道:努尔乡到了!努尔乡的故事展开了。中巴车继续前进,牧二连的故事展开了。在这里,张永进待了整整23年,种了十几万棵白杨树和柳树。中巴车继续前进,一牧场的故事展开了……

在广播剧的下集,我设计了全国先进人物张永进是否还上山巡逻的矛盾冲突,引出努尔买买提·托乎提的回忆和张永进淡泊名利、依旧活跃在人民调解这一重要岗位上。广播剧的结尾以张永进回牧区达到故事的高潮。在牧民们嘘寒问暖后,喜喜连长谈笑风生地用维吾尔语开始了他的宣讲……

广播剧《喜喜连长》在中央广播电视总台、新疆广播电视台、兵团广播电视台先后播出,产生较大的反响,获得"兵团五个一工程奖",同时主题曲《鹰》也获得"兵团五个一工程奖",创造了一部广播剧获得双奖的佳绩。

昆仑之子

编剧 \ 马小迪

主要人物

刘前东：男，47岁，叶城二牧场三连连长。个头矮小，又黑又瘦，性格耿直倔强。头脑灵活，热心肠。用实际行动践行了热爱祖国、无私奉献的诺言。

潘春红：刘前东妻子，42岁。体型消瘦，因常年在地里干农活皮肤被晒得黝黑，性格温柔坚毅，有主见，是刘前东的精神支柱。

刘玉阳：女，14岁。刘前东女儿，在团场上中学。

刘父：男，75岁，刘前东的父亲刘根忠，湖北知青。

刘母：女，70岁，刘前东的母亲周凤珍，上海知青。

场长：男，52岁，汉族，叶城二牧场场长，性格爽朗有魄力。

热帕副连长：男，35岁，维吾尔族，叶城二牧场三连副连长。

三连书记：男，42岁，汉族，叶城二牧场三连书记。

阿不都：男，45岁，维吾尔族，三连牧工，贫困户，吉马的父亲。

帕拉提：男，42岁，维吾尔族，三连牧工，贫困户。

吉马：男，20岁，维吾尔族，阿不都的儿子。

米日孜：男，46岁，维吾尔族，三连牧工，贫困户。

图玛罕：女，17岁，维吾尔族，米日孜的女儿。

维吾尔族大姐：女，35岁，维吾尔族。

司机小杨：男，25岁，汉族，二牧场司机。

医生：男，40岁，汉族，叶城人民医院医生。

护士：女，25岁，汉族，叶城人民医院护士。

【引子】

【呼啸的山风,汽车在山路上颠簸行进的声音】

刘玉阳:妈妈,我怕!

潘春红:不怕!有妈妈在!你小杨叔叔车技好,我们不会有事的。

【闪电,打雷的声音,雨点打在汽车上的声音】

刘玉阳:妈妈,我头晕!我头好晕啊!

司机小杨:嫂子,哎,您和孩子坐稳喽,这山呀太陡了。阳阳,要是害怕呀就别往窗外看啊!

潘春红:对,咱们听小杨叔叔的啊,咱不往山下看,一直看前面的路就不晕了。

司机小杨:阳阳,头疼不疼?

刘玉阳:疼呢!

司机小杨:哎呀,嫂子,阳阳会不会有高原反应了?

潘春红:(紧张)阳阳,跟妈妈说,头疼得厉害吗?

刘玉阳:(虚弱)嗯。

【山体滑坡的轰隆声】

司机小杨:不好!前面塌方了!(汽车急刹车的声音,刘玉阳尖叫声)

【雷声,雨声,刘玉阳的哭声,司机小杨和潘春红焦急的交谈声(渐弱成背景声)】

【刘玉阳旁白】

这是我第一次上山去看望两年没见的爸爸。我的爸爸叫刘前东,在叶城二牧场三连当连长。三连是一个牧业连队,距离我们场部的家有一百六十多公里。妈妈说,这个暑假我们无论如何都要上山去看看爸爸,但是要去三连,必须翻越这海拔三千多米的阿卡孜达坂。上山的路只有一条,路面又窄又陡,我们的车一路贴着崖壁走,脚下是万丈深渊,车子每颠簸一下,我们就仿佛从鬼门关走了一趟……

【一队马蹄声渐进,传来马的嘶鸣声】

刘前东:阳阳,阳阳——

潘春红:阳阳,阳阳快看!谁来接咱们了?

【马蹄声由远及近。刘前东"吁"的一声,众马匹停下,纷纷打起响鼻】

刘前东:阳阳!爸爸来接你们了!

刘玉阳:(大声喊)爸爸!

刘前东:阳阳!

【父女相见时的欢声笑语以及山鹰在天空中的鸣叫声】

【艺术空灵的画外音】

刘玉阳:爸爸,这个山就是昆仑山吧?

刘前东:对! 阳阳,昆仑山就在咱们脚下!

上 集

【山鹰鸣叫】

刘玉阳:爸爸,你快看,山顶上有只老鹰。

潘春红:阳阳,跑那么快干吗呀! 先把棉袄穿上。

刘玉阳:妈,这都八月了,穿什么棉袄啊?

刘前东:阳阳,这山里不比山下。俗话说,山上不长绿色草,风吹石头到处跑,夏天穿着老棉袄。说的就是咱们这昆仑山呀。在这啊,一天可以经过四个季节,你别看这大中午太阳正好,一会儿可就要下雪了。

刘玉阳:啊? 八月还下雪呢? 那大冬天可咋办呀。

【牧民骑着马吆喝着由远及近】

阿不都:(焦急)刘连长,刘连长。

刘前东:阿不都,你怎么了? 这么急急火火的。

阿不都:哎呀,我家的羊,刚下完羊羔就拉肚子了。

刘前东:啊? 快走,咱们叫上兽医先看羊去!

阿不都:哎,好呢,好呢。

潘春红:哎? 前东,你咋说走就走呢? 我们娘俩咋办呢?

阿不都:哎,刘连长,这一位就是刚来的嫂子吧?

刘前东:哎呀,行了,阿不都,你别啰嗦了,救羊要紧! 春红啊,你和孩子自己回去,我先走了啊!

潘春红:哎?

【刘前东和牧民骑着马吆喝着跑向远方】

【刘玉阳旁白】

两年没见的爸爸就这样被叫走了。听妈妈说,别看爸爸现在这么热心连里的工作,当年爷爷奶奶让他从莎车县回牧场，他可是死活都不答应。哦，那个时候还没我呢。

【厨房后堂炒菜的嘈杂声】

潘春红：(大声地)前东，前东，爸妈来电话了，叫你赶紧去接。

刘前东：哦，好。(炒菜声)

【厨房后堂声渐远，开关门声】

刘前东：喂？

刘母：东东啊。

刘前东：哎，妈，啥事啊？

刘母：(埋怨)哎哟，你都多少天没给家里打电话了？

刘前东：不是，妈，我这不是忙着呢吗。

刘母：你瞎忙什么呐，你在莎车县弄的那个餐馆儿又不挣钱。

刘前东：(气不过)我怎么不挣钱啊，谁跟您说我这不挣钱了？

刘母：哼！你就死撑吧你。我告诉你啊，你赶紧和春红回来一趟，你爸他病了。

刘前东：啥？爸病了，啥病啊？

刘母：高原性心脏病。你赶紧回来！

刘前东：(紧张地)好好好，妈，我马上回啊！(挂电话的声音)

【紧张的音乐和汽车行进中鸣笛的声音】

【倒水声】

刘前东：(轻柔地)爸，来，你把医生开的药给喝了啊？

刘父：(像个赌气的孩子)不喝！

刘前东：(劝慰地)爸，这是医生嘱咐的。这次您是脱离危险了，可是，您不能再上山了啊！必须在家静养。您这是跟谁在怄气呢？

刘父：跟你！

刘前东：哎呀，爸！我这次跟春红回来就是为了伺候您，等您这病情好转了，我们还得回去呢。

刘父：东东，我就问你一句，你留不留下来？

刘前东：哎，爸，你干吗非要让我留在这里呢？

刘父：这里不好吗？那个饭馆有啥好留恋的？你一个大男人，一辈子就这点出息吗？

刘前东：爸，你……

刘父:你爸我像你这么大的时候,都是连长了。

刘前东:哎哟爸,您是您,我是我。给我个连长当,我还不愿意呢。

刘父:(生气)你说什么?

刘前东:爸,您别生气,您看,您这里条件这么艰苦,过些年还是去我那里住吧?

刘父:儿子,爸就是死也要死在这里!

刘前东:哎哟,爸……

刘父:儿子,这里是苦,可是这里也光荣啊!我年纪轻轻的,就从湖北老家来到牧场,垦过荒,修过渠,筑过路,盖过房,这昆仑山上我都跑遍了,我把一生都献给了牧场。苦不苦?苦!可是值啊!因为我每天守卫的是祖国领土,每天看到的是五星红旗,我这心里甜呐!

刘前东:爸……

刘父:我不想躺在这里,我现在就想回到牧场去。可是我老了,走不动了。(哽咽)

刘前东:爸……

【哽咽,抽泣声】

刘父:(带着哭腔)所以我只有一个愿望,就是把这个牧场交给你,爸爸走不动的路,交给我的儿子来走。

【刘玉阳旁白】

在爷爷的劝说下,爸爸最终还是决定搬回了牧场。爸爸说,他要走爷爷没有走完的路!

【集合哨子声和队列喊口令声】

场长:同志们,今天我要在这里特别通报表彰一下刘前东同志。大家都知道,他是关掉了在莎车县挣钱的餐馆,回咱们场来工作的。这几年,他种过地,当过警卫,管过咱们社区,无论在哪个岗位,做事情都是认认真真,兢兢业业的。现在山上牧业连缺人,他又主动申请去最艰苦的三连工作,经场里研究决定,任命他为三连连长。我们大家都要向不畏艰难,勇于扎根一线的刘前东同志学习!(掌声雷动)前东啊,你也给大家说几句。

刘前东:(为难地)哎哟,场长,我这人嘴笨,不太会说话。

场长:哎呀,你就趁这个机会,给大家说说你的想法,让我们也都学习学习。

群众:(七嘴八舌)就是,说说呗,说说前东。

刘前东:那行!哎呀,学习谈不上啊。我之所以选择上山吧,是因为我爸。他临终的时候对我说，咱们这里是最偏远、最艰苦、海拔最高的牧场，也是祖国最需要人守护的地方。如果我们不守在这里，就没人来守了。所以我爸让我把他的骨灰撒在牙吉兰干草场上，说他死了也要守着这片山和这里的每一寸土地。我呢，没有我爸那么伟大，我选择上山，我就是想弄明白，他为啥这么执着。

【维吾尔族传统音乐】

【牧民们吆喝声、羊叫声，由远及近】

阿不都：哎，听说了吗？新连长要来了。

帕拉提：哎呀，阿不都，咱们这个地方的连长都换了5个了，一个都没有留下。

艾孜孜：哎，咱们这个地方山那么高，人那么少，生活又苦得很，谁留得下来呢！

众人：（附和）就是，就是。

【汽车鸣着喇叭开过来的声音，汽车刹车、关车门的声音】

热帕副连长：喂，阿不都、帕拉提，你们咋都不放羊去呢？

阿不都：（讨好的）热帕副连长，我们听说新连长来呢，我们过来欢迎呢。

众人：（附和）嗯嗯，就是，就是。

热帕副连长：好，给大家介绍一下，这位是新来的连长刘前东。

众人：连长好，连长好。

刘前东：你们好，大家好！

热帕副连长：阿不都，连里的宿舍在维修呢，刘连长在你家住几天，咋样？

阿不都：（为难地）哎呀，热帕副连长，我家房子就一间，我和老婆子勉勉强强住，你让连长住哪里？

热帕副连长：你家不是刚盖了一间房子吗？

阿不都：我家那个房子嘛给羊住的呢。（众人哄笑）哎，你们不要笑，我家的羊嘛，要生羊娃子了，不能让它住外头嘛，对不对。

热帕副连长：那帕拉提，你家可以住吗？

帕拉提：哎呀，热帕副连长，我家也不行呢。我老婆子的妈妈来了，把我老婆子的姐姐、妹妹、弟弟，老婆子姐姐的娃娃、老婆子妹妹的娃娃、老婆子弟弟的娃娃……哎呀，全都带来了嘛。（众人哄笑）

热帕副连长：那？

众人：（纷纷小声拒绝）哎，我家不行，我家也不行……

刘前东：热帕副连长，我看这样吧，能不能想办法把连里库房腾一间做临时宿

舍，就不要麻烦这几位兄弟了。（众人附和声）

热帕副连长：连长，这咋行呢，库房又湿又冷，咋住人呢？

刘前东：没问题，我自己架个火炉子，你帮我去找些柴火和煤炭，我先坚持两天，等宿舍修好了，再搬过去。

热帕副连长：（犹豫）那，那好吧，连长，委屈你几天了。

刘前东：没问题，放心吧。

【屋外的风声过渡到屋内火炉燃烧的“噼啪”声】

【刘玉阳旁白】

爸爸说，他刚到三连那会儿，连里没有水、没有电、更没有路。整个连只有几间土坯房，荒凉得很。一到晚上，山沟沟里乌漆嘛黑的，风大得快把房子吹倒了（呼啸的风声）。每当这个时候，他就特别想家，想我，想妈妈。后来他想起了爷爷，想起了牧民，想起了他来昆仑山的初心……

【牧民的争吵声】

阿不都：帕拉提，这片草场本来就是我家的嘛！

帕拉提：哎，说撒的呢，明明是我家的！

阿不都：你讲不讲道理嘛？你想干撒呢？

帕拉提：你想干撒呢？

众人：干撒呢？干撒呢？

【激烈的争吵声……马蹄声渐进】

刘前东：（大喊一声）阿不都，帕拉提！

【吵闹的人群安静下来】

刘前东：你们俩这是干啥呢？咋？还想要动拳头啊？都给我靠后点儿。

阿不都：你是我们新来的连长，你刚来不知道。我们家一直在这里放羊，帕拉提他家的羊，天天跑过来吃我家的草，给他说，他不听，他还在这跟我吵架呢。

帕拉提：你说啥的呢，这是你家的草吗？谁定的？凭啥我家的羊不能来？

阿不都：这就是我家的草！你说咋了？

帕拉提：咋了？你说咋了？

【激烈的争吵声……】

刘前东：哎呀，行了行了！好了！你们两个不要吵了！阿不都，帕拉提，根据团里的规定，这里的每一片草场都是有明确划分的！你们俩这是闹啥呢？

阿不都:我感觉这个草场的划分有问题!

帕拉提:对! 有问题!

刘前东:好了,好了,好了,这有没有问题我会调查清楚的啊,我说啊,大家都是抬头不见低头见的兄弟,这个样子像话吗? 回去吧啊,回去吧。

阿不都:连长,这个……

刘前东:哎呀,好了,我向你们保证啊,这个问题我一定会解决的,好吧! 行了,都回去吧。

阿不都:帕拉提,看好你们家的羊嘛!

帕拉提:哼!

【赶羊的声音和羊叫声渐远】

【倒水声】

热帕副连长:你说啥? 连长,你要下去一趟?

刘前东:是啊,热帕副连长,我刚来这里,许多情况还不了解,就拿阿不都和帕拉提的事,你刚才也说了,很多地方都有这个情况。

热帕副连长:是,是有这个情况。

刘前东:所以呢,我想先了解一下咱们连的实际情况,挨家挨户地去走访调研一下再说。

热帕副连长:可是连长你咋去呀? 我们连里倒是有个摩托车,可是你要去的这个山路太差了,很多地方别说摩托车了,毛驴子都去不了啊!

刘前东:我这不是有腿嘛,走着去。

热帕副连长:(倒抽一口气)走着去? 那怎么行! 连长,这前前后后的六百多公里山路呢,你就凭你两条腿?

刘前东:放心吧,热帕副连长,我爸爸说过,他们以前就是这样下去的!

【维吾尔族音乐】

【牧民吆喝羊走近的声音】

刘前东:大叔,放羊呢。

牧民:哎,你是……

刘前东:哦,我是三连新来的连长,下来走访一下。

牧民:哦,你这是从连部走来的?

刘前东:是啊,已经第三天了。

牧民:哎哟,那太辛苦了,歇歇脚吧。

刘前东:不了,我还要赶到前面去呢。

牧民:哎,我看这天要变,你小心一点啊。

刘前东:知道了,放心吧。

牧民:(大喊着)你要小心。

刘前东:(走远的声音)知道了。

【风雪声,刘前东走在雪地里的喘息声】

刘前东:(风雪中拨电话的声音)喂?喂?热帕副连长吗?我是刘前东啊!(电话里传来嗞嗞啦啦的声音)喂?能听见吗?(风雪声更大了)热帕副连长,我也不知道我现在走到哪里了,风雪太大了,能见度很低,我看不到路了。(电话里传来嗞嗞啦啦的声音)喂?你说啥?我听不清啊。(电话里传来嗞嗞啦啦的声音)

【风雪声】

刘前东:(大喊一声)啊,我的脚,嘶……

【越来越大的风雪声】

刘前东:(向风雪中发出喊声)救命啊——有人吗?有人吗?救命啊——

【越来越大的风雪声】

【火炉里发出木柴燃烧的“噼啪”声】

刘前东:我,我这是在哪儿?

维吾尔族大姐:哎,你醒了?

刘前东:大姐,我这是?

维吾尔族大姐:哎,你遇上暴风雪了,要不是我出去找羊在雪堆里发现了你,你啊早就冻死了。

【倒奶茶的声音】

维吾尔族大姐:来,喝口热茶,暖暖身子。

刘前东:谢谢。(咕嘟咕嘟喝茶声)

维吾尔族大姐:哎哟,慢点喝,慢点喝,来,把这个馕泡上一起吃。

刘前东:哎。(咀嚼吞咽的声音)

【茶碗搁在桌子上的声音】

刘前东:大姐,我叫刘前东,是新来的连长。

维吾尔族大姐:哦,连长。天气这么差,你出去干撒呢?

刘前东:哎呀,我想了解一下咱们牧民的生产生活情况。大姐,怎么就您一个人?家里其他人呢?

维吾尔族大姐:我们家里就我一个人。爸爸死的早,我跟妈妈相依为命。妈妈去年也走了。

刘前东:那大姐,您就一个人守在这里?

维吾尔族大姐:哎,我的爸爸在这里放了一辈子羊,我也舍不得这里。

刘前东:在这么高的海拔,一个人放羊多危险啊。

维吾尔族大姐:哎,习惯了。场里曾经把我接到山下生活过,我不习惯那里,就又回来了。

【水开了的鸣叫声】

维吾尔族大姐:来来来,连长,我给你倒上热水,我这里有药呢,你的脚受伤了,需要清洗干净。

刘前东:哎哎,大姐,大姐,我自己来,我自己来。(洗脚的声音)

维吾尔族大姐:哎哟,你看你的脚都破了,流了这么多的血,你这是走了多远的路啊。

刘前东:大姐,多亏了您呐,这山上的雪太大了,要不是您找到我,我这不就冻死了嘛。

维吾尔族大姐:我找到你的时候,你连鞋子都走丢了。我这里有双鞋子,是我的妈妈临终前留给我的。等你好了,你就穿上。

刘前东:(喃喃自语)鞋?你妈妈临终留下的鞋?

维吾尔族大姐:是的。

【抒情的音乐】

维吾尔族大姐:说起这双鞋子嘛,这还是妈妈讲给我的一个故事。在四十多年前,我妈妈在这山里放羊,刚好遇到大风雪,我的妈妈又饿又累实在是走不动了,这个时候我妈妈碰到一个年轻人,对了,他好像也姓刘,也说自己是新来的连长。

刘前东:(吃惊)啥?

维吾尔族大姐:他看我妈妈实在是走不成路了,就硬是把我妈妈给背回来。等到家一看,我妈妈当时就哭了。他的双脚都磨破了,鲜血淋淋的。后来我妈妈亲手做了双毡筒子想送给他,但是始终没有机会。你看,就是这一双。那个人是连长,你也是连长,你要是不嫌弃就穿上吧。妈妈说,这人呐,得穿一双好鞋子,才能走得更远啊!

刘前东:(自言自语)姓刘?也是连长?难道是爸爸?

维吾尔族大姐:你说撒?

刘前东:大姐,你说的对,这人呐,真得穿一双好鞋,才能走得更远啊!

下　集

【敲门声】

场长:请进。(办公室门开关的声音)

刘前东:场长。

场长:哟,前东来了。

刘前东:(信心满满)场长,我来向您汇报工作了。

场长:好好好,坐坐。

刘前东:哎。

【倒水的声音】

场长:来,先喝口水。

刘前东:谢谢场长。(喝水声)

场长:前东啊,这次你转了一大圈,有什么收获啊?

刘前东:场长啊,我这次还真是走对了。你看啊,我这次把三连分散在山上的52户牧民家都走了一遍。我发现这最大的问题是牧民们对我们的不信任。

场长:这么严重啊?那你觉得该怎么解决?

刘前东:场长啊,是这样的。我觉得啊,只要咱们切实解决牧工收入低这个核心问题,就能取得他们的信任,这后面的工作也就好开展了。

场长:哦?

刘前东:您看我们三连在这昆仑山里,总共有12万亩左右的草场,都是按户承包,子女就没有分到草场,所以,就没有生产积极性,什么事情都靠父母,没钱了找父母,干活反倒不找父母了,这就形成了什么?一种懒惰思想!正是这种以家庭为单位的生产关系严重制约了牧工们的生产积极性。年轻牧工没有分到草场,就导致家庭内部以及邻里之间矛盾纠纷不断。

场长:嗯,你说的这个问题涉及牧民切身利益,改革起来还是很不容易的。

刘前东:是呀,场长,那些大户都跟我说,如果跟孩子们分了家,他们的劳动力就没有了,而他们作为大家长的权威也没有了,子女们就再也不听他们的话了,这点他们想不通。

场长:那你打算怎么办呢?

刘前东:是这样的,我打算把三连原先10户承包的草场划分成27片,把以家族为主导的经营模式彻底打破!让大户把牛羊分一部分给成了家的子女,这样呢孩子们的生产积极性提高了,老人们也可以少操一份心。让大户带小户,小户反过来支援大户,从根本是解决因懒致贫的问题,同时还提高了草场的利用率。因为草场划分得更清晰了,这也就解决了每年的草场争斗问题。

场长:嗯,好,这个办法好!但是,前东啊,这工作可不好做呀。

刘前东:所以啊,需要咱们场党委支持一下呀。

场长:怎么支持?

刘前东:我提议,成立一个由曾经在三连工作过的领导干部组成的工作组,上山给每个畜牧大户做思想工作。

场长:行,这个我们党委上会研究后就给你定。

刘前东:太好了。

场长:你这次调研还发现什么问题了?

刘前东:我这次走访还发现有好些牧民家养了不少羊,像牧民帕拉提家就养了40多只羊,他们夫妻两个也很勤劳,而且还特别能吃苦,但是呢就是挣不上钱。

场长:那这个问题出在哪儿了?

刘前东:是啊,后来我就发现了,这个帕拉提为了省钱,买羊羔的时候尽挑那种又瘦又小的羊,喂半天都不长,这种羊成年以后体格瘦小,卖不出高价。

场长:那你打算怎么办呢?

刘前东:我打算就以帕拉提家为试点,带动大家改良养殖品种。场长,我这边打听到一个朋友也在发展养殖业,我就跟他联系了一下,让他帮忙引进了20只伊犁羊。

场长:好!

刘前东:然后跟咱们本地羊杂交。这样呢能改进现有羊的品种,提高产值。

场长:好啊,哎呀,前东啊,没想到短短几个月,你在工作上就有了这么大收获呀。放心,我们场党委无条件地支持你。

刘前东:谢谢场长!

【收音机里的维吾尔族歌曲】

刘前东:帕拉提,在家吗?

帕拉提:连长啊,你来了吗?

刘前东:帕拉提,我上次跟你谈的那个改良羊的品种的事,你考虑得怎么样了?

帕拉提:连长,这个吗——

刘前东:哎呀,帕拉提,你还犹豫个啥呀?这20只伊犁羊的运输费我给你垫了,咱们连里还决定划分500亩的草场给你做实验地,这么好的条件你还考虑啥呀?

帕拉提:哎呀,连长,我第一次养这种杂交羊有点担心。因为这个羊啊是从平原引进的,咱们这个山区海拔高,天气变化大,气候寒冷,还经常下雪,我害怕这个羊不适应啊。

刘前东:帕拉提,这种杂交羊是经过专家试验通过的,就需要你带头干一把。其实我跟你说吧,我的压力比你还大呢,要是万一失败了,那以后谁还愿意再出头啊?谁还愿意跟着我们再去搞实验?你说是不是?好了好了,帕拉提,品种改良势在必行,总得有人干,干,才有希望;不干,就啥希望都没有!我给你粗略地算了一下啊,你只要干,到年底纯利润应该在一万五千元左右。

帕拉提:撒?连长,这么多钱吗?

刘前东:是呀,比你往年累死累活的干,多出来五千多元呢!

帕拉提:干!我干!

【"咣当"一声,碗摔在地上】

【父子俩争吵声,女人的哭泣声】

刘前东:兄弟,咋回事?你咋跟孩子吵起来了?

阿不都:连长,你来了,你看嘛,帕拉提家养的这个杂交羊挣了钱,我就想让我儿子吉马也养这种羊,可是他倒好,他不想放羊,天天在山上晃荡来晃荡去,我看着生气得很。

吉马:连长,我爸爸从小就生在这个地方,他很少下山,他自己不想去外面,也不让我去,凭撒呢?

刘前东:好了,好了,你们别吵了。阿不都大哥,你看啊你们家七口人都挤在这一间房子里头,咋住啊?你就放这几只羊,收入这么低,你咋养活他们?就算你想改良羊的品种,这本钱哪里来呢?

【阿不都叹气，阿不都的老婆在哭泣】

刘前东：阿不都啊，外面不是你想的那么险恶，这年轻人要让他学点东西他才有将来啊，等你老了他也有收入，你也不用再担心他了，而且他还能够帮衬家里头。你看这样行不行，我们连里送吉马去叶城县学习摩托车修理，等他学成回来以后，连里再资助他开一个摩托车修理铺，让他自己养活自己好不好？

阿不都：刘连长——

刘前东：哎呀，你放心吧，连里已经前前后后送走了九个年轻人了，让他们在山下学知识学文化，学习新技术，开阔眼界，等他们学成后啊都招回来，把先进的理念也给带回来，让咱们连尽快都发展起来，牧工的收入呢也都涨起来！

阿不都：吉马，你都听见了？

吉马：听到了。

阿不都：你一定要听刘连长的话。你听他的话，我才放心把你交给刘连长。

吉马：放心吧，我出去以后，我一定好好学呢！

【呼啸的风中传来队列喊口令声】

【人跑步发出的喘息声】

阿不都：刘连长，刘连长我来了。

刘前东：阿不都，你咋迟到了？

阿不都：哎呀，连长，我第一次参加巡逻，太高兴，太兴奋了，一晚上没睡着觉。（众人哄笑声）

刘前东：行了，就你话多，赶快入列！

阿不都：是！

刘前东：同志们，今天咱们民兵班来了新成员，咱们这些老队员要主动带领他们一起肩负起巡边护边的任务。咱们三连是边境连队，有 37 公里的边境线。为防止人员、牲畜非法越境，咱们平时除了放牧，还必须肩负起每半个月一次的边境巡逻任务。这来回大概要 7 到 10 天左右，大家的干粮和厚衣服都带好了没有？

众人：（异口同声）带好了！

刘前东：同志们，这山路啊特别难走，所以和往常一样，咱们这次呢还是骑毛驴慢慢走。等走到无路可走的时候，大家要有心理准备，因为那个时候我们只能手脚并用，在峭壁山崖上一点一点往前爬了。所以我反复强调，大家一定要时刻注意安全。哎？阿不都，我看你人还没出发呢，嘴唇怎么就发白了？（众人哄笑）

阿不都:我,没事,连长,没事的,我就是昨天晚上没有睡好。

刘前东:那好,全体都有,向右转! 出发!

众人:是!

【激情昂扬的音乐伴随着人、牲畜上山的嘈杂声】

【山谷间溪水潺潺流淌】

刘前东:来,大家走了半天了,坐下来休息一会吧,顺便把午饭也都吃了啊。

众人:好,好嘞。

【大家整理物品声音】

阿不都:连长,午饭吃撒呢?(众人笑)

刘前东:(调侃他)你想吃撒?拉面?拌面?抓饭?美得你!(众人哄笑)有口馕,就着这昆仑山的水喝就不错了。

阿不都:咱们昆仑山上的水啊比那矿泉水还甜呢。不是有句话说咱们这儿的羊“走的是黄金道,喝的是矿泉水,吃的是中草药,拉的是六味地黄丸”(众人大笑)这羊能吃能喝的,咱们就不行了吗?

刘前东:阿不都,我跟你说,咱们巡边护边不仅要特别能吃苦,还要有高度的责任心。

阿不都:连长,看你说的,我可是打心底想当这个义务护边员呢!

【人跑近的脚步声】

吉马:连长,连长。

刘前东:咋了?吉马?

吉马:不好了,前面米日孜家出事情了。

刘前东:出什么事了?

吉马:米日孜的女儿图玛罕生病了?肚子疼得在那个地方打着滚呢。

刘前东:走走走,我们赶紧看看去!走!

众人:走,走。

【女人的抽泣声和孩子的呻吟声】

米日孜:连长,你可来了。孩子突然肚子疼得很,这可怎么办呢?

刘前东:这不能耽搁,米日孜兄弟,把孩子送到山下的医院去!

米日孜:(为难的)可,可是……

刘前东:你可是什么呀!

米日孜:可是家里没有看病的钱啊。

刘前东:你说啥呢!治病要紧!孩子看病的钱我先垫上。

米日孜:不行啊,连长,去年我心脏病犯了,医院的钱也是你给垫上的,现在这个娃娃看病的钱,我们不能再让你出了。

刘前东:米日孜兄弟,再不赶紧去医院,怕是要出人命的。

米日孜:(抹着眼泪)好好,听连长的。

刘前东:来来来,赶快,你们把孩子扶起来,我来背她出去!

米日孜:我是她达达,我来背。

刘前东:哎呀都这个时候了还争什么?来,扶上来,快,走!赶紧走!(刘前东走了几步,跌倒的声音。)

众人:(惊呼)连长!连长昏倒了,(大喊)连长!

【节奏紧张的音乐】

【急救床摩擦地面的声音和嘈杂的脚步声】

阿不都:(着急的)护士,护士,急诊室在哪里?

护士长:就在前面,快跟我走。

【开关门声】

张大夫:护士长,什么情况?

护士长:张大夫,这是刚从山上送下来的两个急诊病人,一个是三连的连长,在巡边的路上突发心脏病;还有一个是牧民的孩子,得了急性阑尾炎得马上做手术。

张大夫:好,你赶紧准备,我这就去手术室!

护士长:好。

【脚步声渐渐远去】

【音乐】

刘前东:(虚弱)春红,你来了!

潘春红:(指责)刘前东!你是不是要吓死我,你才甘心呢!

刘前东:(讨好)老婆,我这不是没事吗!

潘春红:还说没事!山上海拔那么高,你刘前东逞什么能啊?自己走路还要喘半天呢,你倒好,还背着人跑。我看你是活腻了吧!啊?现在好了吧,把自己给折腾出了心脏病,你踏实了?

刘前东:哎,春红,别说气话,我当时不是着急吗。

潘春红:就你这个脾气吧,我看哪天非得把自己给折腾死。

【开关门声】

米日孜:连长,我来看你来了,你的病怎么样了?

刘前东:好多了。米日孜兄弟,孩子怎么样了?

米日孜:孩子手术很成功,过两天就可以出院了。

刘前东:哎呀,太好了。哎,米日孜兄弟,正好我有个事想问问你,你们家的图玛罕学习成绩一直都很好,前些日子,你为啥突然不让她上学了呢?

米日孜:连长,我们家的情况你知道,本来条件就不好,我又有心脏病,花了这么多的钱,实在没办法。我让她到山上去放羊,还能有点收入,能把欠的钱还上。

刘前东:米日孜兄弟,咱们再难,也要让娃娃上学啊。你家的情况我会想办法的。出了院我跟学校说,让他们减免你家孩子的伙食费,至于你们家看病的钱呢,走医疗救助这块,给你们免了。这不是场里面的职工们知道了你家的情况,也都纷纷地捐了款。哦,场里面打电话告诉我,要给你们家两千元的救助金。

米日孜:(感动地哭泣)太谢谢了,连长,太谢谢了。

【开关门声】

刘玉阳:(亲昵地)爸爸。

刘前东:哎哟,阳阳来看我了。

潘春红:阳阳知道你住院了,一下课就赶过来了。

刘前东:来来来,闺女,坐爸爸身边来,让爸爸好好看看你。

刘玉阳:(埋怨)爸,我都多久没见你了,只有你生病住院了,我才有机会见你。

刘前东:对不起啊,我的好闺女。

刘玉阳:咦,这是什么呀?爸,你给我买了一双新鞋子啊!(高兴地)我就知道你最好了,生病住院也不忘记给我买礼物!

刘前东:(尴尬)这……

潘春红:阳阳,把鞋放下,过来!没看见有客人吗。

刘玉阳:(委屈)哦。

刘前东:米日孜兄弟,这还是春红告诉我,她看见你家的图玛罕光着脚在放羊,我让她们买了这双新鞋子,正好你来了,拿去吧。

米日孜:连长,你这让我说什么好呢?我谢谢你们一家。谢谢。

【刘玉阳委屈的哭泣声】

潘春红:好了,好了,快别哭了,好不容易见着你爸,你还哭啊。

刘玉阳:(委屈)他还是我爸吗?那么久没见我了,一见面还给别人家的孩子买鞋子。我呢?我不是他的孩子吗?

潘春红:阳阳。

刘玉阳:(抽泣)平时不关心我就罢了,我中考他都没来!本来我可以去大城市读书的,我现在这样,他就一点儿都不内疚吗?(大哭跑出去)

潘春红:(边追边喊)阳阳,阳阳。

刘前东:(虚弱地喊)阳阳,哎。

【学校操场上的打球声】

图玛罕:同学,你是刘玉阳吗?

刘玉阳:(狐疑的)你是?

图玛罕:我叫图玛罕,是三连牧工米日孜的女儿。

刘玉阳:图玛罕?

图玛罕:哎,我就是你爸爸给我买新鞋子的那个人。

刘玉阳:是你?那你找我什么事儿啊?

图玛罕:我已经考上浙江的一所学校了,走之前想来看看你。

刘玉阳:看我?为什么呀?

图玛罕:你的爸爸是个好人,真的是个好人。没有他,就没有我的今天,没有他,也没有我们家今天这个样子。我,我不知道怎么跟你讲,因为那双鞋子,你才跟你的爸爸闹别扭。我要走了,我就是想跟你说一句,谢谢你爸爸,也谢谢你。

刘玉阳:那,那你还回来吗?

图玛罕:会的,我要像你的爸爸那样帮助山里更多的人。

刘玉阳:图玛罕,我也要谢谢你。

图玛罕:谢我?谢我撒?

刘玉阳:我要谢谢你,让我重新认识了一个人。

【山鹰鸣叫】

【抒情画外音:一种空灵的对话】

刘玉阳:(欢笑着)爸爸。

刘前东:阳阳。

刘玉阳：我是你的好孩子吗？

刘前东：当然，你当然是爸爸的好孩子。

刘玉阳：那爸爸呢？你是谁的好孩子呀？

刘前东：爸爸呀，是爷爷的好孩子，是昆仑山的好孩子，是草场的好孩子，是牧民们的好孩子……（父女的笑声蔓延开去）

【三连广场上升旗仪式上放着国歌】

【刘玉阳旁白】

我的爸爸叫刘前东，他是叶城二牧场三连的一位普通的连长。这是我第一次在这高山牧场上参加神圣的升旗仪式。看着鲜艳的五星红旗在这巍峨的昆仑山上冉冉升起，我的心情无比激动和自豪，爸爸，你是好样的！

全国脱贫攻坚奖奋进奖、“全国五一劳动奖章”获得者刘前东（中）

在给牧工传达讲解十九届五中全会精神

创作札记

让角色在挣扎中成长

昆仑山、高山牧场、贫困连队、连长刘前东……在接到创作广播剧《昆仑之子》任务的时候，我手头拥有的所有资料就只有这几个关键词。当时我并没有意识到仅仅依靠这几个关键词，就已经可以写出一个好故事了。

因为是第一次写广播剧，没有任何经验的我最初设想是能去实地采访一下原型人物刘前东，去他工作生活的叶城二牧场三连走一走，和他身边的同事、朋友、家人聊聊，以此获取第一手资料。与此同时，我跑去电视台新闻中心拿到了刘前东本人的联络方式，顺手拷贝了有关他的所有新闻报道视频资料，搜集了网络、报刊等相关媒体上报道的文字资料。我给自己规定好，在去实地采访刘前东本人前，一定看完。可是事与愿违，刘前东因为从马上摔下来，脊背受伤正在山下住院治疗，谢绝一切采访。而且昆仑山正值一年气候中最恶劣的季节，上山的危险性太大，牧场不同意我前去，这令我很是沮丧。如果对刘前东和他的事迹只靠间接资料，那剧本该如何完成呢?

所幸我的老师王安润副台长曾经教给我们的一种创作方法——“大事不虚，小事不拘”。我按照这个方法首先挑选出能够凸显主人公性格特征的所有事件。接下来我又开始犯难了，那么多事件似乎都很重要，哪一个看起来都能突出主人公个性，该如何取舍呢?带着这个疑问，我回家去问我的父亲——一位行业里的资深编剧。他给我念了莎士比亚剧作《哈姆雷特》里的名句，我完全无法领会他的用意，实在想不明白莎士比亚的《哈姆雷特》与我要创作的广播剧有什么关联。父亲让我回去好好想想，想好再来跟他谈。我只好回去自己琢磨，在盯着这段话看了很久，又把莎士比亚的著作《哈姆雷特》重新读了两遍之后，我终于从哈姆雷特说的这段话里，看出了主人公所处困境的本质问题：不是他该不该杀死仇人，而是生与死的本质是什么？苦难为什么会发生在我们身上？死亡要比苦难更好吗？面对命运和苦难我们不反抗会怎样？这些才是真正的问题，是人类从存在之初就开始苦苦追寻的答案。于是，进一步思考我的作品，我所要创作的主人公其实和哈姆雷特一样，他的人生也时刻面临着选择，也应该在苦难中挣扎着成长。而作为听众（观众）的我们，喜欢听到（看到）人物角色在面临选择的时候，做出意想不到的事情，这种选择可以让我们感到意外、气愤，或者好奇。主人公的选择越是让人好奇，我们就越想关注角色，看他们为什么这么做。莎士比亚通过描摹哈姆雷特这个人物深刻的内心世界，让他在内心冲突中挣扎，随着故事的发展，哈姆雷特的成长和改变便会自然地呈现在我们面前。这就是父亲想让我找的答案——我必须要让我的主人公时刻面临人生的选择，要让他在生活的困难中不断挣扎，逐渐变得坚强，他的内心冲突和挣扎一定会使听众产生同情，同时会构建出刘前东复杂的内心世界。

“昆仑山”，我把它定义为主人公时刻要面临的人生中的“困难”，它的雄伟、艰险正好象征着主人公不得不面对的生活难题。“上山的路只有一条”，这意味着主人公在人生选择时面临的巨大挑战。记得鲁迅先生说过：“什么是路？就是从没路的地方探踏出来的，从只有荆棘的地方开辟出来的。”是的，我笔下的主人公刘前东，他面前那条上山的路只有一条，他人生中的事业之路也如山路一般需要他一步一步踏出来。

确定了人物的成长主线，我还需要一种结构形式来讲述故事。是用顺叙、倒叙还是插叙的方式？还是其他更加新颖的结构样式？在这一点上，我又一次面临选择。父亲说，不要去想如何用炫酷的方式讲述你的故事，而是要沉下心来，用你自己的观察视角结合听众的接受心理，去找到那条你认为最合适的、也是唯一的一种讲述方式。于是，我再次把刘前东所有的资料研究了一遍，发现了我认为唯一可行的、感人的叙述结构样式——即通过刘前东的女儿刘玉阳的视角来讲述故事。我把我的这个想法和中央广播电视总台的导演权胜老师进行了沟通。他说还不够！这个结构里还存在一个最大的问题。我问是什么问题，他说，我们写一个人的成长，写他的思想转变、精神力量，不能凭空而来，一定要有传承。你只想到了向下一代的一种传承，却忘记了来自父辈的教诲和精神指引。要知道一种精神力量的传承，必须是一代代的流传下去，不能成为无源之水无本之木，而且你会发现，真正感人的那一点很可能就藏在其中。听完他的一席话，我顿时茅塞顿开。我笔下的昆仑山叶城二牧场三连连长刘前东，为连队里牧民们做的每一件事，解决的每一个困难，都是实实在在的，是最自然不过的。要说感人，他做的事情都很感人，然而因为这些事件过于生活化、琐碎化，所以讲述的时候难免不自然，有刻意烘托情感表现的嫌疑。但是，当我讲述刘前东和父亲和孩子发生的思想矛盾冲突的时候，那种感情是揪心的、痛苦的，能引起听众极大的共鸣。在此基础上，我挑选了一两个刘前东帮扶贫困牧民的特别感人的故事糅杂在一起，终于完成了这部广播剧《昆仑之子》。因为受播出时间的限制，这部广播剧没有给我太多的时间进行修改就播出了。事实上，如果时间允许的话，我还有一个突出的问题没有解决，是什么呢？留给下回剧本创作来分解吧。

大爱无疆

编剧 \ 刘　茗

主要人物

卡小花·卡德尔：女，维吾尔族，阿尔肯·吐尔地的妻子，性格开朗，富有爱心，为自己关心的人可以付出自己最大的努力。

阿尔肯·吐尔地：男，维吾尔族，卡小花·卡德尔的丈夫，有爱心，不善于表达，一直默默支持着妻子，并和妻子一起抚养12个孩子长大。

高春节：男，汉族，卡小花和阿尔肯收养的一对汉族兄弟中的哥哥，懂得感恩，待人温柔。

阿青·阿尔肯：女，维吾尔族，卡小花和阿尔肯的亲生女儿，是家里的老大，懂事顾家。

顾客：女，30岁，汉族。

机器语音：女声。

同事小王：男，27岁，汉族。

医院咨询台人员：女，30岁，汉族。

护士：女，28岁，汉族。

邻居：女，35岁，维吾尔族。

收废品老伯：男，65岁，汉族。

街边顾客：男，维吾尔族，青年。

工地招募人员：男，30岁，汉族。

【下午,银行环境,柜台】

高春节:您的业务都办完了,请收好您的身份证。

顾客:好的,好的,谢谢。

【机器声】

高春节:麻烦您按一下旁边的按钮,为我的服务评个分。

顾客:满意。

高春节:谢谢,谢谢,那您慢走。

顾客:再见。

【顾客脚步离开,口袋里高春节的手机震动】

高春节:(转头)小王,你帮我盯一下,我去接个电话。

同事小王:好嘞。

【走到一旁接电话,小王的话作为背景音】

同事小王:您好,您要办什么业务?

高春节:(接电话)喂,阿青姐,怎么了?

阿青:(电话效果)(着急的)喂,春节,你快请个假回来吧,阿娜她……她晕倒了!

【重点音效提示,稍紧张】

高春节:(惊)怎么了?啊?阿青姐,到底是怎么回事?

阿青:(电话效果)具体的情况我也还不清楚,阿达刚给我打电话,说已经把阿娜送到医院去了,我正在往回赶呢,你也快回去看看吧。

高春节:行行行,我知道了。阿青姐,你注意安全,晚上要下雨。我现在马上就去跟领导请假,你们等着我!

1

【傍晚,玻璃门推开,急匆匆跑进医院的脚步】

高春节:(焦急)您好,请问急救室在几楼?

医院咨询台人员:哦,从那边电梯上八楼。

高春节:好,谢谢。

【跑步,进电梯系列声音,到楼层电梯响,跑出电梯,楼道中】

高春节:爸!

阿尔肯:春节,你回来了。

阿青:弟弟啊。

高春节:妈怎么回事?

阿尔肯:你阿娜她今天突然就晕倒了,我下班回到家就看到你阿娜倒在床边,把我吓了一跳,我赶快就把她送到医院来了。你阿青姐到的时候,医生才给你阿娜做完检查,结果就说必须要做手术。

高春节:这么严重吗?病症查出来了吗?

阿尔肯:医生说是心血管堵塞了。哎……最近你阿娜说她一直心慌,没有力气,还经常气喘的很,我们都以为是你阿娜没有休息好,谁知道是心血管堵塞呢,(自责)你阿娜这么严重的病,你说我咋就没有意识到呢!你阿达我也老糊涂了!哎……

高春节:(焦急)爸爸,您别着急,我再去问问医生咋回事。

阿青:阿达,你在这里坐着,我和春节一起去。

高春节:走,阿青姐。

阿尔肯:好呢,好呢。

【楼道门被推开,从门里面走出来几个医生、护士】

护士:卡小花的家属是哪位?

高春节:是我!是我!

护士:过来在这个手术单上签个字。

高春节:哎,来了。

【高春节立刻跑过去】

高春节:医生,我妈妈到底是什么情况?

护士:(愣住)额……你是,卡小花的……

高春节:(立刻)我是她儿子!

护士:(疑惑)儿子?(翻病历声)她是维吾尔族,你不像维吾尔族啊?

高春节:(着急)医生,我真是他儿子。

阿青:他是我弟弟,真的是我妈妈的儿子。

【阿尔肯走过来】

阿尔肯:医生,他确实是老汉我的儿子。刚从拜城县赶回来的。

护士:我是没想到你们有个汉族儿子。(拿出手术单)来,这个手术单,你们家属要签个字的。

高春节:我来签,我来签。

【接过手术单】

高春节:心血管堵塞,需要进行开胸手术,做支架搭桥……(被描述语吓到)这……开胸手术?这么严重?

护士:(耐心解释)你先别着急啊,病人现在已经出现了胸闷、气短、气喘、全身乏力的症状,做支架手术是现在比较普遍的治疗方法。如果不做这个手术的话,以后容易出现心脏供血不足的状况,那就是更大的问题了。

【突然跪地,周围人的唏嘘声】

高春节:大夫……

护士:(被吓到)哎,你干嘛跪下……来来来,起来……(被打断)

高春节:(着急快哭的)大夫……求求您!求求您救我妈妈!救救我妈妈!

护士:你先别着急,来!

【扶起高春节】

高春节:(吸鼻子)我4岁的时候,亲人就都不在了,要是没有妈妈,我肯定长不到这么大,家里最困难的时候,她一个人干好几个人的活儿,给我们买鞋买衣服,一顿吃的也没落下我们!没有她,就没有今天的我!我现在,还没有报答她呢!

护士:你放心,手术就是要解决她现在的问题的,我们会尽全力的。

高春节:嗯!

【拿起手术单签字】

护士:你们先在这等着,我们马上去安排手术。

阿尔肯:好呢,好呢。

【脚步声走远】

阿尔肯:春节,来来来,坐下休息一会儿。来我的儿子,坐下,坐下。

高春节:(沉默一会儿)爸,阿青姐,你们都没吃饭呢吧?我去给你们买点吃的。

2

【从医院里出来,外面下起雨,打在地上噼噼啪啪,忧伤的音乐声】

高春节:(在门口站定)(喃喃自语)下雨了……真像小时候的那场雨啊……长大以后,我经常会想,如果四岁生日那天,我没有遇见我的维吾尔族妈妈,我的人生,将会是怎么样呢……

【跑步声冲进雨中至消失，音乐烘托，雨声持续，转弱，一声惊雷，转场回高春节四岁时，室内环境，屋外大雨，偶尔一声惊雷】

高春亮：(3岁)(颤抖的呼吸声，听到雷声而被惊吓到，慢慢开始大哭)哥……哥哥……我害怕……

高春节：(4岁)(颤抖的呼吸声，虽然害怕但强装坚强)不怕……我们……我们去找妈妈……

【拉着高春亮的手，走到门口开门，大雨打在地上，两个孩子走了几步，被大雨浇透，坐在地上】

【高春节(4岁)、高春亮(3岁)，冻得哆嗦的呼吸声】

【稍远处跑步声，雨打在雨伞上】

阿尔肯：(喊)高春节？高春亮？高春节？高春亮？

高春节：(4岁)(哆哆嗦嗦地)我们在这儿呢……

阿尔肯：(发现他们坐在家门前的地上，赶忙跑过来)你们两个小娃娃，是不是高春节和高春亮？

高春节：(4岁)(哆哆嗦嗦地)是……

高春亮：(3岁)(一下哭了出来)哇……

阿尔肯：(哄孩子)哦，小朋友，不要哭，不要哭，不要害怕啊。我是你们的舅舅！你们两个在家，肯定是害怕了吧？不要害怕，舅舅来了，走吧，跟舅舅回家去，走，走走走。

高春节：(4岁)(哆哆嗦嗦地)舅舅，好冷啊。

阿尔肯：把舅舅的衣服穿上，来给你们两个捂上。暖和得很，走走走。

【家门开，两个孩子走进来，蹲在火炉边上】

【高春节、高春亮瑟缩的呼吸声】

阿尔肯：来来来，两个小家伙，舅舅拿着毛巾给你们把头发擦上一擦，擦干了嘛，一会儿去喝一点热水，再吃点东西。

【家门开，卡小花带女儿回来】

阿青：(4岁)阿达！

卡小花：阿尔肯，我们回来了。

阿尔肯：老婆，我的女儿阿青回来了，来来来。我也刚进家门，刚回来。

阿青：(4岁)(开心)阿达，今天阿娜带我……(停下来)

卡小花:哎！阿尔肯,这是？哪里来的两个娃娃？

【高春亮(3岁),吸鼻涕声】

阿尔肯:老婆,这个……这个事情说起来就太复杂了。

卡小花:哎哟,这……怎么弄得跟小花猫一样,得赶快换件衣服,一直这么湿嗒嗒的,会感冒的。

阿尔肯:就是,就是。

卡小花:(慢慢走过去)来,孩子,别怕,一会儿带你们洗个澡,再好好睡一觉,就啥事情都没有了。

【高春节(4岁),轻微哭声,偶尔吸鼻涕】

卡小花:(安慰)不哭,不哭了。我去拿个毛巾,准备洗澡了。

阿尔肯:对对对,不要哭吗。两个小朋友不要哭了。

【转身回房间去拿毛巾,阿尔肯也跟进房间来】

卡小花:阿尔肯,这到底是怎么回事？

阿尔肯:老婆,这两个孩子是……(不知道该怎么叙述而停顿下来,想了想接着说)以前我妈妈改嫁给了一个汉族人,这两个孩子,就是我妈妈女儿的孩子。我平时跟他们也没有什么来往,但是这两个孩子我还是知道的。

卡小花:那他们怎么会到咱家里来了？

阿尔肯:唉……这个吗,半年前,我妈妈的女儿突发心脏病,人就没了,我也是听说了这两个孩子的爸爸,前两天出了车祸了,你说说……

卡小花:那……人呢？

阿尔肯:人呢……肯定就没有了吗。

卡小花:这两个娃娃太可怜了,这下,不就无依无靠了吗！

阿尔肯:就是的嘛。两个孩子在家没人管,邻居说这俩孩子天天在房子里哭,可怜得很,他们没有办法,才找人联系到我,我刚才就赶快把他们接回家了。两个孩子吓得不轻啊,一直在哭呢。

卡小花:我先去给他们洗个澡,然后弄点吃的,他们这样子,肯定是冻坏了,饿坏了。

阿尔肯:就是的,就是的,老婆,你赶紧去给他们弄点吃的,阿青的东西,我来给她收拾,我给她收拾。(转头对阿青)来来来,阿青,爸爸帮你收拾东西。

【拿了毛巾，抱柴火，生火，烧水，阿尔肯收拾完东西走进来】

阿尔肯：老婆，阿青睡了，我帮你烧水。老婆，你想啥呢？嗯？

卡小花：（犹豫）阿尔肯……

阿尔肯：嗯？

卡小花：要不，让这两个娃娃留下吧？

阿尔肯：留下？

卡小花：嗯，就留在咱们家里吧。这两个娃娃太可怜了么，没有爸爸，没有妈妈，也没有老人，以后该怎么过嘛？毕竟他们算是你亲戚那边的娃娃，没人管也不行啊？

阿尔肯：（思考）老婆，留下这两个娃娃，能是一句话那么简单的事情吗？你有没有想过。

卡小花：那你说怎么办？送到孤儿院去吗？那这俩娃娃就太可怜了呀。

阿尔肯：两个娃娃是汉族，要是住在我们家，他们会不会不习惯啊？

卡小花：那也比以后没有人照顾要好得多吧。这么可爱的娃娃，（下决心）有我一口吃的，就绝不能饿着这两个娃娃！

阿尔肯：他们确实太可怜，老婆，既然你决定留下他们了，那我就听你的，留下他们！（水壶烧开呜呜声）（笑）老婆，你快点给他们洗澡吧，别让他们再感冒了。

【拎起水壶，脚步声，水倒进大盆里】

卡小花：来，洗澡了，洗澡了。

【高春亮（3岁），吸鼻涕声】

卡小花：热水冲一冲，泥巴都不见了。多漂亮的孩子！以后一定是两个漂亮的巴郎！

【高春节（4岁），轻微哭声】

卡小花：孩子啊，不哭了，男娃娃要坚强起来！以后，我就是你们的妈妈，你们还有一个姐姐阿青，还有一个弟弟阿龙。这里就是你们的家！

高春节：（4岁）（破涕为笑）嗯。

高春亮：（3岁）（稍轻声地）嗯。

卡小花：好了，不哭了。

3

【清晨，室外鸟叫环境，院子里羊、鸡、鸽子叫】

卡小花：(对着圈里的动物说)吃饭咯，吃饭咯。

【撒鸡食】

邻居：小花，起这么早啊？

卡小花：是啊，养了这些鸡啊羊啊鸽子啊，都得喂的。

邻居：嗳，听说……你们收养了两个汉族娃娃？

卡小花：(笑着说)啊，就是啊，那俩娃刚来的时候那么小，可怜的不行，不管他们我心里难受啊。现在转眼都上学了，时间过得真快啊。哎不说了，不说了，我得叫他们起床了。

邻居：那你快去！快去吧！

【进屋，推小房间的门】

卡小花：起床了，起床了，起来吃早饭了！

阿青：(醒来反应声)嗯……

高春节：(哈欠声)哦……

卡小花：快起来吃饭，再磨蹭你们上学就迟到了。

【时钟走动声，孩子们狼吞虎咽吃饭，快速吃完后放下碗】

卡小花：快吃，快吃。

阿青：阿娜我吃好了。

卡小花：阿青，你收拾收拾，带上春节他们赶快上学去，路上注意安全。

阿青：好。(对弟弟们)走了，走了，书包拿上。

【脚步声，开门】

阿青：阿娜我们走了。

高春节：妈妈，再见。

高春亮：妈妈，拜拜。

卡小花：去吧，去吧，好好上学。

【脚步跑出，关门，收拾碗筷，擦洗声，时钟到点提示声】

卡小花：哦哟，该上班了，该上班了。哦哟，快迟到了。

【脚步声，关门，所有环境音随着关门出】

【场景1】

【转场，早晨出门，拿塑料袋装在衣服里】

卡小花：这几个袋子拿上吧，还能装点东西。

【走在路上，捡废纸壳、捡瓶子】

卡小花：这些纸壳，还有这些瓶子，可以卖点钱。

【走到废品回收站，放下袋子】

卡小花：老伯，今天这些，您看看能卖多少钱？

收废品老伯：你放这，我来称一下……

【场景2】

【转场，夏天傍晚路边来来往往的人群，推着小车，脚步声】

卡小花：（叫卖）凉粉！热热的馕饼！自制的凉粉、热热的馕饼！

街边顾客：老板我来一份凉粉！

卡小花：好嘞。

街边顾客：给，都是零钱。

【场景3】

【音乐入，转场，马路边】

卡小花：（念纸上的字）工地招募，搬砖人员，工资按小时结算。这个可以！

【跑到工地，推门走进去】

卡小花：你好，你们这在招募工人吗？我看写着按小时结算工资的。

工地招募人员：你能做啥啊？

卡小花：我能搬砖，能运砖，没有问题的！

工地招募人员：你能搬砖？我们这确实缺人，但是我看你……

卡小花：（信誓旦旦）我可以的！

工地招募人员：可以？那好，那你来这填一下表格……

【清晨，院子里羊、鸡、鸽子叫】

卡小花：吃饭了，吃饭了，慢慢吃，不准抢哦。

邻居：小花，你这段时间怎么都起早贪黑的，见不着人。

卡小花：（笑着说）啊，家里的娃娃得吃饭啊，我们要努力地给他们创造条件。

邻居：这么多娃娃怎么养，你们两个能忙过来吗？实在不行，送到孤儿院呗。

卡小花:唉,不行,不行! 忙不过来也要忙的。

邻居:你这个样子,迟早要累坏身体的,我看要不然,让年纪大的那几个娃娃就不要去上学了,出去打工嘛。

卡小花:(坚决不同意)那不行,他们在我家就是我的孩子,一定要让他们都有学上,这样嘛,(停顿一下,温柔)才能有出息!

4

【走出办公室,回到教室】

同学 1:哎,阿青,班主任找你干吗啊?

阿青:老师说,我评上三好学生了,过几天要上主席台领奖的。

同学 1:太好了,太好了,太厉害了。那是应该的,你年年都是三好学生,我们都佩服得不行。

同学 2:是啊,是啊,那你可得好好准备准备啊!

阿青:嗯,肯定要收拾收拾的。我的鞋子破了好大的洞了,回家跟阿娜说一说,要是能买双新鞋就好了。

【学校环境音淡出】

【市场环境音入】

卡小花:哎,阿达西(维吾尔语,朋友),你这个面粉怎么卖?

市场老板:三块五一公斤的嘛,要不要称一点? 便宜得很。

卡小花:哎,刚买了鱼,口袋里没钱了,实在不行,以后再买吧。(对老板说)阿达西,下次吧,下次再买吧。

市场老板:好的,好的,随时来买啊。

【卡小花脚步声淡出,市场环境音淡出】

卡小花:买得起这个买不起那个,看来要再多找些工作才可以啊,家里这么多张嘴,光靠现在的工作……不行啊……

【转场,推家门】

阿青:阿娜,你回来了,一会儿还出去卖凉粉吗?

卡小花:要去的,我去给你们做饭啊!

阿青:(兴奋)阿娜! 今天班主任找我,说过几天有一个全学校的颁奖仪式,我又是三好学生，要上台领奖的。

卡小花：(欣慰)不错，不错，阿青，继续努力啊！

【进厨房切菜，阿青跟过来】

阿青：(犹豫一下)阿娜，我想跟你商量个事。

卡小花：你说。

阿青：我想……买一双新球鞋，等到上台的时候穿，可以吗？阿娜，老师今天说要让我穿好校服，戴好红领巾，还要穿白球鞋，可是我的球鞋破了一个大洞，要上台的话，全校的同学都要看我笑话呐！

【切菜声停顿表示卡小花在思考】

阿青：阿娜……

卡小花：(喃喃自语)新球鞋……女儿的新球鞋……可是现在家里连多一斤的面都买不起了。

【切菜声】

卡小花：(一狠心)阿青，用白粉笔涂一涂就行了，现在哪有钱再买新鞋啊？

阿青：(不服气)可是阿娜前几天才给高春节买了新鞋！为什么不能给我买一双？

卡小花：你比他大半岁，男娃娃运动量大，你要照顾照顾他嘛。

阿青：(委屈地哭)阿娜什么事情都照顾他们！他们才是阿娜的亲儿子！

【阿青哭着跑出去，关门声，刚好高春节走进来】

卡小花：阿青……

高春节：阿青姐……

阿青：(哭着跑走)呜……

卡小花：(沉重地)唉……

【高春节走进来】

高春节：妈，怎么回事？

卡小花：没事，没事，你阿青姐闹了点小脾气，过几天就好了。今天炖了你最爱吃的鱼，等会儿可得多吃点啊，长身体呢。

高春节：(高兴)太好了！妈妈你真好！

【环境音淡出】

【坐在屋里吃饭，卡小花给高春节夹菜】

卡小花：春节啊，这是你最喜欢吃的鱼，这块肚子上的最好了，给你吃。

高春节:谢谢妈妈,妈妈,你们也吃啊,还有阿青姐,她也喜欢吃鱼。

卡小花:阿青是大孩子了,她应该懂事照顾你。

【阿青因为委屈而吸鼻子声】

卡小花:(劝慰)阿青不委屈啊,这鱼头给你吃,吃了更聪明,鱼眼睛啊,让你眼睛更亮。

阿青:(破涕为笑,但还是有点赌气)阿娜,你偏心!春节每次吃的都是最好的。你就是更喜欢春节,不喜欢我们。

卡小花:你们都是我的心头肉,咋能不喜欢呢。

高春节:妈,你怎么都不夹鱼吃呀,盘里还有几块呢。(停顿一下)要不,我把我这块给你吃。

卡小花:我不喜欢吃鱼,孩子,那块你留着吃啊,吃完饭赶快去写作业,妈妈还要去卖凉粉呢。

高春节:(似信非信)哦……

【卡小花起身把碗放在水池里】

高春节:(低声)阿青姐,妈妈真的不喜欢吃鱼吗?

阿青:(不想理高春节)她说不喜欢,那就是不喜欢嘛。

高春节:可是……

【把碗放在水池里,转身走了】

高春节:(嘴里嚼着东西朝卡小花喊)妈,我吃完了,我来收拾吧,剩下还有几块鱼,我就倒回锅里了。

卡小花:好,好好在家好好写作业啊。

【转场】

【半夜里蝉鸣声,过渡到室内】

高春节:(从睡梦中醒来,打个哈欠)唔,大半夜的,怎么厨房的灯亮着,(猜测)是不是阿龙起来偷吃东西呀,得去看一看。

【走了几步】

【旁白】

高春节发现阿青姐的白球鞋,妈妈给她补好了吗?他仔细看了看,原来是用白粉笔涂的,难怪阿青姐这么委屈,她可是要在全校同学面前上台领奖的。

【高春节起身轻手轻脚地走到厨房前,看到卡小花在喝鱼汤】

【高春节独白】

妈妈在厨房……喝鱼汤……她在喝鱼汤，她不是说……她不喜欢吃鱼吗？

高春节：（轻声呼吸，然后缓慢轻声念出声）妈……妈……

【闪回】

【轻柔音乐入，轻轻的风声和风铃声】

卡小花：春节，你将来想做什么啊？

高春节：我想变成大人，然后帮妈妈照顾弟弟们。

卡小花：那你要好好学习，学你阿青姐姐。

高春节：好！我会努力的！那……妈妈有什么愿望啊？

卡小花：我最大的愿望就是能有一座大的房子，让你们都住进去，每天在这里吃饭、玩耍。你们健健康康、快快乐乐的，每天都吃得饱饱的，这个就是我最大的愿望了！因为，我们是一家人啊！

高春节：恩！妈妈，我们永远都是一家人！

【音乐烘托，淡出】

5

【医院楼道，高春节脚步声渐进】

高春节：爸，阿青姐，我把饭拿来了……

阿青：哎哟，怎么出去也没带个伞，淋成这个样子了，跟小花猫一样，快擦一擦。

高春节：姐，我自己来，你们快吃点东西，等会儿妈出来了，我们还得轮流照顾呢。

阿青：哎，好。

【高春节擦身上的水，过一会儿，手术车从里面推出来，一家人赶忙上前】

阿青：阿娜出来了。

高春节：（急迫）医生，我妈妈怎么样了？

医生：（笑着说）放心吧，手术很成功。你的妈妈不会有事的。等她醒来了，在医院休养一段时间，回家以后别太累，就不会有问题了。

阿尔肯：哦，知道了，知道了。

高春节：（高兴）噢！医生，谢谢您！

阿尔肯、阿青：谢谢医生！谢谢医生！

【走进病房，医院器械的声音，高春节走到病床前坐下，抚摸着卡小花的手】

高春节：妈妈，我全世界最好的妈妈，只要你能平安，让我做什么，我都愿意。

【转场，清晨】

卡小花：（虚弱）阿尔肯，你们都在啊！

阿尔肯：都在，都在。

高春节：妈，你没事吧？现在感觉怎么样？

卡小花：我没事，没事，你们都不用担心我，就是突然晕倒了，没啥大事情。（停顿一下）我要看到你们都成家立业了才行啊，怎么会有事呢？

高春节：（破涕为笑）嗯，就是的。

阿尔肯：没有事情就好呢，全家人都非常担心你呢。

卡小花：春节啊，你怎么回来了，工作那边没问题吧？

高春节：没问题，我都请好假了，你都住院了，我怎么能不过来陪你呢。

卡小花：就你会说话。

阿青：阿娜，阿龙他们过会儿也过来。

卡小花：你跟他们说，让他们都好好上学，好好工作，就行了。（停顿一下，感慨的）以前低头看着你们，心里真发愁啊！不知道什么时候才能长大。一转眼，你看，就要抬着头看你们了！

阿尔肯：就是，就是，娃娃们都长大了，成人了。

【坐在床边】

高春节：（轻声关心）妈，你回家了，可得好好休息了。

卡小花：放心吧，好着呢。我以后，还想开养老院呢！

阿尔肯：老婆子，你想开，我就陪着你开。

【高春节、阿青、阿尔肯、卡小花一起笑出声】

阿尔肯：老婆子，要我说你呀，你一天到晚就是闲不住。

卡小花：（笑）只要你们都好，就行了。

卡小花：现在啊，日子好多了，你们该上学的上学了，该结婚的结婚了，我就不担心了。对了，过春节，你们都回来吧？

高春节：回！回！我们肯定回来！

卡小花：好！

6

【快春节时,夜晚,鞭炮声,一男一女脚步渐入,推开家门声】

高春节:(高兴)爸!妈!阿青姐,新年快乐!

卡小花:春节!哦!儿子回来了!

阿尔肯:儿子回来了!

阿青:弟弟回来了!

高春节:爸妈,你们看,我女朋友!

卡小花:(感动)儿子都有女朋友了!

阿尔肯:好呢,好呢。

阿青:弟弟都有女朋友了。

高春节:(转向女朋友)叫爸妈。

高春节女朋友:爸,妈,新年快乐!

【煽情音乐入】

卡小花:(感动)新年快乐,来来来,快进来进来,快坐下吃饭,菜都要凉了,坐下坐下!

【一家人热热闹闹赶来桌前吃饭,放下盘子,大家落座】

高春节:妈,我俩给你带了一条特别大的鱼回来,我知道,你最爱吃鱼了。

卡小花:哪里爱吃了,那是你最爱吃的。

高春节:(知道她说反话)妈,你就别骗我了,我知道。

高春节女朋友:妈,春节说了您最喜欢吃鱼了,今天呀特意去给您买了一条大鱼。

卡小花:(高兴)儿子,还记得这个事情!

高春节:这条鱼,你一定得吃。

卡小花:好,好。

阿尔肯:哎呀,老婆子,你怎么又哭上了呢。今天呢,应该全家人高高兴兴地才对嘛。来来来,我们全家人照上一张全家福,怎么样?

全家人:好!

高春节:我来照,我来照!来,那个,爸妈你们坐中间,阿青姐,你在旁边。

阿青:哎!好嘞。

高春节:春亮,你到这边来,阿龙到那边去。

高春亮:哥,全家福,你怎么不来呀。

高春节:你不知道,我这是定时拍照。来准备。

全家人:快来来来。

高春节:三、二、一!

全家人:亚克西!

【照相机咔擦一声转旁白】

我叫高春节,我有一个特别的家庭。我无法预料如果没有我的维吾尔族父母,我的人生将是什么样,但是我遇见了他们,我的妈妈卡小花·卡德尔,我的爸爸阿尔肯·吐尔地,还有十个维吾尔族兄弟姐妹。我拥有一个幸福的家庭,一个民族团结一家亲的大家庭,这是属于我的,一生的财富。

兵团道德模范　卡小花·卡德尔

用声音艺术感染人

从2012年底开始，因朋友的感召，我走进了广播剧的世界。七年的时间，从一无所知到略懂皮毛，再到参与制作，逐渐对广播剧的世界有了更为深刻的了解。

广播剧其实是小众的，它不像电影、电视剧，因有画面，而让人印象深刻，可以吸引观众。广播剧是无画面的，只靠听觉去抓住人，是一件很困难的事情，然而，也正是因为这种特殊性，使得广播剧成为了很独特的一种存在。它有着电影、电视剧所拥有的突出魅力，也拥有一种神奇的感染力和带动力。它用声音来讲述故事，用不同的人物来推进剧情的走向，突出一个中心思想。对广播剧的最高评价，就是用耳朵在听电影，而尽力做到这一点，就是广播剧制作者的目标。

广播剧中最重要的几个职位，就是导演、编剧和后期了。导演把控全剧走向，编剧敲定格调，后期赋予灵魂。而这其中的重中之重，就是一剧之本的编剧。剧本是艺术创作中的文本基础，编导与配音演员都必须遵照剧本进行演出，一个好的剧本，应当有起有伏，有铺垫有高潮，像电影艺术一样，在一段时间内，去完整地讲述一个故事。而我因为更多的是去尝试广播剧后期制作，对剧本的涉猎并不太多，所以在写这版剧本的时候，也算是拼尽了全力、绞尽了脑汁。

《大爱无疆》这部剧，讲述的是新疆生产建设兵团第一师四团职工卡小花·卡德尔，给了12个不同民族的孩子一个温暖的家的故事，要突出这个人物，就要找到她的特质，我想，最突出的，应该就是母爱了。而卡小花在收养的十个孩子中，最为独特的两个人，就是与他们不同民族的高春节、高春亮兄弟，因此，我决定以高春节为主要的剧情带动者，去完成这个故事。

然而，紧接着，我就遇到了一个非常大的困难——不知道该从何写起。在定稿这版《大爱无疆》的剧本之前，我还写过一版，与这版的时间线完全不同的剧本。既然要以高春节的角度来突出卡小花这个主要人物，那么细节与冲突是必要的，而卡小花这个典型人物又是实际存在的，设计剧情也不能够脱离现实。因此，如何填充细节、如何发展剧情，成为当时困扰我的主要问题。网络上的文字资料、视频资料也寻找了许多，在大概了解了高春节与卡小花之间的事情以后，我就以一条从头至尾顺下来的时间线开始了写作。即小时候的高春节兄弟遭遇了如何的境况，他们是怎样来到卡小花的家里的，卡小花为了收养这两个不同民族的孩子做了怎样的心里斗争，而高春节兄弟来到家里之后，和卡小花的亲生儿女发生了怎样的冲突，卡小花又突发了怎样的状况，最后怎样将主题归结于爱与家庭。

其实按照常理来讲，这样的成长顺序，是故事发展的正常流程。孩子从小长大，母亲给予爱和鼓励，最后升华主题，是一个完整的故事线。可是，这样写下来，也导致了一个问题。在写完了上、下两集剧本后，我通读了很多遍，还是觉得这样的剧本不能够成为真正讲述故事，没有戏剧冲突，没有高潮点，这样平铺直叙的剧情根本达不到吸引听众的效果。因此，在经过了很长时间的思考之后，我决定打翻之前的所有时间线，提炼出有冲突的细节，放在前面，再串联出整个故事线。我将写在剧本后半段的卡小花入院情节，提前放在了开头部分，即高春节在工作时，接到了电话，听闻卡小花生病住院、需要做手术，所以急忙赶回家中，看望养育自己多年的母亲，而在医院外等待卡小花出手术室的时间里，回忆起了自己小时候刚来到卡小花家里的情景。也为了突出母爱这个方面，我在回忆剧情里，加入了一些吃饭的细节，最后转到过春节时，高春节带着女朋友回家，一起跟自己的维吾尔族父母兄弟，拍了一张全家福。这样的剧本，虽仍旧需要诸多改善，但基本的冲突点与节奏点算是找到了。

之后，这个剧的配音与制作团队，也赋予了剧本新的灵魂。他们将我想重点突出的部分都展现得淋漓尽致，让我更加深刻地体验到了，通过人物讲述故事，通过细节展现声音的重要性。对于广播剧来讲，因为没有画面，所以很多动作、场景、线索，都需要交由人物来表达，而广播剧其实与电影并无太大区别，只是缺少了画面。

所以，重点的音效提示和音乐的出入，就成为了赋予广播剧灵魂的重要手段。

总体来说，这次剧本写作的尝试，又让我有了很多新的收获与体会。对于怎样去体现人物性格并结合剧情发展，我也有了新的领悟。这不失为一次极为深刻的体验。

【编剧简介】

刘茗，女，1991 年出生，新疆生产建设兵团广播电视台广播制作中心从事广播剧后期制作工作。独立制作周播广播节目《兵团故事会》，日播外采节目《环球故事会》《观复嘟嘟》《882 广播剧场》等。

边境线上援疆情

编剧 \ 王安润

主要人物

李兆奎:男,53岁,辽宁省丹东市妇女儿童医院主任医师。援建兵团第九师医院妇产科主任。

张文英:女,50多岁,李兆奎爱人。

李兆奎女儿:女,20多岁,辽宁省丹东市妇女儿童医院医生。

吴卫东:男,39岁,第九师医院院长。

张寰基:男,43岁,辽宁援疆医生。

加依娜尔:女,31岁,托里县库普乡哈萨克族牧民患者。

加依娜尔丈夫:男,托里县库普乡哈萨克族牧民。

张忠兰:女,47岁,第九师一六六团职工。

护士:女,20多岁,第九师医院妇产科护士。

翟洁:女,27岁,第九师医院妇产科医生。

吴副师长:男,50岁,第九师副师长。

上　集

【飞机轰鸣，音乐】

【李兆奎独白】

离开巴尔鲁克山，离开兵团第九师医院朝夕相处的同事们，我，一个五十三岁的大男人，落泪了。唉！这个病，来得真不是时候啊！那么多患者在眼巴巴等着我，我真不想离开啊！从鸭绿江到额敏河，援疆援出了我的万里情。此刻，我的家乡是越来越近了，近乡情更怯。女儿，你原谅爸爸了吗？一年多以前，爸爸因为援疆，连你的婚礼都耽搁了，爸爸心里有愧啊。我一闭眼，你当时委屈的样子，就冒了出来……

【回忆】

【女儿哭泣】

张文英：好了，好了，宝贝女儿，别再哭了，要不，咱们再做做你爸爸的工作。

女儿：爸，算我求你了行吗？下个星期天就要办婚礼，酒席定好了，亲戚朋友都通知了，您哪能说走就走呢？

张文英：是呀，老头子你到底要干什么呀？

李兆奎：闺女、老伴，我给你们坦白了吧，过两天，我就要去天山脚下对口援助新疆兵团第九师医院了。

女儿、张文英：什么？啊？

张文英：你开玩笑吧？

李兆奎：嗨，没开玩笑，是真的。

女儿：真的？

李兆奎：自从我报名援疆后，我这心里一直七上八下的。今天，领导终于批准了，这可是我人生中的一件大事呀。

张文英：（嗔怪）哎哟，你怎么不跟家人商量一下？

李兆奎：（嗫嚅）那时候不是八字还没一撇呢吗！

女儿：可是，爸，结婚也是我人生中的头一件大事啊，您怎么能这样。

张文英：对呀！还有啥事比咱宝贝闺女结婚的事大呀？

李兆奎:闺女,你的婚事的确是件大事。哎,你听我解释啊,如果这次我要是不去……

女儿:嗯,我不听!不听!我不让你走。

李兆奎:不听也得听。你们俩想想,我能有今天,靠的是什么?

张文英:靠什么?不就是靠你那个爱认死理、老不服输的个性?

李兆奎:老伴啊,你只说对了一半。(停顿片刻)没有组织的教育培养,我李兆奎什么也不是呀!

张文英:是,那倒也是。

李兆奎:现在组织上号召援疆,你们说,我一个共产党员不去,我不冲在前面,那群众会怎么看我们吗?

女儿:可我的婚礼怎么办?难道要推迟婚期?

张文英:什么?推迟婚期,那不行,这怎么让我跟亲家张口呀?不行!

李兆奎:亲家的工作我来做,行了吧?

张文英:那也不行!不行!

李兆奎:哎呀,我来做,我保证……

女儿:(抽泣)爸——爸——您在我跟妈妈这里都是常有理,我们谁也说不过你,你想做的事,谁都拦不住。好,婚礼先不办了,依您还不行吗!

李兆奎:闺女,你一直是爸爸懂事的小棉袄,这次算爸爸欠你的啊!

张文英:唉,老李呀,这工作上我们娘俩从来都没有拖过你后腿,只是你这个岁数,有严重的关节炎,肺也不好,老咳嗽,一下子要到那么远的地方去,能不叫我们担心吗?

李兆奎:老伴啊,林则徐被贬新疆时 56 岁,左宗棠 64 岁被任命为钦差大臣。我一个堂堂共产党员,难道还不如他们?再说了,人家兵团人献了青春献子孙,献了子孙献终身,那人家容易吗?不瞒你说,我这次去呀,就是要好好去向人家学习的。

张文英:你呀,我看你的心已经飞到新疆兵团去了。

李兆奎:哎,你说对了。

女儿:爸,那边生活条件差,您一定要多保重身体。

李兆奎:放心吧,不管到哪儿,你老爸那都是杠杠的。(感慨万千地)鸭绿江啊!鸭绿江,我李兆奎在这里生活了五十多年,今天要向你辞行喽!

【音乐,汽车马达轰鸣声】

吴卫东:李主任。

李兆奎:哎。

吴卫东:小张医生。

张寰基:哎,吴院长。

吴卫东:今天是你们来我们九师医院的第一个周末,咱们呐,放松放松,我和小翟呐,一起陪你们去参观小白杨哨所。

张寰基:小白杨哨所?

李兆奎:谢谢了。

翟洁:李主任,张医生,你们从祖国的最东边到我们这祖国最西边来对口援助,真是及时雨呀。

李兆奎:吴院长,这个姑娘是?

吴卫东:哦,她叫翟洁,昨天刚出差回来,父母都是六十年代从上海来的支边青年。翟洁现在可是咱们医院最年轻的医生,大学毕业后,主动要求回兵团工作,算是咱们军垦第二代。

李兆奎:是吗? 好,有志气,了不起呀,小翟。

吴卫东:老李啊,翟洁以后就交给你当徒弟了。

李兆奎:是吗,吴院长,我一定毫无保留地把所有的经验和技术都传给小翟大夫。

翟洁:谢谢李主任!

李兆奎:嘿嘿,不客气!

吴卫东:走吧,老李,来来来,你坐前面,我来开车!

翟洁:吴院长,放一首咱们最喜欢的《小白杨》吧。

【汽车音响传出歌曲《小白杨》,众人跟着哼唱】

张寰基:(唱)一棵呀小白杨,长在哨所旁,根儿深,杆儿壮,守望着北疆……

翟洁:哎,小张医生歌唱得不错,还挺专业!

张寰基:那当然,我唱这歌在咱医院还获过奖呢!

翟洁:真的,那么厉害?

李兆奎:这首歌我也是特别喜欢,但是就是不知道它的来历,哎,是不是跟咱们这个小白杨哨所有关呀?

翟洁:有关呀,小白杨哨所就在中哈边界,八十年代,一位战士将老母亲给他的

20 棵白杨树苗子种在山上,后来,19 棵死了,只有离哨所最近的那棵活了下来。在战士们的精心呵护下,这棵小白杨终于长大了。

吴卫东:再后来呀,词作家梁上泉到我们兵团来体验生活,这生命的绿色触动了诗人的心灵,于是他就写出了名扬天下的《小白杨》。

李兆奎:哎呀,你们俩的故事讲得太好了。小张啊,看来咱们这次援疆是来对了。

张寰基:嗯,李主任,这对我们援疆干部来说,也是一次很好的学习机会!

李兆奎:当然了。

张寰基:哎,快瞧,前面山上有棵大树,还有一行大字呢——发扬小白杨精神。

李兆奎、张寰基:守好祖国西大门!

吴卫东:同志们,小白杨哨所到了,下车!

【歌曲扬起】

李兆奎:(喊):小——白——杨——哨——所,我们来了!

张寰基:(喊)巴——尔——鲁——克——山,额——敏——河,我们来了!

吴卫东:喊吧,喊吧,把你们的激动心情都喊出来,哈哈。

吴卫东:二十世纪六十年代,我们这片英雄的土地上诞生了孙龙珍烈士。今天呐,有干部职工的模范赵机农,有诚信职工道德模范夏留女,还有咱们的同行梅莲,哎,你们知道吗,梅莲可是"白求恩奖章"的获得者呢!

李兆奎:哦,小张医生,我们这些援疆干部要好好向他们学习!

张寰基:嗯! 吴院长,我们现在是咱九师医院的兵,一切行动听指挥!

吴卫东:哈哈,你们来了是我们的福音,不过,我们医院条件很有限,人才、技术、设备什么都缺,李主任,你们要有个思想准备哟。

李兆奎:放心吧,有你们军垦第一代、第二代做榜样,咱们干工作,任何时候、任何情况下,都会硬碰硬,实打实的!

张寰基:对,放心吧,小白杨就是咱们的标杆!

众人:对!

【《小白杨》歌曲扬起】

【李兆奎独白】

我们很快就进入了角色,每天不仅要为来自农牧团场、高山牧场、农村矿区的各族职工和老乡们看病治病,还要传帮带,把自己的一手技术活教给年轻的医生们。累,的确是累,可累得有价值感,有成就感。

【医院】

病人:你叫啥?

翟洁:翟洁。

病人:翟洁? 我都没听说过这名,我不要你给我看,给我换大夫。

翟洁:我就是今天的值班医生!

病人:我不管,你赶紧给我换大夫,不是说那个援疆的李大夫看得好吗? 把他给我叫来。

翟洁:可是,李大夫他现在不在这里。

病人:我不管,把李大夫给我叫过来,我就要李大夫给我看病!

李兆奎:(走来)哎,谁找李大夫啊,我就是李大夫。

病人:哦,你就是李大夫呀?

李兆奎:翟洁,怎么了?

翟洁:她冲我发火。

李兆奎:别急,你先去三诊室吧。

翟洁:嗯。

病人:哼!过度治疗,你说,我都绝经了,还用得着去那些妇科检查吗?太可笑了,你这不就为了赚钱吗!

李兆奎:大姐,你先别发火啊,你真认为绝经期以后就不用做妇科检查了?

病人:那当然了,我不过就是觉得胃胀、不舒服,来医院开点药,真是活见了鬼,把我弄妇科来了,你说我能不火吗?

李兆奎:来来,别上火,先喝点水。你听我说,绝经期雌激素水平降低了,会引起各种妇科炎症,很多恶性肿瘤也会随着年龄增大而出现,这样的例子已经太多了。来,我看看你的病历。哎哟,你的卵巢上有一个大包块,这就是你胃胀、不舒服的原因,需要马上做手术。

病人:啥? 你……你可别吓唬我呀!

【急促的脚步声】

加依娜尔:哎哟,疼啊,李大夫,哪个是李大夫?

李兆奎:你好,你好,大妹子,我就是李大夫。

加依娜尔:哎哟,我,我可终于找到你了。疼啊,哎哟。

李兆奎:这位大姐,你怎么了?

加依娜尔丈夫:李大夫,我们是托里县库普乡的哈萨克牧民,她是我的老婆,叫加依娜尔,她得的是多发性子宫肌瘤,肚子大得像皮球。跑了好几家医院都说治不了,我们知道你名气大得很,我们就来找你了。

李兆奎:噢,好。

加依娜尔:李大夫,我这个病嘛,刚开始的时候没有当回事,拖到现在,哎哟……

李兆奎:别急,别急。来来来,你等一下,我给你倒杯水。

病人:啥?……她的病是耽误的?

李兆奎:你看到没有,大姐,这就是活生生的例子,你要相信我,你需要马上要做手术。

病人:我做,我做,对不起呀,李大夫,我刚才态度不好。我听你的,我马上就去办住院手续,李大夫,你忙着,你忙着,我走了,走了!

李兆奎:没关系,没关系,好。

【暖瓶倒水声】

李兆奎:大妹子,先喝点水,慢慢说。

加依娜尔:李大夫,我们跑了好几家医院,花了好多钱,我还是肚子疼得很,尿多得很,他们让我去乌鲁木齐的医院做手术,说是要花好几万块钱。哎哟,疼呀,我们家哪来的那么多钱呀。

李兆奎:哦,你们拍过片子没有?

加依娜尔:孩子爷,把片子,片子,拿出来。

李兆奎:来,我看看。哟,问题还挺严重啊,我尽快给你制定一个手术方案!

加依娜尔:李大夫,我害怕,我害怕呢。

李兆奎:(安慰)不用害怕。

加依娜尔:我还有一大家子人呢。再说,花那么多的钱,我们家拿不出来,我们家真的拿不出来,哎哟。

李兆奎:(安慰)加依娜尔,你放心吧,我亲自给你主刀,用不了那么多钱,有几千块钱就够了。

加依娜尔:真的?

李兆奎:真的!

加依娜尔:李大夫,哎哟,我真不知道该怎么样谢谢你。哟……哎哟……

李兆奎:不用谢我,你别紧张,一定要放松,手术前要调节好心态,懂吗?

加依娜尔和丈夫:嗯,明白呢!

【音乐】

加依娜尔丈夫:(焦急不安)护士,我老婆的手术开始了吗?

护士:开始了。

加依娜尔丈夫:护士,这有没有危险呢?

护士:不要着急,你安静等一会,里面在手术呢!

加依娜尔丈夫:好的,好的……

【手术室】

翟洁:李主任,给您擦擦汗吧。

李兆奎:不用,集中精力观察患者。

翟洁:可是,您帽子、衣服都湿透了,脸色也不好。

李兆奎:不用管我。

【手术器械声】

李兆奎:(松一口气)啊,好了。手术多长时间了?

翟洁:整整三个半小时。

李兆奎:病人现在没有危险了,推回病房吧。

【手术室门打开】

护士:呀,出来了。

翟洁:李主任真不愧是行家!加依娜尔的子宫肌瘤好大,牵扯的脏器又多,手术难度和手术风险非常大。其实,这个手术,李主任完全有理由转到别的医院,可是他硬是承担着风险做了,而且做得非常成功!

护士:真了不起!

加依娜尔丈夫:(欣喜若狂)加依娜尔,加依娜尔……

翟洁:嘘,小声点,她的麻药还没过呢。

护士:是呀,小点声。

加依娜尔丈夫:(似懂非懂的)噢,好,好……

翟洁:李主任可是累坏了。

加依娜尔丈夫:(关切地)李大夫,李大夫,谢谢,谢谢你了,李大夫,你救了我的老婆,我太感谢了。(哽咽)

李兆奎:不用谢!不用谢!你看,你的加依娜尔这不是好好的吗,她再也不会受罪了。

加依娜尔丈夫:李大夫,你救了我老婆的命,你是我们的恩人呐,你人太好了,我不知道咋样感谢你呢,李大夫。(激动地哭)

李兆奎:不用,不用,这都是我们这些当医生的应该做的嘛。来,来,翟洁,你叫护士把加依娜尔推进病房,要好好地护理观察,过几天没什么问题就可以出院了。

翟洁:好的。

【脚步声】

李兆奎:哎哟……嘶……嗬……

翟洁:李主任,您脸色煞白,没事吧?

李兆奎:噢,没事,没事,走,咱们准备下一台手术,走。(离开)

加依娜尔丈夫:这个李大夫,好人呐,好人……哎,护士,李大夫把我的老婆救了过来,我也不知道咋样谢谢他呢!哎,护士,你看这个是我们自己家的奶疙瘩,你们收下吧。

护士:这个我们不能收的。

加依娜尔丈夫:护士呀,这个是我们的一点点心意,你们收下吧,收下吧。

护士:这是李主任的规矩,他从不收患者的礼物。噢,对了,有一次,有一个病人出院了,给他捎了几个玉米棒子,他都犯愁了好几天呢。

加依娜尔丈夫:哎呀,这咋办呢?

护士:咋办?高高兴兴回去过你的日子,就是对李主任最好的报答。

加依娜尔丈夫:(擦眼泪)哎,我碰到好人了,我碰到好人了,我的运气太好了。

【过渡音乐】

翟洁:加依娜尔,今天你可以出院了。

加依娜尔:真的?噢,我都好了。

护士:当然了,诺,这是出院手续,一会下去结个账。

加依娜尔:嗯,孩他爸,去结账吧。

加依娜尔丈夫:翟大夫,多少钱?

翟洁:一共不到7800元。

加依娜尔:啊?还不到一万元,这是真的?翟医生,我没有听错吧?

翟洁:没有呀,怎么了?

加依娜尔:我要见见李大夫,我要见见我的救命恩人,我,我找一下李大夫。

【脚步声音效】

李兆奎:谁要见我呀!

加依娜尔:李大夫!

李兆奎:加依娜尔,怎么样,好利索了吗?

加依娜尔:哎,好多了,谢谢你了,李大夫。

李兆奎:不用谢,不用谢。

加依娜尔:多亏您手术做得好。

加依娜尔丈夫:是呀,李大夫,你救了我老婆的命,哎呀,我们太感谢了,我们自己家做的奶疙瘩,你们也不要,这个锦旗是我和加依娜尔的一点心意,李大夫,你一定要收下,一定要收下。

加依娜尔:收下。

护士:来,我看看,我看看,(读)赠李兆奎大夫——辽宁“白求恩”! 好,说得好。

加依娜尔:谢谢,李大夫。

李兆奎:哎呀,你过奖了,白求恩呐,我可是比不了!

加依娜尔丈夫:哎,李大夫,你就像真正的白求恩一样,这个锦旗,你一定要收下,一定收下。

加依娜尔:收下,一定。

李兆奎:好,好,好,那这个锦旗我就收下。对了,你们回去要坚持吃药,有什么情况,及时来电话啊。

加依娜尔:嗯,会的,我一定会坚持吃药的,李大夫,去我们托里县玩吧。

李兆奎:行!

加依娜尔丈夫:李大夫,你来时我要宰最好的羊招待你。

李兆奎:嗨,羊就不用宰了,有机会我一定去看看你们。

加依娜尔及加依娜尔丈夫:好的,李大夫,再见。

李兆奎:再见! 慢走啊!

加依娜尔:嗯,再见,李大夫。

下　集

【音乐，敲门声】

【李兆奎独白】

每天高强度的工作，多治好一个农牧民，我就多一分价值感和成就感。可是，我这身子骨怎么不给力呀，近来持续地低烧，头晕恶心，那种浸透全身的疲乏，得全靠意志才能挺过去。

【敲门声】

翟洁：李主任，有急诊！

李兆奎：来了，来了！

【北风呼啸声，急促的脚步声】

翟洁：李主任，患者腹痛、胸闷、心悸，已经失血性休克了。

李兆奎：听诊器。

翟洁：给您。

【紧张音乐】

李兆奎：异位妊娠，重度失血性贫血，马上输血！

翟洁：是！

【音乐，钟表滴答声】

翟洁：李主任，输血后，患者生命体征逐渐好转。

李兆奎：嗯，继续观察。

护士：哎呀，你看，患者面色红润了。

李兆奎：好，暂时没有问题了。

【音乐，挂钟报时声】

翟洁：哎，李主任，您回去睡一会吧，都在这守了 20 多个小时了。

李兆奎：嗯，好。（打哈欠）哎呀，翟洁，那你就辛苦一下，在这里坚持一会，我还真得回去躺一会儿了。

翟洁：李主任，您天天这样没日没夜的，身体哪能吃得消呀？

李兆奎：没事，没那么严重。

【咣当，摔倒声】

李兆奎：哎哟！

翟洁：李主任！护士，快去叫张医生。李主任，怎么样？

李兆奎：（自语）哎哟，眼前一黑就摔倒了，这脚也崴了。哎哟，呵，好疼。哎呀，该死啊，早不崴脚晚不崴脚，偏偏这个时候崴。这可怎么办？

翟洁：别急，别急！

张寰基：（跑来）老李！老李，你咋摔倒了？你咋搞的？

翟洁：张医生，你看，这脚肿得像面包一样。

李兆奎：没那么严重。来，小张，扶我起来。

翟洁：不行，不行！得去外科治疗！

李兆奎：哎哟，别大惊小怪的。

张寰基：什么都不说了，来，我背你！

翟洁：来，小心！走！

【音乐，电话声】

李兆奎：喂，你好。

张忠兰：你好，您是李大夫吗？

李兆奎：对，我是李兆奎呀。

张忠兰：哎呀，我是一六六团职工张忠兰。

李兆奎：哦哦哦。

张忠兰：你好，李大夫，我可终于找到您了。

李兆奎：别着急啊，慢慢讲，慢慢讲。

张忠兰：李大夫，是这样的，我是一个单身母亲，我的检查结果出来了，是子宫内膜癌。

李兆奎：啊——？

张忠兰：我知道你们九师医院妇产科缺少放疗设备和技术，从没做过这类手术，一般都是把病人转到乌鲁木齐去治的。可是，可是我孩子小，路又那么远，亲戚也顾不上，还要花那么多钱，我确实拿不出来，我实在是没有办法了……

李兆奎：你别着急啊，你听好了，这个手术啊，我可以做，你到师医院来，不用去乌鲁木齐。

张忠兰：真的吗？

李兆奎:真的!

张忠兰:太好了,太好了,真的不用去乌鲁木齐了?

李兆奎:真不用去,我来援疆就是要帮助像你这样的经济困难的职工,让你们少花钱也能享受到和内地一样的医疗服务。

张忠兰:哎呀,我可遇上贵人了。李大夫,我听周围好些人说起您,说您喜欢替病人算账。为病人检查的时候,B 超能解决问题的,绝不让病人去做 CT。给病人看病,从不让病人花冤枉钱,哪种药便宜就用哪种药,能用一种药治好,就不开第二种药。

李兆奎:这是当医生的最基本的医德嘛。哎哟哟。

张忠兰:李大夫,您咋了?

李兆奎:哦,没事,我脚崴了。

张忠兰:啊?那就等您好了,我再去做手术吧?

李兆奎:唔,不不不,你这病,耽搁一天,就多一天风险。你明天就来吧,这个手术我给你做。

张忠兰:那,那好的,好的,谢谢,谢谢您了,李大夫!

李兆奎:不用谢,不用谢。

【过渡音乐,咣当、咣当,拐杖拄地声】

张忠兰:李大夫?李大夫,你——?

李兆奎:你就是打电话找我的张忠兰吧?

张忠兰:您都伤成这样了,还想着给我做手术……(哭泣)

李兆奎:嗨,你看,你们女同志眼泪就是多呀。不要有什么顾虑,不论我的脚有多肿,我都能做好你的这个手术,好吗?哎,这是你女儿吧?

张忠兰:是的,快叫李伯伯。

小姑娘:李伯伯好。

李兆奎:嗯,多可爱呀,小姑娘,要好好照顾你妈妈,啊……

小姑娘:嗯,谢谢李伯伯!

李兆奎:呵呵呵。

翟洁:李主任,院长叫你去一趟。

李兆奎:好嘞。

【咣当、咣当,拐杖拄地声,敲门声、开门声】

院长:请进。

李兆奎:吴院长,你找我?

吴卫东:老李,你是铁人啊?不好好休息,拄着个拐杖跑什么呀!

李兆奎:院长,这不是跟患者预约了个手术吗。

吴卫东:老李,放弃预约的手术,马上住院治疗。

李兆奎:我都给人家承诺了,不能让病人失望呀,对不对?

吴卫东:哎呀,你都这样了,你自己就是病人呀。

李兆奎:我同时还是医生,相信我,院长。

吴卫东:唉,真拿你没有办法。老李啊,你看看啊,你做的子宫内膜癌根治术、卵巢癌根治术填补了咱们九师医院的手术空白,实现了妇产科治疗癌症患者零的突破。这一年多来呀,你带领科里的5名医生开展手术160多例,其中疑难手术就达20多台,抢救危重患者20多人,你对我们医院的贡献,那大家都是看在眼里,记在心上啊,这里的各族群众和牧民都称你是辽宁来的"白求恩"啊!

李兆奎:院长,我在这里做100例、1000例手术都说明不了什么。让我的技术能传承下去,才是我最大的心愿。

吴卫东:老李呀,自从你到我们九师医院以后,你不光是用自己精湛的医术为患者救死扶伤,还不辞劳苦言传身教,为我们九师医院培养了一支"永远不走的医疗队"。可是啊,这一年多来,你实在是太累了呀。

李兆奎:没什么,院长,作为医生,自己累点苦点没啥,要把每一个病人当成自己的兄弟姐妹,病人多住一天就多一天痛苦,还要多花一天的钱。张忠兰的这台手术有比较大的难度,我不但要亲自做,我还要让翟洁她们一起来观摩。

吴卫东:可你这脚,就这样架着拐杖去做手术啊?

李兆奎:是呀,这不就是铁拐李嘛。

吴卫东:唉呀,老李呀,你让我说你什么好哇。

李兆奎:哈哈哈,院长,你就放心吧。

【音乐】

李兆奎:血压、心跳怎么样?

护士:正常。麻醉也完成了。

李兆奎:好,开始手术吧。

【仪器音效】

翟洁:主任,您的腿在发抖,能撑得住吗?

李兆奎:必须的,必须撑得住!翟洁,帮我用冰袋降降温。

翟洁:(难过)哎。

李兆奎:小翟,你看,切除这里要特别仔细、小心,不能留下后患。

翟洁:(吸鼻子)嗯,我知道,主任,您单腿站了两个多钟头了,歇歇吧?

李兆奎:歇歇?开什么玩笑。注意力集中,继续手术。

【音乐】

翟洁:主任,这伤脚一直架在凳子上,架麻了吧?要不给您换个姿势?

李兆奎:哎哟,别动,你这一动实在是疼,脚又肿又胀的。干脆,翟洁你帮我解掉伤腿绑带,让我单腿跪在凳子上。

翟洁:这,能行吗?

李兆奎:行,跪着行。哎,我说你这个军垦第二代,可不兴掉眼泪啊!

翟洁:(抽咽)好,我不哭,不哭……

【音乐,仪器声】

李兆奎:噢,这个手术,真有难度啊,不过总算做下来了。现在创口缝合完毕,哎哟,咝,哎哟。

翟洁:主任,您的腿怎么样了?

李兆奎:没啥,就是有点头晕恶心。来,扶我一把。

护士:(哭)您这一跪就是几个小时,您看看,膝盖都磨得紫青了。

翟洁:您一直这么跪着,我们看在眼里,比自个跪着还难受啊。主任,要不这样,剩下的我们来处理,让护士搀您下手术台吧。

李兆奎:不不不,那不成了虎头蛇尾了吗?还是我自己来吧。

翟洁:主任!求您了!

护士:您瞧您额头上的汗成串地往下掉,您不能再撑了!

翟洁:是呀,主任!

李兆奎:好了,好了,不要再干扰我了,我再坚持一会儿就好了。(虚弱地)好了,把病人推回病房吧。

护士:(哽咽)嗯。

【脚步声】

【李兆奎虚脱,快倒下了】

李兆奎:哎,哎哟。

翟洁:主任!快,大家扶住主任!

李兆奎:(自语)没事!没事!我休息一会儿就好了,我现在不能倒下,不能倒下……

翟洁:我去喊张医生,来背李主任!你们先看着。

【众人嚷嚷"快、快"慌忙搀扶,嘈杂的脚步声】

【电话铃声】

吴卫东:喂,你好,我是吴卫东。哦,你是政委啊?

政委:小吴啊,李主任的病情确诊了吗?

吴卫东:报告政委,经过乌鲁木齐的专家会诊,确诊了,是肺癌!

政委:肺癌?

吴卫东:是啊,政委,专家建议,李主任需要立即回辽宁省肿瘤医院做手术!

政委:那好,你们明天马上派专人护送李主任回辽宁!

吴卫东:是!

政委:另外啊,李主任的病情要及时通报我!

吴卫东:政委,我明白了!

政委:好,再见。

【音乐,病房】

护士:小姑娘,液体滴完了?来,我给你妈妈换个瓶子。

小姑娘:嗯,谢谢阿姨。妈,妈你睡醒了?

张忠兰:醒了,睡好喽。(念叨)今天几日啊?

小姑娘:嗯,12 日了。

张忠兰:对了,上一回李大夫说,还有七天我就可以出院了。哎,也不知道李大夫的脚好了没有呀?

护士:(欲言又止)李主任,他……

张忠兰:哎,护士,这几天怎么没有见着李大夫?他,他没事吧?

护士:有事!

张忠兰:怎么了?说呀,李主任,他……

张忠兰:李主任得……得重病了。

张忠兰:啊?什么?什么重病呀?

护士:其实,给你做手术的那天,他就一直在低烧咳嗽。后来经过检查,他肺上长了一个5公分大小的包块,初步确诊是……是……是肺癌。

张忠兰:天呐!(哭)都怪我呀,都怪我呀,都是给我做手术把李大夫给累成这样的……

护士:我们院长使劲催促他回老家治病,但是李主任一想到还有那么多患者在等着,他就一次一次往后拖,(哭)现在实在是拖不过去了……

张忠兰:(哭)都是我呀,哎呀,我太对不起李大夫了。

【开门声】

护士:李主任?您怎么来了。

李兆奎:忠兰妹子。

张忠兰:(哭)李大夫。

李兆奎:我来看看你,我要回辽宁去做手术了,走之前,我特地来跟你告个别。

张忠兰:(哭)李大夫,好人一生平安!您不会有事的,一定不会有事的。

李兆奎:不会的,不会的。你别哭了,放心吧,大妹子,我既然选择了援疆那就是选择了奉献,等我身体恢复以后,我还回九师医院工作。

张忠兰:李大夫,我们等着您,等着您回来!

李兆奎:嗯,我一定回来!

【汽车驰近声,开关车门声】

吴卫东:(走进)老李,车来了,政委派专人护送你回辽宁。

李兆奎:谢谢,谢谢了。

翟洁:(哭)李主任,您要多保重啊……

李兆奎:翟洁,别哭哭啼啼的,哎呀,我这援疆一年,我觉得我实现了人生中最大的愿望。选择援疆,我是无怨无悔呀。好了,吴院长,再见了。

吴卫东:老李,保重啊!

【众人道别声,汽车发动等的嘈杂声】

【音乐扬起,飞机轰鸣声】

【李兆奎独白】

从巴尔鲁克山到鸭绿江,我又回到了故乡,在辽宁省肿瘤医院,成功的做了左肺下叶切除手术。

【脚步声由远及近】

女儿:妈,您这是要去哪儿?

张文英：唉，这不你爸午觉刚一睡醒，就吵吵着让我赶紧回家给他拿笔记本电脑，说是要把这两天搜集的最新医学资料发给兵团九师医院他的那些学生们。

女儿：我就知道爸的身体还没恢复，可他的心啊，早就飞回巴尔鲁克山了。呶，笔记本电脑，我早替他想到了。

张文英：哎哟，真不愧是你爸爸的贴心小棉袄！

女儿：哎，对了，妈，刚才我在路上碰到医院的王院长了，他说爸的病幸亏发现得早，送回来的也非常及时，所以手术做得很成功。

张文英：是啊，还真得感谢兵团九师的领导在第一时间，就派专人把你爸给护送回来了！要不，这后果，哎呀，我都不敢想呐！

女儿：好了，妈，咱们赶紧过去吧。待会儿，爸又该着急了。

张文英：好好好，快走！

【脚步声由近而远，推门声】

李兆奎：哎，老伴，你怎么这么快就回来了？我让你拿的东西呢？

女儿：当当当当，呶！

李兆奎：笔记本电脑？哎哟，闺女，你怎么知道爸爸想用这个呀？

张文英：哼，就你肚子里的那点小九九，什么事能瞒得住咱闺女。

李兆奎：哎呀，闺女，咱父女俩可真是心有灵犀一点通啊！谢谢你了，小棉袄！

女儿：咱俩谁跟谁啊，爸，您刚去新疆兵团哪会儿，我们都不理解，没少埋怨您，您不生我们的气吧？

李兆奎：说什么呢？你是我亲闺女，耽误了你的婚礼，爸爸心里呀一直是特别的难受，你能不生爸爸的气，我就很高兴了。

女儿：(难过)爸，您别说了……

张文英：你呀，我们还不知道你吗，跟你生气也是白搭。

李兆奎：我不能对不起患者啊，这闺女结婚可以推迟，但患者一刻都不能耽搁！

张文英：老伴啊，一人进疆，全家援疆，你这去了一年，没回过一次家。我就纳闷了，你回一次家就那么难吗？

李兆奎：这路这么远，一来一回，得多长时间呐，病人多，医生少，老伴，你就理解理解吧。

张文英：(哭)哎，我理解，我理解，行了吧？这次手术做得挺成功，你这次一定得把病养好喽，要不然，我和闺女都不答应。

李兆奎:好,好,我听你们的,行了吧?

护士:(推门)李主任,新疆来人看您了。

李兆奎:真的?我可真想他们,哎,闺女,快,快请他们进来!

【脚步音效】

吴副师长:老李!

李兆奎:哟,吴副师长。哈哈哈,吴副师长!

吴副师长:嫂子,你们好啊?全师的干部职工都很挂念你们呀。

张文英:谢谢,谢谢。

李兆奎:谢谢,谢谢。吴副师长,哎呀,你这么忙,还来看我,我也想大家,我也想回去啊!

吴副师长:老李啊,你的心情我们理解。政委、师长交代了,让你好好养病。

李兆奎:哎,好!

吴副师长:哎,对了,最近兵团要大力宣传你的感人事迹呢。

李兆奎:什么?宣传我?哎哟,不行,不行,我做得太少了。

吴副师长:哪里,哪里,援疆期间,你为各族患者解除了多少痛苦,一提起你的大名,老百姓都竖大拇指呢。

张文英:吴副师长啊,我跟女儿商量过了,如果老李身体不允许,组织上需要的话,可以让我们的女儿替她爸爸去完成援疆的使命。

女儿:对,我也是医生,我愿意去我爸爸战斗过的巴尔鲁克山援疆。

李兆奎:(哽咽)好样的,好样的!闺女,老伴啊,不愧是我李兆奎的亲人!

吴副师长:好,太好了,我们一定转告给政委、师长。老李,在你精神的感染下,辽宁援疆干部已有 20 多人主动提出继续留在兵团工作。

李兆奎:好,好哇,从鸭绿江畔到额敏河边,咱们辽宁的援疆干部们已经完完全全融入巴尔鲁克山下的干部职工中。

吴副师长:嗨,个个都是杠杠的。哈哈哈哈。

吴副师长:哎,老李啊,吴院长和医院的同事们都特别惦记你,还有你治好的患者也非常想念你!他们托我给你带了个 U 盘,他们心里的话都在里面了,你抽空听听吧。

李兆奎:哦,U 盘,好啊,嘿,刚好我女儿给我送来了一个笔记本电脑,咱们一块听听。闺女,快把电脑打开。

女儿:哎,好嘞!

李兆奎:吴副师长,我也想他们呀!真恨不得这身体马上就恢复了,回到我们的巴尔鲁克山,继续为各族患者看病,做手术。

【笔记本电脑开机音效】

女儿:爸,好了!

李兆奎:哎。

【《小白杨》歌曲的音效】

吴卫东:老李啊,我是吴卫东,你呀,先不要着急出院,一定要把你的病治彻底喽,我们需要一个健健康康的李医生,好带领着我们把九师医院的医疗水平和患者的满意度都推上一个更高的层面。

翟洁:李主任,短短一年多的时间,我从一个只能做剖宫产的"一助",成为能够独立主刀的医生,我发自内心地感激您!

张寰基:李主任,我是张寰基,我们都在这儿呢,老惦记你了。年前,你亲自下厨给我们援疆干部和医院的同事们包了几百个东北大馅儿饺子,那太好吃了,我们还想吃啊。

张忠兰:李大夫,我是张忠兰,是你给了我第二次生命,我和我女儿会一辈子记住您的大恩大德的!您是大好人,老天会保佑您一生平安的!

加依娜尔丈夫:辽宁的"白求恩"李大夫,佳克斯(哈萨克语,好)!我是加依娜尔的男人,你救了我老婆的命,不要说吃羊肉,你就连我们家的奶茶都没有喝上一口哇,我的这个心嘛,太难受了。李大夫,你就像我们巴尔鲁克山上的雄鹰一样,志向大得很,飞得高得很,我们崇拜得很!

众人:(七嘴八舌地)哈哈哈哈,这位哈萨克大哥说得太好了!是呀,说出了我们大家的心里话呀。

翟洁:李主任,下面我们大家为您献上一首歌唱援疆干部的歌曲,歌名就叫做《鹰》,我们想说的太多太多的话都包含在这首歌里了……

【歌曲《鹰》】

我理解你的心,敬仰你高远的志气,在你开始飞翔的时刻,我向你向你致敬。

理想的天空没有喧嚣的尘埃,心灵在风雨中洗涤,太阳每一天都将是新的,把握住春天的季节。

理想的天空没有喧嚣的尘埃,心灵在风雨中洗涤,太阳每一天都将是新的,把握住春天的季节。

播种美好的希冀，西出玉门艳阳千里，日日夜夜，我祝你平安，时时刻刻，翘盼你的归期。

播种美好的希冀，西出玉门艳阳千里，日日夜夜，我祝你平安，时时刻刻，翘盼你的归期。

我理解你的心，敬仰你高远的志气，在你开始飞翔的时刻，我向你向你致敬。

【歌曲中压混独白】

理想的天空没有喧嚣的尘埃，心灵在风雨中洗涤，太阳每一天都将是新的，把握住春天的季节。把握住春天的季节，（感慨地）说得多好啊！

【歌声扬起，间奏中压混】

【李兆奎独白】

2012 年的 10 月，全国总工会授予我“全国五一劳动奖章”。我是辽宁人民的儿子，更是巴尔鲁克山的儿子。我的心永远跳动在新疆，跳动在巴尔鲁克山下的兵团第九师！

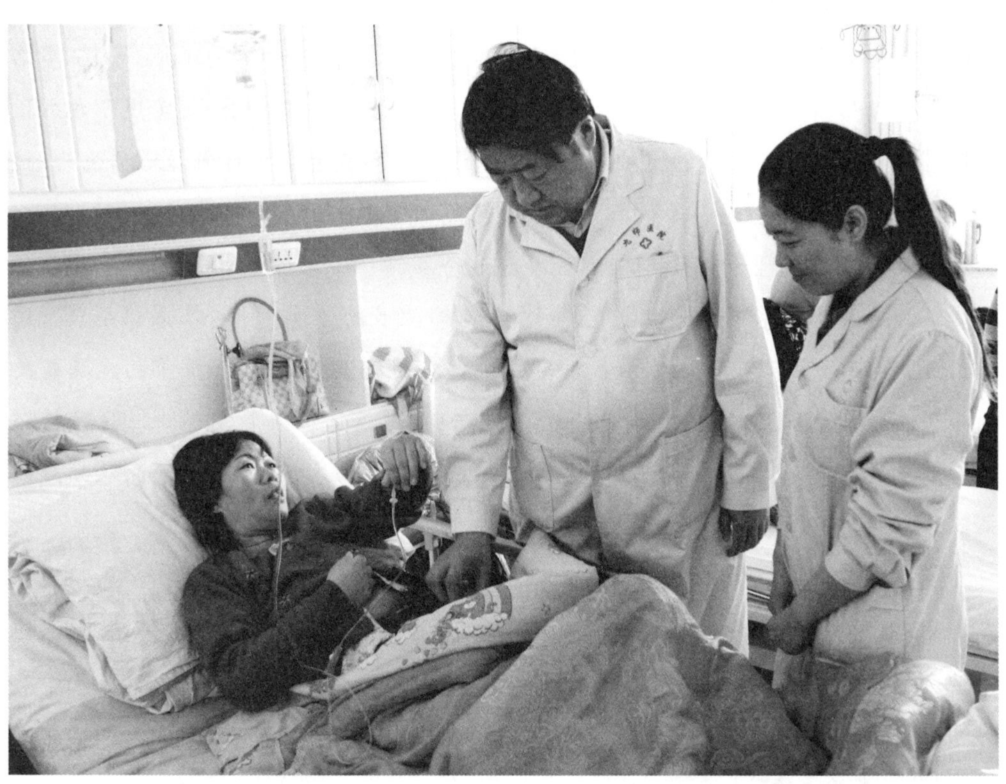

“全国五一劳动奖章”获得者、优秀援疆干部李兆奎（中）带领医生一起查看患者病情

援疆路上一首歌

创作广播剧《边境线上援疆情》源于一次巴尔鲁克山之行。那是2014年9月，我受邀前往第九师完成一次特殊任务。

在第九师的日日夜夜，我被一位来自鸭绿江边的援疆干部创造的业绩所吸引和感动。在援疆的440天里，他先后诊治了200多名妇科患者，治愈率达100%，为160多名各族妇女做妇科手术，抢救危重病患者20多人；开展多项高难度手术，实现了九师医院治疗妇产科癌症患者零的突破。巴尔鲁克山下的各族患者发自内心地称他为“边境线上的白求恩”。

且不论这位援疆干部姓甚名谁，单就这个业绩所带来的新闻价值我就欣喜万分。九师是驻守边境线最长的戍边大师，在800多里长的边境线上分布着11个农牧团场，团场医疗条件非常落后，农牧民和职工小病在团场医院治疗，稍严重的疾病就要到师医院、兵团医院甚至是乌鲁木齐大医院治疗，路途遥远且费用昂贵。这位援疆干部解决的可都是燃眉之急啊。我当即决定，对这位“白求恩”进行全面深入细致的采访。

随着采访向纵深发展，我一次又一次热泪盈眶。他不顾53岁的病痛之躯，推迟了女儿的婚期，毅然决然来援疆；他不开大处方、不过度医疗，为的是方便各族患者；他身患肺癌，脚踝扭伤，拄着拐棍查房，跪着做手术；援疆的400多个日日夜夜，他没有回过一次丹东；他毫无保留地把医疗技术传授给当地的年轻人，为九师医院培养了一支“带不走的医疗队”……

我终于见到了这位传奇大夫，可此时的他已被病魔折腾的失去了昔日的风采。

面对这样一位连死神都不畏惧的白衣天使，我一连提出好几个关键性的问题，得到的是这样的回答：女儿婚期可以推迟一年，但患者病痛不能耽误一分钟！婚姻是人一生之中最为重要的大事，父女之间的这个矛盾是怎样解开的？李兆奎淡淡一笑，告诉我，同为医生的女儿表了态，如果组织需要，她愿意前往巴尔鲁克山下，继续为当地农牧民和职工解除病痛疾苦。

我再也抑制不住激动的心情，毅然决定创作一部广播剧。这里有一个时代背景，第一次中央新疆工作座谈会召开后，19个对口援疆省市的数万名援疆干部和各类专业技术人才，告别父老乡亲，义无反顾地踏上了援疆之路。此时此刻传播李兆奎的故事，就是传播党中央援疆政策的英明正确和深入人心，因为李兆奎是千千万万援疆干部的优秀代表，从鸭绿江畔到额敏河边，他跨越千山万水，流淌真情大爱，奉献精湛医术，搭建幸福桥梁。如此历史背景决定了广播剧的思想内容所拥有的现实厚重感和所达到的历史新高度。

端坐台灯下，李兆奎的故事一个个在我眼前跳荡，这些细节更加坚定了我创作广播剧的信心。

经过反复斟酌，我坚定用李兆奎独白的方式开头，以统揽广播剧全局。同时，一个恰如其分的广播剧名跳上脑际：边境线上援疆情。然而用区区200个字的独白引出主人公，还要有性格塑造和情感戏份，这实在太难了。因为是第一次创作广播剧，我主动向新疆广播剧方面的老师请教，他们一番情真意切的点播使我茅塞顿开，便有了主人公李兆奎以下的独白：离开巴尔鲁克山，离开兵团第九师医院朝夕相处的同事们，我，一个五十三岁的大男人，落泪了。唉！这个病，来得真不是时候啊！那么多患者在眼巴巴等着我，我真不想离开啊！从鸭绿江到额敏河，援疆援出了我的万里情。此刻，我的家乡是越来越近了，近乡情更怯。女儿，你原谅爸爸了吗？一年多以前，爸爸因为援疆，连你的婚礼都耽搁了，爸爸心里有愧啊。我一闭上眼睛，你当时委屈的样子，就冒了出来……

故事一开头，后面的事就顺了许多。主动承担风险给加依娜尔做手术，在脚扭伤和身患重症的情况下仍跪在凳子上做手术，躺在病床上把最新医学资料发给九师医院的学生们……我知道，广播剧是听觉艺术，所以尽量把人物的对话写的贴近额敏地区生活、贴近援疆干部、贴近剧中人物的方言，比如一些病人用了河南地方方言、一些少数民族病人又用了民族语言，都非常贴近人物身份，这样可以产生闻其声，如见其人，如临其境的艺术效果。另外在不同的时间、空间进行转换，串联起一系列有因有果、有矛盾冲突的情节故事，使抽象的主题得到具象化的展示，使整个故事呈曲线式展开。

剧本完成了，我忐忑不安地寄给第九师党委宣传部，希望尽快获得他们宝贵的修改意见。没有想到，他们给予剧本充分的肯定和录制方面的大力支持，这让我欣喜万分。2015年5月，广播剧由新疆广播电视台精心制作完成。在短短的二十天内，先后被中央广播电视总台、新疆广播电视台、辽宁广播电视台、兵团广播电视台、乌鲁木齐广播电视台播出。特别是新疆广播电视台首播次日，就有许多听众给电台打来电话，向主创人员表示崇高的敬意。一个星期后，这部广播剧被评为兵团第七届“五个一工程”奖，并被推荐参评国家“五个一工程”奖。专家们给这部剧的评价是：广播剧《边境线上援疆情》聚焦了社会热点援疆大事件，歌颂了兵团屯垦戍边的伟业和新疆各民族之间的深情厚谊，故事情节精彩完整，构思编排独特巧妙，唱响了主旋律，传播了正能量，具有很高的传播价值。

之后不久，我出差来到了向往已久的丹东市，此时李兆奎正在家中休养。面对缓缓流动的鸭绿江谁水，我克制住激动的心情，没有打扰他。不久，广播剧《边境线上援疆情》在丹东市广播电视台播出。离开鸭绿江那天，我想象着李兆奎收听广播剧的情景，心里格外欣慰。

面对天山的呼唤

编剧 \ 王安润

主要人物

田百春:红旗文摘杂志社总编辑。援疆后任兵团日报社党委委员、副总编辑。

刘大姐:与田百春一起驻港的同事。

朱铁志:求是杂志社副总编辑。

梁文欣:田百春妻子。

田雨晴:田百春女儿。

老领导:兵团老领导、曾主管宣传文化工作。

孙涛:援疆干部,兵团工会副主席。

郭静:兵团广播电视台副总编辑。

跑龙套:陪衬主角或应故事发展,起到场景转换或过度作用。

1

【维多利亚港卷起的水浪声,轮渡马达声,汽笛声等音效。音乐起,《东方之珠》舒缓的乐曲。】

跑龙套:战友们,为了我们驻港十年的友谊,干!

一起吼道:干!干!干……

【酒瓶碰杯的音效】

男同事:要回北京喽,香港——我爱你!

女同事:欧耶!我们回家了!

男声:(唱)东方之珠我的爱人,你的风采……

一起唱:让海风吹拂了五千年……

【声音减弱】

刘大姐:(关切地)田百春,你怎么了?心事重重的。

田百春:没什么,朱大姐,就是有点难舍难分的。

刘大姐:大家都一样,过了今夜,又是一片天。

田百春:过了今夜,又是一片天。好诗啊。

刘大姐:百春,你这《红旗文摘》的大笔杆,可不许取笑大姐呀。

田百春:哪敢呀?平时大姐对我们这么好,就是借给我个胆子也不敢呀。

刘大姐:那是。要不就是想弟妹和女儿了?

田百春:那倒不是,反正明天就见了嘛。

刘大姐:哎,该不会是有牵挂的人了吧?

田百春:没有,没有,绝对没有。

刘大姐:哈……大姐逗你呢,谁有非分之想,你田百春也不会有的。大姐我相信你!

龙套:(远远地)走了,回了,明天还要赶早班机呢。

刘大姐:走吧,回去美美冲个澡,再睡个好觉,回——家!

田百春:大姐,你们先走一步,我吹吹海风马上到。

刘大姐:好吧,早点回啊!

田百春:放心吧大姐,我丢不了。

【水浪声渐大，音乐声渐强】

田百春：（心潮起伏）大姐你猜对了，我就是有牵挂了，不过，她的名字叫天山。（万分喜悦的）我田百春是多么幸运呀，刚刚完成了十年驻港任务，正好赶上新一轮对口援疆。我得去，我得去！决定了，回去就报名！

【舒缓悠扬的音乐】

田百春：（愧疚）走的时候，女儿才八岁，一晃成了大姑娘了。这些年，真难为了岳母和老婆了。香江，你说说，我是不是太自私了？

【乐曲渐强，水浪渐大，慷慨激昂的进行曲】

田百春：天山在召唤，天山在召唤我！对不起了，女儿。对不起了，老婆。新一轮援疆者的队伍里必须有我田——百——春！

2

【飞机起降声后，敲门声】

朱铁志：百春，回来了！快让我看看，瘦了瘦了，看来香港的龙吞面不怎么样吗！

田百春：回来了，想大伙了。朱副总编，我要报名去援疆！

朱铁志：开什么玩笑？如果没猜错的话，你这家门还未进吧？别逗了，听老哥的话，赶紧回家见弟妹和孩子。

田百春：朱副总编，我是认真的。

朱铁志：百春啊，你的心情我理解，可你驻港十年，这家还没来得及进就又要再去援疆？她们母女俩会同意吗？

田百春：这么多年不在身边，她们母女已经习惯了。这次援疆，她们肯定会理解，肯定会支持。

朱铁志：你就那么肯定？百春，撇开工作关系，咱俩算是铁哥们吧，你说是不是？

田百春：当然是了。

朱铁志：那好，你就听我这铁哥们一回，援疆的事咱今天先放下。听话，回——家！

田百春：（极不情愿地）那好吧，不过我还会来找你的。

【钥匙转动门锁的声音】

田雨晴：爸爸？怎么可能，昨天还通了电话呢。爸爸……想死我了。

梁文欣：百春，你怎么也不打个招呼？我和闺女好去机场接你啊。

田百春:这不想给你们个惊喜吗。

梁文欣:饿了吧?我去做饭。

田百春:别动,都别动,老规矩,我来,我来,尝尝我的手艺。

田雨晴:爸,就您那两把刷子,还是饶了我们吧,快让我妈做吧。

田百春:还是让我这离家十年的人好好表现表现。

梁文欣:闺女,就这么着?

田雨晴:耶!

【厨房里锅碗瓢勺有节奏地响着】

田百春:来喽——红烧肉,来喽——辣子鸡,齐喽——清蒸鱼。

梁文欣:闺女,放段音乐,开瓶酒,庆祝田百春同志回归,庆祝咱家团聚!

【田雨晴哼着小调应答着】

【《东方之珠》,酒杯碰杯的声音】

田百春:来,闺女,让爸爸好好瞧瞧。嗯,变了变了,变得爸爸都认不出来了。

田雨晴:爸,没那么夸张吧?不是视频上都在对话吗,嗯,我爸一定有什么事要求我们,对吧?老妈。

梁文欣:别瞎说,快跟爸爸亲热亲热。

田百春:差点忘了,礼物,礼物,来来来,这是闺女的,这是媳妇的,老规矩,这是姥姥的。闺女啊,我走这么多年,妈妈还要上班。如果不是姥姥、姥爷,你能长的这么欢实吗?所以……

田雨晴:所以,今生今世都不能忘记了姥姥姥爷的恩情,长大了要涌泉相报,都说了八百回了。咱能不能来点科技含量高一点的呀?

梁文欣:闺女,怎么跟爸爸说话的?

田百春:没关系,我闺女啥都明白。老婆,来,坐下。

梁文欣:干吗?

田雨晴:田总编要看看他漂亮的老婆变没变?

田百春:你这闺女,没个正型。咱不闹了,来,坐下,爸爸有重要事情要跟你们商量。

田雨晴:干吗呀?整的这么严肃。

田百春:是这样啊,你们要有思想准备啊!

梁文欣:怎么?工作有变动吗?

田雨晴:我知道,去撒哈拉大沙漠,支援非洲,想想亭亭玉立的闺女和贤惠能干的妻子,又于心不忍,是不是?老爸?

田百春:都不是,我想,我想报名去援疆。

【小提琴凄厉的和弦】

田雨晴:啥?爸,你不是刚刚结束十年驻港吗。

田百春:闺女,那不一样。驻港是组织派遣,援疆是自觉自愿行动。

田雨晴:(极其不满地)你就知道自己,心里还有我和我妈吗?自私!

梁文欣:(厉声制止道)闺女,给我住嘴!

田雨晴:住嘴就住嘴,我不管了。(哭泣)

田百春:闺女,闺女……唉。

梁文欣:百春,别管她,一会我说她。这次非去不可吗?

田百春:(惭愧地)也许闺女说得对,我是太自私了。

梁文欣:百春,千万别这样想,我是你老婆,我最了解你。说说吧,说出来心里会舒服些。

田百春:(感激)老婆,我的好老婆。你看,错过这一轮援疆,还要再等3年,趁还年轻,这次就让我去吧?

【沉默,音乐起……】

梁文欣:(略带嗔怪地)为什么不等女儿今年高考结束再去?我们只有这一个女儿呀?在她眼里,你就像一本"百科全书",她信服你,崇拜你,更依赖于你。

田百春:正因为如此,我这个当爸爸的,更没有理由不干出一番火红的事业来。

梁文欣:说实话,这些年来,咱家的日子其实就是一根电话线,你在那头,我和闺女在这头。不说了,谁让我是你田百春的媳妇呢!

田百春:老婆,你同意了?

梁文欣:我不同意又能怎么样?我还不了解你。

田百春:(欣喜若狂地)老婆万岁!

3

【敲门的音效】

朱铁志:请进。

田百春:朱副总编。

朱铁志:百春,来来来,真是说曹操,曹操到,我正要找你。

田百春:找我?

朱铁志:是啊,我们优秀的年轻干部。

田百春:(欣喜地)怎么?组织上同意我去援疆了?

【倒水的音效】

朱铁志:来,我的百春同志,先喝杯水。

田百春:谢谢领导,我……

朱铁志:你的事,我们慎重考虑过。这么跟你讲吧,你是我们求是杂志社党委重点培养的年轻干部。你离家驻港十年,已经为国家做出了很大贡献,关于你的工作,社里已经有安排。所以,这次就不要去援疆了。

田百春:(十分着急地)不去援疆?我,我……感谢组织的培养和信任,可朱副总编,您能听听我的想法吗?

朱铁志:先别激动,慢慢说,慢慢说。

田百春:第一,我对新疆有感情,在香港时,就带着记者去新疆和兵团采访过;第二,我对新疆历史和文化感兴趣,已经积累了几万字的文字材料,想写一本关于新疆的书;第三,我是学历史的,深知新疆的特殊重要地位,而且我一直有个愿望,想到新疆工作几年,想为边疆发展、民族团结做点事。这对我来说,是一次非常有意义的人生经历。

朱铁志:你说的不无道理,也切合实际,可中组部给我们社的名额是处级干部,你级别超了,到那边不好安排。

田百春:(语气肯定地)没关系,只要有岗位,能工作就行。

朱铁志:那好吧,我们再商量商量。你先回去休息。

田百春:好吧,不过朱副总编,不获批准我决不罢休!

朱铁志:知道了,回吧,回吧。

【音乐过渡,电话铃效】

朱铁志:(欣喜地)百春吗?我是朱铁志,经过与中组部协调,你的援疆申请通过了。你成功了,祝贺你!

田百春:真的?谢谢组织,谢谢领导……

4

【《边疆处处赛江南》……】

【旁白】

2011年8月25日，田百春随中央第七批援疆干部来到天山脚下的新疆生产建设兵团，被任命为兵团日报社党委委员、副总编辑。

社长：百春同志，你是北京《红旗文摘》的大总编，你分管报纸改版、发行、广告工作，这样分工行吗？

田百春：行啊，行啊，谢谢社长，我一定全力以赴，争取管好。

【音乐过渡】

田百春：同志们，报纸的改版是为了进一步提高办报质量。所以深度报道，要策划先行，打有准备之仗。

编辑们：是这个理，是这个理。

田百春：走基层的稿子呢，虽然短、小、快，但立意要高，可以做深、做透、做广。

编辑们：（七嘴八舌）这要求挺高的……不过，要真能做到这一点，我们的报纸肯定有读者。

田百春：有些好的选题呢，不要急于出手，要有准备，有积淀，扩大影响。

编辑们一起：田总说得好，我们下去好好琢磨琢磨。

【编辑部音效】

编辑：田总，我觉得这篇评论可以了，不改了吧？

田百春：按以往的标准是可以了，现在咱们不是在抓文章的质量吗？

编辑：田总，时间来不及了，就发吧？

田百春：不行！得改。

编辑：那么认真干吗呀？谁会这么上心？

田百春：这不是读者上不上心的问题，是我们编辑的态度问题。我们编的水准到了，自然就会赢得读者上心。

编辑：田总，您太较真了。

田百春：不较真不行啊，谁让我们端的是编辑的饭碗？

编辑：那好吧。

【音乐过渡】

田百春:不好意思,上次的事我态度不好啊。

编辑:田总,我始终弄不明白,这么认真有那个必要吗?

田百春:(语重心长)咱们改版后推出的“言论·声音”版,经过3个月的试行,从读者反映看,已经有了口碑。看来,要提高质量,要求不严是不行的。

编辑:田总,我明白了。上次的事,您别介意啊?

田百春:怎么会呢?咱们是同行啊。

编辑:(感动)田总,谢谢您的豁达。

田百春:千万别这样说呀。

【电话音效】

老领导:日报社吗?我是你们的忠实读者呀。我找田百春同志,对,就是那个作者,什么?是援疆干部,那就更要见了。

跑龙套:(远远的)田总,田总……电话,打到我们编辑部来了。

【脚步声音效】

田百春:您好!我是田百春……哦,我听出来了,您是德高望重的老领导。您好,您好!

老领导:下班后,能来我家里一趟吗?

田百春:可以,可以,我准时到。

【门铃音效】

田百春:老领导,我来了。

老领导:哦,百春同志,来来来,快请进。

田百春:(忐忑不安)不知老领导找我有何指示?

老领导:哈哈哈……百春同志呀,快把你的笔记本收好。今天呀,我们来一个老军垦与名记者亲切对话,好吗?

田百春:哪里,哪里,老领导,您找我来,一定有什么事吧?

老领导:其实,是想和你聊聊《回望天山——一位将军的兵团情怀》你这篇文章。

田百春:老领导,我这篇文章是一篇还不成熟的东西,有什么不妥之处您尽管批评指正。

老领导:百春同志啊,我要说的恰恰相反,这是一篇难得的好文章。

田百春:(出乎意外)这?老领导过奖了。

老领导:不,一点都不为过。你才来我们兵团不到两个月时间,就写出了这么有感染力的文章,真是后生可畏啊!

田百春:您作为屯垦戍边事业第一代战士和兵团曾主管宣传文化的老领导,对我这篇习作一定要给予指教。

老领导:你这篇通讯,通过一位将军的视角,回顾和提炼了半个多世纪以来,伴随着新中国屯垦戍边事业开篇而诞生的兵团精神及其时代价值,很不容易啊。

田百春:请老领导赐教。

老领导:“沙海老兵”和兵团精神的存在,代表的是一种正气,而正气本身是有感召力的。时代发展了,社会进步了,我们生活好了,但兵团精神丢不得。人要活得有尊严,就不能被物质的东西所左右。弘扬兵团精神,我们党才能永远占领精神高地。

田百春:老领导,您说得太好了!

老领导:百春啊,不是我说得好,是你的文章写的精彩啊。当时看完我就想,能写出这样分量的作品,一定是对兵团历史和兵团精神有着深入研究的人。果然是这样。

田百春:我真的不知道该怎样感谢老领导的点拨,我这个军垦“新兵”,就是觉得下基层的次数太少,老军垦值得我们学习的地方太多太多。

老领导:哎,年轻人,这个态度就对头了。兵团历史六十多年了,兵团精神的的确确需要弘扬和传承,这个历史任务落在你们年轻人的肩头上了。百春啊,相信你在我们兵团会有大的收获的。

田百春:听老领导今天一席话,胜读十年书。以后我要经常来请教老领导,希望老领导不要烦我哟?

老领导:只要你有时间,我这老头子愿意奉陪。

田百春:一言为定!

【汽车马达音效】

田百春:打扰你们了,连长,我是向你们学习来了!

连长:田总编,您这么大的记者都能下到我们这个小小的连队来,是我们的荣幸。

田百春:你们是最辛苦的人,感谢你们为祖国做出的贡献!

连长:您太客气了。

田被春:连长,快带我去田间地头,我要采访最一线的职工群众。

连长:好,咱们走!

【旁白】

在初来兵团的4个月时间里,田百春就先后来到兵团5个师开展采访、调研和报纸发行工作,采写的新闻作品超过2万字。

【汽车马达音效】

司机:田总,这十天时间,咱就跑了两个边境师,您不累吗?

田百春:小孙啊,作为一名新闻工作者,我们就要关注问题,勤于记录,善于写稿。这回去后我琢磨着,可以写这样一篇通讯,叫做《兵团精神和事业的传承从哪里抓起》。

司机:我看好,这文章的标题听起来有劲。

田百春:我是这样想的,正如小白杨哨所呈现给世人的一样,"守望"作为所有兵团人身上的特质之一,就像白杨般伟岸、正直、质朴,以极强的生命力,迎风耸立,守望着北疆。对于这种精神文化资源,我们进行了积极发掘,但还不够,还要加倍努力工作,力争形成更多更有影响的精神文化产品,以培养人、教育人、凝聚人,弘扬兵团精神,传承兵团事业。

司机:田总,您太有思想了,这篇文章一定能打响!您又为我们兵团做了一件大事。

田百春:国庆61年大庆时,许多兵团老兵才第一次走出荒漠、走出兵团,他们把一辈子都献给了国家和边疆。比起这些老兵,我所做的真是微不足道。

司机:您太谦虚了。

田百春:哪里,我只是感到时间不够用。

司机:哎,田总,听说您女儿明年高考,"十一"长假,可以多陪女儿几天嘛。

田百春:那可不行!报社人手紧,任务重,大家手头上都有自己的工作,如果我不在,就会增加别人的工作量。

司机:您是援疆干部呀!

田百春:援疆干部更应该以身作则。再说了,这不每天都给女儿通电话嘛,还通过电子邮件给女儿辅导作文,可以了,你看,我这当爹的还行吧。

司机:要我说呀,顶多算凑合。

田百春:评价正确,哈哈哈……

5

【夜深人静音效】

田百春:(朗诵)没有人要求我们别离妻子、远赴他乡,我们主动申请,甚至竞争上岗,千里迢迢来到这遥远的地方,只是因为,一个使命在心中激荡……

【敲门音效】

孙涛:百春,百春,还没睡吗?

田百春:孙涛吗?快进来,看看我这首配乐诗朗诵行不?

孙涛:这都夜里两点了,你还在工作?不要身体了?

田百春:你不也刚从团场回来?彼此彼此嘛。

孙涛:我不一样,我当过解放军。

田百春:不扯了,你这朗诵专家,快帮我看看。

孙涛:好嘞。(朗诵)我们来自机关、企业、高校、医院、社会团体,我们有一个共同的名字——援疆干部。兵团需要我!新疆需要我!我要去援疆……嗯,太好了,写出了援疆人的心声啊!

田百春:谢天谢地,咱援疆干部迎新年晚会我可以交差了。

孙涛:就别谦虚了,谁有你这两把刷子?

田百春:别捧了,我的工会副主席大人。哎,你看叫《我们来援疆》如何?

孙涛:一个字——中!

【傍晚,散步音效】

孙涛:哎,你们知道吗?百春昨晚奋笔疾书到凌晨两点多,完成了配乐诗朗诵《我们来援疆》。郭副台长,你这晚会负责人可要好好犒劳犒劳百春呀!

郭静:好啊。

孙涛:不过,百春是个工作狂。他这个《红旗文摘》总编辑呀,每期要看三十多万字的文稿,听说样稿上留下的是密密麻麻的修改和校稿意见。

郭静:太令人敬佩了。

孙涛:就这就敬佩了,还有更厉害的,仅仅工作 4 年,他就参与主持和编撰了 17 部文史类著作,个人撰写的文章累计超过 100 万字。

郭静:我的天呀!我觉得他吧,时刻都像一个整装待发的战士、温文尔雅的诗人、风趣幽默的大哥，是一个骨子里视援疆为生命的人。

孙涛：谁说不是呢？走，看看他去，肯定还没有吃饭。

郭静：百春大哥，百春大哥……

孙涛：田百春，快下楼，有紧急情况！

田百春：来了，来了。

【急促的脚步声音效】

孙涛：哈哈哈……

田百春：什么事，什么事？

孙涛：什么事？吃饭去！

田百春：吃饭呀？行吧，不过得速战速决，我还有个未完成的稿子，不能耽误呀。

郭静：百春大哥，身体要紧呀，走，我们请你这位迎新年晚会的大功臣。

田百春：哪里，哪里。

孙涛：难怪弟妹说她最担心的是你的身体，手上的工作总想一口气干完，那怎么行呢？

田百春：干完了，觉得心里才舒坦。

孙涛：话是这样说，饭可不能不吃哦。

郭静：两位哥哥，咱走快点，一会儿关门了。

一起说：走起……

6

【上班音效】

孙涛：百春，走了，上班了……哎，怎么没有动静？不应该呀。

【敲门、开门音效】

孙涛：哎，百春，你脸色怎么这么差？百春，百春，来人那……

【凌乱的脚步声】

孙涛：百春吐血了，快，快送医院。

【救护车音效】

田百春：（微弱）我这是在哪儿？快，要迟到了，编前会我要说事……

医生：醒了？这是医院。你晕倒了，嘴角还有血迹。

田百春:噢,我最近老咳嗽,可能吐痰时带了点血丝丝,没事,大夫,扶我起来,我要去开编前会。

医生:不行,田总编,院长交代,一定要给你彻底检查一下。

田百春:我没事,真的,没事。

医生:那可不行,你就好好的休息一会,等化验结果出来再去上班吧。

田百春:那,好吧。哎,能给我看看今天出版的《兵团日报》吗?

医生:当然可以,你等着啊!

【音乐过渡】

医生:(十分紧张地)院长,他的情况不好。

院长:别着急,慢慢说。

医生:初步确定,可能是……

院长:什么? 快说。

医生:可能是肺癌。

【小提琴尖利的音效】

院长:(震惊)啊? 能确定吗?

医生:确定。

院长:唉,太可惜了,这么年轻。不过,先保密,我马上向组织部领导报告。

【音乐过渡】

领导:什么? 肺癌,怎么可能?

院长:化验结果是这样。

领导:马上去北京复查,明天就走。

【飞机音效、急促的脚步声】

梁文欣:百春? 你怎么了,你这是怎么了?

田雨晴:(哭腔)爸爸……爸爸……

田百春:(笑着)你们来了? 我这不是好好的吗? 闺女过来,爸爸想死了。

田雨晴:(哭)呜……

田百春:不哭,不哭,马上考大学了,不怕羞吗?(虚弱的)老婆,快给医院讲,我不住这高干特护病房,现在就搬病房,你了解我这农家子弟,一向反对特权,住普通病房就行了。快,快呀……

梁文欣:好好好,百春,咱不急,我马上去办手续。

【音乐过渡】

田百春:哎,这个病房就对了! 老婆啊,到新疆工作才多久啊,我就生病住院,给组织添麻烦了。

梁文欣:别这样想,会好起来的,会的。

田百春:我知道我的病,有什么呀?不就是癌症嘛,有什么可怕的?现在医学这么发达,不信收拾不了它。

梁文欣:(哭泣)嗯,是的,一定能收拾它。来,咱吃饭,我把《兵团日报》给收好。

跑龙套:田百春,新疆来人看你来了。

【脚步声音效】

田百春:(惊喜的)哎哟,车政委,您那么忙,还来看我。

车俊:好点了吗?小田,你是我们援疆干部的榜样啊,你的情况他们都告诉我了,我代表兵团党委来探望你,希望你好好养病,早日重返新疆。

梁文欣:谢谢政委,谢谢政委!

车俊:这是百春同志的爱人吧?你辛苦了!你要督促百春好好养病,与病魔做斗争呀。有什么困难尽管提出来,千万不要客气。

梁文欣:首长,他心里只想着他的《兵团日报》。

田百春:车政委,我们报社的发展还面临很多困难,特别是建设新闻大楼的事还需要领导的支持。

车俊:大家听到了?我们报社,啊……百春已经和我们兵团融为一体了。放心吧,新闻大楼要建,身体也要养好。我们走了,还会来看你的。

田百春、梁文欣一起说:首长慢走!

跑龙套:田百春,又有人来看你来了。

【脚步声音效】

求是杂志社同事:百春、百春……

田百春:(喜出望外)你们怎么来了?都那么忙。

女同事:(哭泣)怎么会这样,怎这么会这样?走时还好好的嘛。

田百春:(幽默地)不哭,不哭,我这不挺好的嘛,头发没了,省事,不用洗头了。

同事:百春,你现在成了“一休”哥,就该好好休息。

田百春:(摆摆手说)真想明天就回新疆,还有好多事没做完呢。这难得的机会,再辛苦,我感到都是一种收获。

同事:真是服了你了,好好养病,我们得空就来看你。

田百春:走好啊,问大家好!

【深夜,急促的音效】

田百春:(剧烈地咳嗽)咳……咳……咳……

护士:化疗反应,要打止疼针吗?

田百春:咳……不用,挺挺就过去了。

护士:您是我见过的级别最高、意志最坚强的患者。

田百春:我没有惊动其他病友吧?

护士:田总编,您总是考虑别人。好受点了吗?

田百春:好受多了,不好意思,麻烦你了。

护士:看您说的,这都是我们该做的呀!

田百春:谢谢! 谢谢!快去睡一会吧,天都快亮了。

护士:哎,您也休息一会吧。

7

【兵团日报社编前会音效】

编辑甲:哎,好消息,好消息,中宣部阅评组又表扬我们《兵团日报》了。

编辑乙:这会儿要是田总编在就好了。

编辑甲:是啊,咱们报纸改版,田总花了多少心血啊……

【音乐过渡】

社长:同志们,我们开会。大家的心情,我非常理解,百春同志现在正在与病魔做顽强的抗争。(停顿,难过)听说昨天晚上病情又严重了……

编辑甲:社长,我们想田总啊。

社长:大家都一样呀。这三部相机、五支录音笔是百春同志托人从北京捎来的,赠给咱们日报社,这是百春总编的一片心呀。

编辑乙:(哭泣)呜……

社长:同志们,别难过,只要我们精心办好报纸,就是对百春同志最好的回报。我还要告诉大家一个特大喜讯,百春同志的感人事迹在《人民日报》、新华社、《求是》杂志、《兵团日报》等媒体刊登后,在社会上引起强烈反响。中央领导同志已经作出重要批示,号召向田百春同志学习。

【雷鸣般的掌声】

社长:静一静,静一静,同志们,兵团党委已经授予田百春同志优秀援疆干部称号,兵团和求是杂志社党委已分别发出向田百春同志学习的通知。

大家:(一起鼓掌)好……

社长:为了表达对组织和同志们的感激之情,百春同志自费购买了这些采访器材,他用心良苦啊,同志们,好好工作吧。

编辑甲:社长,多给我们说说田总的情况,我们想他。

社长:好的,田总十分挂念着咱们的报纸改版。他说,现在全国 19 个省市援疆,报纸改版后应开设专栏,尽快策划选题,这是党报的优势。他还说,报道好援疆工作,重要的是反映中央和全国对新疆及兵团发展的大力支持,让职工群众真正感受到关爱。

编辑乙:他都病成这样了,千里之外还操心我们的报纸。

社长:他说,病好后,利用业余时间研究新疆的历史和文化,为新疆文化繁荣和兵团精神传承写两本书……

8

【音乐起,过渡】

田百春:闺女,好好考,你永远都是爸爸妈妈的骄傲。今天太晚了,回去休息吧。爸爸祝你明天首场考试旗开得胜!

田雨晴:(哭泣)爸……

田百春:哎哎哎,这可不是我田百春闺女的风格呀!

梁文欣:闺女,起来,听爸爸的话,考个好成绩,给爸爸报喜。

田雨晴:嗯。爸,我们走了。

梁文欣:我们走了,百春。

田百春:路上慢点。

一起说:哎,放心吧。

【音乐过渡】

护士:哎,大家快来看呀,今天的报纸,全国总工会授予田百春同志“全国五一劳动奖章”……

七嘴八舌：太好了……没想到，咱医院里住着一位五一劳动奖章获得者，我们太幸运了。

田百春：这没有什么嘛，都是组织的培养。

护士：田总编，您总是这么低调。

田百春：我昨晚梦见我的援友们了，我很快会回去，我要和他们一起帮助兵团多申请一些援建项目。

护士：会的，一定会的。

田百春：（激烈咳嗽）咳……

护士：快叫刘大夫！

【音乐过渡】

梁文欣：你醒了？刚才把我吓坏了。

田百春：我没事，就是胸口堵得慌，光咳嗽，其实没什么事。老婆，我想回趟河北老家，最近我老梦见我妈。

梁文欣：（闪烁其词）是吗？咱闺女也考上大学了，你应该高高兴兴的。

田百春：老婆，我说回老家，你怎么给我扯闺女呀。

梁文欣：百春，咱好一点再回，好吗？

田百春：不，明天就回。我现在就给大哥打电话，你去给医生请假，快呀。咳……

梁文欣：好好，你别急啊。

【汽车音效】

大哥：（哭道）三弟，你回来了？

田百春：大哥，咱妈呢？

大哥：三弟，大哥对不起你呀！

田百春：咳……快说大哥，（哭）怎么了？（略提高声音）妈，妈……儿子回来了……

梁文欣：百春，你要挺住啊，咱妈已经走了一年了。

【晴天霹雳音效】

田百春：怎么可能，怎么可能呀。

大哥：（哭诉）三弟，咱妈走时，你正在化疗，我和弟妹再三商量，没敢告诉你呀。

田百春：妈……不孝儿子来晚了。（剧烈）咳……

一起道：百春，百春……

田百春:你们都走吧,让我在咱妈的坟前静静的待一会儿。

大哥:(轻轻地)嘘,都走,让三弟一个人待一会。

田百春:(哭诉)妈,您怎么就这样走了? 儿子 16 岁去京城读书,毕业后忙于工作,驻港十年,又开始援疆,一天也没有给您老人家尽孝呀……

【音乐过渡】

田百春:妈,您知道吗?您的孙女已考上大学,咱家又出了一个大学生。当年儿子考上大学时,您是一宿未眠呀。可是现在,妈,呜……

【汽车音效】

田百春:老婆,我还要跟你商量件事。

梁文欣:百春,来,靠在我肩上休息一会,别太悲伤啊。

田百春:老婆,我没事。我现在浑身上下都是病,唯有眼睛是健康的。我走后,把我的眼角膜捐献给国家……

梁文欣:(哭)百春,求求你,别说了……

田百春:老婆,别担心。我这不过是得了一次重病,才把我逼进了医院,我会积极配合医生治疗,争取早日回到兵团。

梁文欣:你这样想,我们大家就放心了。

田百春:放心,放心吧。

【音乐过渡】

【旁白】2013年3月21日5时,因患肺癌医治无效,田百春在北京逝世,年仅47岁。

【哀乐】

9

【闹钟音效】

梁文欣:坏了,坏了,睡过了。闺女,闺女,快快,我要去医院给你爸送饭。

【凄凉的音乐】

田雨晴:妈,我爸已经走了……

梁文欣:(喃喃)走——了?

田雨晴:妈,爸爸已经走了,您要保重身体呀,我就您一个亲人了。

梁文欣:谁说的?新疆生产建设兵团处处是你的亲人。闺女,你给我记住了,你爸他没有走，永远和我们在一起。

田雨晴：（哭道）记住了，妈。

梁文欣：（哭诉）百春，你说过，病逝后不给组织添麻烦，不搞遗体告别仪式。我们全部按你的叮嘱做了，真的，没有惊动任何人。

田雨晴：（哭道）妈，您要挺住呀。

梁文欣：（哭诉）百春，你知道吗？你走后，援友们在兵团机关大楼真情朗诵《我们来援疆》，默默悼念你这位兵团的儿子。

田雨晴：（哭道）妈……

梁文欣：（哭诉）百春，你知道吗？你生前万分热爱的兵团事业正蒸蒸日上，你日夜牵挂的《兵团日报》越办越好……

【马思聪的小提琴曲《思乡曲》】

【旁白】

2014 年 8 月，田百春的同事们圆满结束了援疆任务。面对天山的呼唤，他们和田百春一样，无愧时代无愧人生！

【音乐起，渐强……】

"全国五一劳动奖章"获得者、优秀援疆干部田百春（右）和兵团巡边员在边境哨所

创作札记

不辞长做兵团人

田百春走了，走得那样突然，令我们这些同行加朋友猝不及防、肝肠寸断。

仿佛就在昨天，我们同行加文友小聚，气氛相当融洽。想不到中等身材、眉清目秀的田百春豪气万千、嗓音洪亮、妙语连珠。我们在畅谈古今名著、人生感悟之时，生出相见恨晚、一见如故之感觉。于酒酣情浓之时，自然而然触碰到一个共同的话题——兵团精神。由兵团精神自然而然延续到四十七团老兵，由四十七团老兵自然而然就聊到如何将这个红色经典故事搬上屏幕之设想。他兴奋地告诉我，他一直在研究兵团精神，四十七团老兵精神就是兵团精神的缩影。他还告诉我，不仅他在研究，新疆军区政治部副主任李卫平将军也在研究，并且一篇大块头文章将在《兵团日报》星期刊闪亮登场。李将军还有更大的手笔，欲将四十七团老兵的故事拍成电视剧登陆央视一套。我的心被田百春春雨般的信息激出万丈波澜，因为这个千载难逢的题材我已酝酿良久，一部电影文学剧本《进军和田》刚刚完成，想拍摄成电影在中央电视台"电影频道"打响。我没有将这个小秘密借着酒性和盘托出，因为与田百春、李将军相比，我觉得这个剧本拿不出手。来自《红旗文摘》总编辑任上的田百春和近在咫尺的李卫平将军，才高八斗、情系兵团，与他们相比，我尚需要努力学习。

这个以文会友的小聚会不久，李卫平将军的大作《壮哉！沙海老兵村》果然在《兵团日报》刊出，且在兵团产生了轰动效应。由田百春创作的配乐诗朗诵《我们来援疆》，在兵团援疆晚会上也大获成功！此时，田百春站在马军武哨塔上凝神远望的剪影通过手机传递到朋友圈里，他在微信里激动万分地说，他的课题研究正在漫漫求证路上艰难跋涉。我们热切期待着他对兵团精神的研究成果早日问世，也迫切希望以文会友的小型聚会尽快来到。然而，一切都晚了。谁也没有想到，没有任何症状的田百春竟然得了重病，病情恶化到迅速被转回北京医治。一向乐观的我对兵团日报社的朋友们说，不会的，百春一定能够化险为夷，重返援疆岗位。可是短短一年时间，病魔就夺走了这位青年才俊的宝贵生命。他生命的最后时刻，兵团主要领导前往医院看望他，这位被病魔折腾的骨瘦如柴的新闻工作者说，非常遗憾，他对兵团精神的研究尚未最后完成。几天后，田百春永远离开了我们。

千里迢迢来援疆，不辞长做兵团人。

田百春被授予“全国五一劳动奖章”、优秀援疆干部等光荣称号。我在想，以什么样的形式纪念这位优秀同行和楷模？他是面对天山的呼唤，义无反顾从北京来到新疆兵团跻身援疆干部行列的。他留给我磨灭不去的印象有三：一是他飞扬的文采、独到的见解；二是他直爽大气的性情、表里如一的品性；三是他转战南北的经历、坚韧不拔的毅力。在这样的认识里，一部广播剧的雏形就出现了。

端坐电脑前，尚未动笔，一行热泪顺着脸颊滚落键盘。田百春强大的精神支柱是什么？是信仰。从河北一个普普通通的村子，靠才学步入人才济济的祖国首都，那是需要付出无比艰辛努力的。他做到了，在求学路上拼搏，在工作岗位上依旧奋力拼搏。年纪轻轻已坐到总编辑位置上依旧奋力拼搏，从无半点懈怠。当援疆号角吹响，刚刚结束驻港生涯的他义无反顾地闯进领导办公室，请求再上征程。此时他豪情万丈，党的事业为上，党指向哪里，他的奋斗目标就在哪里。这就是田百春，一名共产党员的初心。找到了这样的思想基础和精神支撑，广播剧就好组织架构了。我将广播剧的主线定在三次至关重要的抉择上。

第一次抉择。田百春结束驻港工作即将返回北京，年迈的父母，久别的妻子女儿期盼与他开始稳定的生活。在夜色阑珊的香江边，心事重重的田百春与雀跃欢腾的同事们形成高反差。此时，江水平静，可田百春的心里正刮台风。去援疆，还是与家人团聚开始新的生活？广播剧就是在这样的氛围中拉开序幕的。

第二次抉择。领导的善意劝阻，妻子女儿的苦苦挽留，年迈父母的现实状况，给田百春出了第二道选择题。最终，他说服领导和家人，毅然决然地登上来疆的飞机，投身滚滚援疆潮。

第三次抉择。田百春心无旁骛地干着自己的工作，所从事的事业在兵团顺利推进。研究课题也紧锣密鼓地进行着，他只争朝夕地深入边境团场调研掌握第一手翔实的资料，向着自己设定的目标高歌猛进。就在这时，他感到力不从心，但一向身强体壮的田百春根本没有想得太多。当残酷的现实摆在这位把事业视为生命的男子汉面前时，他面对着更加残酷的抉择：是与死神赛跑，完成自己的使命？还是静心休养，完全配合医院治疗？最终，他又做出了人生最后一次选择：与死神赛跑，争分夺秒完成自己未竟的事业。

病魔夺走田百春的生命。他走了，可他的精神和音容笑貌依旧在亲人们心里。高潮顺理成章地到了——妻子习惯性地呼唤他起床，当清醒地意识到这已是昨天的故事时，音乐骤然强烈，坚强的妻子爆发出撕心裂肺的哭泣，情感的大潮汐呼啸而来，将广播剧推向最高点。百春走了，永远永远地走了。妻子女儿拥有的是一座永远永远生死相依的精神丰碑。

广播剧《面对天山的呼唤》在中央广播电视总台、新疆广播电视台、兵团广播电视台播出。可以告慰百春的是，李卫平将军的电视剧《沙海老兵》如愿在央视黄金时段播出，我的电影《进军和田》2019年5月31日在乌鲁木齐和平都会首映成功，即将在央视电影频道播出。

戏比天大

编剧 \ 段起娃　郭旭太

主要人物

程永革：男，兵团第八师石河子市豫剧团原党支部书记、副团长。

朱卫华：女，程永革爱人。

程琛：男，程永革儿子。

李英：女，程永革徒弟。

同事、艺校同学、医生、护士、导演等。

【片花音乐】

当干部就应该能吃亏，能吃亏自然就少是非……

医生：（语重心长）好了，别唱了，病了就要看病，该做手术就得做手术，千万不能拖。

朱卫华：（急切地）永革，工作先放一放，咱先做手术，癌细胞都转移了。

程永革：哎呀，卫华，团里演出任务重，我又是主演，这要是住进医院，全团演出就要受影响，还是等一等吧。

朱卫华：（急切地）你呀，你就不能为自己的健康想一想吗？

程永革：卫华，我是演员，只要锣鼓一响，哪怕家里失火，也不能空场。戏，比天大啊！

【旁白】

程永革，第五届兵团道德模范评选活动中"敬业奉献道德模范"称号获得者，生前是新疆石河子市豫剧团党支部书记兼副团长，国家二级演员，团里的台柱子。扮相英俊潇洒，唱腔高亢激昂，曾担任过多部优秀剧目的男一号，深受广大戏迷的喜爱。2015年10月25日，无情的病魔令他仅仅47岁的人生戛然而止。

上　集

【同学嬉笑声】

男同学 A：（声音由远及近）程琛，程琛，快快，走走走，今天周末，咱一块去老虎滩海洋公园玩，走啊，走啊？

程琛：（略遗憾）我不去了，我今天还要带家教呢。

男同学 A：别扫兴了。老虎滩海洋公园现在能看白鲸、海狮、海豚的表演，而且咱们还能坐全国最长的跨海空中索道，能看见整个景区的全貌。你要是不去，你肯定后悔。

程琛：我今天真的要去带家教，跟人家都说好了。而且这不是周末吗，我还要送货，送餐，发传单呢。

男同学 A：（不屑）什么？送货，送餐，发传单？你说你爸爸在剧团当领导，你们家还差钱吗？还非要你这个大学生出去打工？

程琛：说了你也不懂，我要好好挣点钱，给家里买个洗衣机。平时洗衣服，洗床单被罩，都是我妈手洗，我心疼啊。

男同学A：(不屑又不信)你可拉倒吧，都什么年代了，这谁家没个洗衣机？

程琛：真没骗你，我妈是下岗工人，全家生活就靠我爸那点工资。我干这些就是为了给我妈买台洗衣机，让我妈轻松一点。

男同学B：你这次就饶了程琛吧，程琛，我们这次放过你，可不代表下次放过你啊，下回去金石滩，你必须得去。

程琛：好，下回我一定去，你看，我现在还得赶去做家教，你们尽兴，别管我了。

男同学A：那下回可说定了啊，我们这次先玩去了。

男同学B：那我们先走了，拜拜。

【旁白】

看着同学们兴奋地邀约去老虎滩海洋公园旅游，程琛羡慕不已，他何尝不想跟他们一起去玩啊，来大连上大学都两年了，还没逛过这里的风景名胜呢。可是，家里给的生活费不多，自己还想挣钱买洗衣机。一想到这里，程琛更坚定了自己的想法。

【一段二胡音乐声】

朱卫华：琛琛，什么事啊？给妈妈打电话。

程琛：(拨打电话，对方接通，兴奋地)我给咱家买了台滚筒洗衣机，1600块钱呢！

朱卫华：琛琛，你哪来那么多钱啊？

程琛：我带家教挣的呗。妈，过两天，快递公司就该送货上门了。

朱卫华：(心疼地)唉，难为你了。儿子，你要自己照顾好自己啊？

程琛：放心吧。我爸呢？

朱卫华：他呀，排练新戏呢，只要有戏演，你爸爸除了吃饭睡觉，都在排练厅。他呀，就是一个戏疯子。

程琛：那你劝劝他，别太累了，前阵子不是说我爸淋巴肿大吗？要不要做手术？

朱卫华：妈都唠叨好几回了，你爸总是说，等节目排练好了再说，自己不能拖大家的后腿。

程琛：我爸呀，工作起来就是爱拼命。妈，你还得再唠叨唠叨他，别耽误治疗。

朱卫华：好，我会的，琛琛，你就好好学习吧！

程琛：好好好，放心吧，再见，妈。(电话挂断)

【旁白】

程琛父亲，程永革，兵团第八师石河子市豫剧团党支部书记、副团长。2012年5

月,石河子市豫剧团和市歌舞话剧团联合排练大型话剧《兵团记忆》,程永革在戏中担任主演,扮演老连长。

【排练现场】

李排长,出发前你还对我说一定要走到和田,把红旗插到昆仑山上,你,你不能睡觉你给我睁开眼。

【声音渐弱,排练间隙闲聊声】

程永革:各位同事,大家给我提提意见,我演的这个老连长,这么演,行不行?

同事:行啊,当然行啊!

同事:好啊,永革,咱是唱豫剧的,现在排演话剧,你还是主演,演得这么好,这是成功跨界了。

李英:是啊,我最佩服我师父了,演啥像啥,简直就是我的偶像。

程永革:(略气喘)这也是一种尝试嘛,刚开始根本不适应,一上台就端着个架子,被导演批评了好多次。没办法,只能多练,人家一个动作练十遍,我就练一百遍。这不,熟能生巧了。

李英:对,台上一分钟,台下十年功。师父都是名角了,还这么拼,我一定要向师父学习,好好练功,塑造好角色。

李英:(吃惊)咦,师父,你是不是排练太卖力了,怎么出这么多汗?衬衫都湿透了!

程永革:没事,没事,这个角色比较吃功,演起来很过瘾。我这一上台,自然就来劲了。咱们这出戏讲的就是咱们兵团的真实故事,演起来我觉得很亲切。

李英:(担心)不过师父,排戏你要悠着点,别太累。来,师父,您先喝点水,把汗擦一擦。咱这戏还要巡回演出呢,一定要保重身体。

程永革:知道了,知道了,谢谢大家。哎,李英,你自己每天练功可不许偷懒。

李英:你就放心吧,师父。

【旁白】

大家不知道,此时,程永革已被淋巴肿大困扰三个月了,可为了不影响排练,他只吃了点消炎药。后来单位组织体检,发现他的肺部有一米粒大的肿瘤,医生建议立即手术切除。

医生:(郑重其事)肿瘤不管好的还是坏的,额外负担的都不是好东西,我建议切掉,而且马上就得做。

程永革:(焦急)大夫,我们剧团正在排练一台新戏,我是主演,走不开啊。你看这手术能不能过阵子再做?

医生:(不解)工作再重要,也得看病啊,是不是? 自己的身体,自己一定要爱惜。

程永革:我知道,我知道。(声音渐弱)

【旁白】

戏,那可是命根子啊。程永革深知,自己主演的《兵团记忆》是兵团准备参赛的重点剧目,导演、舞美师、灯光师都是从北京请来的,他们的时间非常宝贵。要是因为自己的健康原因,暂停排练,或者临时换演员,时间耽误不起。程永革后来回忆,排练能坚持下来,多亏了自己在艺校那会的刻苦用功。那会儿,在艺校练功,可真苦啊。

【闪回】

【吊嗓子声,道具刀枪撞击声,舞水袖声音。声音由弱到强,再由强到弱】

艺校学生 A:永革,你们新疆也有人唱豫剧?

程永革:当然,不仅有人唱,我们新疆还有专业豫剧团呢,我就是被我们石河子豫剧团选派来洛阳学豫剧的呢。

艺校学生 B:要干戏曲这一行,讲的是童子功,我们都是七八岁就开始练功了,你都 16 岁了,还能学出来吗?

程永革:怎么不能? 我爸说了,功夫不负有心人,只要我肯吃苦,就一定行。

艺校学生 C:吹牛吧你,毕业的时候,看看你是不是在说大话。

程永革:不信,那咱们就走着瞧。

【嘲笑声渐弱】

【旁白】

手眼身法步,唱念做打舞,一个动作、一个唱腔,别的同学练十遍,程永革就练习上百遍,他知道,要想学好戏,就必须狠下功夫。

艺校学生 A:(惊呼)快来看呐,程永革睡觉,还把脚放头边上。

艺校学生 B:(钦佩)程永革,真中,可真能吃苦。

程永革:(有些艰难回答)不,不吃苦不行啊,不比你们,我这腿筋得好好掰,不然跑圆场,老师老批评我。

【画外音,加音效】

老师:(不满)永革,圆场快点,左手端拳,右手单山膀,目光平视。给你说过多少回了,两腿膝盖不能僵直,上身不要乱晃。不要端肩、晃腰。你看你这圆场跑的,喝醉了吗?

【闪回】

艺校学生A:不是我说你,你那圆场跑的还真不咋地,但是你拿大顶倒是很不错。时间长,一动不动的。

程永革:拿大顶一开始,我也头晕,感觉全身的血都涌到头部了,难受得很。

艺校学生B:苦练了那么长时间,看,成效显著啊,你现在成了班里男生拿大顶拿得最好的了。

程永革:所以啊,为了跑好圆场,我就想了这么个办法,把一条腿扳到头顶,让同学绑在床头,我抱着腿睡觉,时间一长,腿筋一定能掰开。

艺校学生A:啧啧啧,看看人家,咱也练吧,努力吧。

【旁白】

一晃,三年过去了,程永革从艺校毕业了。无论是唱功、念白、做功、武打,在所有同学中都名列前茅,他跟一同去艺校委培的同学一起,回到了石河子豫剧团。

【旁白】

化上精致的妆容,穿上色彩浓艳的戏曲服装,在舞台上行云流水,引吭高歌,这样的表现,需要台下多年的磨炼和学习才能做得到。

【排练厅,练功各种声音】

同事:(心灰意懒)唉,永革,从艺校回剧团三四年了,一直跑龙套,真没意思。

程永革:(练功呼吸略急促)任何主演,都是从跑龙套开始的,虽然咱们现在演不了主角,但是跑跑龙套,积累些舞台经验,总没有错。

同事:你看你在艺校无论唱念做打,都没得说,回来练功也比别人刻苦,可你现在,老演一些没名没姓的角色,不灰心啊?

程永革:灰心什么?机会是留给有准备的人的。咱们练好功,总会有机会的。

同事:当了主演又怎样,现在戏曲又不景气。到团场演出你看看,都是那些老观众,人也没以前多了,演得太没劲了。

程永革:我劝你啊,别发牢骚,咱们既然干了这一行,就得对得起这个饭碗。好了,快来跟我练套“小快枪”,戏曲武打可是要天天练啊,不然手就生了。

同事:好吧,就陪你练。(棍棒撞击声)

导演:(大声)程永革,到舞台上来,演个《钟馗嫁妹》里的小鬼。

程永革:好的,导演。我一定好好演。

【旁白】

就这样，勤奋刻苦的程永革，从化上妆连长相都看不清的小角色开始，一点点站到了舞台中央。

【《村官李天成》唱段渐起，唱上两三句，渐弱，做背景音乐】

当干部就应该能吃亏，能吃亏自然就少是非。当干部就应该肯吃亏，肯吃亏自然就有权威……

李英：师父，这段《吃亏歌》你唱得太好听了。

程永革：是这个唱段写得太好了，豫剧名家贾文龙唱得也好，每次听到这个唱段，我都觉得有一股凛然正气，感觉浑身都是力量。

李英：是啊，每次下团场、连队演出，你只要唱这一段，观众都会热烈鼓掌。大家都爱听你唱。

程永革：演出《村官李天成》时，每次演到李天成帮一个家庭困难的村民用架子车拉砖那一折，我都特别投入，剧情总能让我想起咱们兵团的基层干部，情不自禁我就会全身心演出。咱们要演好一个角色，就得好好地体会人物。

李英：我也要好好体会角色，努力向师父学习，争取演好角色，多演角色。（关心）师父，不过每次演完你都汗流浃背的，身体吃得消吗？看你的脸都肿了？

程永革：（故作轻松）没事的，师傅身体好着呢。

李英：（担忧）听师母说，你应该赶紧去做手术。淋巴肿大手术不及时做，病情会恶化，师傅，你千万不能轻视啊！

程永革：师傅知道了，现在排练紧张，等闲下来了，师傅再去医院好好检查检查。

【《村官李天成》唱段渐起，唱上两三句，渐弱】

能吃亏、肯吃亏、不断吃亏，工作才能往前推；常吃亏、多吃亏、一直吃亏，在人前你才好吐气扬眉。

【旁白】

前阵子剧团下基层演出，连演 20 场，第二场时，程永革的嗓子就喊哑了，但为了完成演出任务，他天天吃激素药，在脖子上扎针。20 场演出下来，程永革的脸肿了好多。

【一段《兵团记忆》的现场表演声】

就地掩埋，继续前行。吹冲锋号为李排长送行。

【旁白】

排演话剧《兵团记忆》，豫剧演员程永革经过不断琢磨、不停练习，终于演活了角色。但这段时间,他的病情不断恶化,不得不住进了医院。

【医院】

朱卫华:(又气又急)永革,咱家银行卡里的两万块钱,怎么没了?

程永革:(小心地)老婆,别急,别急,那两万元,是我取了,不过这钱用来干啥了,我说了,你可得答应我,别生气啊?

朱卫华:(余怒未消)说!

程永革:(吞吞吐吐)前……前阵子,单位一个老同事的孩子病了,病得很严重,他找我帮忙。你说我是当领导的,总不能见死不救吧?

【闪回】

老同事:(唉声叹气)永革,我家孩子现在躺在病床上,我跟孩子他妈借遍了亲戚朋友,也没借到什么钱,眼看孩子等待医治,我真没招了,我只能跟你开口。

程永革:(着急)叔,你先别急,我现在手头也没啥钱,这样,你在办公室等我,我回家拿工资卡,把卡里的钱取出来,你先给孩子做手术。

老同事:谢谢永革,我们全家永远都忘不了你的救命之恩啊!

程永革:快别说这些了,先救孩子要紧。

【闪回】

朱卫华:(埋怨)永革呀永革,你帮助别人,我不反对,可你也得看看咱家有没有这个能力啊。你看看咱们这个家,要啥没啥,连洗衣机都是儿子做家教买的。我下岗了,全家吃穿用度都是靠你。这点钱,是我省吃俭用从牙缝里抠出来的,你咋说借就借啊!

程永革:(虚弱)老婆,别生气,那会不是情况紧急吗?

朱卫华:情况紧急,那你这病情就不急了?现在咋办,你这手术现在还做不做?不做不行啊,你说,钱从哪来?(悲伤,小声哭泣)

【脚步声渐近】

医生:你就是患者家属?

朱卫华:(难过)我是,医生。

医生:早就给你们说了,淋巴肿大耽搁不起,必须要做手术,你们倒好,患者不来医院,家属也不催促,现在病情加剧,着急了吧?

护士:患者家属,赶紧去缴费吧,缴完费,我们主治医生就可以提前安排手术了。

朱卫华:(伤心又为难)我……我这就去(声音减弱)。

【旁白】

一分钱难倒英雄汉。程永革爱人找亲戚朋友，东拼西凑，终于做了手术。这台手术，一做就是六个小时，医生切除了程永革的一叶肺，摘除了部分淋巴。但遗憾的是，此时已经是癌症中期，程永革错过了手术治疗的最佳时期。

下　集

【程永革家里】

朱卫华：（心疼）永革，你都化疗两次了，安心养好身体，不要再操心演出的事了。

程永革：老伴啊，你看我这身体，操心也只能是瞎操心了。只是，以后要真是上不了舞台，我这心里，还怪失落的。

朱卫华：失落什么呀，你看，你都演了那么多年戏，获了那么多荣誉，值了。

朱卫华：（敲门声）我去看看谁来了。

朱卫华：（略停顿）呀，是李团长。永革，李团长来了。

程永革：（激动地）李团长来了，老伴，你去楼下买些水果，我跟李团长聊会。

朱卫华：嗯，好的，那我下楼一趟，你们聊。（开门，关门声）

李团长：（关切地）永革，你身体感觉咋样了？

程永革：还好，还好。

李团长：我今天来，一是看看你的身体咋样，二是想跟你商量商量，刚接到个任务，话剧《兵团记忆》要去乌鲁木齐演出一场，可你这个主演病着，得找人替呀。你觉得谁比较合适？

程永革：（一下来了精神）去乌鲁木齐演一场？

李团长：对啊。

程永革：团长，这你有啥好为难的，不用找人替，我自己可以演。

李团长：可你这身体……戏里有很多摸爬滚打的动作，怕你受不了啊？

程永革：没事，团长，我身体没问题。（迟疑）说实话，我这病情，以后再想上舞台恐怕就难了。这次演出，希望团长能给我这次机会，我真的太热爱舞台了。

李团长：中，你要是觉得自己可以坚持，那就再演一场。我让你的徒弟李英照顾你，有啥要求，尽管提。你好好休息，我去剧团看看舞美准备得咋样了。（起身，关门，离开）

朱卫华:(开门)咦,李团长呢?

程永革:他有事先走了。

朱卫华:团长找你是为了演出的事吧?

程永革:(想敷衍)噢,这个,就是救救场。

朱卫华:(无奈、埋怨)你呀,真是个戏疯子!

【旁白】

程永革经常挂在嘴边的一句话就是:只要剧场锣鼓一响,哪怕家中失火也不能空场,要以大局为重,为观众负责……舞台,是神圣的,上了舞台,你就不再是你自己,你就是角色,就要全身心投入,好好演出。就这样,程永革拖着病体,参加了演出。

【一段演出现场,掌声】

李英:师父,咱们该出去谢幕了。(惊骇)哎呀,你全身衣服咋都湿透了啊!

程永革:(累,但放松地)一上舞台呀,就控制不住自己,感觉浑身都是力气。现在演出结束了,你说我咋一下瘫软了。来,扶着我,上台谢幕。

李英:(心疼地)好。

【掌声】

【家中夫妻诉衷肠】

朱卫华:永革,人都说咱俩是模范夫妻。在舞台上,你是台柱子,在家,你就是我的天,是咱们家孩子的标杆。你演了那么多角色,《窦娥冤》《桃李梅》《小姑不贤》《穆桂英挂帅》《全海之歌》《兵团记忆》……我都爱看,也不知道是因为你,爱上了戏,还是因为戏,更加爱你。

程永革:老伴啊,我从小就爱唱歌,后来,学唱戏,唱豫剧,那唱腔、那旋律、那音乐,真让我陶醉。在咱们兵团,好多人都是河南来的,他们很喜欢听豫剧,能为他们唱戏,我高兴。

朱卫华:我知道,你呀,就是个“戏疯子”,对演戏,你比对我,对孩子都上心。看看,咱们现在住的房子,还不到 60 平方米。你当了干部,当了领导,有好几次分房的机会,可你倒好,都让给别人了。

程永革:我是领导,不能想着为自己谋福利,心里得想着大家伙。那《村官李天成》里的《吃亏歌》咋唱的?

程永革:(唱)常吃亏,才可能有所作为,当干部就应该多吃亏,多吃亏才可能有人跟随。

朱卫华:看把你美的,还唱起来了。

【脚步声】

同事 A:程团长,我们来看你了。

程永革:哦,大家伙都来了。谢谢大家伙。老伴,赶紧给大家拿些水果吃。

朱卫华:好,来,大家吃香蕉。别客气,都吃点。

同事 A:不客气,不客气。

程永革:你们排练都挺忙的,挺累的,还记挂着我啊?谢谢你们了。

同事 B:这都是应该的。你病了,还跟我们一起排练呢,大家伙都很感动,都要学习你这种敬业的精神呢。

程永革:咱做演员的,有戏演,有观众爱看,就该知足了。排练节目,本来就是咱们演员的正常工作,这有啥可标榜的。

同事 A:这你不知道,现在社会上,好多人都想找个钱多事少离家近的工作,即便找上了好工作,又不好好珍惜,吊儿郎当,腰来腿不来的。我觉得,大家都太需要学习什么叫敬业,什么叫爱岗了。

程永革:是啊,干一行,就要爱一行,不然,干脆跳槽算了。对了,咱们团最近在排练哪个戏?

同事 B:最近在排练豫剧《我的娘·我的根》,还要去河南公演呢!

程永革:这可是好事嘛,我对河南比较熟,那我带人先去打个前站。这个戏说的就是咱们兵团的事,对精神家园的追求,不管是题材还是立意都很好,一定能一炮走红。

同事 A:(担心)好是好,不过,你这身体……

程永革:放心,我的身体好着呢。

【旁白】

豫剧《我的娘·我的根》在第六届“黄河杯”戏剧大赛中,一举包揽了此次大赛的特别奖、组织奖、编剧奖、导演奖、作曲奖、舞美奖、灯光设计奖,演员一、二、三等奖等奖项。只是,演职员几十号人,大老远来河南,只演一场。太遗憾了。

程永革:领导,我们从新疆石河子来河南一趟不容易啊,几千公里的路程,大家买不到卧铺票,都是坐硬座来的,一个个脚都肿了。你看,能不能考虑我们新疆豫剧回娘家演出的不容易,给我们多安排几场演出啊?

领导:(略犹豫)本来是安排只演这一场的,我看你这么诚恳,我就跟其他负责人商量商量,让你们尽量多演几场。

程永革:谢谢领导。

【旁白】

就这样,在程永革的努力下,豫剧《我的娘·我的根》先后在郑州、洛阳等四个城市上演。在戏中,前几场程永革要当群众演员,同时还要干更换布景的活,忙前忙后,经常累出一身汗。但看到河南观众这么喜欢自己剧团的戏,也深感欣慰。

【医院嘈杂的人声】

程永革:(虚弱)老伴,我这一病,辛苦你了。

朱卫华:(伤感)老夫老妻了,还说这个。

程永革:躺在病床上,不能上舞台了,才能静下心来,想一些事。想想咱们那个家,我对不起咱们儿子,他那么喜欢艺术,就因为艺术院校学费高,放弃了。

朱卫华:(伤心)你就别瞎想了,谁家日子不都是这么过的。儿子没能上自己心仪的学校,会遗憾,但是,他会理解咱们的。我跟了你二十年了,每次看到你为了演戏,那么卖力,那么拼命,我心疼啊!

程永革:真是苦了你了,老伴。在梨园行,有句话叫:戏比天大。当个演员,就得知道,没有什么比演戏更重要的事了。要想演好戏,要想赢得观众的认可,岂止是要冬练三九,夏练三伏那么简单啊!得琢磨戏、琢磨角色,不容易啊。(声音渐强)

朱卫华:看看,看看,一说到戏,你就来了精神了,忘了自己还是刚做了手术的病人了。

程永革:那怎么办,咱是演员,就得好好演戏,我又是剧团领导,更得好好为大家着想啊。对了,李英呢?她的戏排得咋样?

朱卫华:你呀,就是忘不了你的戏。(声音渐弱)

【脚步声渐近】

李英:师母,师父今天感觉好些了吗?

朱卫华:李英你来了,赶紧坐。你师父刚才还念叨你呢,你就来了,这还真是说曹操,曹操到。

程永革:李英,你以前是唱花旦的,现在唱现代戏,压力不小吧。

李英:是啊,刚开始很别扭,动作也不自然,但师父你一再教我,现代戏舞台上言谈举止一定要自然,要生活化,慢慢的,我真有了不少进步呢!

程永革:那就好,你还得继续努力。

朱卫华:好了,好了,李英一来,你就谈工作。你看看,李英还给你带了礼物呢!

李英：我知道程老师最喜欢听豫剧《村官李天成》了，我手机里特意下载了其中的《吃亏歌》，程老师一听，马上就会有精神了。

朱卫华：他呀，只要有戏听，有戏看，有戏演，就会快乐得像一个孩子。

【一段豫剧唱腔】

【旁白】

对李英这个学生，程永革非常器重，也非常爱护，要求也更严格。排练场上，有好几次把李英训得下不来台。这个时候，程永革其实也很心疼，但没办法，不严格要求，唱腔、动作、表情不到位，观众不认可啊！

程永革：导演，咱们现在排演的现代戏《我的娘·我的根》，我想向你推荐由李英担任个重要角色。

导演：李英？噢，经过你这两年手把手地教，确实进步不小。但要担任主要角色，她行吗？

程永革：没问题。李英这孩子很能吃苦，也好学，一定能演好的。我再给她多指导一下，让她尽快找到舞台上的感觉。

导演：永革，你觉得她能演好？

程永革：一定行的，别看她以前没演过现代戏，但这孩子底子好，保证行。

导演：（略思索）行，那就只能辛苦你了。

程永革：传帮带，这是我应该做的。

【旁白】

在程永革的悉心教授下，李英很好地演绎了剧中角色，受到了观众的普遍认可。李英并不清楚，此时，师父程永革不仅承受着病痛的折磨，还承受着巨大的经济压力。

【哀怨音乐】

【独白】

我叫程永革，因为长期化疗，身体产生抗药性，癌细胞转移。每月的治疗费就得2万元，我爱人是下岗工人，儿子在上大学，这笔支出根本承受不起。特向有关部门申请困难职工补助，望批准，为盼。

【旁白】

这份困难救助申请书，程永革犹豫来犹豫去，也没有发出去。朱卫华是在整理丈夫遗物时才发现的。

朱卫华：（痛哭）永革，你心理压力这么大，怎么就不跟我说说啊，你就会难为自己！

程琛：妈，别难过了，我爸自尊心那么强，他从来不给剧团找麻烦，咱们要理解他，不能给爸爸丢脸。我也是男子汉了，以后我来照顾家。

朱卫华：好孩子，咱家收入不高，但你爸爸除了演戏，对咱们娘俩的爱可一点不少。这枚金镶玉，是你爸爸攒了两千块钱给妈买的，妈一直也不舍得戴。

程琛：（心疼）妈。

【闪回】

程永革：卫华，咱们结婚 20 年了，我一直也没给你买过什么礼物，今天，想给你个惊喜。

朱卫华：谈恋爱的时候，也没见你这么浪漫过，咋这会想起让我开心了。

程永革：（伤感）人都说，陪伴是最长情的告白。我这一躺到病床上，就知道，以后我陪不了你了。以前亏欠你的，也没法弥补了。

朱卫华：（难过）说什么呢？你会好起来的，以后的日子，还得陪着我过呢！

程永革：不说了，来，看看这个，你喜欢吗？

朱卫华：（惊喜，嗔怪）金镶玉！这戒指好漂亮啊。你呀，现在咱家正是花大钱的时候，你咋还给我买这个？

程永革：别人家，男人逢年过节都会给自己女人买礼物，我一直没给你买过什么，20 年了，这唯一的礼物，你好好留着。以后，也是个念想。（伤心）

朱卫华：胡说什么，你不会有事的，这个礼物我喜欢，但有你陪着，才最好。

程永革：哎哟，哎哟，疼，疼。

朱卫华：永革，我知道你疼，难受，那就抓着我的手，让我帮你分担一点。（难过）

【闪出】

【病房里】

程永革：卫华，我恐怕是不能再陪伴你，度过余生了！

朱卫华：（悲恸）永革，你不要这么说，你会好起来的。

程永革：（伤心）别安慰我了，我的身体，我心里有数。咱家儿子大学还没毕业，以后他找工作，谈恋爱，结婚，生子，都得你操心了。

朱卫华：尽说丧气话。

程永革：夫妻，夫妻，本该陪伴你到老，可现在……卫华，你还年轻，要是以后碰到合适的男人，就再往前走一步。我会祝福你的。

朱卫华：你胡说什么，嫁给你，我很幸福，不会再跟任何人的。

程永革：可是，我要不在了，（哽咽）你会孤单的。

朱卫华：（动情）真要有那么一天，我也会时刻想念着你的，听听你的唱段，看看你以前的演出录像，就像我们还在一起那样。你我永远不会分离。

程永革：卫华。

朱卫华：（悲恸）永革，别哭了，你永远都在我心里。对你的爱会一直持续下去。

【旁白】

2015 年 10 月 25 日，程永革的生命永远停留在了这一天。他离开了自己热爱的舞台，却用生命诠释了“戏比天大”的伟大信念。在第五届兵团道德模范评选活动中，程永革荣获“敬业奉献道德模范”称号。

【《村官李天成》唱段渐起】

当干部就应该能吃亏，能吃亏自然就少是非。当干部就应该肯吃亏，肯吃亏自然就有权威……

“敬业奉献中国好人”荣誉称号获得者　程永革

创作札记

演员的战场在舞台

戏比天大，这是在了解程永革的故事后，我脑海里闪现出的一个词。舞台就是演员的战场，舞台上，程永革总是站C位，戏迷们都很喜欢他。令人唏嘘的是，因积劳成疾，他的生命定格在了47岁。

不给单位、组织找麻烦，同事有难处，必会出手相助。作为石河子豫剧团的副团长，程永革总是吃亏在先。创作关于他的广播剧本，自然不应只关注他的舞台情结，毕竟，他是一个有血有肉的人。

如何体现程永革这样的热心肠？我一下想到了著名豫剧演员贾文龙在豫剧现代戏《村官李天成》中的经典唱段——吃亏歌。“当干部就应该能吃亏，能吃亏自然就少是非。当干部就应该肯吃亏，肯吃亏自然就有权威……”这个脍炙人口的唱段，不正体现程永革乐于助人的热心形象吗？我决定以这个“吃亏歌”作为剧本的魂，在剧中不止一次出现。听众一听到它，就知道程永革作为豫剧演员的职业，也能立刻感知他牵挂他人冷暖的热心形象。

艺术来源于生活，但又高于生活。石河子豫剧团的薪资待遇非常一般，程永革虽然是副团长，但家里的经济状况并不好，爱人当时没有工作，儿子在大连上大学，一家三口的所有开销，全靠他一个人的收入，日子自然过得捉襟见肘。如何表现呢？我设计了儿子打工给家里买洗衣机的一个情节。程永革儿子给家里买洗衣机，确有其事，但具体细节，无需一一比对，只要情节合理合情即可。程永革儿子当初是在大连上大学，于是，便有了同学周末约他一起逛老虎滩海洋公园、金石滩度假区、滨海国家地质公园、黄金海岸，而他忙于发传单、当家教，无法同行的情节。一方面表现出了家庭的窘境,另一方面也表现出了程永革儿子体恤父母、懂事的一面。这也与结尾剧情呼应:程永革妻子回忆,因为家庭经济原因,儿子无奈放弃了艺术类学校,转而读了统招大学的情节。近年来,戏剧行业不景气,从业人员转行的情况很常见,正因如此,程永革甘于清贫、坚守舞台的精神,尤为可贵。

台上一分钟,台下十年功。程永革是个豫剧演员,平时的刻苦练功必不可少。16岁进戏校学戏,吃了怎样的苦我不得而知,但戏曲学员基本功的练习是一样的。此时,我想到了曾经采访过的一些戏曲演员,有位演员是三十多岁去戏校"充电",戏曲是讲求童子功的,跑圆场、拿大顶等,她自然无法与10岁左右的小孩比。为了做好这些基本功,晚上睡觉时,她便把一条腿扳到头顶,让同学绑在床头,抱着腿睡觉。当时这个细节给我留下了深刻印象,于是,这个细节就合理"嫁接"到了16岁学戏的程永革身上。很多学过戏的人都有过这样的经历,因此这个细节听起来不仅不突兀,还能引发共鸣,很好地体现了程永革作为戏曲演员刻苦练功、爱戏如命的性格特点。

当然,程永革是个真实人物,情感一定不能浮夸。同事的孩子病了,无奈找到程永革,程永革二话没说,悄悄借钱给同事让先给孩子看病。而自己病了需要做手术,却因缺钱延误了病情。程永革的爱人自然是气愤的,对程永革既爱又心疼,但她又是理解程永革的,一起生活那么多年,她又怎么会不了解自己的枕边人呢。牢骚、埋怨是少不了的,哭了、闹了,最后还是心疼程永革,四处借钱给他做手术。为了丰富程永革的故事,我设计了夫妻互诉衷肠的情节。妻子理解程永革把福利分房的机会给了别人,理解程永革热爱事业、醉心舞台的感情,也许正因为如此,她更加爱自己的爱人。夫妻的心,贴得更紧了。

"我叫程永革,因为长期化疗,身体产生抗药性,癌细胞转移。每月的治疗费就得2万元,我爱人是下岗工人,儿子在上大学,这笔支出根本承受不起。特向有关部门申请困难职工补助,望批准,为盼。"这份躺在办公桌抽屉,一直没有交给组织的困难救助申请书,是程永革的爱人整理他的遗物时才发现的。写这份困难救助申请书时,程永革会有多无奈、多无助、多尴尬,听众可以想象得到,求人,谁又能大方说出口呢?

我觉得,这份困难救助申请书,最能打动听众。可怎样设计情感戏呢?我决定安排一个儿子知道家里经济状况不好,不想父母为难,放弃艺术专业培训机会的故事。如果按照时间顺序设计这个情节,很难形成戏剧冲突,因此我把这个环节安排在剧尾,由儿子回忆来揭晓。体现出经济拮据,程永革想培养儿子却又不能的无奈,也体现了儿子在父亲影响下,变得懂事、贴心,让人心疼。

为了深入了解程永革，我特意去了他曾经工作过的石河子豫剧团，简陋寒碜的排练厅，让我对这里演职人员能安心工作感到钦佩，也对程永革依然能投入十二分的热情演戏感到肃然起敬。尽管戏曲行业不景气，观众寥寥，他仍然坚守舞台，支撑他的信念只有对豫剧的挚爱，对舞台的热爱。干一行，爱一行，令人感动。

因为第一次写广播剧，总感多有不足，不是语言平淡，便是情节不精彩，从头到尾修改了八遍，才基本定稿。创作过程中，有欣喜、有苦闷、有纠结、有困惑，这不同于写一篇新闻稿，也不同于看了几场演出，是一次情感的历练，强迫自己思想靠近他人、不断换位思考、绞尽脑汁的历练，希望能以己之情，给听众展示一个鲜活的、令人感佩的程永革形象。

创作过程中，体味过故事情节设计的苦恼和纠结，对台词更是再三斟酌，生怕自己一不小心说出外行话，毕竟，程永革是一名专业戏曲演员。为了体现他的职业特点，台词中必须要有一些戏曲行业的专业术语，所幸曾经认识一些戏曲演员，也曾很认真地采访过他们，一些情节、台词，不至于太外行，感谢自己的职业，丰富了自己的知识储备。

【编剧简介】

段起娃，曾用名段明涛，生于1973年，祖籍陕西蒲城农村。毕业于西北大学中文系。现任兵团广播电视台新闻责任编辑。作品多次荣获兵团、自治区新闻奖。电视新闻专题《挺立的“断楼”》获自治区新闻奖二等奖；五集广播系列报道《结亲日记》获自治区新闻奖二等奖、中国第一届农民节特别节目《沃野芳华》获自治区新闻奖一等奖，专题《“改革先锋”张飙——做公平正义的捍卫者》获自治区广电新闻奖一等奖等。

天使情怀

编剧 \ 马小迪　王伟

主要人物

常洪波:男,45岁,汉族,一牧场援建医生。高大帅气,医术精湛,责任心强,对病人非常有耐心。

程建梅:女,45岁,汉族,常洪波妻子,一牧场援建医生。性格温柔坚毅,有主见,特别能体谅丈夫。

李大夫:男,44岁,汉族,一牧场医生。

一牧场场长:男,53岁,汉族,一牧场场长,对常洪波夫妇和牧民很宽厚。

张科长:男,40岁,汉族,兵团卫生局某部科长。

老李叔:男,65岁,汉族,兵团退伍老兵。

买买提:男,52岁,维吾尔族,一牧场牧工。

麦热汉姆:女,46岁,维吾尔族,买买提的老婆。

麦提库尔班:男,65岁,维吾尔族,一牧场退休牧工。

麦提托合提:男,45岁,维吾尔族,麦提库尔班大叔的儿子。

司机小王:男,25岁,汉族。

小马:男,35岁,汉族,兵团卫生局家属院小区保安。

女医生:女,40岁,汉族。

【上午，医院环境】

女医生：程建梅？程建梅？

程建梅：哦，大夫，我在。

女医生：坐。（挪动椅子的摩擦声）哎，你家属呢？他怎么没来啊？

程建梅：我丈夫他工作忙，走不开。

女医生：这怎么行啊，我不是跟你说了吗，你这次的乳腺肿块切除手术还是很危险的，必须要有直系亲属签字，再说这住院期间也得有人照顾你呀？

程建梅：大夫，我家里情况确实特殊。我和我丈夫都是援建十四师一牧场的医生，我们那儿现在总共就只有我们两个有资质的医生，你看我现在来治病，已经少了一个了，我丈夫要是再走了，那医院就没医生了。

女医生：那其他亲属呢？

程建梅：（为难）大夫，您，您看这样行不行？手术单我自己签，至于住院吗，我能照顾好我自己。

女医生：（叹气）你可真够坚强的，行，我们都是同行，我能理解你，准备手术吧！

程建梅：（感激）哎，谢谢您。

上　集

【音效转场，火车呼啸而过】

【手机铃声】

程建梅：（虚弱）喂？

【火车压过铁轨发出的“卡塔卡塔”声作为背景音】

常洪波：（电话效果）（焦急的）建梅，你在哪儿呢？在医院吗？你说话呀？

程建梅：（赌气）没有，我已经出院了，现在在回去的火车上。

常洪波：（电话效果）（松了口气）哦，那就好，那就好。建梅，我知道你在怪我，我忙着给山上的一位牧民大叔看病，所以没能去医院照顾你。

程建梅：（抽泣着）洪波，我真的很怨你，那天上手术台前，医生让家属签字，我自己签了，当时我心里突然就很难受。（哭泣）

常洪波：(电话效果)建梅，是我不好，你怨我吧，我不是个好丈夫。

程建梅：我这几天孤零零的一个人躺在医院的病床上，我就在想，当初我要是不答应和你一起去南疆就好了。

【闪回】

【洗衣服的声音，开关门声，脚步声近】

常洪波：建梅。

程建梅：哎，洪波回来了？(洗衣服的声音)

常洪波：嗯，那个，我有个事儿想跟你商量一下。

程建梅：说吧，什么事儿？(洗衣服的声音)

常洪波：我，我想报名去南疆。

程建梅：(轻描淡写的)好事啊？什么时候去？(洗衣服的声音)

常洪波：就最近。

程建梅：是去参加巡回医疗吧？哎呀，这有啥好商量的？怎么，你还担心我你拖后腿啊？去呗，正好你不是说没去过南疆吗？刚好去看看，什么时候动身啊？这次打算去几天？

常洪波：建梅你听我说啊，我这次去呢，不是去巡回医疗。

程建梅：不是巡回医疗？

常洪波：这次是去由咱们六师医院代管的十四师一牧场分院参加援建。

程建梅：援建？什么援建？

常洪波：说白了，就是去那儿工作几年。(洗衣服的声音)

程建梅：(惊讶地)什么？("啪嗒"撂下手中的衣服)到那儿去工作，还工作几年？那孩子怎么办呀？你走了，我怎么办？这个家怎么办呐？

常洪波：哎呀，建梅你先别急吗，你听我把话说完。

程建梅：你说这话我能不急吗？

常洪波：你看，我呢，我是想着咱俩能一块儿去。

程建梅：什么？还一块儿去？

常洪波：建梅，你听我说。

程建梅：(生气地)你什么也别说了，我不同意！哎，两年前你说要来新疆，我听了你的话，丢下七八十岁的父母，说走就走。和你生活的这二十多年，全家人跟着你风风雨雨的颠簸了二十多年，现在好不容易稳定点了，哎，你说想去南疆，你，你心里有我吗？你心里到底有没有我？你有没有这个家呀？你心里！

常洪波：(安抚地)建梅，建梅，你别生气吗，你听我说啊。我知道，南疆的环境和医疗条件确实都不如咱这边。

程建梅：(生气地)知道！知道你还去？洪波，你想想，咱们在哪儿工作不是工作呀，为什么非要到那么远的地方去呢？

常洪波：是是是，建梅，你说的对，在哪儿不是工作啊？可你想过没有？咱们六师医院各方面条件都很优越，优秀医生多得很，不缺咱们俩。可南疆就不一样了，那个地方，技术好的医生太少了，医疗环境和条件也很差，医疗设备更是要啥没啥。那个地方的老百姓得个稍微大点儿的常见病，都要跑到200公里以外的和田医院去治疗，多少人因此小病拖成了大病，最后发展到无法医治。建梅，你我都是当医生的，那个地方的老百姓更需要我们这样的医生。

程建梅：对，你说的对。可是这种情况也不是你我两个人就能够解决的呀。

常洪波：可是我们是医生！当医生最希望看到的是啥？那就是患者解除病痛走出医院。而我们医生的职责就应该是哪里最需要我们？我们就应该去哪里。

程建梅：你说的这些道理我都懂。可是你想过咱们的孩子和父母了吗？

常洪波：我想过了，现在孩子们不是已经住校了吗。再说了，孩子们都一天天长大了，他们迟早是要离开咱们走向社会的，现在就让他们独立起来，对孩子们的将来只有好处没有坏处。

程建梅：(犹豫)可是，爸妈年龄都这么大了，他们能接受吗？

常洪波：能，咱爸咱妈你还不知道啊，这辈子什么时候拖过咱们的后腿？

程建梅：哎。

常洪波：你就别担心了建梅，一切都有我呢。

程建梅：(叹气)我知道，这么多年了只要是你想干的事啊，就一定不会放弃的，既然你都已经下定决心了，我还能说什么！

常洪波：(开心地)老婆，我就知道，你最支持我了。那咱可说好了，咱一块去？

程建梅：(无奈)行，听你的。

常洪波：(激动地)老婆，谢谢你，谢谢老婆的理解，我就知道我老婆一定会支持我的，我的媳妇我知道。

程建梅：行了，别把我想得那么没有觉悟，我也是有理想和抱负的好吧？哎，咱们也别再自个夸自个了，还是想想怎么过爸妈这一关吧。

【飞机飞上蓝天的轰鸣声中，常洪波和父母抒情画外音】

常洪波：爸、妈我们走了，您二老多保重身体。

常父：（深沉地）儿子，爸妈都懂，你们就放心去吧，我和你妈等着你们平平安安的回来。

常母：儿子，你们一路保重啊！

常洪波：知道了。

程建梅：爸、妈你们也多保重啊！

常父、常母：（哽咽地）哎！

【敲门声】

一牧场场长：请进！（开关门声）

常洪波、程建梅：报到！六师医院常洪波、程建梅前来报到！

一牧场场长：（开心地）哟，小常，小程来啦！欢迎欢迎啊！

常洪波、程建梅：场长好！

一牧场场长：好好好，快坐，快坐，（起身倒水声）哎呀这一路上累了吧？来来来快喝口水。

常洪波、程建梅：（赶紧站起身，椅子摩擦地面的声音）场长，您别客气，我们自己来。

一牧场场长：哎呀，小程、小常啊，我们可是盼星星盼月亮的，可把你们给盼来了。（三人笑）这样，我呢先把场里医院的情况跟你俩唠唠。

常洪波、程建梅：哎。

一牧场场长：咱们这个十四师一牧场，在塔克拉玛干大沙漠的边缘，是兵团第六师的对口支援单位。2014年，六师医院就开始对一牧场医院进行为期3年的托管了。那个时候起一牧场医院就更名为兵团第六师医院一牧场分院。这次选派你们夫妻俩来挂职援建我们，还专门任命小常你，为医院的副院长，就是想着力解决一牧场干部群众“看病难”的问题。

常洪波：场长，这次我俩是自愿报名来咱们一牧场的，已经做好了充分吃苦的准备，所以您就放心吧，我们一定保质保量完成这次的援建任务！

一牧场场长：哎哟，太好了，太好了。这样，咱们先去医院，了解一下那里的实际情况。

常洪波、程建梅：好。

【音效转场，连队大喇叭播放着晚间新闻，开关门声】

李大夫：哟，常副院长。

常洪波：哦，李大夫。

李大夫：下班了，您还不回啊？

常洪波：哟，都这么晚了？

李大夫：嗯，走吧。

常洪波：李大夫你先走吧，我还要重新研究一下今天病人的病例。

李大夫：常副院长，你们夫妻俩是真认真。我刚还看见程大夫在药房盘点呢，怎么着？你们夫妻俩是打算把家都安在咱这医院了吧？

常洪波：（笑）可不是吗，我们俩刚到这儿，啥都不了解，得赶紧熟悉熟悉情况呀。

李大夫：常院长，要我说啊，（小声地）您也别太认真了，咱这一天就没几个病人，年平均门诊病人连 2000 人都不到，病人看病啊一般都不到咱这来？

常洪波：啊？那为啥？

李大夫：咱这个医院要啥没啥，就是一排低矮破旧的平房，还离场部 2 公里远。抛开你和程大夫，咱这就 1 个执业医师、护士就 4 个，药物、医疗物品整个医院就 105 种。再说这医疗设备，别说这基础医疗设备了，连个像样的急诊室和手术室都没有，这病人来了，连最基本的常见病和多发病都治不了，谁还来呀？

【医院突然出现嘈杂声】

麦热汉姆：（焦急地喊）大夫，大夫在哪儿？

常洪波：在这儿，我在这儿，来了，来了。

【常洪波和李大夫冲出办公室，来到医院走廊】

麦热汉姆：大夫，快来救人啊。

常洪波：怎么了？病人哪儿不舒服啊？

麦热汉姆：刚才下班回家，他突然喊头疼得很，胸闷得很，然后人就不行了。我们就赶紧送过来了。

常洪波：好好好，大婶你别急啊，我们先扶病人到病床上躺好，我给他检查一下啊。来来来，慢一点，慢一点，大叔，来躺床上啊，好，躺下，躺下。

【病人买买提轻声哼哼】

常洪波：大婶，大叔今年多大岁数了？

麦热汉姆：52 岁了。

常洪波:他叫啥名字?

麦热汉姆:他叫买买提。哦,我叫麦热汉姆,我是他老婆。

常洪波:哦,好好好。买买提大叔?胸闷不闷啊?

买买提:(虚弱)闷。

常洪波:(轻轻的敲击声)这个地方疼不疼啊?

买买提:(虚弱)疼的,疼。

常洪波:哦,呼吸感觉困难不困难?

买买提:(艰难的呼吸声)哦,哦。

常洪波:麦热汉姆大婶,根据我刚才的检查呀,我初步判断,买买提大叔得的是心肌缺血。

麦热汉姆:心肌缺血?

李大夫:(在一旁插嘴)麦热汉姆大婶,这是我们的常副院长,他亲自给你们家老头子看病呢。

麦热汉姆:哦,副院长,我们家老头子的病该咋治呢?

李大夫:(插嘴)哎呀,麦热汉姆大婶,我们医院目前的条件实在是太差了,这心脏超声、心电图这些设备都还没有,刚才常院长只是按照基础医疗常识做出的诊断,无法给你们提供准确的检查结果,所以买买提大叔我们无法收治。是吧?院长。

麦热汉姆:(焦急地)哎呀,常副院长,这怎么办呢?

常洪波:麦热汉姆大婶,我同意李大夫的意见,咱们医院的条件确实无法收治买买提大叔,建议你们赶紧把他送到和田医院去救治,这种病症如果耽误治疗,买买提大叔恐怕会有心肌梗死和猝死的危险。

麦热汉姆:(哭泣)那咋办呢?

常洪波:大婶啊,您先不用担心,我刚才给买买提大叔服了一片硝酸甘油,可以在短时间内迅速缓解他的胸痛、呼吸困难等症状。你们赶紧去和田医院,别再耽误时间了。

麦热汉姆:(无奈地)那,好吧,好吧。

常洪波:(凝重地)快去吧啊,抓紧时间。

麦热汉姆:那,好吧,好吧,老头子,咱们赶紧走吧。

【嘈杂声远去】

李大夫:看见了吧常副院长,这就是咱们医院的现状,连个常见病我们都无法收治。哎,得,我先回家了。

【音效转场,夏夜,连队田间虫鸣声(由强变弱)】

【屋内钟表的滴答声】

程建梅:(翻了个身)(迷迷糊糊)怎么了?老常,睡不着啊?

常洪波:(瓮声瓮气)嗯。

程建梅:("啪嗒"一声打开灯)咋了?下午喝太多浓茶了?

常洪波:(瓮声瓮气的)不是。

程建梅:那是咋了?跟我说说吧。

常洪波:(叹了口气)哎呀,今天咱们院里来了一个心肌缺血的病人。

程建梅:然后呢?

常洪波:哎,咱们连个心电图都没有,我只能靠自己的经验判断了。

程建梅:然后呢?

常洪波:(赌气地)还能有什么然后,只能建议病人去大医院治疗。

程建梅:哎哟,这就让你睡不着了?

常洪波:(沮丧地叹气)不光是这个。

程建梅:那还有啥?

常洪波:(翻身坐起)你当时是不在场,李大夫刚好在,他正好在跟我说咱们医院的情况,结果病人就来了。你不知道,我当时有多难堪,那李大夫好像早就司空见惯了似的,完全无所谓,把我这心里难受的呀。

程建梅:那咱们这个医院的情况确实就是这样啊,人家李大夫也没说错呀。

常洪波:可咱们不同啊!咱们是上级组织派来援建的大夫,咱们能跟李大夫一样吗?

程建梅:怎么不一样了?都是大夫吗。

常洪波:那不一样!咱们跟他不同!他李大夫见怪不怪了,咱们来是有任务的,得做出点成绩来才行啊!

程建梅:哎哟,我说老常啊,你是不是太把自己当回事了呀?咱们也就在这呆3年,完了咱们就回去了,又不可能真在这干一辈子。

常洪波:你看看,你看看,这就是你们这些人思想不对的地方了。

程建梅:(翻身起床)我说的哪里不对了?老常,不是我说你,别给自己太大压力。你想做点事我不反对,可是也得看实际情况吧?你一心为了这个医院,可别人未必这么看呐，说不定还以为你是企图心重，老想往上爬的人。

常洪波：(生气地)哎，建梅，你说这话我就不爱听了。我是啥样的人？你还不知道吗？越说越不像话了！

程建梅：(安抚地)行行行，好好好，算我说错了说错了行了吧，您别生气，您大人有大量，赶紧睡觉吧，明天一大早还要去医院开会呢。

常洪波：(生气地)哼，看着吧，不把医院弄出个样子来，我常洪波就还不走了！

【救护车鸣叫着行进的声音，由外部声音过渡到内部声音】

常洪波：小王，把咱那个救护车的声音给关了。

司机小王：好的，院长。

【救护车鸣叫声关闭，只剩汽车行进中的声音】

常洪波：咱们只是去巡诊，不需要搞得大鸣大放的、人尽皆知的。

司机小王：我明白了。对了常副院长，这还是咱们这个院成立以来第一次出门巡诊啊。哎呀，这么好的主意，您是咋想出来的？

常洪波：小王你看啊，咱们这一牧场啊总共有八个连队，其中四个是牧业连队。这牧业连队的职工常年生活在距离咱们场部二十多公里远的山区，缺医少药一直困扰着他们。既然山上的职工下山看病不方便，那咱们就主动送医送药上山呗。顺便了解一下牧民们的健康情况，回来后，争取给每一户都做个医疗档案，这不是两全其美的事吗？

司机小王：(感慨地)是啊！常副院长，还是您想的周到。

【电话铃声】

常洪波：喂？

程建梅：(电话效果)喂？老常，你去山上巡诊了？

常洪波：(掩饰地)没，没有啊。

程建梅：(电话效果)我怎么听你那边的声音像是在车里呢？

常洪波：(掩饰地)没有，没有，你听错了。

【汽车轮胎摩擦地面发出刺耳的声音】

程建梅：(电话效果)老常，我可跟你说，这山路很难走，也很危险，你可不许背着我一个人去啊。

常洪波：(掩饰)嗯嗯，知道，知道，那我挂了啊。

【汽车轮胎摩擦地面发出刺耳的声音】

常洪波:(担心地)小王,你开慢点,这儿的山路确实有点危险。

司机小王:不好!

【汽车翻车的巨大声响】

下　集

【音效转场,拨打电话的声音】

【您好,您所拨打的电话已关机】

李大夫:程大夫,这常副院长的电话还是打不通啊。(不断拨号声作为背景声)

程建梅:是啊,之前还能打通呢,现在一直打不通。这一个多小时的路程怎么走了两个多小时还没到啊?(手机里传来“您拨打的电话暂时无法接通”作为背景声)

李大夫:程大夫,您先别急啊,我再打一个试试。

【拨打电话的声音】

【您好,您所拨打的电话已关机】

李大夫:还是无法接通啊。程大夫,您别急啊,兴许刚好常副院长手机没电了,过一会儿他就给咱回过来了。

程建梅:哎呀,我这心里头吧,一直觉得慌得很,总觉得要出什么事儿。

李大夫:哎呀,您别瞎想了程大夫,肯定不会有事。(电话铃声响)哎你看,常院长电话来了。快快快,接接接。

程建梅:(紧张地)喂,老常,老常?

常洪波:(电话效果)(声音低沉)建梅。

程建梅:怎么了,老常,我听你声音不对啊,出什么事了?

常洪波:(电话效果)没,没什么事。

程建梅:那你手机怎么打不通啊?

常洪波:(电话效果)(掩饰地)我手机,刚才,没电了。

程建梅:老常,你最不会撒谎了,一撒谎就支支吾吾的,你说,你现在人在哪儿呢?

常洪波:(电话效果)我,我在咱们医院急诊室。

程建梅:啊?你看我说什么来着?我怕的就是这个呀,哎呀!(挂掉电话,跑出门去)

李大夫:(在程身后追着喊)哎,程大夫? 你等等我。

【脚步跑远的声音】

【金属镊子撂到盘子里的声音】

常洪波:(埋怨地)哎哟,哎哟,你轻点儿啊!

程建梅:你别动!现在知道疼了?让你别一个人去你非不听,现在好了吧,翻车这么大的事你都敢瞒着我!

常洪波:(安抚地)建梅,我们都没事,就是拐弯的时候没太注意,车开得有点急(憨笑)一下就翻了。

程建梅:你还笑!(轻打了他一下)还笑的出来? 头都撞破了!

常洪波:哎哟,你下手轻点儿行不行啊?

程建梅:行了,行了。

李大夫:(假装咳嗽一声)没事就好,你们夫妻俩继续,我就不在这儿当电灯泡碍眼了啊。

【脚步声远去】

常洪波:哎? 李大夫? 你别走啊,我还有事跟你说呢。

李大夫:下回说吧。

程建梅:(生气地)还说什么说啊?你给我老老实实躺好了啊!等我给你包扎完再说!

常洪波:(听话地)好,好。

程建梅:(生气地)别动!

常洪波:(听话地)好。

【风声过渡,常洪波在雪地里艰难跋涉着的喘息声】

麦提托合提:常副院长,风雪这么大,您怎么还亲自上山巡诊来了?

常洪波:麦提托合提,你不是打电话说你爸爸麦提库尔班生病了吗,让我们赶紧来看看。哎呀,没想到雪这么大,汽车上不来啊,所以啊我只好骑马上来了。

麦提托合提:快请进,快请进。常副院长,先喝口茶暖暖身子。

【倒奶茶的声音】

常洪波:不用,不用,麦提托合提,先给我说说你爸爸的情况吧。

麦提托合提:我爸昨天晚上就说不舒服,感觉有点发烧,还一直咳嗽。

【老人咳嗽的背景声】

麦提托合提:(焦急地)爸爸,爸爸你怎么样了?

常洪波:麦提库尔班大叔?我来给你检查一下啊。(打开药箱拿出医疗器械的声音)深呼吸,嗯嗯。麦提托合提,初步检查判定,你爸爸是风寒感冒引起的发烧,按理说呢不是什么大毛病,但是啊老年人抵抗力弱,他的肺部好像有些感染,有可能引起肺炎。

【麦提库尔班咳嗽声】

麦提托合提:这么严重?那,常副院长现在该怎么办呢?

常洪波:得赶紧把你爸送到山下大医院去。

麦提托合提:可是这山上这么大的雪,车还上不来,怎么把我爸送下山去呢?

【帐篷门打开后风雪灌入的声音,低沉的维吾尔语对话声】

老李叔:麦提托合提吗?

麦提托合提:老李叔,您咋来了?

老李叔:你老婆说你爸爸生病了,我来看看能帮什么忙?

【麦提库尔班咳嗽声】

麦提托合提:老李叔,这位是来山上巡诊的常洪波副院长。常院长,这位是我爸爸的好朋友,退伍老兵老李叔。

常洪波:老李叔,您好啊。

老李叔:你好,你好。常院长啊,这么大的风雪,你还到咱们山上来看望病人呐。

常洪波:这是我们当医生应该做的。

麦提托合提:常副院长,您看我爸爸这个样子咋下山呢?

常洪波:哎呀,这可难住我了……

老李叔:常副院长,你别为难了。这样吧,坐我的马爬犁,我亲自把麦提库尔班送到山下医院去。

麦提托合提:不不不,外面风雪太大了,您年纪也不小了,要去也是我去啊。

老李叔:麦提托合提,这山路我比你熟悉,再说了我那匹老马一般人还使唤不动呢。就这么办吧,我去套爬犁子,常副院长,你和麦提库尔班坐我的爬犁子下山,我们这就出发!

常洪波:好。来来来,麦提托合提帮我扶住你爸,来,库尔班大叔,慢点啊。(咳嗽声)

【风雪呼啸，老李叔挥动马鞭的“啪啪”声和吆喝声，马爬犁子在雪地上的响声】

常洪波：（风雪声中喊）老李叔，您要不要歇一会儿啊？

老李叔：（风雪声中喊）不能停啊，这么大的风雪，停下来就找不到路了。

常洪波：（风雪声中喊）老李叔啊，你和麦提库尔班大叔是咋认识的？

老李叔：（风雪声中喊）我当年呐是当兵分到这山里头，也就在这样的风雪中迷了路，又饿又冷，都快要被冻死了。那个时候麦提库尔班正赶着羊群路过，就把我给救回家了，他们一家人呐把我当亲兄弟对待。我当时就想啊，我要一辈子做他的好兄弟！哎呀，结果啊真是一辈子也没舍得离开这座山和山上的兄弟姐妹们呐。

常洪波：（风雪声中喊）老李叔，你就从来没想过离开这个地方吗？

老李叔：（风雪声中喊）想啊，说没想过那肯定是骗人的。可是这山里的牧民太朴实了，我总觉得吧，我得守着他们，守着这昆仑山，守着这祖国的西大门，这才是我应该干一辈子的事儿啊！我说小常啊，你也不简单呐，大老远的跑来这深山里给牧民看病。你不是也在干一件很有意义的事儿吗？

常洪波：（风雪声中喊）我哪能跟你比呀老李叔。

老李叔：（风雪声中喊）怎么不能比啊！哪怕你只是在这样艰苦的地方待上一天，你就是英雄啊！都是我们牧民的救星！都是我们的好兄弟呀！

常洪波：（风雪声中喊）老李叔，你才值得我们敬佩和学习。

老李叔：（哈哈大笑）我觉得吧，这年轻人呐就是应该在还能动的时候去实现自己的理想和价值！常院长，坐稳了，我要把你和我的老伙计麦提库尔班安安稳稳地送到山下去。驾！

【风雪呼啸，老李叔挥动马鞭的“啪啪”声和吆喝声，马脖子上的铃铛有节奏地响着】

【音效转场，飞机轰鸣着掠过天空】

【开关门声】

常洪波：（谦恭地）您好，请问您是张科长吗？

张科长：对，是我，找我有事啊？

常洪波：哦，我是兵团卫生局“访惠聚”工作组介绍来的。

张科长：哦，哪个单位的？

常洪波：我是十四师一牧场分院的。

张科长：哦，我有印象，我们局的“访惠聚”工作组的确给我打过电话。

常洪波：那您看我们之前递交的那个申请修建一牧场医院新大楼的报告，啥时候能批复下来呢?

张科长:哎呀,这个就不好说了,一般递到我们这儿的报告都要上会过一遍才行。而且不是一两个报告,是一批报告一起上会讨论。

常洪波:那,那您能告诉我啥时候上会吗?我们那个地方等得挺着急的。

张科长:我说,你这着急也没有用啊,所有递上来的报告都说着急,我们有什么办法呀?领导一直在外面出差,得等他回来才能开会确定。

常洪波:那是,那是。现在不是有时效规定吗?比如说30天内办完,类似这样的办公规定。

张科长:这谁给你说的?我们没有这样的规定。具体时间还真没法确定,这样你先回去等着吧,我还得开个会。(起身离开的声音)

常洪波:哎?哎!张科长,张科长。

【过渡音效,马路上来往的汽车声】

小马:(小声地喊)张科长,来,过来。

张科长:怎么了小马?

小马:您瞧,看到没有,那个两手提着东西,站你们家楼道门口的那个男的?

张科长:嗯,看到了,怎么了?

小马:他说是来找您的,我就问他跟您约好了没有?他说没有。我就没放他进去。结果您猜怎么着?他说连您电话也没有,就愣是在那儿干站了两小时。

张科长:啊?站了这么久啊?不行,我得过去问问怎么回事。

【马路上过往的汽车声】

张科长:常副院长,你怎么在这?

常洪波:哎哟,张科长,您总算回来了。

张科长:常副院长,我不是跟你说了吗,你那报告得再等等。

常洪波:张科长,我来就是想再跟您仔细说说我们那里的情况,只要您肯帮我们把请示报告递上去,我们建新医院就有希望了。您不知道,我们那里的老百姓实在太苦了,看个病真是太难了……

张科长:常副院长,你看你为了等我,在外面站了这么久,走,咱们进屋坐着说。

【音效转场,“噼里啪啦”的鞭炮声和欢天喜地的锣鼓声】

张科长:常副院长,恭喜啊,这一牧场的医院大楼终于竣工投入使用了。

常洪波:(感慨地)哎呀,张科长,这还真得谢谢您啊。您帮我们把报告及时递了上去，上级领导马上给我们拨付了400多万元修建了这崭新的医院大楼。今天终于能投入使用了，医院申请的基本药物和医疗设备也配备到位了，在你们的帮助下我们医院又新招聘了多名医护人员。哎呀，我们现在真是感激不尽啊，谢谢您啊。

张科长：哎呀，常副院长啊，你真是太客气了。这是我们应该做的。您为咱们牧区职工群众就医治病想尽了办法，我们这么做还不是应该的吗。

一牧场场长：是啊，小常，你在短短两年时间里做出这么大的成绩，这是我们都没想到的呀。

常洪波：场长，多亏了咱们场党委的大力支持啊，要是没有你们做后盾，我们怎么能这么顺利地完成这么些工作呢？

众人：（纷纷附和）就是，就是。

麦提库尔班：常副院长，你好吗？

常洪波：哎哟，麦提库尔班大叔，您怎么来了？

麦提库尔班：我和儿子麦提托合提听说你们新的医院大楼盖好了，我们来看看你们。

常洪波：哦哟，欢迎，欢迎啊。

麦提托合提：常院长，这是我爸爸煮好的鸡蛋，送给你们吃，请您一定要收下。

常洪波：哎呀，麦提托合提·库尔班大叔，你们太客气了，谢谢，谢谢！哟，这鸡蛋还热乎着呢。

麦提托合提：常院长，这是我爸爸临出门前煮的，怕凉了，路上他一直捂在自己怀里呢。

常洪波：（感动地）真是太谢谢库尔班大叔了，谢谢啊。

张科长：麦提托合提，你父亲今年多大年纪了？

麦提托合提：张科长，我爸爸今年83岁了，患有风湿性关节炎、高血压和肺气肿。以前我爸爸每次发病都要去和田市进行治疗，我们两个来回的路费就要200多块钱。再加上吃饭、住宿、治疗的费用，一次看病下来，要花一两千块钱，哎哟，我们这个家，没有那么多的钱。后来常副院长和程大夫来了，我们大家不了解他们，我和我爸爸也是抱着试一试的心态来看病。常副院长为我爸爸仔细做了检查，还免费给了药。回来以后，我爸爸的病有了明显好转，谢谢常副院长，谢谢程大夫。

常洪波：麦提库尔班大叔，麦提托合提，不用谢我们，这是我们当医生应该做的。（众人欢呼声）

【音效转场,电视里春晚的音乐响起】

程建梅:洪波,这是我们在这里的最后一个春节了,我们真的就这样离开了吗?

常洪波:是啊,是要离开了。

程建梅:你就不感到留恋吗?我的心闷的都快喘不过气了,看着眼前的一草一木,一砖一瓦。真舍不得(哽咽着)……舍不得啊!

常洪波:我怎么能不留恋啊,这可是咱们没白天没黑夜,工作了1000多个日夜的医院啊!

程建梅:(惆怅地)洪波,那,咱们以后还来吗?

常洪波:来!只要一牧场的群众需要我们,一牧场的医院需要我们,我们就还回来!这是咱们作为医生的职责,作为一名共产党员,咱们应该无条件地服从组织的安排。

程建梅:对,这是我们应该做的。

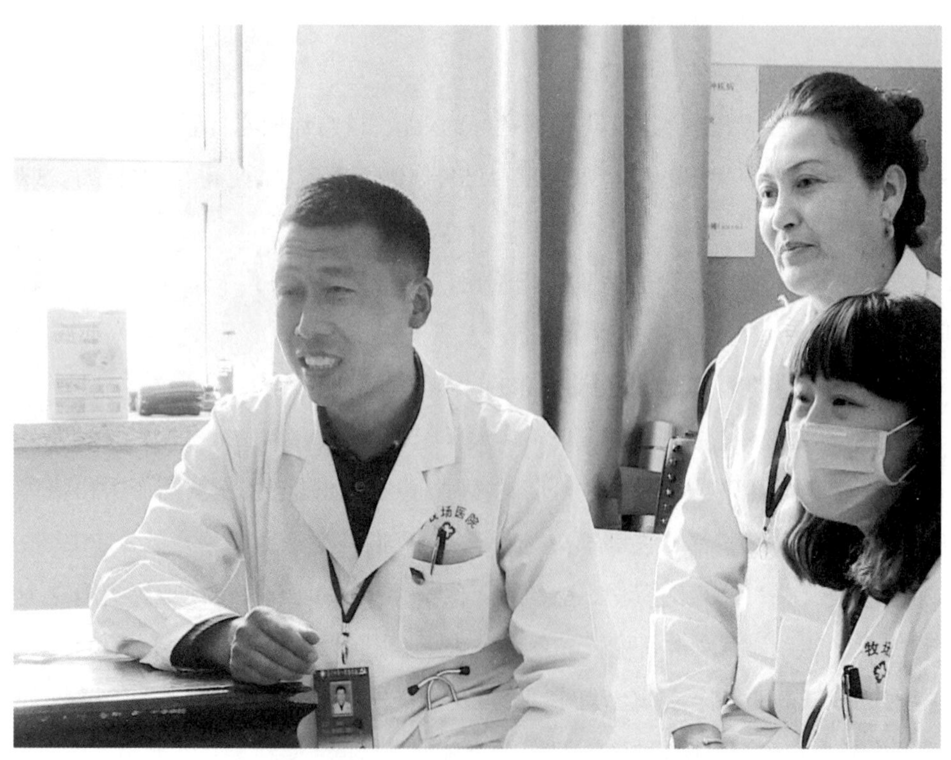

全国道德模范、"白求恩奖章"获得者常洪波(左一)带领医护人员问诊

万水千山总是情

有一种精神，看似平凡却豪情万丈；有一个群体，不畏艰险，依然勇于担当；明知高原艰险，他们义无反顾；明知条件恶劣，他们坚持救死扶伤。他们，就是不讲条件、冲锋在前、创新实干、奋斗自强，展现医务工作者甘于奉献、大爱无疆的崇高敬业精神的援疆医生们。他们是我创作的广播剧《天使情怀》中的原型人物。

2014年，新疆生产建设兵团第六师一〇五团医院开始对兵团十四师一牧场医院进行为期3年的托管。当时这家牧场医院没有住院部，只有1名执业医师、4名护士、105种基本药物，年均门诊病人不到2000人次。在这种情况下，六师一〇五医院决定选派优秀的医护人员挂职援建一牧场医院，着力解决一牧场干部群众看病难的问题。得知这个消息后，医院医生、“白求恩奖章”获得者常洪波和同是医务工作者的爱人程建梅主动请缨到牧场工作。用他的话说，哪里艰苦我们就到哪里去！根据以上这段简短的背景资料，我决定我们的广播剧故事就从这里开始。

然而，创作之初就遇到不小的难题，致使我停笔思索。援疆医生实在是太多了，他们的事迹又大多雷同，与贫困地区病患建立的深厚感情也大同小异。所以，无论怎样写，都逃不开既定套路，很容易就写成千篇一律的脸谱化人物形象。那么，要怎样塑造一个不一样的援疆医生常洪波呢？首先，我在他的故事里，找到一些独特点：他是一位不甘平庸、非常有事业心的医生，他不仅决定自己援疆，还说服了自己的爱人和自己一起去援疆；他有很强的集体荣誉感，对医护行业充满敬佑之心；他满怀热情对病患发自内心的关爱，对工作百分之百的认真……顺着这个思路，我给常洪波设计了一系列符合其性格和心理的行为动作。把他花费心思说服爱人一同去援疆的剧情安排在了开篇,他们离家时父母的叮咛嘱托,孩子们的依恋不舍,是本剧的第一个感动点;奔赴昆仑山深处,主动为群众送医送药,成为牧民们依靠的"贴心人",这是第二个感动点;当援疆工作进入倒计时,夫妻俩准备离开十四师一牧场医院之际,牧民们对他们的依依不舍是剧中第三个感动点,也是全剧的高潮所在。

常洪波虽然只是广大援疆医生里的普通一员,但也是我们这个时代最平凡而又伟大的平民英雄。正所谓"疾风知劲草,岁寒知松柏",我觉得必须把这样的时代英雄放在矛盾冲突的尖端来刻画,才能充分地表达出他们崇高的思想品质。这是生活的规律,也是创作里的一个重要法则。因此,我计划让常洪波同时面临两种矛盾,一种是来自外部的矛盾;一种是由外部环境压力带给他在思想上或内心里产生的自我矛盾。常洪波和妻子之间存在的矛盾,属于外部矛盾,但这不是主要矛盾,也不属于原则上的矛盾,最终通过夫妻俩的沟通,矛盾得以化解,夫妻感情也变得更加亲密。常洪波与新同事之间也存在着某种微妙的隔阂,偶尔因为观念的不同而产生一些小摩擦,但随着时间的推移,常洪波以自己坦荡磊落的人格魅力、认真严谨的工作态度,最终赢得了同事们的信任,隔阂和小矛盾也在不知不觉中得到化解。根据我的设计,剧中最大的矛盾,来自常洪波内心的自我矛盾冲突。因为真实的生活是没有正派与反派之间非黑即白的矛盾冲突,有的只是人物内心的自我矛盾。当常洪波面对巨大的困难、阻碍和周围人的误解的时候,他在内心里产生了一种对自己能力的质疑,最终他战胜了自己的心魔,找到了解决问题的办法,内心矛盾得以疏解。

在树立常洪波这个人物形象的时候,我着重写了他同党和群众的关系。他是群众中的一员,是群众的代表,绝不是脱离群众的个人主义的英雄好汉。他是群众中、同事中突出的那一个,是走在群众的前面,领导群众,被群众所拥护、推崇的榜样。剧中,常洪波和爱人全身心投入到援疆工作中,几乎把家安在了医院的办公室里,为了缓解病患的痛苦,他没日没夜的工作,还自掏腰包帮助困难群众垫付医疗费用,甚至为了解决偏远山区连队职工缺医少药的情况, 在恶劣的天气和危险的路况条件下,冒着翻车的危险,亲自上山去牧民家里看诊。为了解决牧民群众就医难的问题,他多次跑到上级部门进行申请,要求建设新的医院大楼,最终在他的不懈努力下,新的医院建成了,医疗设备也全部到位。当然,为了刻画出一个有血有肉的新英雄人物形象,常洪波的性格还欠缺一些丰满,于是我给他设计了一点性格上的小缺陷,如工作中遇到不如意的事情,他容易自己生闷气,甚至气到睡不着觉。再比如他怕老婆,妻子程建梅一吼他,他就怂了。为了不让妻子担心,他会选择偷偷地上山问诊,当面对妻子的询问时，他采取的是一种善意的谎言。当车祸来临的时候，他第一时间想到的是妻子，甘愿接受妻子的责骂，也要回到妻子的身边。

作为一名共产党员，常洪波是党的政策、方针和措施的执行者。他在群众中最先响应了党的号召——到边远山区进行援建，在工作中他贯彻党的思想，宣传党的政策，维护党的利益，而党的利益就是绝大多数群众的利益。在一切损害党和反对党的人和事面前，他永远是党的最勇敢、最坚强的战士。

三年援疆路，一生援疆情。常洪波和那些支援边疆的白衣天使们一道，跨越了千山万水来到我们身边，用无比的深情和无边的大爱，守护着我们生命的健康防线。作为一名宣传战线的老兵，我用这部广播剧《天使情怀》向白衣战士们致以崇高的敬意。

【编剧简介】

王伟，1974 年 10 月出生，中国舞蹈家协会会员，兵团舞蹈家协会理事，兵团歌舞剧团国家二级导演。1990 年到 1998 年先后在新疆军区后勤部第 36431 部队政治部、兵团歌舞剧团工作，至今从事文艺事业 30 年余年。多年来创作了大量的舞蹈小品、音乐剧、情景剧、广播剧题材的文艺作品。培养基层文艺骨干千余人，担任大型剧目演出总监获国家级集体金奖，近年来为兵团和地方担任总导演策划创作剧目和晚会十余台，获兵团优秀剧目奖、“五个一工程”奖、获得自治区及兵团艺术精品项目基金资助，执导的晚会和剧目深受各界观众一致好评！

马鞭的召唤

编剧 \ 周文扬

主要人物

热尼斯:男,66岁,哈萨克族,天山农场退休牧工兼巡边员。

水云拜:男,28岁,哈萨克族,热尼斯的儿子,乌鲁木齐一家哈萨克餐厅的老板。

宋建新:男,55岁,汉族,兵团二代,现任天山农场副场长。

梅兹:女,39岁,哈萨克族,热尼斯的大女儿,现任天山农场宣传科干部。

阿赛尔:女,33岁,哈萨克族,热尼斯的二女儿,现任天山农场的技术员。

赵恩源:男,30岁,汉族,边防哨所的排长,和热尼斯是忘年交。

布里汗:男,哈萨克族,热尼斯的父亲,几十年前在带领热尼斯巡边时遇到雪崩而牺牲。

谷庆山:男,汉族,20世纪50年代初指挥库克保卫战的解放军营长。

上 集

【音乐报头】

【边境线附近】

【羊群的叫声和马儿的叫声,风声,鸟鸣声,收音机声】

北京时间19点整,天山农场广播站,现在播放紧急通知,现在播放紧急通知。近期在边境附近,发现了雪豹的踪迹。请哨所的解放军同志和本场牧工以及周边的牧民同志们小心、警惕。

【嗷……】

一声雪豹短促的叫声陡然响起,紧跟着就听见热尼斯老人的惊恐的大叫声。

热尼斯:哦呀!

紧跟着响起了一阵搏斗的声音, 其中夹杂着热尼斯老人的马鞭挥舞声和喊叫声,时不时还有一声雪豹的低吼声。

【啪啪……】

热尼斯:你这个家伙……我热尼斯不怕你!

【嗷】

热尼斯:啊……它走了,走了。呃……

随着一声雪豹的叫声,一切陷入了令人惊恐的宁静中,慢慢的有一丝若有如无的心跳声响起。

【咚,咚,咚……】

【一声刺耳的刹车声响起】

【天山农场热尼斯家】

【门猛地推开了,大姐梅兹和二姐阿赛尔奔过来的脚步声】

水云拜:梅兹姐姐,阿赛尔姐姐。

【梅兹用她那高八度的声音喊上了】

梅兹:水云拜,你可回来了。(抽泣起来)

水云拜:姐姐,现在啥情况啊?

【阿赛尔快步过来,用她那柔美的嗓音,焦急但非常有条理地说】

阿赛尔:水云拜,咱们农场的副场长宋建新已经带着农场的人赶到了边境线附近。现在正在哨所的解放军战士们的协助下,寻找爸爸的下落。

水云拜:小宋叔叔已经去了?好!好!好!梅兹姐姐、阿赛尔姐姐,你们不要着急啊,我现在开车就往边境线上赶。

梅兹:好,水云拜,边境线的路窄,只能是摩托车走的路。你等一下,一会儿就有一辆摩托车来,你等一下。

水云拜:好好好。

阿赛尔:水云拜。

水云拜:阿赛尔姐姐,你给我准备些馕和酸奶疙瘩,还有水!

阿赛尔:好好好。

【一阵摩托车的发动声和急促的行驶声响起】

【两位姐姐冲着远去的水云拜喊道】

梅兹:水云拜,你小心一点儿!

阿赛尔:当心草原上的老鼠洞!

水云拜:我知道了。

【一段抒情音乐响起】

水云拜:我的名字叫水云拜,意思是钢做成的。我是哈萨克族。我的爸爸是新疆生产建设兵团的退休牧工兼巡边员热尼斯。老人家干了一辈子辅助边防军巡逻边境线的工作,用了几十年的时间,在他负责的72.5公里的边境线的石头上刻下了无数个象征中国主权的“中”字。两年前他正式办理退休手续,却始终放心不下边境线,经常偷偷跑回边境线参加巡边工作。这次,他突然失去联系超过24个小时,把我们大家都给急坏了……

【边境线附近】

【草地上一阵嘈杂的脚步声,伴随着不时的呼唤声】

群杂:热尼斯!热尼斯大叔!大叔!热尼斯!

宋建新:赵排长,附近几个可以藏身的地方,咱们可都找过了。你看,热尼斯到底会在哪里呀?

赵恩源:宋场长,您先不要着急,我们再找找看!界河那边虽然没有山上那么复杂,但毕竟是热尼斯大叔最关注的区域。我已经派了一队人过去搜寻。

宋建新:好!热尼斯!

赵恩源:热尼斯大叔!

【一名战士突然大叫了起来】

战士甲:排长,排长,你们快过来看!

【赵恩源他们冲了过去】

赵恩源:怎么了?发现什么了?

战士甲:排长,这里发现了一个马鞍。

宋建新:啊!这个马鞍上还有血啊!

赵恩源:是热尼斯大叔的马鞍。我认得!

赵恩源:哎呀!看看。这附近好像还有雪豹的脚印!

宋建新:还真的是雪豹啊?

赵恩源:哎呀,热尼斯……看来是遇上雪豹了。听我的命令,两人一组,持枪械进行战术搜索。位置以此地为中心点儿,搜索范围五公里!如果遇上雪豹,请示后,鸣枪驱离!听明白没有?

战士们:是!

宋建新:那我们农场的人该做些什么呀?

赵恩源:你们的人最好能扩大一下搜索范围。如果热尼斯大叔没有受伤的话,这么长的时间,他完全可以走出去几十公里。但是,如果他受伤的话……

【宋建新像是在跟赵恩源解释,又像是在自我安慰似的说道】

宋建新:哦!没事!没事!他野外生存经验非常丰富。而且年轻的时候,还徒手打死过几匹狼……没事,不会有事的!

赵恩源:那就这么定了,咱们分头搜索,保持联络,注意大家不要越过边境线。

宋建新:没问题!这里的边境线上,有热尼斯刻下的无数“中”字石头,就是咱们最醒目的标记!

【步话机的声音】

战士甲:排长,排长,这里是第四小组……这里是第四小组。

赵恩源:第四小组请讲!

战士甲:我们正在公路上执勤,拦截了一辆前往边境的摩托车,驾驶员声称自己是热尼斯大叔的儿子。

赵恩源:好的!你把对讲机给他……

【边境哨所】

【对讲机里面发出了一阵嗞啦的声音】

水云拜：喂！你好……能听到吗？

赵恩源：你好！我是边防哨所的赵恩源。请说明你的身份……

水云拜：我是天山农场的水云拜，热尼斯的儿子。宋建新场长可以给我做证明的。

【过了一小会儿，电台里传来了宋建新的声音】

宋建新：水云拜吗？我是宋建新！

水云拜：小宋叔叔。

宋建新：你听我说，你爸爸现在还没有找到。但是，我们正在和哨所的同志们一起积极寻找。你看，你是直接过来跟我们会合？还是？

水云拜：小宋叔叔，马驹洞你们找过了没有？

宋建新：找过了。还有周围的几个山洞，我们都去找过了。界河那边也派人去过了……水云拜！附近发现了雪豹的踪迹，所以你过来的时候，也一定要小心啊。

水云拜：我知道了。

【“嗖”一阵空灵的音乐响起来】

【水云拜恍然大悟地对着对讲机喊道】

水云拜：喂！小宋叔叔，我知道我的爸爸在啥地方了！

【一处隐秘的山洞】

热尼斯老人一阵虚弱的咳嗽声。旁边还有一匹马在低声嘶鸣着。

热尼斯：咳咳，咳咳……啊……看来，这次我这把老骨头真的就要交代在这里了？

水云拜：爸爸……爸爸……

热尼斯：嗯？……我怎么听到了水云拜的声音？是不是出现幻觉了？……这个臭小子水云拜，已经有好几年没有正经和你说上一会儿话了，现在，我还是不理你。

【水云拜的声音逐渐清晰起来】

水云拜：爸爸！爸爸……

【马儿嘶鸣起来】

【热尼斯虚弱的自言自语道】

热尼斯：你不听我的话，不回来接我的班儿……我就是不理你……咳咳，咳咳……

水云拜：爸爸！爸爸……

【水云拜冲进来的脚步声】

水云拜：爸爸！爸爸！

【热尼斯爱答不理】

热尼斯：水云拜，我的儿子？你不是我的儿子。你是外地人？你是大老板？咳咳咳……咳咳……

水云拜：爸爸！爸爸！你怎么样了？

热尼斯：什么怎么样了？我好得很。

水云拜：好！爸爸，你好就行啊，走，我们回家去！来，我扶着你。

热尼斯：别扶我啊。先把我的马鞭子拿过来，别丢下它。

水云拜：好，马鞭子在哪里？

热尼斯：你眼睛没有长吗？就在那个石头旁边。

水云拜：噢……爸爸！爸爸！你怎么了？爸爸！

【救护车的声音响了起来】

【天山农场医院】

【一阵医院的嘈噪声响起，梅兹和阿赛尔的声音响了起来】

水云拜：大夫，大夫，快点救救我的爸爸！快点救救我的爸爸！

大夫：好的，好的。请家属不要着急，家属不要着急，不要着急啊！来来。

梅兹：爸爸！爸爸！怎么样了？爸爸！

阿赛尔：爸爸……水云拜，爸爸怎么样了？

水云拜：阿赛尔姐姐，爸爸身上有几个地方擦伤了……

宋建新：梅兹，梅兹，你过来一下……

梅兹：宋场长，怎么了？

宋建新：哦！我告诉你啊！是你弟弟水云拜找到你爸爸的。我们赶到的时候，他非常虚弱，但是神志还算清醒……

梅兹：哎呀！不管怎么样，爸爸平安就好！哎呀！谢谢你了，宋场长……

宋建新：咳！你跟我还客气什么呀？咱们两家是世交啊！呵呵……行了，你赶快进去吧，我得马上回场部一趟，让会计过来，跟医院办理一下费用的事情。

梅兹：好的，好的……

宋建新：水云拜！水云拜啊。

水云拜：哎……小宋叔叔啊？

宋建新:你爸爸的马,我已经安置好了。你也别着急回乌鲁木齐,好好在家陪他几天吧。

水云拜:我知道呢。哎……小宋叔叔啊!

宋建新:啊?

水云拜:我想找您,好好地谈谈我爸爸的事情。

宋建新:哦!这样。晚上啊!到我家里来,咱们家里聊啊!

水云拜:啊!行啊!

【天山农场医院病房】

【一段平和的哈萨克音乐响起】

水云拜:啊!还好爸爸没啥大事情!医院只给他输了一瓶葡萄糖和消炎液,他就精神多了。

梅兹:爸爸,这样不行。

热尼斯:梅兹,别废话!马上给我去办出院手续!

梅兹:你看……

热尼斯:你看什么看啊?!我浑身上下没有一点点的毛病,干嘛要躺在这个地方受罪呢?

【梅兹声音有些颤抖的低声劝说着】

梅兹:爸爸,你要听医生的话……

【热尼斯不依不饶地喝道】

热尼斯:有什么好听的?阿赛尔,你是爸爸的好女儿,快去告诉医生,爸爸没事了!马上申请出院!

【阿赛尔有条不紊的,温柔地说着】

阿赛尔:爸爸,组织上说了,必须让你在这里住院观察 24 小时。确认没有问题了,我们才可以办理出院手续。

【热尼斯一听"组织上说了",语气马上缓和下来】

热尼斯:啊?组织上说了?

阿赛尔:是啊!

热尼斯:又给组织上添麻烦了。唉!都怪我呀……

阿赛尔:就是吗!已经退休了。还要巡边,这不是给组织上添麻烦吗?

梅兹:爸爸,你知道吗?这一次!多亏了水云拜。

【热尼斯不容分说】

热尼斯:你闭嘴! 不会说话你就不要说! 多亏了谁啊? 哼……我不领情!

梅兹:我……哼……

阿赛尔:爸爸,你不要着急呀……这次! 确实是多亏了水云拜。你呢! 好几年不跟他说话了。可是他还是我们家最重要的男人啊!遇上这么大的事情,我和梅兹姐姐两个人,啥办法都没有,还不是要依靠这个弟弟。水云拜在乌鲁木齐接到电话以后,马上开着车赶回来了,在家里一分钟都没有休息,又骑上摩托车赶往边境……哎呀!整整两天两夜了,他一刻都没有休息过。现在,他知道你没事了,才在外面的长条椅子上睡着了……

【"叮咚"一声微信的响声响起】

梅兹:哦,爸爸,是宋场长给我发过来的微信。

热尼斯:宋场长吗? 说啥了?

梅兹:他问你的情况。说要向上级汇报呢。

热尼斯:跟上级说我非常好! 等出院回家休息几天后,马上就可以回边境上完成这次巡边任务了。

【梅兹有些着急了】

梅兹:爸爸!你都已经退休了!巡边的事情,你就交给以后接替您的巡边员来做,好吗?

【热尼斯不屑地抢白着梅兹】

热尼斯:你懂什么? 我退休那是在单位上退休了。可我还是一名共产党员,辅助哨所的边防军战士,完成72.5公里边境线的巡边工作,保障界河不改道,这是党组织交给我的任务,跟退休不退休的,没有任何关系。

梅兹和阿赛尔齐声:爸爸!

热尼斯:我告诉你们两个,我热尼斯这辈子最大的心愿,就是能够一直走在巡边的路上……你们的弟弟,水云拜,他不愿意接我这个班……我知道,他看不上这份工作……我知道,他是嫌弃我们这个地方荒凉、偏僻……他……唉……这个水云拜,水云拜……唉……

【热尼斯说着说着,几乎哽咽起来】

【一阵低沉的旋律响起】

水云拜:其实,我早就醒了。听着爸爸和两个姐姐的对话我的心里委屈的很……

我怎么会嫌弃和不热爱自己的家乡呢？我就是接受不了爸爸的巡边方式！

【天山农场宋建新家】

【电视里传来了新闻联播的声音】

宋建新：水云拜啊，我这儿还有一瓶存放了快二十年的杜康酒，就便宜你小子了。来，来，来，咱俩满上。

【水云拜有些郁闷】

水云拜：小宋叔叔啊，我爸爸已经退休了，为什么……

【宋建新赔笑着说道】

宋建新：哎！你听我说啊！论年纪呢，我只比你大姐梅兹大十岁。可是论交情呢，我爸爸和你爷爷是从1950年的库克保卫战开始的，咱们两家是什么关系啊？你爷爷当年救过我爸爸的命。我呀！比你还了解你爸爸。

水云拜：小宋叔叔啊，我长这么大，还第一次听说退休是退休，工作是工作。退休了以后，工作还要继续，这是谁的规定啊？小宋叔叔，你们农场的规定，是不是太苛刻了？

宋建新：哎呀！这不是我们的规定，是你爸爸他自己的规定啊，他巡边巡了一辈子啊，巡了一辈子，你知道吗？他呀！离不开边境……

【水云拜长叹一口气】

水云拜：哎……人都有老的一天呐。按照我们哈萨克人的话来说，当一个男人老得连马鞍子都快跨不上去的时候，就应该待在家里，接受子女的赡养，颐养天年了。那为啥还要巡边呐？这是啥道理呀！

宋建新：是啊，是啊……哎，也怪我们。你爸爸退下来以后，他负责的那段边境线，我们始终没有派专人顶上去。以至于你爸爸老是惦记着那72.5公里的边境线。每次他都是在农场呆不上一个月，又偷偷地回到边境线上去了。

【水云拜半调侃的说道】

水云拜：啊……这个样子，小宋叔叔，那这就是你们当领导的工作失职了，对不对？

宋建新：哎……我们也有我们的难处啊！说句老实话，咱们兵团驻守在这里，辅助边防军完成边境线的巡逻工作都有几十年了。这几十年里，我们守边的这个任务完成得很好。尤其是你父亲热尼斯，多次受到各级领导的嘉奖。哎……只是，现在……边境线上好多地方，连手机信号都没有。你让现在那些已经习惯了时时刻刻都挂在网上的年轻人怎么适应这种生活？唉！这接班人难找啊！

水云拜：其实这几年，我一直在做一件事情，也花钱请了一些专家论证……唉……算了，算了，这个事情以后我们再说吧。

宋建新：水云拜，你有没有想过把你爸爸接到乌鲁木齐去啊？

水云拜：我当然想过了。我曾经特别认真的跟他谈过这个事情，可是被他一口给拒绝了。唉……就是为了这个事情，好几年都不理我了，你知道吗？他的脾气你是知道的。

宋建新：我知道，我知道。你刚满十二岁的时候，兵团领导就安排你到乌鲁木齐读初中，后来职高毕业以后，你选择留在乌鲁木齐创业。你没有听你爸爸的话，没回农场来接爸爸的班儿去巡边，那你爸当然对你有意见了。

水云拜：我知道，我爸对我有意见，可我这些年也没有瞎胡混啊！我也挺不容易的。

宋建新：是啊，是啊，你也不容易，从一个小小的烧烤炉卖烤羊肉串开始，几年的时间里，愣是开了两家属于自己的哈萨克风味的餐厅，还经常招待兵团农场的职工和家属。来，来，来，说到这儿，我得代表农场感谢你，来……我敬你一杯……

水云拜：谢谢小宋叔叔啊！

【酒杯碰在一起的声音】

【天山农场】

水云拜：从小宋叔叔家出来，我走在从小就熟悉的农场大院里，路过那座为了纪念库克保卫战的雕塑跟前，和我爷爷有关的那场战斗，发生在1950年……

【闪回】

【库克保卫战（回忆段落）】

【"哒哒哒"一阵机关枪的声音响起，"啪勾"一声步枪的声音响起】

【战场的声音，步枪，机关枪，冲锋枪，手榴弹，时不时响起】

匪徒甲：哎！城里的解放军你们给我听好了！今天是你们被包围的第四十天了！谷庆山谷营长，你们已经没有多少弹药了！我们司令命令你们马上投降！否则的话，格杀勿论！

【啪勾】

匪徒甲：（一声惨叫）啊！

谷庆山：打得好！想从我们手中夺去库克城，白日做梦。同志们，胜利是属于我们的。

解放军战士齐声说:胜利是属于我们的。

谷庆山:给我打！狠狠地打！

【“哒哒哒”枪声响起来】

解放军战士甲:宋河,宋河！谷营长,宋河右肩中弹了！

谷庆山:什么?宋河,宋河！快！赶紧叫卫生员包扎一下！

解放军战士甲:是！卫生员！卫生员！

谷庆山:同志们,不要着急还击,要节约子弹！等敌人进攻的时候,一枪一个！

解放军战士齐声说:是！

【一阵枪声,一阵马蹄的声音,有些老乡们跟解放军打招呼】

老乡们:解放军同志,解放军同志们,我们送吃的来了！给你们送吃的来了！

解放军战士:谢谢你们！谢谢你们！

布里汗:谷营长,谷营长,我们给你们送吃的来了！

谷庆山:布里汗大哥,谢谢你们！谢谢乡亲们对我们大力的支持啊！

布里汗:千万不要这样说！赶紧让同志们轮流吃饭！这个刚烤好的包子,还有馕,还有这个刚从锅里煮出来的手抓肉,还有皮牙子,菜。赶快让同志们吃饱肚子,吃饱了肚子,好打这些土匪们！

谷庆山:好,大家先抓紧吃饭,轮流吃饭。快！

解放军战士齐声说:是！

谷庆山:布里汗大哥,我们刚刚有一位同志负伤了,还得要麻烦你们,把他转移到安全的地方去接受治疗。

布里汗:哎呀！没有问题！交给我！是他吗?

谷庆山:对,就是他。

布里汗:咦,这个不是姓宋的那个娃娃战士吗?哎呀,你这个小宋同志啊,你也不知道隐蔽好自己！你伤得这么厉害啊！行了,谷营长,你放心！把他交给我！你放心！

谷庆山:好的,好的！谢谢您啊！布里汗大哥！谢谢啊！

【突然巨大的炮轰声】

谷庆山:同志们准备战斗。

解放军战士齐声说:是！

【突然枪声、手榴弹声大作起来;夹杂着还有炮弹的声音】

水云拜:那次战斗打得很艰苦。一个连108名解放军战士面对近千人的暴乱匪徒，在爷爷和维吾尔族兄弟、哈萨克族兄弟们的帮助下，整整坚守了40天，直到两个营的援军赶过来，才取得了最后的胜利。

【冲锋号此起彼伏，最后天地间响彻着胜利的欢呼声】

解放军战士们：我们胜利了！我们胜利了！胜利了！哦……

水云拜：我的爸爸热尼斯就是库克保卫战胜利的那一天出生的，“热尼斯”在哈萨克语中就是“胜利”的意思，而我的爷爷从战场救下来的那个小战士宋河，就是小宋叔叔宋建新的爸爸。

水云拜：对了！那场战斗以后，谷庆山，谷营长为了向我的爷爷表示感谢，把一根他一直用的马鞭送给了我的爷爷。从那以后，这根马鞭子，就伴随着我的爷爷、我的爸爸，巡守在边境线上。

中　集

【天山农场医院院内】

【院里面不时地有鸟叫声】

阿赛尔：哎呀，我也不知道咋办啊，爸爸回家以后，他肯定不会按时吃药，按时休息，还有那个酒……哎哟，阿爸，咋办啊……

水云拜：阿赛尔姐姐，要不然这个样子啊……

【两人正说着话，梅兹冲了过来，不满地叫着】

梅兹：水云拜，阿赛尔，你们去病房看一看吧！爸爸，他又跟医生闹着要出院呐！

阿赛尔、水云拜：啊？哎呀……

梅兹：爸爸的脾气你们不知道吗？他可是一分钟都等不了的！

阿赛尔：梅兹姐姐，要不然，我去跟爸爸谈谈，就按照他的意思办理出院手续，但是呢，我们要和他约法三章，让他必须听我们的！

【天山农场医院病房】

热尼斯：什么?！你们要跟我约法三章？哼！什么时候，孩子可以做爸爸的主了，两个女娃娃，再加上水云拜这么一个外地人，想要给你们的爸爸约法三章，简直是天底下最大的笑话！

阿赛尔：爸爸?！你太过分了！好好好，我不给你争了，那你就继续在这里待着啊，等领导们的消息吧……我走了！

热尼斯：哎！哎！阿赛尔，阿赛尔，好了，好了，你说说你们的约法三章吧……

阿赛尔：第一，以后不许你再偷偷到边境线上去了。每次你要去边境线的时候，必须提前告诉我们出发的时间和回来的时间。

热尼斯：好了，好了，我答应你……

阿赛尔：第二，以后不许你再喝太多的酒。医生说过了，你的肝功能指标，已经出现超标现象了。

热尼斯：好了，好了，不喝就不喝。只要你马上把我从医院弄出去，以后我就不喝酒了。

阿赛尔：还有第三呢，那就是您不许再和水云拜怄气。

【热尼斯一下沉默了】

阿赛尔：哎？怎么样，爸爸？你答应我了吗？你同意这三条的话，我马上给你办理出院手续。

热尼斯：（一声长叹）哎……你，你们给我办出院手续吧。

阿赛尔：这么说，你答应了。以后不再跟水云拜怄气了？

热尼斯：不管怎么说，他也是你和梅兹的亲弟弟，你放心吧，我不再和他怄气了，让我回家吧……

阿赛尔：啊，爸爸……(高兴）

热尼斯：嘿嘿……

【天山农场热尼斯家】

【一段欢快的哈萨克音乐】

热尼斯：（调侃的声音）回家的感觉就是好啊……哎，哎，水云拜老板，外地人能不能麻烦你给梅兹打一个电话，就说家里面的奶茶不多了。让她回来再做一些……

水云拜：好的，好的，爸爸，我马上就给梅兹姐姐发微信啊！

热尼斯：啊，谢谢你啊！

水云拜：爸爸，你想要看电视吗？我给您把电视打开啊？

热尼斯：谢谢！我听了一辈子的广播，还是听这个吧。谢谢你了！

水云拜：梅兹姐姐，爸爸说，让你抽空回家来做点奶茶啊！

【微信发出去的声音】

水云拜：爸爸，你中午想吃点啥呢？要不要我给你做点薄皮包子啊？

热尼斯：谢谢你！阿赛尔已经答应下了班回来给我做饭了。你呢？要不要一起留下吃顿便饭？还是你有更重要的事情要做呢？比如说那个做买卖，赚钱？要真是那样的话，您最好马上回到你的乌鲁木齐去。那里才是像您这样事业有成的成功人士应该生活的地方。

水云拜：阿爸，你……

【水云拜独白】

看来，身体恢复健康的爸爸是打算用这种讥讽的态度来对付我了。没错，他做到了。我已经被深深地刺痛了，甚至有那么一瞬间，我已经萌生了转身就走，回乌鲁木齐的想法了。

【天山农场梅兹家】

【门打开的声音】

梅兹：阿赛尔，咱们三个要好好商量一下了。水云拜刚才过来找我，说了爸爸现在怎么样的折磨他……阿赛尔，这个事情，你咋看呐？

阿赛尔：我觉得挺好的。起码，爸爸不再像以前那样，打死都不许水云拜进门了。

梅兹：哎呀，你懂个啥啊？爸爸这是在故意的气他呢！哎，水云拜，要不你回乌鲁木齐去吧？反正爸爸也没有事了。

水云拜：（思考着说）咳……我当然可以一走了之……可是这个样子，对你们两个就太不公平了。梅兹姐姐，阿赛尔姐姐，我想我们三个人，还是要商量一个合理的解决办法。

梅兹：什么办法呢？爸爸在这里，由我和阿赛尔照顾着，你们一家三口，逢年过节有时间的时候，就经常回来看看爸爸，行了！

阿赛尔：梅兹姐姐，我觉得水云拜说得有道理。我们应该借这个机会，好好商量一个办法出来。你看，大姐夫和外甥平常在伊犁哈萨克自治州上班、上学，你总得想办法经常和他们父子俩团聚吧？我这边，虽然不经常出差，可是工作起来没日没夜的，尤其是果园遇上病虫害的时候，就更没有时间照顾爸爸了……

【水云拜打断了两个姐姐的争执】

水云拜：唉……就是呢，我们大家都有自己的小家了。照顾我们的爸爸，也不是一天两天的事情，我们还是要商量一个万全之策。我想再劝劝爸爸，到乌鲁木齐跟我一起生活，你们觉得怎么样？

梅兹、阿赛尔：什么？

梅兹:喂,水云拜,你的脑子被驴踢了吗?

阿赛尔:哎,爸爸是不会同意的!

水云拜:唉……这几年,我那两家餐厅的生意都上轨道了,我打算把我的房子换一下,就在我们那个小区里面,换上两套挨着的房子,都有暖气、电梯。平常呢,我老婆可以照顾爸爸的生活,每天我儿子放学以后,还可以到爸爸身边,陪他玩一会儿,我每天上午去餐厅以前,去看看爸爸,把他需要的东西都给他买回来。你们逢年过节,想爸爸了,想我们了,就到乌鲁木齐来看看我们,这个样子不是挺好的吗?

阿赛尔:你的意思是说,从此让爸爸离开天山农场?

梅兹:水云拜,你的意思再也不让爸爸去边境线了?

水云拜:哎呀,他为国家巡护边境线,忙碌一辈子了,应该有一个幸福的晚年了……

梅兹:哎,你的意思是说,爸爸待在我们这个地方,就不幸福了吗?

阿赛尔:爸爸离不开天山农场,也离不开边境线。我们也离不开爸爸。水云拜,你太异想天开了!

梅兹:哎呀,他在胡思乱想的呢!你等着,我有个东西你看一看啊……

水云拜:喂,喂……哎,梅兹姐姐你咋还是这个样子急脾气呢,容不得我多说一句。阿赛尔姐姐,你知道吗?

阿赛尔:知道啥呢?

水云拜:关于边境线那边我有自己的想法,而且这些年已经做了不少的工作,请了相关的一些专家来论证……也许,兵团屯垦、戍边的事业,在我们这一代人的身上,会发生很大的改变呐?

阿赛尔:你的意思是什么呢?

水云拜:那个互联网你知道吗?未来的社会发展趋势……

梅兹:哎,哎,你们两个先不要开小会了!我给你们看看这个!

阿赛尔:嗯?啥东西?

水云拜:啥东西?

梅兹:咱们家的老相册,爸爸去年才交给我的。

阿赛尔:爸爸把这个相册当宝贝一样的,怎么舍得交给你呢?

梅兹:爸爸可能是为了让我们记住什么吧……哎,你们看,这个就是咱们的爷爷布里汗!旁边这个就是咱们的爸爸,那年,爸爸才十六岁……

【边境线上(回忆段落)】

【一阵大风雪的声音响起】

布里汗:(大声地冲着热尼斯喊)热尼斯!快骑马去把那边那几只羊给赶回来。这么大的风雪,要不了一会儿的工夫,它们就会迷路了……

青年热尼斯:好的!爸爸,今天这么大的风雪,我们是不是不用去巡边了?

布里汗:(愤怒地)胡说你!哎,热尼斯,我告诉你,是共产党解放军把我们从这个牧场主和财主老爷的压迫底下解放出来的。我们今天成了这个兵团农场的牧工,我们成了我们自己的主人。我们哈萨克人是知恩图报的民族,党和解放军给了我们现在这么幸福的生活,难道我们就不能做出一点小小的牺牲吗?

热尼斯:可是,这么大的风雪……

布里汗:就是下冰雹,也要去巡边!辅助边防军战士,完成边境线巡逻的工作,这个就是我们兵团牧工神圣的职责,你知道不知道?

热尼斯:(羞愧地)爸爸,我错了!我这就去把马套好!

布里汗:(高兴的甩着马鞭)哎,这就对了!哎,咱们现在出发……

【啪、啪、啪、啪】

【外面一阵更猛烈的风雪声响起,脚步声,马蹄声】

【猛烈的风雪声,已经几乎压住了人的说话声。热尼斯和布里汗需要大叫着,才能依稀听到对方说得是什么】

布里汗:风雪这么大,这条小路被风雪掩埋了,我们只要按着山尖的方向走,快要到山腰的时候,一定要躲着那些雪堆,下面都是虚的,容易陷进去……

热尼斯:知道了……

【风雪声再次响彻了起来】

布里汗:热尼斯!你拉着马,跟着我的脚印走,这样省力些。

热尼斯:好的,爸爸,我知道了……

布里汗:热尼斯,快走……

热尼斯:爸爸,这四周白茫茫的,什么也看不见……

布里汗:热尼斯!风雪越大,越容易出情况,跟上啊……

热尼斯:爸爸,你在哪儿,我,我看不见你了……

布里汗:嗨……(“啪”甩鞭子的声音)你听见我的鞭子声了吗?

热尼斯:(惊恐地喊)爸爸,爸爸,雪崩啊……

布里汗：热尼斯，接着马鞭……

【又是一阵猛烈的风雪声响起，紧跟着，一阵山崩地裂的声音响彻山谷】

热尼斯：爸爸！爸爸……啊……

【热尼斯发出了一阵撕心裂肺的喊声，雪崩的声音笼罩住了一切】

【天山农场梅兹家】

水云拜：（哽咽感慨地）没有想到，当年我们的爷爷牺牲的时候，爸爸居然就在他的身边……

梅兹：是啊，爸爸接过了爷爷的马鞭子，继续放牧、巡边，可是过去那么多的事情，爸爸从来一个字都不愿意提起来……（哽咽）

水云拜：那根马鞭子，就是当年谷营长送给我们爷爷的吧？

阿赛尔：一定是那根马鞭子。我记得好像听妈妈说过一句，那根马鞭子是一位特级战斗英雄送给咱们爷爷的。

水云拜：这件事情，我专门请人考证过。参加过库克保卫战的谷营长，确实是特级战斗英雄，还受到过毛主席的亲切接见呢。

梅兹：哎，你看，这一张照片，是爸爸早年在巡边的时候，在石头上刻着中国的“中”字的时候，一位军垦报社的记者给爸爸拍得，你看……

【一段抒情的音乐压混】

水云拜：爸爸负责的边境线，一共有 72.5 公里长。几十年来，他在沿途的很多石头上都刻上了象征中国主权的“中”字，爸爸对党、对祖国的爱，对边境线的坚守，就是这样一刀一刀刻在了石头上……

【天山农场梅兹家】

热尼斯：（带着些许调侃的味道）哎，哎，这位外地人，这位老板。你要跟我谈一谈吗？哎，请问，你要跟我谈什么啊？是怎么开饭店，做买卖吗？

水云拜：爸爸，我……

热尼斯：对不起，我只是一个牧工，干了一辈子放牧和巡边的工作，不懂得这个。

水云拜：爸爸……我就是想跟你谈一谈边境线的事情……

热尼斯：边境线？这个边境线和你有关系吗？

水云拜：当然有关系了……我的爷爷就长眠在这个地方，我的爸爸在巡边时刻下了无数个代表中国主权的“中”字石头。我是他们的后代，你说这个边境线跟我有没有关系，啊？

热尼斯:(不置可否地笑了)呵呵,呵呵……

水云拜:爸爸,这几年我一直在关注边境线上的事情。我反复的在想,怎么能够利用现代科技,高效率的完成我们的巡边工作……

热尼斯:你可以买一架直升机啊?这样巡逻边境线效率就高了。呵呵呵……

水云拜:爸爸,我们两个能不能不抬杠啊?

热尼斯:我告诉你小子!这段边境线这几十年来的安全,就是靠着边防军战士和我们兵团巡边员们一步一个脚印走出来的。别以为你在大城市里待了几年,挣了不少钱,就可以对我们的巡边工作指手画脚。我跟你说,这项工作还轮不到你来品头论足!

水云拜:爸爸!我现在跟你讨论的是怎么样高效率,可持久性的来完成我们兵团人的巡边工作!

热尼斯:没有捷径可走!就像刻石头一样,只有老老实实的一刀、一刀的刻下去,才能完成这项任务!年轻人,不要以为自己有了几个钱,你就了不起了。等你亲自把那 72.5 公里的边境线走一遍,再来跟我老汉谈一谈吧!

水云拜:走就走呐!我们一言为定!我明天就动身去边境线……

热尼斯:好!等你走完了 72.5 公里边境线,数清楚我一共刻了多少块带着“中”字的石头。我一定给你泡好一壶奶茶,对你的建议,洗耳恭听!

水云拜:行了,君子一言!

热尼斯:快马一鞭!

【两人的手掌重重地击在了一起】

【天山农场热尼斯家】

【广播里面播放着欢快的哈萨克音乐,门打开的声音】

宋建新:哦?呵呵……还是老习惯,连门都不锁。热尼斯老哥?

热尼斯:哎,谁啊?哦哟,宋场长来了吗?哎呀,你好,你好,快请坐!宋场长,你是喝奶茶吗?还是喝一点儿带劲儿的?

宋建新:哎,您可别招我啊?!这大白天的,你这不是让我犯错误吗?

热尼斯:嘿嘿,嘿嘿!那咱们就喝奶茶吧?阿赛尔一早就给我做好了两暖壶,快来尝尝吧?

宋建新:老哥啊,这次过来看您呢?有两件事儿要征求一下您的意见。

【倒奶茶的声音】

热尼斯:来! 再喝一碗!

宋建新:好,谢谢老哥!

【热尼斯的语调有些复杂,有些期待,又有些失落】

热尼斯:怎么? 咱们农场找到新的巡边员了?

宋建新:也是,也不是! 但我今天跟您谈得这两件事儿啊,都跟这个有关。

热尼斯:哎呀,行了,行了,你就不要卖关子了。说吧,到底是啥事?

宋建新:这一呢……场里打算在你驻守的那个区域呢,建设一个大型的哈萨克特色养殖基地。利用那里的丰富自然资源,养殖优质的羊群和马群……

热尼斯:停,停,停! 你说的我完全听不懂! 那片区域,上千年来都有牧民在放牧。不管是羊群还是马群,数量都不少。你们现在要搞得这个特色养殖,到底是啥意思吗?

宋建新:这么跟你说吧,有人找到我们农场,要投资跟我们一起办现代化养殖基地。这个初步的设想呢,等三期建设全部完成以后,要达到 5 万只优质羊和 3 千匹优质马的养殖规模。

热尼斯:(吃惊地)多少,多少? 5 万只? 这怎么可能呢? 那里的草原养活不了这么多牲畜啊!

宋建新:哎,你放心,对方是有备而来的。他们提出的实施方案里面呢,就包括了大面积种植优质牧草的计划。如果这个计划得以实施,这片草地里机械化种植优质牧草,绝对可以确保养殖基地的自给自足!

热尼斯:那,巡边的工作呢?

宋建新:对方提出的计划里面,明确提出了养殖场的所有职工,除了干好本职工作以外,都要负担起兵团原有的巡边任务。当然了,我们农场会给合格的职工办理相应的入职手续,让他们都成为我们兵团的合同制职工。

热尼斯:这么说,那里会是另外的一番景象了?

宋建新:是啊! 几年后就是百十个人,来负责你的 72.5 公里呀……呵呵,老哥,您可以放心的退休了!

热尼斯:那……那……那不行! 我要求加入这个养殖场,干什么都行! 我担心这些年轻人,不知道边境线的意义;不知道界河的危险;更不知道暴风雪封山以后,如何去巡山……

宋建新:哈哈,哈哈……这个嘛! 我就不敢跟您打包票了。到时候,这个项目批准通过了,您自己找投资人去谈吧!

热尼斯:(不知所措)这……这个,怎么会这样呢？变化太大了吧？

宋建新:不仅如此!投资方还要在养殖场里面兴建太阳能发电设备,还有移动网络通讯设备,还有必要的水利设施。总之,过不了几年,那里就会成为我们祖国边境线上一道靓丽的风景线。

热尼斯:那……那……

宋建新:哎……这是一个!还有一件事儿呢,我得征求您的意见……

热尼斯:你这不是在征求我的意见,你这是在通知我呀!

宋建新:嘿嘿,嘿嘿!就知道您会这么说的……

下　集

【天山牧场广播站】

广播喇叭:天山农场广播站,现在播报紧急通知!现在播报紧急通知!根据气象部门的预报,今天夜里到明天白天,在铁克图一带有强冷空气经过,会带来强降雨。请广大牧工做好防范工作!请广大牧工做好防范工作!

热尼斯:不好!铁克图要下大雨了!我得去边境线!

宋建新:哎哎,老哥!你身体刚刚恢复,不能再奔波了!

热尼斯:界河的水要是漫过河道,一个直线流淌下去,就会给咱们国家带来损失!这个责任,谁担得起？你担得起吗？

宋建新:我……

热尼斯:我建议你马上命令界河附近所有的牧工,马上向界河容易改道的那几个地点去集中!然后通知哨所的解放军同志们,进行支援。场里马上组织救险物资和人员,我带着上去!那里的情况只有我最熟悉!

宋建新:可是……

热尼斯:没什么可是的!情况紧急,就这么定了!边境线上无小事啊!

【边境哨所】

【外面开始狂风,夹着着闪电和巨大的雷声,电话铃声响起】

赵恩源:你好,我是赵恩源!是!是!保证完成任务!

水云拜:出啥事情了?

赵恩源:界河可能会有改道的风险,上级命令我们,马上组织人员对农场的救险工作进行支援。水云拜,你就先在哨所里休息吧……

水云拜:不行!我要跟你们一块去!

【更加猛烈的狂风暴雨,雨点密集的砸在了地上,雷声一个接一个地响着】

【边境线界河】

【暴风雨的声音,夹杂着河水的奔腾声。周围有马儿的嘶鸣和牧民们正在抢险的叫声】

牧民甲:哎,你们几个,快点把那个口子堵上!快点儿!快点儿!听到没有快点

牧民丙:听到了,听到了。哎呀!沙袋用完了!怎么办呢?

牧民乙:我刚从热尼斯的老房子里拉过来了一百个袋子,装上土就能用!

牧民丙:你们没有看见,里面又有一道口子了吗?快点过去呀,一起去,一起去。

【更猛烈的暴风雨声】

赵恩源:农场的同志们,我们来支援你们了!

牧民甲:解放军同志来了!太好了!哎……那边要决口了!

牧民乙:哎呀,这下可坏了,怎么办?

赵恩源:同志们,跟我上!

解放军:是!走,快!

水云拜:大哥!

牧民甲:水云拜啊!你怎么来了?你爸爸呢?

水云拜:先不要说了!快堵口子!

赵恩源:听我的指挥!所有的战士分成三组,一组装沙袋!

解放军战士们:是!

赵恩源:二组负责运送!

解放军战士们:是!

赵恩源:三组在决口处战斗!

解放军战士们:是!

赵恩源:决不能让界河改道!同志们!上!

解放军战士:上!

【"噗通""噗通"的沙袋投掷的声音】

牧民甲:小心点!

赵恩源:水云拜,快快快!让农场的同志把我们身后的这个口子给堵上!

水云拜:我来堵!啊……

牧民:水云拜!

牧民们:快!快点把这个口子堵上!沙袋!沙袋!给!给!

【远处响起了汽车的喇叭声】

宋建新:同志们!热尼斯大叔来了!我们大家都来了!

【牧民们欢呼起来】

牧民们:呀!热尼斯大叔来了!热尼斯大叔您好……

热尼斯:那是谁?谁在水中啊?危险!快!快把他们拉上来!

牧民甲:热尼斯大叔!那是解放军同志们还有你的好儿子水云拜!

热尼斯:水云拜吗?

牧民甲:对呀。

热尼斯:快!快!快!车上有袋子和木桩!大家一起动手,快呀,快呀,把这个口子堵上!快啊!你们几个搬木头桩子,把桩子打在决口后面,其他所有的人都去装沙袋,把沙袋投到这几个木桩子的中间!你,还有你,跳到河里面去,把解放军同志们都绑好了!然后把绳子固定在我们的汽车上!快!大家快啊!

热尼斯:水云拜!你们要小心啊!脚底下一定要站稳了!

水云拜:爸,你放心!我没事儿!你放心吧!

赵恩源:热尼斯大叔,放心吧!我们手紧紧挽在一起呢!同志们,上岸以后,马上投入到运送沙包的任务上来!

解放军:是!

热尼斯:你们几个,桩子还要打的更深一些!哎!沙袋,沙袋,这个地方!这个地方需要沙袋!

解放军:好!

水云拜:爸爸,你要当心点啊!

热尼斯:你小子!快去那边帮你的小宋叔叔!

水云拜:爸爸!我……我……

热尼斯:好孩子!有什么事情,咱们先把这场仗打赢了以后再说!明白吗?

水云拜:明白了爸爸。

热尼斯:行了,行了,你快去吧,你们几个换一换一直装沙包的解放军同志。

【边境线热尼斯住所】

宋建新:来来来,奶茶来了,大家快喝上一口暖暖身子吧!

热尼斯:来来来,大家快来喝上一口热茶吧!

牧民甲:热尼斯大叔,宋场长,界河现在安全了,我们得赶紧回去看一看了,这么大的雷电雨,家里的牲畜一定受惊了……

热尼斯:好的,好的,你们赶紧回去吧!省得家里面担心!

牧民甲:水云拜!我的好兄弟!你是好样的!我们佩服你!

水云拜:谢谢大哥!我啥也没干……以后,还有要麻烦你们的地方,我们以后再慢慢地聊。

牧民甲:好啊,以后聊,我们走了……

众人:再见,再见。

宋建新:啊呀,水云拜!你小子太勇猛了!昨天夜里那个场面……老实说,我这心里都有些打鼓啊!

热尼斯:(威严,但不无得意的声音)水云拜!过来喝茶!

水云拜:谢谢爸爸!

热尼斯:(调侃地)水云拜!昨天晚上真的是你吗?

水云拜:(不好意思地笑了起来)是我啊,呵呵呵……

宋建新:哎呀,我说热尼斯老哥,你就别绷着了,快表扬表扬水云拜吧!要不,我可代表农场亲自说了啊!

热尼斯:(郑重地)好孩子!你是好样的!爸爸替你骄傲!来,让爸爸抱一下。

水云拜:爸爸,爸爸……

宋建新:好了,好了,热尼斯老哥,我也不瞒你了!要在这里投资办哈萨克特色养殖场的,就是水云拜!

热尼斯:(吃惊地)什么,怎么是你呢?!

【一段优美的哈萨克音乐响起】

【优美的天山牧场上】

【羊群在叫着,马儿在嘶鸣,马鞭声接二连三地响着。伴随着马蹄声,热尼斯和水云拜在谈话】

热尼斯:水云拜,特色养殖场的事情,你真的想好了吗?

水云拜:爸爸,其实这三年多来,我先后请了十几位相关的专家们来我们这个地方考察过了……

热尼斯:专家?你能请得动他们吗?

水云拜:爸爸,现在是市场经济了,我只要付出相应的咨询、考察费用,就能请得动最权威的专家来为我们这里的发展出谋划策!

热尼斯:你是说,你自己花钱,干了这件事情吗?

水云拜:是的!专家们经过多次考察之后,得出了我们这个地方,非常适合建设特色养殖基地的结论。

热尼斯:基地全部完工以后,要达到五万只羊的规模……你就是解决了饲养问题,又怎么解决销路呢?我们这里交通不便利,连手机信号都没有……

水云拜:爸爸,这些问题,我已经都论证过了。交通的问题,由我们联合农场方面,用定期班车的方法来解决。

热尼斯:你的意思是说,以后这里就要通班车了?

水云拜:对了!这样既满足了养殖场的运输、通勤的需求,又解决了附近牧工的出行问题。

热尼斯:嗯!这个太好了……

水云拜:爸爸,我已经在乌鲁木齐向通讯公司提出了申请,用非常低廉的价格,长期租用了他们的一套移动接收、发射设备!从今往后,边境线上都会有我们中国通讯的信号了!

热尼斯:这个很好啊!养殖场是否能长久的发展下去,销路也很重要啊!

水云拜:就是啊,我已经通过网上,搭建了一个销售平台。同时和我的合作伙伴一起,要开发属于我们自己的哈萨克特色食品品牌……

热尼斯:这么说?……

水云拜:我们的哈萨克传统马肠子和纯天然优质羊肉,将通过网络销售平台,成为世界各地餐桌上的新鲜食材!

热尼斯:了不起啊……水云拜,我没有想到,你把这件事情已经研究的这么透彻了。爸爸完全没有想到啊!

水云拜:对了,爸爸,咱们俩打得那个赌!爸爸,虽然我已经走了一遍 72.5 公里的边境线……但是,我还是输了!因为,那个边境线上你刻了多少块带“中”字的石头,我还是没有数清楚,爸爸,我输了!

热尼斯:(爽朗地笑了起来)哈哈哈!水云拜!你没有输!这次你能沿着你爷爷和我走了一辈子的边境线走上这么一回,爸爸已经很满足了!

水云拜:真的吗?

热尼斯:对了,水云拜,爸爸有件事儿,希望你能答应我。

水云拜:爸爸,您不用说了!我已经和我的合作伙伴商量好了!半年以后,我们的养殖场建成,就聘请您做我们的特别顾问。全权负责安排巡边的工作!工资待遇吗……

热尼斯:(急忙抢着)我一分钱也不要!不仅如此啊,好儿子!爸爸的工资存折上还有十万块钱,既然你要干这么大的事情,爸爸支持你。这笔钱就交给你了!

水云拜:好啊!谢谢爸爸,这十万块钱,就算是你的投资了!您以后就是咱们养殖场的大股东了!年底享受分红,我们的养殖规模扩大了以后,您的股份还会大大的增值!

热尼斯:呵呵呵,是吗?我可没想那么多!我就是想着能帮上你一把。孩子,你干这件事情,要花不少钱吧?

水云拜:爸爸,我打算把我的两个餐厅先卖掉一个……这样两百万元的启动经费就有了。这件事情我也得到了好几个搞投资的朋友支持。他们会帮着我做一个详细的投融资计划出来……再加上农场方面和我们合股的投资……这样,我们三期建设所需要的2000万元资金,就完全到位了!

热尼斯:孩子!你……

水云拜:爸爸,我做这件事情,不完全是为了您!其实这些年以来,我一直在考虑,怎么样能够利用互联网还有全球贸易,把我们中国新疆的特色产品能够推广到全世界去!当然,其中还有一个主要原因,那就是我也像您和爷爷一样,无比的热爱着这段72.5公里的边境线!

热尼斯:好!孩子,爸爸等着你的好消息!只是爸爸我呀……

水云拜:爸爸,你还有什么不放心的吗?

热尼斯:你的家?你的老婆,还有我的那个小孙子……

水云拜:爸爸,我还在乌鲁木齐留了一家餐厅,每个月的收入,足够她们两个的开销了。平常,我在农场里工作,每天会跟她们视频聊天。到了节假日的时候,我一定会陪伴在她们身边的。爸爸,您就放心吧,我肯定照顾好您的孙子。

【天山牧场现代化养殖基地】

【旁白】

水云拜:半年的时间飞快过去了！我们的养殖基地一期建设在良好的市场预期和雄厚的资金支持下,像火箭发射一样的速度建设起来了！首批 5000 头上好的羊羔子和 300 匹良种食用马,运抵了新家。移动信号车也入驻了。丰厚的工资和完善的福利保障,第一批 12 名员工也顺利招满了。今天,就是我的爸爸热尼斯,做为养殖基地的特别顾问,上任的第一天,但是爸爸这个特别顾问,心里面牵挂的还是那72.5 公里的边防线。

热尼斯:水云拜！这次巡边,还是我来带队吧?

水云拜:爸爸,这段边境线,我最近走了十几次了,您就放心吧!

热尼斯:可是,这些小伙子们……

职工们:放心吧！热尼斯大叔!

热尼斯:(激动地)放心！放心！我放心!

水云拜:爸爸,我们出发了!

热尼斯:孩子,等等！这根马鞭,你把它带在身上!

水云拜:(又惊又喜地叫道)马鞭子,爸爸?!

热尼斯:对！就是这根马鞭子,它最早的主人是库克保卫战的特级战斗英雄！第二任的主人是你的爷爷;爸爸从参加巡边工作开始,就一直有这根马鞭陪伴着。现在,我把它交给你了!

水云拜:爸爸!

热尼斯:我相信,它会伴随着你,一直巡护在咱们神圣的边境线上。

水云拜:爸爸,您放心!

【“啪,啪,啪”马鞭发出了嘹亮的声音】

【边境线上】

水云拜:72.5 公里,145 里山路。我接过父亲传给我的马鞭子,开始了边境线上的巡边,爸爸就在这条边境线上来来回回地走了四十多年！走不多远,我们就能看见一块刻着“中”字的石头……只有当你站在了边境线上,才能突然感觉到这些石头无比厚重的分量。站在石头边上,前面是对方的国家,身后就是我们美丽的祖国。看着爸爸刻下的那个“中”,慢慢的,我的脑子里面开始响起一首熟悉的歌曲……

【歌曲《五星红旗迎风飘扬》响起来】

水云拜：歌声在我脑海里响起以后，我呆呆地站在那个地方，不知道过了多长时间……一股突如其来的力量，驱使着我，拔出了我随身带的刀子，跟着我蹲在爸爸刻过“中”字的那块石头面前，在上面刻了起来……时间，在那一刻凝固了。我的眼中就只剩下了那块神圣的石头；还有那些在刀尖的亲吻下，轻轻滑落的石屑……

【“咔、咔、咔、咔”刻字的声音无比清晰的响了起来】

职工们：快来看啊，怎么了，水云拜在上面刻字呢？……他刻得是什么字啊？啊！他刻得好像是“国”字！……对，是“国”字，中国的“国”！

【主题歌响起】

水云拜：没错！我刻下的就是中国的“国”字！在爸爸刻下的“中”字后面，刻下了一个“国”字!从今往后，我要做的最重要的一件事情，就是把边境线上我爸爸刻下的所有带着“中”字石头的后面，再刻上“国”字。

【歌曲《天边的晚霞》】

剧中人物热尼斯的原型兵团红山牧场牧工——“兵团道德模范”宝汗·埃恩赛根

创作札记

奔跑在追梦路上

以十三师红山农场哈萨克族退休职工宝汗·埃恩赛根一家三代巡边护边的故事为蓝本，融多位优秀兵团先进人物事迹进行艺术创作，是一个大胆的创新。

为更深入挖掘宝汗一家的护边故事，河南人民广播电台2016文化援疆精品广播剧创作组一行五人，在副台长翟国选的带领下赴中蒙边境——红山农场苏海图牧区采访。

苏海图，蒙古语，意为一片汪洋的意思。事实上，我们去的苏海图只是边境线上的一片荒漠和山岭。作为兵团牧工的后代，宝汗·埃恩赛根延续了哈萨克族"逐水草而居"的游牧生活，每年往返于红山农场夏牧场与苏海图冬牧场之间。此外，他还带领哈萨克族牧工，肩负起苏海图牧区边境线的巡边任务。

宝汗·埃恩赛根身材高大，瘦削，少言寡语，就像沙漠里一匹任劳任怨的骆驼。他带着我们穿行在他放牧巡逻了四十多年的边境线上。他忽而攀上高处，指着远处的青山，告诉我们一道铁丝网之隔下的边境故事；忽而带我们走进边防哨所，和战士们一起共述军民携手戍边的鱼水情谊；忽而倚石而坐，在呼呼吹过的山风里，讲起和这里一草一木一起相伴的时光……最让我们记忆深刻的是和他的家人围坐在土炕上，他望着墙上黑白照片深情讲起自己父亲的事迹。我们懂得了他为什么会几十年如一日，即使是在退休之后，仍不放却的巡边任务。

在一个星期的采访中，我们进牧区，和牧民、战士交谈；走小巷，寻访曾经的老领导、老同志，了解更多关于兵团人的故事，许多细节让人感动。

采访归来，我们达成共识：以宝汗老人一家三代巡边这样一个故事来做一个广播剧。把感恩、团结、爱国、忠诚的信念传承，这几个点全部串联起来，创作出像习总书记要求的思想精深、艺术精湛、制作精良“三精”的广播剧。

一方面我们潜心研讨剧本，一方面张耀老师带着我们又马不停蹄地为广播剧后期的录音寻找合适的录音场地。从河南广播电视台新建的调频广播录音棚，找到哈密广播电视台的录音室，多角度、多方位、一丝不苟地测试录音的效果。这些经历，让我对这些静默的麦克们有了全新的认识。

随后的两个多月，是一段反复构思，反复推敲的创作过程。8月，广播剧《马鞭的召唤》的初稿终于完成了。三集70多页3万多字。一字一句地品读着这些凝结着创作者心血的剧本，我们每一个创作者却更像是最冷酷的外科医生，对剧本里情节的设置、人物之间的情感纠葛，小到每一个措词进行条分缕析的解剖，我们提出了人物之间的故事展开逻辑牵强、马鞭在整个剧中的动态展现力不够等6点意见。

修改是个痛苦的，难以言表却又是脱胎换骨的过程。编剧进行了大换血，结构情节再创作。按照提出的修改意见，对剧本中主要人物水云拜和热尼斯之间的矛盾处理，从原来简单的家庭矛盾上升为不同年代人物的思想意识的矛盾冲突，即以热尼斯为代表的传统意识和水云拜所代表的市场经济意识……最后不仅完成了水云拜的回归，也要完成热尼斯的提高和与时俱进。整个作品的立意高了许多，也更具有了时代性。

11月底，我们对二稿的内容进行了艺术性的再完善，创作了主题歌。由中央广播电视总台金牌录音制作合成。

12月8日，我们进行了最后的审听。为了能给听众呈现出最完美的作品，我们一遍一遍审听，力争将最小的纰漏消灭无遗。

2016年12月9日，三集精品广播剧《马鞭的召唤》在十三师会务中心举行开播仪式。12月24—25日，由河南广播电视台与十三师广播电视台合作的广播剧《马鞭的召唤》在十三师调频广播FM106.5分三个时段播出，后陆续在哈密广播电视台、兵团广播电视台、河南广播电视台相继播出。该剧获第八届“兵团五个一工程奖”。

【编剧简介】

周文扬，笔名文扬、原籍河南郑州、现居北京；言午佳作（北京）影视文化有限责任公司签约编剧、导演。

担任编剧的作品有：电视电影《王树声征战豫西》，电视连续剧《小留学生》《第六个嫌疑人》《生死搭档》《广西剿匪记》等。

后记

时代呼唤英雄楷模

兵团,一支悠扬、奋进的古韵长歌。

兵团,一曲灼热、昂扬的感人乐章。

六十多年来,兵团各行各业涌现出数以百计的英雄楷模。他们点亮了兵团精神之灯,铸就了兵团伟业大厦。如何以最贴切的艺术形式让他们的精神发扬光大、事迹广为流传?一个人民群众喜闻乐见的艺术形式——广播剧,出现在兵团党委宣传部领导和兵团广播电视台领导的眼前。

此前,在广播剧领域,兵团编剧已有了一定的尝试和收获。《检察官张飚》《边境线上援疆情》《喜喜连长》《马鞭的召唤》《塔克拉玛干情缘》《守望边境线》等6部广播剧分别获得自治区广播文艺一等奖和"兵团五个一工程奖"。基于这样的基础,大型系列广播剧《兵团魂》创意应运而生,并获得兵团党委宣传部的充分认可和大力支持。

2019年3月,《兵团魂》第一批12部广播剧剧本,由兵团广播电视台8名采编人员利用业余时间创作完成,由中央广播电视总台广播剧中心录制完毕。兵团党委宣传部文艺处处长蒋莹莹、党工委副书记李艺及时组织了广播剧论证会,8月起12部广播剧(24集)陆续在中央广播电视总台播出,产生较大反响。

中央广播电视总台广播剧中心主任、著名导演权胜说:《兵团魂》是新中国历史上第一次以系列广播剧的形式宣传新疆生产建设兵团的英模故事,弘扬兵团精神。我们的演员们在精心制作的同时,心灵被矢志不渝、献身科研的刘守仁,把事业写在大地上的陈学庚,56年坚守在无人区的戍边人魏德友的故事一次次地撞击,一次次地打动,我们的时代需要呼唤他们的精神,需要展现人性美的力量,讴歌社会主流价值。

2019年10月，我们将新创作的12部广播剧与《检察官张飚》等6部广播剧一起组合成大型系列广播剧《兵团魂》，在新疆广播电视台、新疆生产建设兵团广播电视台的黄金时段陆续播出，产生了空前的轰动效应。鲜活饱满的人物形象，动人心魄的故事情节，倾情演绎了兵团几十年的奋斗历程，塑造了《兵团魂》系列广播剧的人文导向和审美追求。

2020年，系列广播剧《兵团魂》的再创作顺理成章地进行着。

兵团党委宣传部、兵团文联、兵团文化体育广电和旅游局经过精心筛选，确定了17位英模人物和一个模范群体。兵团广播电视台15名采编人员主动出击，兼顾好本职工作和广播剧创作的关系，积极对接英模人物和模范群体，及时拿出创作提纲呈给项目负责人王安润审定把关。创作过程中，采编人员多次开展研讨、探索，形成了虚心求教、精益求精的创作氛围。王安润亲自讲授创作方法、传授创作经验。老作者梅红、刘茗等对初创者热情帮助，形成了传帮带效应。令人感动的是，一些同志结束援疆工作回到了北京，一些同志因为工作原因离开了兵团广播电视台，但他们热情依旧、责任有加，一丝不苟地完成了剧本创作。项目负责人对剧本初稿提出了详细具体、操作性极强的修改意见，并逐一督促落实。最终，每一部剧本都得到了较完美的呈现，体现了编剧们的社会责任感和审美追求，获得了读者们对道德力量的认可。

广播剧本结集出版前夕，兵团党委宣传部组织专家学者对36部剧本逐字逐句推敲，提出了宝贵的意见和建议。最终形成兵团党委宣传部《审读意见》：作品主题集中，题材丰盈，政治导向正确，人物形象动人，对引领和推动兵团文艺健康发展，提升兵团文化软实力，铸造和弘扬兵团精神将发挥积极作用。

在这里，我们向奋战在兵团各条战线的英模人物和模范群体，尤其是本书主人公们致以崇高的敬意！向为本书出版过程中付出过心血、汗水和智慧的编剧、专家学者、责任编辑们表示诚挚的谢意！

衷心感谢中国文联副主席、中国电视艺术家协会主席胡占凡百忙之中为本书作序。

《兵团魂》创作团队

2020年12月于乌鲁木齐